KB111016

안녕이라고 말하지 마

안녕이라고 말하지 마

테레사 카푸토
이봄 옮김

연금술사

차 례

1
나와 영혼들

나는 계속 생각했다. 나는 누구인가?

나는 특별한 사람이 아니다. 왜 내가 이걸 하도록 선택되었나?

이것이 왜 나의 여행이어야 하는가?

나는 집시들의 유랑 마차에서 태어나지도 않았고, 늪지대에서 운세를 점치며 자라지도 않았다. 내가 몸에 걸치고 있는 크리스털은 크리스찬 루부탱(빨간 밑창으로 유명한 여성 구두)에 붙은 스와로브스키 크리스털이 전부다. 나는 당신이 생각하는 '전형적인' 영매가 아닐 수도 있지만 죽은 사람들은 그런 것에 상관하지 않는다. 죽은 사람들은 내가 어렸을 때부터 자신들의 메시지를 전해 달라며 나를 괴롭혔다. 나는 그 일을 하지 않을 수 없고, 또 할 수 있어서 축복이라고 여긴다.

나는 어머니, 아버지, 남동생 마이클과 함께 롱아일랜드(뉴욕 주 남동부 대서양에 면한 섬)의 힉스빌이라는 작은 도시에서 자랐다. 어머니는 경리부 직원이었고, 아버지는 나소 카운티(롱아일랜드의 행정 중심지)의 공공사업 감독관이었다. 우리 가족은 사이가 무척 좋았으며 지금도 그렇다. 나는 실제로 지금 살고 있는 집의 옆집에서 인생의 대부분을 보냈다. 집 뒤쪽에 두 집의 뜰을 연결하는 출입문이 있는데, 아버지는 그 문을 사용하는 것을 좋아해서 우리의 양쪽 토마토 밭을 왔다 갔다 한다. 사람들이 리딩reading(영매나 채널러 등이 영계에 접속해 영혼의 메시지를 전달하는 일)을 하러 오면, 그들은 뒷문 쪽을 향한 우리 집 주방의 탁자에 앉는다. 나는 그들에게 말하곤 한다.

"만일 저쪽 바깥에서 누군가가 보인다면, 그건 죽은 사람이 돌아다니고 있는 게 아니에요. 그 사람은 바로 우리 아버지예요."

자라면서 나는 사람들로부터 사랑받고, 행복하며, 겉보기에는 평범한 어린 시절을 보냈다. 나는 지역 축구 팀과 볼링 팀 선수였다. 인형의 머리카락 갖고 노는 것을 좋아했으며, 이상하게도 미용사가 될 거라고 늘 상상했었다. 주위엔 좋은 친구들이 있었고, 성적이 우수했으며, 가족들과 많은 자유 시간을 누렸다.

나는 늘 사촌들, 양쪽 조부모님들, 이모들, 삼촌들과 함께 지냈다. 목요일에는 외할머니 집에서 미트볼 스파게티를 먹고, 토요일에는 이모와 함께 도자기에 그림을 그렸다. 그리고 일요일에 우리 대가족 모두는 성당에서 미사를 마친 뒤 할머니와 할아버지 집에 가서 먹고, 웃고, 떠들며 오후를 보냈다.

그것은 영화 〈비버는 해결사〉(비버라는 이름의 여덟 살 소년의 이야기를 그린 가족 영화)의 롱아일랜드 이태리 가족 버전 같았지만, 우리 모두가 밤에 마음 편히 잠들 수 없게 만드는 예상 밖의 전개가 있었다. 나는 밤마다 아주 무서운 꿈을 꾸곤 했는데, 내 인생에 별다른 걱정거리가 없었다는 걸 생각하면 누구도 이해할 수 없는 일이었다.

그것이 실제로 내가 영혼을 보고 듣고 느낀 첫 기억이다. 비록 그때는 무슨 일이 일어나고 있는지도 몰랐지만…… 생생했던 첫 경험은 내가 고작 네 살일 때 일어났다. 그때 우리는 아버지가 어렸을 때부터 살아온 집에서 살고 있었다. 그 집은 힉스빌 그레고리 박물관 바로 옆이었는데, 1915년 이전에는 그 박물관은 죄수들을 가두는 감방이 있는 법원 건물이었다. 감옥처럼 오래된 건물들에는 아픔과 고통의 역사 때문에 혼령들이 있을 수 있다고 한다. 하고 많은 사람들 중에 내가 자란 곳 주변에 그런 장소가 있다니! 어쨌거나 나는 반복해서 꾸는 꿈이 있었다. 꿈속 우리 집 2층 창가에 서서 나는 현관문 앞 도로를 서성거리는 한 남자를 지켜보곤 했다. 그는 내 이름을 몇 번이고 반복해서 불렀다.

"테레사 브리간디, 테레사 브리간디, 테레사 브리간디……."

네 살짜리 아이에게 그것이 얼마나 무서운 일인지 상상할 수 있을 것이다. 그 남자의 얼굴은 볼 수 없었지만, 그는 언제나 등이 구부정한 채로 끝에 반다나(스카프 대용으로 쓰이는 커다란 손수건)가 묶인 지팡이를 갖고 다녔다. 누더기 옷을 입은, 떠돌이 농장 일꾼처럼 보였다.

이 꿈이 실제로 영혼이 방문한 것이었음을 나중에야 영혼들을 통해 알게 되었다. 지금 나는 그 '남자'가 그 당시 내 삶의 안내자들 중 한 명이었다는 걸 믿는다. 이것은 그 안내자가 부랑자라는 의미가 아니다. 오히려, 사람들이 가난한 사람을 자기 집으로 들어오라고 청한 뒤 나중에 그 사람이 천사라는 걸 알게 된 성경 이야기와 비슷하다. 떠돌이 농장 일꾼의 모습은 내가 주일학교에서 배운 내용을 이해하고 그가 내 이름을 불렀을 때 편안하게 느끼게 하려고 나의 안내자가 일부러 선택한 소박한 모습이라는 걸 나는 안다.

나는 로마 가톨릭 신자로 자랐으며 지금도 여전히 그 종교를 따른다. 그래서 나는 나의 안내자가 나의 판단과 이해를 지배하는 기준틀에 따라 자신의 모습을 보여 주었다고 생각한다. 그것은 오늘날 리딩을 할 때 영혼이 나에게 신호와 상징들을 보여 주는 방식과 조금 비슷하다. 영혼은 내가 이해할 수 있는 방식으로 신호와 상징을 보여 줌으로써 내가 그 메시지를 해석하기 쉽게 만든다.

다시 네 살 때의 일로 돌아가면, 깨어 있을 때는 그 떠돌이 일꾼은 그래도 온화하고 경건한 남자였다. 그러나 밤에 그 남자를 보고 듣고 감지하게 되면 나는 난폭하게 공격받는 것처럼 큰 소리로 울었다. 다시 말하지만, 나는 부정적인 영혼을 경험하고 있었던 건 아니었다. 그리고 영혼이 나를 난폭하게 다루거나 하는 종류의 꿈은 꾸지 않았다. 꿈들 그 자체로는 '나쁘지' 않았다. 다만 그들이 나에게 말하는 걸 보고 듣는 동안 놀랄 만큼 사실적이고 직접적으로 영혼의 에너지를 느꼈기 때문에 그것이 무서웠던 것이다.

슬픔을 참을 수 없는 나의 비명은 가족들을 몹시 당황하게 했으며, 나의 사회생활도 제한받았다. 파자마 파티(친구들끼리 파자마를 입고 밤새 노는 것)에 가거나 할머니 집에서 잘 때면 다음에 무엇을 감지하게 될지 알 수 없었다. 집을 제외하고는 그 어느 곳도 안전하다고 느껴지지 않았다. 심지어 그것조차 확실하지 않았다. 떠돌이 일꾼 외에 나는 증조외할머니도 보았다. 증조외할머니는 내가 태어나기 4년 전에 돌아가셨다. 훨씬 나중에 사진을 보기 전까지 나는 그 영혼이 누구인지도 알지 못했다. 그러나 그 영혼이 내 침대 발치에 서 있던 걸 결코 잊지 못할 것이다. 키가 작고 검은색 머리에 실내복을 입고 있었다. 그녀를 보았을 때도 나는 미친 것처럼 소리를 질러댔다. 그 가련한 부인은 머리 셋 달린 괴물이 아니었는데도 나는 그녀가 그런 괴물인 것처럼 격렬하게 반응했다.

아침이면 나는 이런 야경증(아이가 자다가 갑자기 놀라 소리를 지르거나 공포에 차서 말을 하고는 다시 조용히 잠드는 증상)에 대해, 그리고 그것이 얼마나 오래 지속되었는지에 대해 대부분을 잊었다. 엄마나 아빠가 급히 방으로 들어와 불을 켜면 그 증상이 끝났다고 했다. 그렇다면 나의 비명이 영혼을 떠나게 한 걸까? 나는 잘 모른다. 그러나 얼마 후 엄마는 내가 영혼들과 어느 정도 거리를 두도록 기도문을 만들어 주었다. 기도문은 이렇게 시작했다. "하느님, 나를 밤새 안전하게 지켜 주소서. 하느님의 가호를 빕니다……." 그런 뒤 우리의 삶 속에 있는 모든 사람들과 천국에 간 사람들 이름을 대었다. 그리고 예상했던 대로, 잠자리에 들기 전에 이 기도를 하면 깊이 잠들었으며, 그래서 부모님도 깊이 주무실 수 있었다. 마침내 부모님이 지금 살고 있는 집인 새집으로 이사했을 때도 나는 그 기도를 계속했다. 비록 현관 불을 늘 켜 두긴 했지만…….

가족과 여행을 할 때도 나는 영혼으로부터 휴식을 얻지 못했다. 매년 여름 정기적으로 조부모님과 캠핑 여행을 간 것을 포함해 우리 가족은 함께 많은 휴가를 보냈다. 그 장소에 온 대부분의 사람들은 텐트와 가스 버너를 가지고 왔는데 우리에게는 샤워실과 주방, 방충망 친 베란다가 있는 멋진 트레일러 하우스(자동차가 끌고 다니는 이동식 주택)가 있어서 벌레들은 우리의 음식 등 어떤 것에도 접근하지 못했다. 할머니는 아침에 계란 스크램블과 프렌치 토스트를 만들어 주었고, 오후에 우리는 자전거 경주를 하거나 타이어 그네 타기를 해서 호수에 뛰어들었다. 밤에는 오락 실에서 핀볼 게임을 했으며 마시멜로를 굽고 캠프파이어 노래를 불렀다. 나는 정식 걸스카우트 단원이었다.

그러나 낮 동안 아무리 재미있게 보내도, 또 내가 아무리 긴장을 풀고 있어도, 밤이면 집에 있을 때와 똑같이 야경증에 시달렸다. 이때는 그 지역 전체에 내 비명 소리가 들렸다! 나의 조부모님은 동료 야영객들에게 미리 경고해 두기까지 했다. 만일 누군가가 밤에 엄청난 비명을 질러 대면, 그것은 도망친 곰이나 미치광이가 있다는 뜻이 아니라고. 단지 어린 손녀 테레사가 가위에 눌리는 것이라고. 한번은 부모님이 텐트에서 내가 같이 자기를 원했는데, 나는 그것이 말할 수 없이 두려웠다. 캠핑용 자동차 안이 더 안전하게 느껴졌기 때문이다. 텐트에서 자면 바깥에서 어른거리는 그림자들이 보였다. 나는 너무도 완강하게 텐트 밖으로 나가려고 발길질을 하며 소리를 질렀다. 그 바람에 아빠의 입술이 터졌다. 아빠는 머리끝까지 화가 났다. 나는 가까이에 있던 랜턴을 차서 넘어뜨렸고, 텐트가 홀랑 불에 탔다.

낮에 영혼이 나타나면 밤보다는 훨씬 잘 대처하긴 했지만, 그래도 놀라기는 마찬가지였다. 예를 들어, 텔레비전 앞에서 사람들이 입체적으로 걷고 있는 것을 본 기억이 난다. 나는 녹색 소파에 앉아 〈롬퍼 룸〉(어린이 텔레비전 시리즈)을 보고 있었다. 그때 한 사람이 지나가더니 사라졌다. 한번은 보모와 함께 있을 때 그 일이 일어났다. 그래서 내가 본 것을 보모도 보았는지 물었다. 보모는 못 보았다고 하며 재미있는 표정으로 나를 쳐다보았다. 그래서 나는 별일 아닌 것처럼 꾸몄다. 나는 내가 진짜로 본 것인지, 아니면 지나치게 상상력이 풍부한 것인지 궁금했다. 그러나 그것을 깊이 생각하진 않았다. 그것은 당신이 눈 한켠으로 그림자를 흘끗 볼 때나 빛을 너무 오래 응시하면 노란색의 형태가 방 안에 떠다니는 걸 보게 되는 것과 비슷하다. 당신은 그저 어떤 물체가 보였다고 생각할 뿐 그것에 대해 대수롭지 않게 생각한다. 어렸을 때 부활절 선물로 장난감 주방 세트를 받았던 일도 기억한다. 소꿉장난을 하고 나면 나는 특정한 방식으로 냄비들을 정리했었다. 그런데 아침에 가서 보면 그것들은 완전히 다른 장소에 있었다. 그것 역시 영혼이 한 짓에 틀림없다. 남동생 마이클이 그것들을 건드리지 않은 것은 분명했다.

무엇이 정상인지 누가 아는가

나이가 들면서 나는 걱정이 커지고 몸이 불편해지기 시작했다. 무엇 때문에 그런 것인지 꼬집어 말하기 어려웠다. 나는 엄마에게 말하곤 했다. '난 몸 상태가 좋지 않아. 어디에도 소속감이 느껴지지 않아. 나 자신이 남들과 다른 것 같아……' 설명되어져야 할 어떤 일이 일어나고 있는 것처럼 나는 느꼈다. 실제로 안심이 되고 안전하다고 느낀 몇 안 되는 곳 중 하나는 성당에서 미사를 드릴 때었다. 나는 성당 성가대에서 기타 연주까지 했다. 하느님의 집은 우리 집 외에 평화와 편안함을 피부로 느낀 유일한 장소였다. 만약 내가 영매가 안 되었더라면 정신분열증 환자나 수녀가 되었을지도 모른다고 나는 종종 말한다. 농담이 아니라, 당시 내가 현실적으로 선택할 수 있는 것은 그 두 가지밖에 없는 것처럼 여겨졌다. 상상이 되는가? 부모님은 많은 사랑으로 나를 응석받이로 키웠지만, 무엇인가 멀리 있는 것 같은 느낌에서 벗어나게 해 주진 못했다.

이따금 나는 신에게 묻곤 했다. 왜 이런 일이 일어나고 있나요? 왜 나는 늘 그토록 두렵나요? 그러나 나는 결코 신에게 몹시 화를 내며 항의하거나 믿음을 잃은 적은 없다. 그것은 내가 커 온 방식이 아니었다. '독실한'이라는 말을 좋아하지 않지만 나는 깊은 신앙을 가진 가정에서 자랐다. 밤에, 그리고 매일 식사 전에 기도하는 것을 배웠다. 부모님 또한 모든 영성에 대해 열린 마음을 가지고 있었다. 이것은 재미있는 일이다. 왜냐하면 가톨릭 신자들이 다 그런 건 아니기 때문이다. 그러나 어떤 믿음과 영성이든 신으로부터 온다고 우리는 여긴다.

성당에 있지 않을 때는 불안감이 너무 심해져서 집을 떠나고 싶지 않았다. 하루 중 언제라도 내가 무엇을 감지하거나 느끼게 될지 알 수 없었다. 어디를 가든 모든 장소에는 각기 다른 느낌이 따라온다는 걸 나는 알았으며, 때로는 누군가가 나를 지켜보고 있는 것처럼 느꼈다. 이것을 엄마에게 말하자 엄마는 나를 앉히고 말했다.

"너의 안전한 장소는 너 자신이야."

그때부터 나는 어디든 갈 수 있게 되었다. 왜냐하면 나를 꼼짝 못하게 하는 것은 바로 나였기 때문이다. 오랫동안 그런 마음가짐이 효과가 있었다.

그럼에도 여전히 나는 다른 사람들이 보지 못하는 걸 분명히 보고 느끼고 있었다. 친구들과 함께 쇼핑몰이나 볼링장에 갔을 때 나는 친구들에게 지나가는 남자를 보았는지, 혹은 누군가가 친구들 이름을 부르는 소리를 들었는지 묻곤 했다. 왜냐하면 나는 그것을 보고 들었기 때문이다. 친구들은 이렇게 말하곤 했다.

"아니, 못 봤는데. 무슨 말을 하는 거야?"

또는 때로 나는 메시지를 받았다. 나는 그것을 단지 내 머릿속을 맴도는 잡념이라 여겼고, 나중에 실제로 입증될 때까지 그것이 어떤 의미인지, 내가 무슨 생각을 했는지도 알아차리지 못했다. 예를 들어, 축제 마당에 가는 중이라면 이렇게 말하는 목소리를 들을 수 있었다. "솜사탕을 먹지 마." 나는 그 말을 무시했고, 얼마 후 한 친구가 그 솜사탕 때문에 속이 메스껍다고 나에게 말했다. 그러나 그때조차 나는 그저 친구들이나 다른 사람들보다 상황과 사람에 대한 내 예감이 더 뛰어나다고 가정할 뿐이었다.

다시 말하지만, 나는 내가 나의 가장 안전한 장소라고 믿었다. 그래서 내 주위에 있는 어떤 것을 보고 듣고 느끼는 것이 일상처럼 되었다. 우리의 몸은 적응할 수 있도록 만들어졌다고 의사들은 말한다. 어떤 느낌이나 경험이 오랫동안 지속되면 우리의 뇌는 그것을 무시하거나 피하거나 그저 평범한 일로 대하는 법을 배운다. 이제 나는 안다. 영혼을 보고 느끼는 것은 대부분의 사람들에게 일반적인 경험이 아니라는 것을. 그러나 나에게는 그것이 일상이었고 그것을 반박하는 사람은 별로 많지 않았다. 어렸을 때 내가 가끔 이상한 말을 하면 가족과 친구들은 그저 웃을 뿐, 그 주제를 더 깊이 밀고 나가지 않았다.

내가 듣거나 본 것에 친구들이 동의하지 않은 것과 마찬가지로 나의 가족들과도 비슷한 경험을 많이 했다. 사실 나와 내 사촌 리사가 어떤 것을 보거나 느꼈다고 말하면 사촌 조니 보이는 우리를 '괴물들'이라고 놀리곤 했다. 그리고 우리에게 '파라'와 '노이드'라는 별명을 붙여 주었다('파라노이드'는 '편집증적 망상'의 의미). 우리는 따로따로 쇼핑을 가서 똑같은 옷을 사 입고 집에 오기도 했다! 그러나 그 당시 리사와 내가 아는 것은 그저 우리가 특이한 경험들을 공유하고 있다는 사실이 전부였다. 지금은 영혼이 우리 삶의 한 부분이라는 사실을 알지만……. 건방진 사촌 조니에 대해 말하자면, 10년 뒤 그는 할머니의 집에서 살고 있었는데 샤워를 하고 나오다가 거실에 돌아가신 할머니가 서 있는 것을 목격했다. 이제는 우리가 놀릴 차례였다.

나의 또래 친구들이 자기주장이 강한 십대가 되었을 때 상황이 변하기 시작했다. 열두 살에서 열네 살 무렵에 나는 내 주변에서 일어나고 있는 일에 조금씩 불편함을 느끼기 시작했다. 주로 사람들이 내가 본 것에 반응을 보이는 방식 때문이었다. 가족들은 내가 말하는 것에 계속 심드렁했지만, 친구들은 내가 무심코 뭔가를 보거나 느꼈는지 물으면 이렇게 말했다.

"아니, 이상하다 너. 거기엔 아무도 없어. 누구도 너처럼 보고 듣지 않아!"

한때 정상으로 보였던 것이 이제는 그렇지 않았고, 그래서 나는 내 경험을 완전히 차단하기로 결심했다. 영혼이 나타나지 않게 하기 위해 특별한 기도를 하거나 다른 걸 하지는 않았다. 나는 그저 영혼이 나와 소통하려고 한다는 걸 인정하지 않았다. 이것을 염두에 둬야 한다. 당시는 모든 텔레비전 채널이 고스트 헌팅 방송을 내보내고 존 에드워드(텔레비전 영매로 유명한 방송인. 죽은 사람들과 소통하는 능력으로 유명해짐)가 누구나 아는 이름이 되기 전이었다. 사람들은 이런 것에 대해 이야기하지 않았다. 나를 포함해 누구도 정말 무슨 일이 일어나고 있는지 짐작할 수 없었다. 그것은 편안하고 보편적인 대화가 전혀 아니었다.

열섯 살이 될 무렵까지는 다행히도 사랑하는 이들을 많이 잃지 않았으며, 이것은 내가 인식할 만한 영혼이 나를 방문하지 않았다는 뜻이기도 했다. 그러다가 할머니가 돌아가셨을 때 나는 말할 수 없이 충격을 받았다. 우리는 매우 가까운 사이였으며, 모두가 할머니를 많이 그리워했다. 할머니가 돌아가신 뒤 큰고모가 할머니의 집에 심령술사를 오게 했다. 나는 당시에는 그 이유를 몰랐지만 그것이 할머니와 접촉하기 위한 것이었다고 지금에야 생각한다. 나는 그곳에 가고 싶지 않았고 조금 두려웠다. 심령술사가 실제로 무엇인지 또 뭘 하는지 몰랐기 때문이다. 그러나 나는 할머니의 집이 안전할 거라는 걸 알고 있었다. 그래서 어쨌든 갔다. 그리고 오랜만에 처음으로 영혼을 차단하지 않았다.

나는 창문 근처에서 할머니의 에너지와 영혼을 느꼈다. 그리고 가족은 내게, 모두가 식탁에 모여 있는데 나는 왜 커튼 옆에 서 있는지 계속해서 물었다. 또 내가 누구와 이야기하고 있는지도 물었다. 그러나 나는 내가 무슨 말을 하고 있었는지 기억나지 않는다. 그것은 내가 다른 영혼들과 채널링을 한 뒤 영혼이 무슨 말을 했는지 거의 기억하지 못하는 것과 비슷하다. 이 일이 있고

1분 뒤, 우리 가족은 여느 때처럼 나를 놀리며 방해했다. 그들은 흥분하지 않고 가볍게 물었다.

"테레사, 지금 누구에게 말하고 있니?"

"할머니에게 말하고 있어요."

"물론 그렇겠지. 하지만 할머니는 돌아가셨어."

"할머니가 돌아가셨다는 건 알아요. 하지만 지금 할머니와 이야기하고 있어요."

고모와 사촌들은 혼란스러웠겠지만 호들갑을 떨진 않았다. 나는 불쑥 이상한 말을 내뱉은 아이가 돼 버렸지만 이것이 심령술사를 초대해 커피를 대접하는 일보다 더 이상한 일이겠는가? 분명히 그들은 내가 아직 깊이 생각하지 못했던 영혼과의 대화에 열려 있었다.

지금 그 기억을 떠올릴 때 나는 실제로 할머니의 집 냄새를 맡을 수 있고 집 안에 있는 모든 걸 볼 수 있다. 비닐로 덮여 있는 가구들, 대리석이 둘러진 탁자들, 반짝반짝 빛나는 주방의 샹들리에, 〈최후의 만찬〉 그림, 그리고 그 금빛 커튼들. 그것은 색깔이 무척 야한 이탈리아산이었다. 그리고 이 이야기를 할 때 나는 영화 필름이 빨리 지나가는 것처럼 하나의 환영을 본다. 할머니가 화덕 옆에 서서 부글부글 끓는 스파게티 냄비 위로 곧 떨어질 것처럼 정말로 긴 재가 될 때까지 담배를 피우고 있다. 필터만 남을 때까지 그 담배를 피지만 재는 결코 그레이비(고기 국물로 만든 소스) 속으로 떨어지지 않는다. 할머니는 보석 장식을 무척 좋아했으며, 내 기억으로는 그 모든 다이아몬드들을 몸에 걸치고 있다. 나처럼 말이다……

19

할머니의 영혼과 잠깐 만난 뒤 나는 다시 영혼들을 완전히 무시하기 시작했다. 삼촌 줄리는 내가 고등학교 졸업반일 때 돌아가셨다. 그리고 그 무렵 나의 불안감은 전보다 훨씬 더 악화되었다. 밑도 끝도 없는 공포증들이 생겼는데, 그것들 대부분은 밀실공포증과 관련된 것이었다. 야경증은 오래전에 지나갔지만 여전히 쉽게 잠들지 못하는 습관을 갖고 있었다. 소리 지르며 잠을 깨진 않아도, 숨을 쉴 수 없는 것처럼 느끼며 침대에서 벌떡 일어나곤 했다.

그때 래리가 나타났다

그렇지만 나의 열여덟 살이 완전히 엉망은 아니었다. 남편 래리를 만난 것이 그때였으니까! 고모가 심령술사를 초대하고 내가 처음으로 할머니의 영혼을 본 그때, 그 심령술사는 내가 턱수염과 콧수염이 있고 나보다 훨씬 나이 많은 누군가를 만날 거라고 말해 주었다. 당시만 해도 나는 그 심령술사가 미친 사람이라고 생각했다. 왜냐하면 나는 그때 누군가와 데이트하고 있었고 심지어 수염 난 남자를 좋아하지도 않았기 때문이다. 그러나 2년 뒤 나는 래리를 만났고, 정말로 그는 콧수염과 턱수염이 있었으며 나보다 열한 살 더 많았다.

우리는 첫눈에 반했다. 래리는 옆머리는 딱 붙고 윗머리는 솜털 같으며 뒷머리는 긴 굉장히 멋진 머리카락을 갖고 있었다. 또한 멋쟁이였고 몸매가 좋았다. 용모 단정한 오토바이광이었다! 그는 내가 귀엽고 작은 스파크 플러그(팀의 사기를 북돋는 선수)였다고 말한다. 농담을 하고 방 안을 환하게 만드는……. 래리는 가업인 정유회사에서 일했으며, 나는 그 회사의 고객 서비스 부서에서 아르바이트를 했다. 나는 대학에 가지 않았다. 너무 두려워서 가족과 안전지대를 떠날 수 없었기 때문이다. 미용사나 법률 비서가 되기를 꿈꾸었지만 그것은 좋은 직장을 위해 맨해튼으로 출퇴근하는 걸 의미했다. 나에겐 너무 감당하기 힘든 길이었다. 기차, 엘리베이터, 고층건물, 교통체증……. 그것은 나의 세계가 아니었다.

래리는 내가 무슨 옷을 입고 있는지 보기 위해 출근하기를 기다리곤 했었다고 말한다. 왜냐하면 나는 마돈나 의상을 입고 다녔기 때문이다. 몸에 달라붙는 바지와 큰 벨트, 어깨에는 망사 셔츠를 걸치고 손가락 없는 장갑을 끼곤 했다. 영화 〈수잔을 찾아서〉(마돈나가 세계적 팝스타로 떠오르기 이전 데뷔작)처럼! 그러나 사랑에 정신이 팔려 있다고 해서 나의 불안감이 사라진 것은 아니었다. 나는 불안감을 억누르려고 열심히 노력했다. 그러나 그것은 상황을 더 악화시킬 뿐이었다. 나는 래리가 나를 미쳤다고 생각하는 걸 원치 않았다. 그리고 나는 여전히 가끔 내가 미친 건 아닐까 생각하고 있었다. 때로 사람 형상을 보거나 환청을 들었지만, 이 무렵 나는 그것을 완전히 부정했기 때문에 마음이 장난치고 있는 것이라고 확신했다.

나는 심리치료사를 만나기로 결심했다. 상담을 계속한 치료사는 근본적으로 나에게 아무 문제가 없다고 말했다. 나는 그에게 말하곤 했다.

"나에게 문제가 있어요. 뭔가 이상해요."

그는 내 어린 시절에 대해 전부 물었고, 나는 어린 시절이 평화롭고 서정적이었다고 설명했다. 지금 친구들과 가족은 어떤가요? 좋은 관계예요. 데이트는요? 재미있고 흥분돼요. 하는 일은요? 좋아요! 나의 만성적인 불안감에 대해 우리가 찾을 수 있는 유일한 원인은 내가 불안증이 있는 가족에게서 태어났다는 것이었다. 그래서 어쩌면 이런 종류의 심리적 증상은 유전일 수 있었다. 그러나 심리치료사는 내가 극심하게 안 좋다고 느끼는 심리적 이유나 적합한 의학적 이유를 한 가지도 알려 주지 못했다.

나는 나의 불안 발작 증세와 많은 공포증이 적힌 긴 목록을 래리에게 그다지 오래 숨기지 못했다. 특히 우리가 차를 타고 있거나 사방이 꽉 막힌 공간에 있을 때는……. 나는 마음이 휴식을 취할 때 가장 나쁘게 느끼는 것 같았다. 우리가 교통체증으로 롱아일랜드 고속도로 위에 있을라치면 나는 환각 증상이 생기려고 하면서 얼굴이 찌푸려지고, 그런 뒤 죽어라고 악을 썼다. 차가 움직이고 있을 때도 나는 당장 차에서 내릴 수 있게 길 한쪽으로 차를 대 달라고 래리에게 애원했다. 심지어 차를 타고 다른 커플과 더블 데이트를 하는 중에도 그렇게 했다! 나의 불안증은 감출 수 있는 일이 아니었다. 공황발작은 결국 가라앉곤 했는데, 래리가 늘 냉정을 유지한 것이 도움이 되었다. 그는 무엇 때문에 내가 그토록 많은 스트레스를 받고 그런 방식으로 행동하게 되는지 알지 못했다. 그가 겁을 집어먹고 떠나지 않은 것이 나는 그저 기쁠 따름이다.

스물두 살 때 나는 래리와 결혼했다. 곧바로 한밤중에 나는 그를 기절할 정도로 놀라게 했다. 나는 소리를 지르며 잠에서 깨어 침대에서 벌떡 일어났고, 그의 이름을 외치며 도와달라고 소리치며 방을 뛰어다녔다. 그러고 나서 그 순간이 지나가면 다시 잠이 들었으며 아침에는 그것을 까마득히 잊었다. 나는 또 심한 잠꼬대를 했다. 나는 결코 장난으로라도 래리가 이불을 우리 머리 위로 푹 뒤집어쓰게 한 적이 없다. 한번은 텔레비전을 보고 있을 때 래리가 담요를 우리 위로 덮어쓴 적이 있었고 나는 비명을 지르기 시작했다. 그는 다시는 그런 짓을 하지 않았다. 래리는 불안증이 패키지와 함께 찾아온다는 것을 알았다. 하지만 그는 나를 있는 그대로 사랑했다.

아플 때나 건강할 때나

우리의 아들 래리 주니어로 인해 진통 중일 때 밀실공포증 때문에 엘리베이터 대신 병원 계단으로 걸어가게 만들긴 했지만, 출산하는 동안은 내가 평소와 다르게 침착하고 마음을 잘 통제했다고 남편은 말한다. 첫아이를 낳았을 때 나는 스물세 살이었다. 나의 불안증은 그 후에도 오르락내리락했지만 이제는 한 아이를 돌봐야만 하는 새로운 책임이 있었기에 대체로 더 나아졌다고 느꼈다. 심지어 여행도 할 수 있었다.

고등학교 2학년 때부터 나는 줄곧 잘 손질된 손가락 끝으로 담배 한 개비를 재로 만들어 왔었다. 술을 마시거나 어떤 종류의 마약도 해 본 적이 없지만 담배 피우는 것이 나의 결점이었다. 우리의 아이를 임신했다는 것을 알았을 때 나는 담배를 끊었지만 2, 3년 뒤 전과 비슷한 스트레스 수준으로 돌아오자 다시 담배를 피우게 되었다. 담배를 피우는 것이 가슴을 더 무겁게 만들어 그저 불안감만 가중시킴에도 불구하고 나는 담배가 나를 진정시켜 줄 것이라고 생각했다.

딸 빅토리아를 임신했을 때 다시 흡연을 중단했다. 스물일곱 살에 빅토리아를 낳았고, 다시 담배를 피웠다. 나의 불안증은 아주 끔찍해졌다. 내가 그때까지 경험한 것 중 최악이었다.

한동안 여행을 하지 못하게 되었을 때 디즈니 월드(플로리다 주 올랜도에 있는 유원지)에 갔다가 겪은 소름끼치는 사건이 기억난다. 우리는 아이들을 데리고 호텔 방에 도착했고, 나는 즉시 환각 증상이 나타나기 시작했다. 엄마와 이모는 나를 진정시키기 위해 뉴욕에서 기차를 타고 달려와야 했다. 극심한 공황발작만으론 충분하지 않다는 듯, 나는 또한 남편에게 화풀이를 해댔다. 래리는 내가 희생양이 필요했다고 말한다. 아이들은 내 상태가 그렇게 나쁜 걸 전에는 한 번도 본 적이 없었고 눈앞에서 엄마가 엉망진창인 모습에 잔뜩 겁을 먹었다.

1999년 12월, 나는 이유 없이 죽을 것처럼 아팠다. 지금 나는 병자가 아니며 전혀 아프지 않다. 아이들이 어릴 적 학교에서 집으로 고약한 병균을 옮겼을 때도 나는 좀처럼 감기나 독감에 걸리지 않았다. 그러나 그때는 정말 이상했다. 어느 날 아침 친척의 결혼 준비를 거들고 있었고, 나는 멀쩡했다. 그런데 갑자기 이유 없이 섭씨 40도의 고열에 시달렸다. 아버지가 말 그대로 나를 병원으로 날랐다. 나는 2주 동안 병원에 누워 있었다. 아들 래리 주니어가 아홉 살이고 빅토리아가 다섯 살이었기에 힘들었다. 남편은 언제나처럼 큰 도움이 되어 주었다. 그러나 내가 침대에 누워 편하게 지내는 호사를 누린 것 같지는 않다. 나는 의식이 혼미했던 첫 주를 기억조차 하지 못한다. 그리고 둘째 주는 그저 누워 있었다. 걸을 수도, 먹을 수도, 화장실에 갈 수도 없었다. 또한 담배도 피울 수 없었다.

지나고 나서 보니, 신이 그 시간 동안 내 몸을 해독시키고 있었다는 것을 알게 되었다. 약물, 흡연, 마약—이 모든 것들은 당신의 오라를 움츠러들게 만들고 당신의 기를 더럽힌다. 그리고 흡연은 특히 당신의 오라를 잿빛으로 변하게 한다. 병세가 호전되었을 때 나는 담배를 멀리했다. 이것은 내가 함께 살기에 즐거움을 주는 사람이라는 것을 의미하지 않는다. 엄마가 내게 이렇게 말한 것을 기억한다.

"니코틴이 없으면 넌 못 견딜 거야. 다시 담배를 피워."

내가 뭐라고 대답했는지 아는가?

"신이 내가 담배를 끊도록 만들고 있어!"

그 이유가 얼떨결에 내 입에서 튀어나온 것이다. 나는 나 자신을 살펴보았다. 그 말이 어디서 왔을까? 왜 나는 그런 걸 말하기까지 했을까? 그때 나는 금연이 신의 뜻이라는 걸 알았다. 왜냐하면 그 말들은 내 머리에서 나오지 않았기 때문이다. 그 말과 함께 나는 그 후 13년 동안 한 개비도 담배를 건드리지 않았다. 영혼과 채널링할 때 나는 최고로 좋은 자리에서 한다. 그리고 채널링을 하려면 내 몸과 마음과 영혼이 건강하고 순수해야 한다. 되돌아보면, 만일 담배와 같이 부정적인 걸 내 몸에 계속 공급했다면 나는 내 능력을 계발시킬 수 없었을 것이다. 그러나 그 당시 내가 안 것은 그저 신은 내가 담배를 끊기를 원한다는 것이었다. 특정한 음식들도 나를 아프게 만들기 시작했다. 도리토스(미국 스넥 전문 회사에서 만든 옥수수 칩)와 웬디스(국제적인 패스트 푸드 체인점)의 음식들은 약간 어지럽고 현기증이 나게 만들어서 집중할 수 없었다. 인공 조미료를 먹었을 때는 환각 증상을 느꼈다. 아들을 임신했을 때, 래리와 나는 중국 식당에서 나오면서 내가 어렸을 때를 생각나게 하는 비현실적인 대화를 했다.

"여보, 차 안에 있는 그 개 봤어?"

"무슨 개?"

"개 짖는 소리가 들리지 않아?"

"자기야, 개는 없어."

"허스키 견이야. 방금 내게 윙크를 했어!"

시베리안 허스키들은 늑대와 밀접한 관계를 갖고 있기 때문에 영적인 개들로 여겨진다는 걸 나는 나중에야 알았다. 북미 원주민 전통에 따르면, 늑대는 동물의 왕국에서 가장 영적인 스승이다. 나는 중국 음식에 들어간 인공 조미료가 나의 환상을 촉발시켰을 것이라고 생각한다. 왜냐하면 그것은 화학물질이고, 그것들의 화학적 성질을 변경시키면 인간의 영혼에 어떤 미친 짓을 할 수 있기 때문이다.

뜻밖의 재미있는 만남

스물여덟 살에 나는 가마솥에서 끓는 뜨거운 음식 같았다. 막 담배를 끊었지만 불안감은 멈추지 않았다. 집을 떠나고 싶지 않았고, 떠나면 나쁜 일이 일어날 것 같은 끊임없는 공황 상태에 빠졌다. 심리치료사는 이것을 '예기불안'(자기가 실패할 것이라는 예감 때문에 생기는 신경증)이라고 불렀다. 당신에게 불안을 느끼게 하는 방식으로 미래의 사건을 예상할 때 일어나는 증상이며, 그것이 평범한 일상생활의 기능까지 방해한다. 출근, 푸줏간 주인, 또는 생일 파티에 대한 생각들이 마음을 어지럽게 만들었다.

어느 날 밤 엄마가 촛불 파티를 했다. 타파웨어(식품 저장용 플라스틱 용기)처럼 생긴 것 안에 향초가 들어 있었다. 나는 마지막 순간에 가기로 결심했다. 엄마는 바로 옆집에 살았다. 그래서 그 정도는 내가 할 수 있었다. 엄마 친구 팻 롱고는 영적 치유사이고, 만성적인 불안 증세를 비롯해 육체적 혹은 정서적 질병을 가진 사람들을 위해 일하고 있었다. 또한 명상과 치유를 포함해, 균형 잡히고 긍정적이며 충족된 삶을 사는 것에 대한 수업을 진행했다. 나처럼 팻 역시 막판에 엄마의 파티에 가기로 결심했다. 마지막 순간에 결심을 했다는 것은 엄마의 파티가 그렇게 중요하지 않았다는 것을 의미한다.

나는 팻에게 나의 불안감에 대해, 그리고 내가 얼마나 아팠는지에 대해 말했다. 나는 그녀를 여러 해 동안 알아 왔지만—그녀의 아들과 내 남동생은 함께 자랐다—그녀는 내가 어릴 때부터 겪어 온 불안증에 대해 잘 몰랐으며, 내가 영혼을 감지하는 것에 대해서도 전혀 알지 못했다. 그녀는 자신의 손을 내 머리 위에 올리고 신으로부터 오는 치유의 에너지를 나한테 보내기 시작했다. 그 후 3주 동안 나는 아주 평온함을 느꼈다. 나는 그것을 다시 하고 싶었다. 그러나 약속을 잡기 위해 전화를 걸었을 때 팻은 내게 또 다른 치유가 필요 없다고 말했다. 그녀는 내 안에서 고칠 것이 아무것도 없다고 했다. 그녀는 내게 삶에 관한 어떤 관점이나 균형감을 주는 대신, 내가 그녀의 영적 자각 수업을 듣길 원하는지 물었다. 그녀는 영혼과의 소통 때문에 내가 정신적 고통을 느끼는 것이라고 의심했지만, 나에게 그것을 곧바로 말하진 않았다.

팻이 나에게 무엇을 했는지 모르지만 내가 더 나아졌다고 느꼈기 때문에 나는 그녀의 수업에 가기로 결심했다. 왜 안 되겠는가? 우리 가족은 그녀를 여러 해 동안 알아 왔기 때문에, 나도 그녀에게 나의 안녕을 맡겼다.

만일 팻이 무작위로 알게 된 영적 치유사였다면 나는 그녀를 믿을 수 없었을 것이고, 나에 대한 그녀의 평가도 신뢰하지 않았을 것이다. 나는 친구들과 가족을 위해 괜찮은 척했지만 여전히 내 내면은 취약했고, 그저 누군가와 함께 있다고 해서 안전하다고 느끼지는 않았을 것이다. 또한 몇 년 전에 엄마가 팻의 강의를 들었기 때문에 나도 팻의 수업에 안심이 되었다. 엄마는 실제로 팻의 첫 번째 학생 중 한 명이었다. 엄마는 단지 안팎으로 긍정적이고 건강하게 느끼는 법에 대해 더 배우러 간 것이었지만. 아버지와 우리는 엄마를 이렇게 놀리곤 했다.

"오호, 엄마는 오늘밤 부두교(마법 등의 주술적인 힘을 믿는 종교) 수업을 들으러 가는군."

수업을 다 이수할 무렵 엄마가 자신의 능력의 표면에 가닿기 시작했다고 팻은 말한다. 그러나 엄마는 자신의 영적 에너지를 혼자서 더 발달시키는 대신 성당 일을 하는 데 쏟아 부었다.

팻의 수업을 들은 첫날 밤 이후 나는 옆길로 새서 한 1년 동안은 가지 않았다. 마침내 다시 가게 되었을 때 수업은 수요일마다 열렸고, 매주 폭우가 쏟아지곤 했다. 나의 공포증 중 하나는 빗속에서 운전하는 것이었다. 그래서 나는 그 첫 달 내내 수업을 빼먹었다. 그러나 마음속으론 그 일이 하고 싶었다. 그래서 천둥번개 속에서 집 앞 도로를 오르내리며 운전 연습을 했다. 다음 달에는 팻의 수업에 다시 갈 준비가 되었다. 그러나 비는 매주 수요일마다 계속 내렸다. 나의 재능을 연마하러 가는 길에, 내가 두려움을 돌파하도록 돕기 위해 영혼이 비를 내리게 했다고 나는 생각한다. 이것은 놀랄 일이 아니었다. 나한테 중요한 사건이 일어날 때면 지금도 늘 비가 내린다!

내 아들의 베이비 샤워(출산이 임박한 임산부를 위해 아기용품을 선물하는 축하 행사)와 내 딸의 성찬식이 있던 날 장맛비가 내렸고, 내 결혼식 날은 허리케인 위고가 강타했다. 위고는 세인트토머스 섬(서인도제도 동부에 있는 미국령의 화산섬)을 휩쓸어 버렸고 신혼여행은 취소되었다. 몇 년 전 겁이 날 정도로 나에게 중요한 일이었던 투나잇쇼(제이 레노가 진행하는 NBC TV의 간판 토크쇼)를 녹화할 때도 비가 억수같이 쏟아졌다. 프로그램 제작자들은 로스앤젤레스에서는 10월에 그렇게 많은 비가 내린 적이 한 번도 없었다고 말했다. 그리고 예상했던 대로 내가 오후 5시에 촬영을 끝내는 순간 해가 나왔다.

내가 뭐라고요?

"테레사, 너는 영매야."

어느 날 밤 수업 도중에 팻 롱고가 내게 말했다. 많은 사람들이 자신들의 재능을 발견하고 있었는데, 이것이 나의 재능이라는 것이었다.

"넌 죽은 사람들에게 말할 수 있는 능력을 갖고 있어. 네가 너의 주변 에너지를 제어하는 법을 배울 수만 있다면, 넌 불안증을 더 잘 이해하고 다루는 법을 배울 수 있어."

나는 처음으로, 내가 어렸을 때 보았고 스스로 무시하려고 애썼던 모든 것들이 불안증과 관련된 것일 수 있음을 숙고하게 되었다. 내가 보고 듣고 느끼는 것들을 차단했기 때문에 육체적인 대가를 치를 수밖에 없었다는 걸 누가 알았겠는가?

영혼을 무시하는 것이 내게 불안감을 주는 한 가지 이유는 내 차크라(인간 신체의 여러 곳에 있는 생명 에너지 센터)들을 통해 영혼을 완벽하게 채널링하고 있기 때문이라고 팻은 설명했다. 이상적으로는 영혼은 정수리 차크라를 통해 들어와 내 몸 전체에 흐른 뒤 내가 하는 말을 통해 밖으로 내보내진다. 그러나 영혼이 메시지를 전달하려고 할 때 그것은 내 정수리를 통해 흘러들어 오지만 나는 가슴에서 그것을 차단시켰다. 그 때문에 심장이 뛰거나 그토록 미친듯이 두근거렸던 것이다. 내 가슴은 또한 코끼리가 그 위에서 낮잠을 자는 것처럼 무겁게 짓눌리는 것이 느껴졌다. 나는 모든 차크라에 대해 많이 알지도 못한다. 다만 환각 증세가 나타나지 않도록 정수리 차크라, 제3의 눈 차크라, 목 차크라, 가슴 차크라, 태양신경총 차크라, 비장 차크라, 근원 차크라가 잘 동조되고 균형을 이루게 해야 한다는 걸 안다.

팻은 또 내가 하는 그런 종류의 채널링이 공황발작을 초래하고 있다고 말했다. 영매가 영혼을 경험하는 많은 방법들이 있다. 투시력이 있는 사람은 대부분 환영을 보고, 투청력이 있는 사람은 주로 청각을 이용한다. 팻은 내가 '감정이입'을 통해 채널링한다고 설명했다. 그것은 내가 주로 영혼을 느끼고, 다른 감각들을 사용해 빈칸을 채운다는 의미이다. 예를 들어, 어떤 메시지는 내가 목 부분이 아주 불편해지는 것을 느끼며 시작될 수가 있다. 그것은 목과 관련된 죽음을 겪었기 때문에 죽기 전에 의사소통을 할 수 없었거나 작별 인사를 할 수 없었다는 걸 나에게 말하고 싶어 하는 영혼이 있음을 의미한다. 나에게 한 가지 상징은 많은 것들을 의미할 수 있다. 이 상징들에 대해선 나중에 이야기하도록 하자.

그러나 그것이 영혼이 메시지를 전하는 방식이라는 걸 알지 못한 채 단지 목구멍이 좁아진 것처럼 느꼈다면, 내가 아는 건 그저 숨이 막히는 것처럼 느껴진다는 것이었다. 그것이 공황발작을 촉발시켰다.

그래서 나는 식료품점에서 누군가와 평범한 대화를 하고 있다가 갑자기 숨을 쉴 수 없는 것처럼 느끼거나 목이 졸리고 있는 것처럼 느끼곤 했던 것이다. 그것이 영혼이 나와 대화를 하려고 시도하는 것이라는 걸 이제 나는 안다. 그러나 15년 전에는 그저 여기서 빠져나가야 할 것만 같았다. 앞에서 말한 것처럼, 이것은 내가 잠들었을 때도 일어날 수 있었다. 내가 그 상황에서 빠져나오거나 잠에서 깨자마자 괜찮아졌지만 그것은 일시적으로 모면한 것이었다.

나는 또한 어떤 장소들이 다른 곳보다 더 낫다고 느꼈다. 왜냐하면 무작위적으로 불안 증세를 일으키는 것처럼 보였지만, 그것은 실제로는 종종 영혼의 존재로 인해 각 장소에서 변하고 있는 에너지였기 때문이다. 공포증에 대해 말하자면 나는 그것들이 대개 연상 작용이나 조용한 순간들, 혹은 전생과 관련된 것이라고 생각한다. 정확히 그 장소이거나 비슷한 장소에서 영혼을 느꼈을 수도 있고, 그래서 그것을 예상하는 것이 나를 초조하게 만들었을 수도 있다. 캐츠킬(뉴욕 주 그린 카운티의 마을. 캠핑장이 있음)에서의 캠핑 기억은 나의 텐트 공포증에 일조했고, 차를 타거나 엘리베이터에서 조용하게 있는 것은 잡념 없이 내가 가만히 앉아 있게 만들었다. 그때가 내가 영혼에게 가장 열려 있을 때이고, 그래서 공포증이 찾아온 것이었다. 전생 퇴행을 했을 때 나는 양동이로 들이붓듯이 폭풍우가 휘몰아치는 동안 내가 배 안에서 포로였다는 걸 알게 되었다. 그것은 내가 왜 비를 두려워하는지 설명해 준다. 계속 이야기할 수도 있지만 당신에게 내 모든 공포증을 설명하진 않을 것이다. 이 모든 상황들이 나를 통제 불능으로 느끼게 만들었고, 그래서 이 모든 것들이 나에게 공황 상태를 야기했다는 것만 말해 두자.

불안증이 많은 가족 구성원에 대해서는? 나는 나의 재능이 유전이라고 믿기에 가족들 또한 예민하다고 생각한다. 그들은 또한 매우 종교적인 사람들이다. 종교적인 사람들은 영혼에 대한 자각이 높다.

나는 계속 매주 수요일 팻의 수업에 참석했다. 그동안 래리가 아이들을 돌봐 주었다. 팻의 집에서는 마음이 진정되는 걸 느꼈다. 만일 무서운 일이 일어난다면 팻이 내 기분을 나아지게 해 주리라는 걸 알았기 때문이다. 수업에서 나는 다른 참석자들에게 그들의 사랑하는 사람으로부터 온 메시지를 전달해 주기 시작했다. 그리고 곧 이 채널링이 나를 정상으로 느끼게 만들었다. 그러나 다른 곳에서 그것을 시도하기가 두려웠다. 여전히 나의 안전망으로 팻이 필요했다.

육체적으로나 정서적으로 나는 서서히 치유되기 시작했다. 나의 불안증은 덜 극적이 되었다. 래리는 내 안에서 달라진 점을 보았고, 나는 영혼을 채널링하는 것이 그 해답의 많은 부분을 차지하는 것 같다고 그에게 말했다. 그는 이렇게 말했다.

"자기, 정말 멋져! 죽은 사람들과 이야기하는 것이 당신 기분을 더 나아지게 만드는 것이라면 계속하도록 해."

래리도 가톨릭 신자로 자랐다. 그래서 그가 영혼의 존재를 믿었는지는 잘 모르겠다. 아마도 나를 위로한 쪽에 더 가까웠을 것이다. 그러나 래리는 나를 지지해 주었다. 결국 중요한 것은 그것이다.

일주일에 6일, 수업을 듣지 않을 때는 나 혼자서 극복해야 했다. 아직 내 재능을 아직 완전히 받아들이지 못했기 때문에 나는 여전히 가끔씩 무너져 내리곤 했다. 내 첫째 조카 랜스가 결혼했을 때가 기억난다. 우리는 결혼식에 갈 계획이었지만 마지막 순간에 나는 차를 탈 수 없었다. 아이들은 옷을 차려입었고, 래리는 가장 빠른 길을 지도에서 찾아냈다. 그러나 나는 그렇게 멀리까지 차를 타고 가고 싶지 않았고, 가족 모두 무척 속상해했다. 나는 몇 시간 동안 서성거렸다. 마침내 래리는 가다가 언제라도 내가 계속 가고 싶지 않으면 도중에 돌아와도 된다고 말했다. 나는 마지못해 차에 올라탔다.

휴대폰은 그 당시에 아직 생소한 것이었지만 나는 위험에서 벗어나기 위해 팻에게 전화를 걸어야 할 수도 있으니까 차 안에 휴대폰이 있어야 한다고 고집을 부렸다. 나는 페이스 힐(그래미상을 수상한 미국 가수)의 신곡 '숨을 쉬라Breathe'를 들으며 그것이 바로 내가 해야 할 일이라고 생각했던 것이 기억난다. 그저 숨을 쉬는 것……. 나는 래리에게 그 노래를 반복해서 틀게 했다. 지금에야 나는 그것이, 나에게 이제 편안해지라고 말하는 영혼의 목소리였다는 생각이 든다.

우리가 호텔 주차장에 들어갔을 때 나의 가족 모두가 현관 밖에서 기다리고 있었다. 그 당시에는 할머니가 살아 계셔서 나에게 손을 흔들며 창가에 서 계셨던 것이 기억난다. 마치 어제 일이었던 것처럼 할머니의 얼굴에 번진 미소를 지금도 볼 수 있다. 할머니는 몇 년 전 돌아가셨지만 내가 불안과 관련된 장애물을 극복할 때마다―관광버스를 타고 국토를 횡단하거나 뒤뜰에 있는 텐트 안에 앉아 있는 것과 같이―그 창가에 서서 뿌듯해하며 환히 웃고 계시던 할머니가 떠오른다.

영혼에게 조금만 잘해 주라

내 주변의 에너지를 제어하는 것을 돕기 위해 팻은 영혼과 어떤 경계를 정해 두어야 한다는 걸 가르쳐 주었다. 그것은 내가 오늘날에도 여전히 사용하는 것이다. 나는 어떤 안내자나 천사들, 죽은 사람들이 나에게 말할지, 혹은 그들이 무엇을 말하고 싶어 할지 지시할 수 없다. 그러나 영혼에게 안다는 표시를 보일지, 그리고 어떻게 아는 척을 할지는 내가 통제할 수 있다. 그래서 처음에는 매일 4시에 나와 대화를 나눌 수 있도록 시간을 비워 두겠다고 영혼들에게 말했다. 나는 신의 빛 안에서 모든 것을 보호하기 위해 흰 초에 불을 붙일 것이다. 그리고 관련된 모든 이들 중 오직 최선의 존재를 청한다. 나는 오직 신의 흰 빛 안에 있는 영혼들과만 채널링하기를 원한다. 그리고 놀랍게도 영혼들 대부분이 그것을 존중했다. 그래서 나도 더 편안하게 채널링을 하게 되었다. 우리는 실제로 주고받는 관계를 발전시켰다.

명상하는 중에 무엇을 느꼈든 나는 종이 위에 써 내려갔다. 팻이 나에게 자동기술법을 가르쳐 주었다. 그것은 기본적으로 영혼으로부터 메시지를 받아 적을 때 필요하다. 특히 마음으로 메시지를 '듣는 일'이 충분히 익숙하지 않아서 자신의 생각과 영혼의 생각을 구별하기 어려울 때, 펜을 통한 채널링은 영혼과 이야기를 나누는 쉬운 방법이다. 텔레비전 방송에서 당신은 내가 리딩을 하는 동안 작은 메모지에 반사적으로 써 내려가는 걸 볼 것이다. 그것은 내가 집중하도록 도와준다. 채널링을 할 때 나는 요점을 전달하기 위해 영혼이 원하는 단어들을 휘갈겨 써 내려간다.

내가 영혼에게 요청하는 또 다른 중요한 것은 당신이나 나와 같은 3차원의 사람 모습으로는 나타나지 말라는 것이었다. 처음으로 다른 사람들을 리딩하기 시작했을 무렵 나는 이를 닦고 있었는데, 얼굴을 들자 갑자기 한 남자가 거울 속 내 뒤에 서 있는 것이 보였다. 나는 너무 놀랐다! 그래서 나는 이 재능을 받아들여야 한다면 영혼은 나에게 다른 방식으로 자신의 모습을 보여줘야 한다고 나의 안내자들에게 말했다. 그때부터 줄곧 그림자

같은 모습으로 영혼을 봐 왔다. 영화 〈고스트〉에서 악당의 영혼을 휙 데려가는 부정적인 '그림자 사람들'이나 무서운 검은 덩어리들을 말하는 것이 아니다. 내가 본 모습들은 검은 윤곽의 실루엣이나 범죄 현장에 분필로 그려진 윤곽 같지만, 투시해 볼 수 있는 흐릿한 그림자로 채워져 있다. 그 에너지는 매우 긍정적으로 느껴진다.

사실, 나는 최선의 좋은 것만을 제공하고 싶기 때문에 무슨 수를 써서라도 부정적인 영혼을 보지 않고 피하려고 노력한다. 나는 할로윈 파티나 역사적으로 이름난 유령의 집을 좋아하지 않는다. 그리고 당신이 아무리 많은 돈을 준다 해도 심령술에서 사용하는 점괘판(서양 심령술사나 강령술사들이 사용하는, 영이 반응을 보이는 판)을 만지지 않는다. 같은 맥락에서 나는 모든 일들이 신의 흰 빛으로 보호받기를, 그래서 내가 리딩을 하는 동안 결코 부정적인 정보를 얻지 않기를 항상 요청한다. 오직 좋은 것들만! 그것이 내가 원하는 전부이다.

영혼이 나에게 보내는 신호와 느낌을 이해하기 위해 나는 그들과 사용하는 공통된 어휘를 개발하기 시작했다. 나는 팻의 의뢰인 중 많은 이들을 맡았고, 믿을 수 없을 정도로 놀랍고 감동적이며 종종 아주 우스운 이야기들을 래리와 나누기 시작했다. 래리는 많은 질문을 했고, 내가 하고 있는 일에 더 많은 관심을 쏟고 있음을 알 수 있었다. 솔직히 말해, 우리 두 사람은 무엇보다 내가 이 영혼들과 이야기를 할 수 있다는 것에 놀랐다! 여러모로 나는 분명한 영적 길 위에 있었지만, 우리는 그 안에서 함께 성장하고 있었다.

이럴 수가! 내가 진짜 영매라니!

나는 오직 수업 중에만 리딩하는 것을 좋아했지만, 어느 날 그
것이 실제 삶에서도 일어났다. 나는 베드배스앤비욘드(생활용품 체
인점)에 있었는데 갑자기 느껴졌다. 나는 이것이 누군가의 가슴—
심장, 폐, 유방, 액체로 가득 찬 것, 혹은 익사 사고—에서 전달된
신호라고 영혼과 함께 설정했었다. 다른 때 같으면 나는 갑자기
공황 상태에 빠졌을 것이고, 통로 중앙에 카트를 버리고 상점 밖
으로 황급히 뛰쳐나갔을 것이며, 울부짖으면서 신호등들을 무시
하고 전력 질주해 집에 돌아와서는 이 모든 극적인 드라마에 대
해 자책했을 것이다. 그러나 그날 BB&B에서 나는 괜찮을 거라
고 나 자신에게 말했다. 나는 엄마가 말씀하시곤 하던 걸 생각했
다. '너의 안전한 장소는 너다.' 그리고 그때 나는 한 남자의 목소
리를 들었다. 그는 말했다.

"내 아내에게 내가 왼쪽에 있는 것들을 좋아한다고 말해 줘요."

둘러보니 아무도 거기에 없었다. 바로 그때 한 나이든 여성이
두 장의 침대 시트를 들고 내게 다가왔다. 그녀는 40년의 결혼 생
활 뒤 바로 얼마 전에 남편을 잃었고, 침실을 다시 꾸미고 있다고
내게 말했다. 그녀는 남편이 어느 시트를 더 좋아했을지 결정할
수 없었다. 나는 왼쪽 것을 제안했고, 그녀는 무척 행복해했다.

나는 그녀의 남편이 내게 무슨 말을 했는지 그 여성에게 말하
지 않았다. 그러나 그 순간 나는 알았다. 영혼이 이 여성처럼 사
랑하는 사람으로부터 메시지를 들어야 하는 사람들을 내가 가
는 곳에 계속 데려오리라는 걸. 나는 또한 나의 안내자들이 나에

게 첫 실제 시험을 했다고 믿는다. 그리고 나는 시험에 통과한 것이다! 이 모든 것 중 최고의 보너스는, 메시지를 전한 뒤 내 가슴이 정상으로 느껴졌다는 것이었다. 나는 채널링을 했고 에너지를 풀어 주었으며 내 하루를 계속해 나갔다.

5년 동안 팻의 수업을 들으며 그녀의 학생들을 리딩한 뒤 나의 능력을 다른 사람들과 나눌 시간이 되었다. 나는 내가 하고 있는 일이 더 높은 힘에서 나온다고 확신했다.

내 재능을 받아들이는 데 그토록 오래 걸린 이유를 한 가지 언급하자면, 무엇보다도 내가 왜 그런 재능을 갖도록 선택받았는지 고민했기 때문이다. 나는 계속 생각했다. 나는 누구인가? 나는 특별한 사람이 아니다. 왜 내가 이걸 하도록 선택되었나? 이것이 왜 나의 여행이어야 하는가? 그리고 가톨릭 신자로 자라면 죽은 사람들과 접촉하지 않는다. 그래서 내가 하는 일이 괜찮으며 여러 방식으로 안내받고 있다는 것을 확신시켜 주는 '종교적인' 신호들을 영혼이 나에게 보내 주고 있다고 생각한다.

내가 집에서 의뢰인들을 만나기 시작한 처음 순간부터 나의 가족은 그것에 대해 마음 편히 생각했다. 사람들이 내 아이들에게 부모님이 생계를 위해 무슨 일을 하는지 물으면, 아이들은 이렇게 말했다.

"아빠는 이태리 식품 수입하는 일을 하시고, 엄마는 죽은 사람들과 이야기를 해요."

내가 교사나 그 비슷한 사람이라도 되는 듯 아주 자연스러웠다. 래리는 또 집에서 몇 번 리딩하는 것을 우연히 듣고는 내가 사람들을 리딩하는 장소들까지 같이 가 주기 시작했다. 그 이후 그는 내가 하는 일을 믿지 않을 수 없었다고 말했다. 특히 영혼이 나를 통해 건강이나 인체해부학에 대해 말할 때 감명받았다. 왜냐하면 나는 대학에 다니지 않았기 때문이다. 나는 책도 읽지 않는다. 리딩은 영혼이 나와 소통할 수 있도록 나의 뇌를 이완시키고 마음을 맑게 해 준다. 그러고 나면 책에 집중할 수가 없다. 그렇다면, 만일 그것이 영혼에게서 오지 않았다면 나는 그런 것들을 어디서 배웠겠는가?

영매가 된 것은 남편이 경험한 많은 '특이한' 일들을 입증하는 데도 도움이 되었다. 래리는 열 살 때 그의 할머니 영혼을 보았다. 그러나 그것이 진짜라고는 전혀 확신하지 못했다. 동생과 방을 같이 썼는데, 할머니가 그의 침대 발치에 서 계셨다. 래리는 그것이 자신의 상상이라고 생각했고, 내가 내 재능을 받아들이기 전까지 실제로 그것에 대해 잊고 있었다. 래리는 데자뷰(최초의 경험임에도 이미 본 적이 있거나 경험한 적이 있다는 느낌이나 환상)에 대해서도 많은 걸 배웠다. 어렸을 때 래리는 과거에 가 본 적이 없는 장소들에 갔는데도 그 장소들에 대한 분명한 기억이 있었고 그 이유를 설명할 수 없었다. 이제는 데자뷰나 직감, 서늘한 기분, 알맞는 타이밍, 우연의 일치, 심지어 다리에 닿는 손이나 셔츠의 잡아당김 같은 '이상한' 것을 느끼면 그것이 영혼의 작용이라는 걸 안다.

2001년에 래리는 뇌종양 진단을 받았지만 살아남았을 뿐만 아니라 뇌종양이 초래한 신경 손상을 거의 대부분 극복했다. 자신의 회복에 의사 이상의 것이 작용했다고 그는 믿는다. 그러나 내가 가장 좋아하는 래리의 변화는 거칠고 문신 투성이인 나의 오토바이맨이 어떤 이유에선지 모든 것에 더 감성적으로 예민해졌다는 점이다. 영화 〈컬러 퍼플〉(조지아 주의 고립된 시골에서 자란 흑인 여성 셀리가 정신적 고통과 무기력한 자아상을 극복해 나가는 과정을 그린 스티븐 스필버그 감독의 영화)이 그를 울게 하고, 그가 우리 가족을 얼마나 많이 사랑하는지에 대해서는 말도 꺼내지 말라. 이 남자는 팔불출이다.

좋은 것의 시작

마침내 내 재능을 받아들였지만 나는 완벽한 것과는 거리가 멀다. 나는 조금 덜 공황발작에 시달리고 훨씬 더 독립적이 되었을 뿐이다. 여전히 엘리베이터나 사방이 막힌 공간을 좋아하지 않으며 어둠이 죽을 것처럼 무섭다. 말장난이 아니다. 나는 야간등과 텔레비전을 밤새도록 켜 놓고 자야 하고, 벽장을 제외한 모든 문을 계속 열어 둔다. 또 밤에 깊이 잠들지 못한다. 계속 뒤척이고, 돌아눕고, 환청을 듣고, 무엇인가를 느낀다. 그리고 꿈을 꾸면 기억나지 않는다. 아침 6시에 알람이 울리면 나는 기지개를 켜지도, 잠깐 눈을 붙이지도 않고 곧바로 일어난다. 마치 그 침대에 1분이라도 더 누워 있지 않아야 행복하다는 듯……. 나는 가능한 한 최고의 테레사 카푸토가 되려고 노력하지만 부족한 많은 날들이 있다. 나는 영매이지 성자가 아니다!

자신의 개성을 전혀 숨기지 않는 사람인 나는 뚜렷한 특징과 이야기가 있는 영혼을 채널링하는 것이 재미있고 흥미롭다는 것을 발견했다. 나는 새로운 사람들을 만나는 것을 좋아하며, 영매가 된 것은 정말 중요한 모임의 안주인처럼 느끼게 한다. 특히 아이들의 영혼은 나에게 말한다.

"우리 부모님은 여러 영매들을 찾아가지만, 나는 당신을 통해 채널링하는 것이 좋아요. 왜냐하면 당신은 부모님이 나를 보게 해 주기 때문이에요."

사람은 자신이 사랑하는 사람들을 느낄 수 있고 그들이 한창 시절일 때 어떻게 행동하고 말했는지 안다. 이것은 내가 다른 영매들보다 더 훌륭하기 때문이라고 말하는 것이 아니다. 전혀 그렇지 않다. 나는 모든 영매들이 영혼과 각기 다른 방식으로 채널링하고 연결된다고 느낀다. 어떤 영매가 다른 영매보다 더 기술이 좋거나 나은 것이 아니다.

나는 나 자신이 감사하게 여길 많은 것들을 갖고 있음을 깨닫는다. 이 재능을 다른 사람들과 나눌 수 있어서 기쁘다. 비록 나의 가족들은 체육관이나 치과나 쇼핑몰에서 내가 갑자기 멈춰서야 할 때마다 자신들에게는 선택권이 없다고 농담을 하지만 말이다. 영혼들이 나를 계속 정신 바짝 차리게 만드는 것이 나는 기쁘다. 그리고 모든 리딩마다 그들이 내게 새로운 걸 가르쳐 주는 것도 기쁘다. 나는 또한 나 자신이 태평한 성격을 가진 것에 감사한다. 그렇지 않으면 나의 특별한 능력을 받아들이기가 더 힘들었을지 모른다. 대체로 나는 질문을 하거나 어떤 것을 확대해석하지 않는다. 나는 삶이 단순하게 놔둔다. 만일 당신이 나에게 헤어스프레이 통을 주며 그것이 어떤 방식으로 작동하는지 묻는다면, 나는 말할 것이다.

"있잖아요, 나는 그것이 어떤 방식으로 작동하는지 상관하지 않아요. 그것이 작동하면 그대로 좋은 거예요."

나는 어떻게, 언제, 왜를 알 필요가 없다. 있는 그대로를 받아들이며, 그것이 전부이다. 나는 영혼과의 대화를 이와 같은 방식으로 다룬다. 자, 나에 대해선 이것으로 충분하다. 이제 영혼에게로 가자!

2

영혼이 보내는 신호들

우리가 죽으면 천국에서 우리의 영혼은
마침내 물질세계에서의 삶의 큰 그림을 볼 수 있고
그것이 무엇을 위한 것이었는지 볼 수 있다.

그렇다면 나는 당신의 사랑하는 사람을 포함해 영혼과 어떻게 소통하는가? 사람들은 줄곧 이 질문을 한다. 채널링은 나에게 자연스럽게 온 능력이기 때문에 말로 설명하는 게 어려울 수 있다. 그것은 내 딸 빅토리아가 어떻게 실력 있는 체조 선수가 되었는지 설명하는 것과 비슷하다. 빅토리아는 높이 날아올랐다 내려오기와 멋진 거꾸로 공중돌기와 공중 뒤집기를 할 수 있다. 그렇다, 일주일에 25시간을 연습하고 자신의 다듬어지지 않은 재능을 향상시키기 위해 피나는 훈련을 한다. 그러나 그네와 텀블링에서는 정말 믿을 수 없을 정도로 타고난 기량을 가지고 시작했다. 어떻게 그렇게 하는지 물으면 빅토리아는 말할 것이다.

"모르겠어요. 그냥 할 뿐이에요."

빅토리아의 재능은 빅토리아의 일부분이다. 이것은 내가 죽은 사람들과 말하는 것에도 똑같이 적용된다. 채널링을 할 때 나와 의뢰인이 어떻게 하는지 구체적으로 이야기하기 전에 먼저 진행 과정을 설명하고 싶다. 개인 리딩이나 단체 리딩을 하는 동안 영혼—대부분은 세상을 떠난, 당신이 사랑하는 사람들, 그리고 나의 안내자들과 저쪽 세계에 있는 또 다른 신성한 영들—은 대부분의 사람들이 느끼는 것과는 다른 방식으로 내가 대상을 감지하고, 보고, 듣고, 느끼고, 알게 만든다. 내가 자신들의 메시지를 의뢰인에게 전달할 수 있도록 하기 위해서다.

대개 한 번의 세션에서 한 명 이상의 영혼들과 채널링한다. 그리고 누가 도움을 주러 앞으로 나올지에 대해선 나는 어떻게 할 수 없다. 나는 쉴 새 없이 떠들지만 리딩은 나에 관한 것이 아니다. 리딩은 영혼이 당신에게 알려 주고 싶어 하는 것에 관한 것이다. 나는 단지 영혼의 목소리가 들리도록 하기 위해 사용되는 육체일 뿐이다. 나는 다만 영혼이 인격을 갖고 모든 관련된 사람들의 최고선(인간 행위의 최고의 목적과 이상이 되며 행위의 근본 기준이 되는 선)을 위해 대화하기를, 그리고 당신 삶의 그 순간에 최고의 평화를 가져다줄 메시지를 나를 통해 전달해 주기를 요청한다.

그때 내가 할 일은 영혼이 나에게 보여 주고 말해 주는 것을 설명하는 것이다. 영혼들은 이것을 나의 이해와 판단의 기준틀 안에서 한다. 이는 내가 받은 모든 메시지들이 나의 개인적 경험을 통해 걸러진다는 걸 의미한다. 나는 늘 말한다. 내가 채널링을 할 때는 모든 영혼이 가톨릭 신자이자 이탈리아 인처럼 말한다고.

만약 영혼이 나에게 설명하는 그런 종류의 상황을 이해하지 못하거나 용어, 구절, 이름을 들어본 적이 없다면, 당신이 이해하는 방식으로 그 메시지를 전달하는 데 시간이 걸릴 것이다. 만일 내가 그들이 이해하지 못하는 걸 설명하고 있다면 내게 즉시 말해 달라고 나는 의뢰인들에게 부탁한다. 그것은 내가 맞고 그들이 틀리다거나, 그들이 맞고 내가 틀리다는 의미가 아니다. 영혼이 당신에게 전달하려고 하는 것에는 결코 틀린 것이 없다. 부정확한 이유는 영혼들이 요점을 전달하기 위해 위해 사용한 신호나 느낌들을 내가 어떻게 '번역'하는가에 달려 있다. 세부 사항들이 애매하거나 불분명한 것 같을 때 나는 먼저 말한다.

"무엇에 대한 것인지는 모르지만, 이것이 영혼이 나에게 보여주고 있는 겁니다."

우리가 여전히 아무 결과도 얻지 못하고 있으면 영혼은 내가 또 다른 방식으로 그 주제에 접근하게 한다. 그러나 나는 중요한 메시지를 이해하는 것은 의뢰인 자신에게 일임한다. 왜냐하면 당사자만이 그것들이 어떻게 자신의 삶에 들어맞는지 알기 때문이다. 나는 몇 가지 의미를 제안할 순 있지만, 결코 그것들 중 어떤 것에 대해서도 결정적인 의견을 말하지 않는다.

그대로 맡겨 두면, 영혼은 늘 자신의 요점을 잘 전달한다. 처음에 우리가 메시지를 이해하지 못한다 해도 나는 걱정하지 않는다. 당신은 세션 후반에, 혹은 집에 도착했을 때 단편적인 사실들을 연결해 어떤 결론을 이끌어 낼 수도 있기 때문이다. 영혼은 이유가 있어서 내가 채널링하는 모든 단어들을 말하게 한다는 걸 나는 안다. 여기에 좋은 예가 있다. 한번은 아버지가 갑작스럽게 세상을 떠난 한 여성이 나를 찾아왔다. 그 아버지는 내가 그녀에게 이렇게 말해 주기를 원했다.

"더 빨리 진찰을 받았더라면 내가 살아 있을 텐데 하고 느끼지 마라."

나는 그가 피부 질환으로 죽었다고 느꼈지만 그는 머리를 부딪친 뒤 죽었다고 나에게 보여 주었다. 그는 또 계속해서 말했다.

"테레사, 당신은 내가 이렇게 죽었다는 걸 믿을 수 있나요?"

나는 그 남자가 무슨 얘기를 하고 있는지 알지 못했다. 왜냐하면 나는 직감적으로 그가 머리를 부딪쳐 죽은 게 아닌 것을 느꼈기 때문이다. 그러나 그것이 영혼이 내게 보여 준 모습이었다. 이 메시지는 너무 혼란스러웠다. 그러나 메시지를 해석하는 것은 내 일이 아니었다. 나는 단지 그 말을 전달할 뿐이었다. 알고 보니, 그 여자의 아버지는 차에 타면서 머리를 부딪쳤다. 그때 머리를 긁혔는데 치료를 하지 않았다. 의사에게 가서야 그 상처가 아물지 않고 있다는 걸 알았다. 왜냐하면 흑색종(피부암의 하나) 4기였기 때문이다. 그는 2주 뒤 사망했다.

영혼의 신호

살아오면서 나는 모든 사람이 내가 하는 일을 믿는 건 아니라는 걸 알 정도로 의심 많은 사람들을 충분히 만났다. 그래서 내가 한 영혼 혹은 더 많은 영혼들과 소통할 때 그것이 어떤 현상인지 당신에게 설명하고 싶다. 나는 당신이 영매를 믿도록 만들기 위해 여기에 있는 것이 아니다. 그러나 만일 이 책을 샀다면 적어도 약간의 호기심은 있을 거라는 생각이 든다. 건방지게 굴려는 건 아니지만, 당신이 내가 하는 일을 믿든 안 믿든 나는 전혀 상관하지 않는다. 나는 그저 내가 진실이라고 느끼는 걸 공유하기 위해 여기에 있는 것이다.

채널링을 시작하기 전에, 몇 가지 이유로 나는 간단한 연설부터 시작한다. 한 가지 이유는, 내가 어떻게 메시지를 받고 당신은 어떻게 메시지들을 해석할 수 있는지 설명하기 위해서다. 나의 독백은 또한 내가 일할 준비가 되었다고 영혼에게 보내는 신호이기도 하다. 나는 한 사람을 위해 리딩을 하든 3천 명이 있는 장소에서 리딩을 하든, 이 의식을 사용한다. 이때 당신의 사랑하는 고인은 나의 개인적인 생각과 느낌과 감정을 없애기 시작한다. 그리고 내가 그들의 메시지를 전달할 수 있도록 여기 물질세계에서 내가 경험한 신호와 상징들로 그것들을 바꾸기 시작한다.

세션을 진행하는 내내 영혼은 첫째, 당신과 그들의 관계를 입증하고, 둘째, 당신에게 구체적인 메시지를 전달하는 신호와 상징의 어휘들을 사용한다. 나는 이 신호와 상징들의 모음을 나의 '영혼 도서관'이라고 부른다.

앞에서 설명한 것처럼 나는 감정이입을 바탕으로 채널링하기 때문에 이 신호들은 특정한 느낌들과 함께 올 수 있다. 그러나 이 부분은 나중에 설명할 것이다. 나는 가능한 한 최선을 다해 내 신호들을 번역해 당신에게 메시지를 전달한다. 다시 말하지만, 그 의미가 얼마나 중요한지 해석하는 건 당신 몫이다. 그것은 퍼즐을 맞추거나 스쿠비두 미스터리(스쿠비두라는 이름의 개가 등장하는 비디오 게임)를 푸는 것과 조금 비슷하다.

영혼이 자신의 존재나 당신과의 관계를 입증할 때, 나는 영혼에게 분명하고 특징적이며 구체적으로 알려 줄 것을 요청한다. 나는 영혼이 너무 뻔한 증거를 대게 하진 않는다. 만일 그렇게 하면 나는 그 단서를 무시하고 영혼에게 다시 좀 더 정확하게 시도할 것을 요청한다. 이때 영혼은 당신이 가는 길에 차 안에서 말한 내용이나 당신에게 특별한 구체적인 장신구 한 점을 언급할 수도 있다. 예를 들어, 한 번은 어떤 할머니의 에너지가 들어와서 나에게 그녀의 손녀와 관련된 네잎 클로버를 보여 주었다. 손녀는 때마침 주머니 속에 클라다링(아일랜드 전통 약혼반지)을 넣고 있었다(네잎 클로버가 행운을 상징한다는 믿음은 아일랜드의 켈틱 문화에서 유래되었다).

또 한번은 영혼이 의뢰인의 브래지어 안쪽에 핀으로 고정시킨 무엇인가가 있다고 말했다. 그러자 그 여성 의뢰인은 악마의 눈과 뿔 모양의 부적을 브래지어 안쪽에 핀으로 매일 고정시킨다고 말했다! 그녀는 그것들 없이는 결코 집을 나서지 않는다고 했다. 왜냐하면 악마의 눈은 사람들의 부정적 성향이 그녀에게 이르지 못하게 지켜 주고, 뿔 부적은 다른 사람들의 나쁜 의도로부터 그녀를 보호해 주며 나쁜 의도들이 부메랑처럼 그들에게 되돌아가게 한다는 것을 믿기 때문이었다. 세상에나!

내가 좌절감을 느끼는 유일한 경우는, 의심 많은 사람들이, 우리가 영혼을 필요로 할 때 우리 주변에 영혼이 있다는 것을 입증하기 위해서가 아니라, 내가 진짜 영매라는 것을 밝히기 위해 입증 과정을 이용할 때이다. 그들은 사랑하는 사람에게 나를 통해 영화 제목이나 자신들이 가까운 곳에 숨겨 둔 물건을 말하게 해 달라고 청한다. 나는 이런 게임이 좀처럼 즐겁지 않다. 그런 마음들이 어디서 오는지 나는 이해한다. 나 자신도 이런 능력이 약간은 별난 것이라고 여긴다. 그러나 내가 하는 일을 이해하지 못해도 부디 그것을 존중하고 나에 대한 부정적인 견해나 결정을 보류하라고 나는 늘 말한다. 자신이 열린 마음과 가슴으로 영혼을 경험할 때까지는…….

　나의 도서관에서 온 어떤 신호들은 소니 보노(가수 셰어의 남편으로 가수, 영화배우로 활동하다가 캘리포니아 주 대의원을 지냈다. 스키 사고로 사망)처럼 간단하고 명확하다. 소니는 스키 사고로 죽었기 때문에 내게는 스키 사고로 죽은 영혼을 상징한다. 그리고 복합적인 의미가 있는 신호들이 있다. 예를 들어, 장미는 사랑과 헌신의 상징이다. 그러나 장미의 색깔은 각각 다른 의미를 갖는다. 나에게 붉은색 장미는 누군가의 결혼식이나 제삿날 같은 기념일을 상징한다. 노란색 장미는 나에게 누군가의 이름을 상징한다. 로즈, 로잔느, 로즈 마리처럼 '로즈'라는 단어가 들어간 이름을. 만일 내가 노란색 장미를 보고 그것이 특별한 사람과 연결되어 있다고 느낀다면, 당신은 이를테면 할머니의 이름이 로즈였다는 말을 듣게 될 것이다. 또는, 특별한 사람이 당신 집으로 보낸 노란색 장미를 영혼이 알고 있다고 알려 주는 것일 수도 있다. 영혼이 최근의 사건을 종종 언급하는 것은 당신이 그 사건을 경험하는 바로 그 순간 영혼이 당신과 함께 있었다는 것을 입증하는 영혼의 방식이다. 이 모든 것이 조금 복잡하게 들릴지도 모르지만, 나로서는 경험하는 것보다 설명하는 것이 더 어렵다. 경험하는 것이 실제로 가장 중요하다. 그렇지 않은가? 놀라운 일은 당신이 나와 마주보고 앉아 있으면 정말 믿을 수 없을 정도로 빨리 당신은 이해하게 된다는 것이다.

　나는 특정한 단어나 구절에 의미를 부여함으로써 나의 어휘를 창조했다. 그런 뒤 실수와 시행착오를 통해 그것들에 새로운 의미를 보태도록 영혼들이 도와주었다. 내가 하나의 상징에 더 많은 설명을 부여할수록 우리는 당신의 사랑하는 사람과 더 빨리 대화할 수 있고, 나는 더 많은 메시지를 전달할 수 있다. 말을 예로 들어보자. 영혼이 나에게 말 한 마리를 보여 주면 그것은 대개 누군가가 말을 좋아하거나 승마를 하거나 경마에 돈을 걸었다는 걸 의미한다. 그러나 어느 날 나는 한 의뢰인과 그 모든 의미를 살펴보았지만 의뢰인은 어떤 의미와도 자신을 연결시키지 못했다. 그때 영혼이 나에게 정말 이상한 걸 보여 주었다. 뉴저지의 윤곽선이었다. 그래서 갑자기 말은 뉴저지 주도 상징하게 되었다. 왜인가? 모르겠다. 그러나 그것이 영혼에게 적용되는 일이라면 나에게도 적용된다. 오트밀에 대해서도 똑같은 과정을 거쳤다. 오트밀은 대개 누군가가 질척한 시리얼 먹는 것을 좋아했음을 뜻하는 상징이었다. 그것은 누가 봐도 분명했다. 하지만 한번은 상담에서 내가 그것을 말했을 때 의뢰인은 아니라고 했다. 그러자 영혼은 내가 매일 집 앞 진입로를 왔다 갔다 하면서 걷는 것처럼 느끼게 했다. 나는 그 여성에게 고인이 생전에 아주 엄격했는지 물었다. 그녀가 그렇다고 대답함으로써 이제 오트밀은, 그 사람이 정말로 오트밀을 좋아했거나 혹은 규칙적인 일과를 좋아했다는 의미로 쓰일 수 있게 되었다. 우리에게는 무작위적인 것처럼 보여도, 어쩌면 영혼은 매일 아침 퀘이커 오츠(아침 식사용 시리얼 상표명) 한 그릇을 먹는 것이 많은 훈련이 필요하다고 생각할 수도 있다.

이것은 영혼이 나에게 보여 주는 새로운 상징을 전부 나의 도서관에 보관한다는 걸 의미하지 않는다. 때로 이미지들은 당신이 해석해야만 하는 메시지의 일부이다. 예를 들어, 나는 새 아이폰을 사고 있었고 그 지역 판매 부장이 우연히 그 상점에 있었다. 나는 남자의 아버지와 장인이 돌아가셨다는 것을 알게 되었다. 두 아버지의 형상이 그를 위해 앞으로 나왔기 때문이다. 나는 한 영혼이 그의 아버지라는 걸 알았지만 두 번째 영혼은 삼촌일 수도, 할아버지일 수도, 선배일 수도 있었다. 그래서 나는 그 남자에게 말했다.

"당신의 부친과 함께 아버지 같은 형상이 한 분 더 있어요. 그 두 번째 사람이 방금 당신의 넥타이를 똑바로 매 주었어요."

이것은 영혼이 그를 멋쟁이로 생각한다는 걸 의미할 수도 있다고 나는 말했다. 그러나 그는 재빨리 내 말을 정정했다. 그의 장인은 실제로 넥타이를 수집하셨고, 늘 사위를 위해 넥타이를 매 주곤 하셨다고 그는 말했다. 그렇게 해서 수수께끼가 풀렸다. 이 이야기는 또한 내가 왜 사람들을 위해 직접 메시지들을 해석하려 하지 않는지 보여 주는 좋은 예이다. 설령 영혼이 나에게 암시를 준다 해도 나는 넥타이 같은 임의의 물건이 당신에게 무슨 의미인지 모를 수도 있다.

어떤 신호를 해석하는 데는 추측이 필요할 때도 있지만 어떤 때는 담배는 그냥 담배일 뿐이다. 한번은 한 여자에게 아들을 임신했는지 물었다. 영혼이 나에게 파란색 담요를 보여 주었기 때문이다. 파란색 담요는 나의 신호에서 남자아이를 가졌다는 의미이다. 그녀는 여자아이를 임신한 것으로 드러났지만, 그녀의 남편은 내가 그곳에 도착하기 전에 아들의 파란색 담요를 빨래 건조기 안에 집어 넣었다고 말하면서 그것이 영혼의 존재를 입증하는 것이라고 설명했다.

숫자 또한 믿을 수 있는 분명한 상징이라는 걸 나는 안다. 숫자는 죽은 사람들과 아직 물질세계에 있는 사람들의 생일이나 기념일처럼 특별한 날짜와 관련이 있다. 숫자는 또 나이일 수도 있다. 예를 들어, 만일 내가 숫자 6을 본다면 그것은 6월, 6월 6일, 6세 생일 등을 의미할 수 있다. 의뢰인 본인은 이해할 것이다.

누가 말하고 있는지 보라

메시지를 전달하기 위해 신호와 상징들을 사용할 뿐만 아니라 동시에 영혼은 느끼고 아는 일종의 육감을 통해 나에게 말한다. 내가 정보를 얻을 때 그것은 믿을 수 없을 정도로 강한 직감으로 다가온다. 그러나 나는 결코 그것을 의심하거나 너무 많이 생각하지 않는다. 이유가 있어서 영혼이 내게 그것들을 말하게 한다고 믿는다. 나는 단순히 영혼이 전달하고 싶어 하는 것을 느끼고 알며, 그러면 입을 열어 그것을 내보낸다. 때로는 내가 아무 노력을 하지 않을 때도 연결이 되고 메시지가 전달된다. 한 여자 의뢰인이 나에게 자신의 엄마가 실내를 환하게 밝히는 법을 알았다고 말했다. 내가 즉석에서 '무도회의 여왕bell of the ball!'이라고 말하자 그 여자는 엄마의 이름이 벨라였다고 나에게 말했다. 나는 내 뇌가 어떻게 작용하는지 모르지만, 다른 사람들도 이렇게 한다고는 생각하지 않는다. 적어도 자주는……

내가 느낌과 직감을 사용하는 방법은 많다. 나에게 말할 때 죽은 사람들은 종종 자신의 신분을 입증하기 위해 먼저 물질세계에서 당신이 그들과 공유했던 감정적인 유대감을 내가 느끼게 한다. 내가 실내에서 '어머니의 에너지'를 느끼면, 그것은 어머니나 할머니, 시어머니, 혹은 심지어 당신에게 엄마 같았던 이모일 수도 있다. 영혼은 또한 당신에게 어떻게든 영향을 미쳤던 상황을 내가 느끼게 하기도 한다. 만일 영혼의 메시지가 놀라운 사건에 관한 것이라면, 영혼은 당신이 그 일이 일어났을 때 경험한 충격을 내가 느끼게 만들 수도 있다. 나는 한 인간이 어떻게 죽었는지도 신체적으로 느낄 수 있다.

내 목이 제약을 받는 것처럼 느껴진다면 그것은 누군가가 식도와 관련된 문제나 질식, 교수형으로 죽었거나 혹은 그가 삶이 끝날 때 자신의 생각을 전달할 수 없었음을 의미하는 것일 수 있다. 만일 내 머리가 텅 비게 느껴진다면, 그것은 그 사람이 알츠하이머나 치매에 걸렸었음을 의미한다. 그리고 내가 머리에서 압박감을 느낀다면, 그 사람은 뇌동맥류 질환이나 뇌종양으로 사망한 것이다. 날카로운 통증 역시 또 다른 상태를 가리킨다. 내가 옆구리에서 통증을 느낀다면 그것은 신장이나 등 아랫부분의 문제와 관련이 있다. 골반 부분은 간이나 방광 문제와 관계가 있다. 그리고 내 다리가 마비되면 다리 부종이 있거나 마비가 되었거나 사지 절단 수술을 받은 사람이라는 뜻이다. 단체 리딩에서 많은 영혼들과 채널링을 하고 나면 나는 밤새도록 몸이 결리고 쑤시는 것을 느낀다.

영혼의 에너지는 우리와는 다르게, 더 높고 더 빠른 에너지 주파수로 존재하기 때문에 영혼의 말과 생각은 내게 아주 빠르게 온다. 영혼은 또 나에게 많은 생각과 느낌, 상징들을 한꺼번에 보낼 수도 있다. 이것은 영혼이 내가 전에 들어 본 적이 없는 용어나 이름, 생각을 사용할 때 자주 일어난다. 그래서 이 경우에는 메시지를 전달할 때 내가 선택할 수 있는 단서가 많다. 나는 정확히 한 글자 한 글자 그대로의 문장을 얻지는 않는다. 그리고 느낌이나 상징에 해당하는 일반적인 구절이나 상투어를 갖고 있지 않다. 또한 당신에게 명확히 설명하기 위해 내가 영혼에게 물어보는 것과 동시에 영혼이 나에게 말해 줄 수도 있다. 서로 소통하기 위해 말이 요구되지 않는 직관적인 반응인 것이다. 이것은 영혼이 우리처럼 입으로 말하지 않기 때문이다. 설령 내가 유령의 전신 모습을 본다 할지라도……. 생각이 영혼의 혼에서 나에게로 전달된다. 영혼은 자신의 생각과 감정을 이용해 동시에 의사전달을 하며, 당신과 내가 소통하는 방식인 언어를 사용하지 않고도 우리는 서로를 이해할 수 있다. 이런 이유로 다른 나라의 죽은 사람들은 나에게 중국어나 러시아어로 이야기할 수 있고 외국어 학위를 가진 것마냥 나는 그들을 완벽하게 이해한다.

이따금 영혼은 내 귀에 속삭이지만, 그들이 왜 신경을 쓰는지는 모르겠다. 나 외에는 누구도 그들의 말을 들을 수 없는데! 내가 영혼이 전하는 메시지의 세세한 부분을 의뢰인에게 알려 줄 때면 영혼은 하나 또는 그 이상의 나의 감각들을 사로잡아 나에게 말할 수도 있다. 실내에 아무것도 없는데도 나는 치자꽃 향기를 맡을 수도 있고, 또 영사 슬라이드나 플립북(움직임의 한 장면 한 장면을 같은 크기의 종이에 그려서, 그것을 연속적으로 넘겼을 때 그림이 움직이는 것처럼 보이게 하는 애니메이션 기법)처럼 일련의 사건들을 지켜볼 수도 있어서 어떻게 한 사건이 펼쳐졌는지 설명할 수 있다.

때로 영혼은 나의 모든 감각을 압도하기도 한다. 그래서 나는 한꺼번에 보고 듣고 느끼고 냄새 맡고 맛볼 수 있다. 예를 들어, 만일 영혼이 내가 마치 팔에 아기를 안고 있는 것처럼 느끼게 만든다면, 나는 담요를 보고 느낄 수 있고 갓난아기의 냄새까지 맡을 수 있다. 이것은 아기가 죽을 때, 혹은 아기가 죽은 바로 직후에 영혼이 그 아기를 안고 있었던 걸 의미하는 나의 '상징'이다. 영혼은 또한 여전히 나를 놀라게 하는 방식으로 다양한 감각들을 이용해 마음의 눈으로 나를 한 상황 속으로 들어가게 할 수도 있다. 한번은 어떤 집을 정화해 주게 되었는데, 한 여자 영혼이 내가 그 집에 들어오는 걸 원하지 않았다. 그녀는 냉담했고, 들어와도 괜찮다고 자신이 결정할 때까지 내가 밖에 있기를 원한다는 걸 나는 느꼈다. 안으로 들어가자 그 영혼이 말 그대로 내 팔을 움켜잡는 것이 느껴졌다. 집주인은 이것이 자신에게도 일어난 일이라고 했다. 그다음에 내 마음속에서 영혼은 나를 한 침대 위에 눕혔고, 나는 본능적으로 집주인 여자가 잠들어 있는 동안 그 영혼이 그녀를 부적절하게 건드렸다는 것을 알았다. 나는 그녀에게 이 변태적인 정보가 사실인지 물었고, 그녀는 그것이 사실이라고 했다. 나는 전에 이런 것을 한 번도 들어본 적이 없었다!

채널링을 하는 동안 영혼은 자신들의 말투와 버릇으로 나를 통해 말할 수도 있다. 나도 모르게 나는 누군가의 형이 했던 것처럼 얼굴을 찌푸리거나, 그 사람이 물질세계에 있을 때 추었던 한눈에 알아볼 수 있는 유별난 춤을 출 수도 있다. 뉴저지 주의 애틀랜틱시티에서 텔레비전으로 생방송 단체 리딩을 하는 동안 나는 한 남자 옆을 지나치다가 그를 돌아보며 말했다.

"아, 안녕, 마말라!"

그 사내는 어안이 벙벙했다. 방송이 끝난 뒤 팬미팅 행사에서 그는 나를 옆으로 불러서 말했다.

"나는 30년 동안 그 말을 들어본 적이 없었습니다. 그 말은 엄마가 나를 부를 때 사용했던 말이거든요."

나 역시 무엇이 이 말을 다름 아닌 그에게 하게 했는지, 또 '마 말라'가 무슨 의미인지조차 모른다. 그러나 그가 그 말을 들은 것은 중요했다. 그것은 그의 어머니 영혼이 나를 통해 말한 것이었기 때문이다. 그녀는 3년 전에 세상을 떠났다.

영혼의 메시지를 전달할 때 나는 걸름망이 전혀 없다. 나는 소쿠리에 담긴 스파게티처럼 내 두개골을 상상해 본다. 나의 뇌는 파스타면이고, 물은 뇌에 쏟아지는 정보이다. 그런 뒤 메시지는 내 목소리, 표현, 습관이라는 구멍들 밖으로 곧바로 흘러나온다. 그러나 나는 말조심하는 법을 배워야 한다. 종종 영혼이 내게 말하는 것을 말할 적절한 방법이 없을 때가 있다. 그래서 그냥 그것을 불쑥 내뱉는다. 한번은 80명의 사람들이 모인 레스토랑에서 단체 리딩을 했는데, 그곳에 오빠를 잃은 한 처녀가 있었다. 나는 그녀를 돌아보며 말했다.

"당신 오빠는 당신이 남자 친구와 끝내기를 바래요. 그는 형편없는 남자예요."

그런데 어땠는지 아는가. 남자 친구는 그녀 바로 옆에 앉아 있었다! 그래서 나는 만일 그 행사가 끝났을 때 내 자동차의 타이어 네 개가 찢어져 있다면 우리는 모두 누가 그 짓을 했는지 알 것이라고 우스갯소리를 했다. 그 처녀는 4개월 뒤 그 남자와 헤어졌다.

내가 쏟아 내고 있는 정보가 빠르고 감정적이고 놀랍고 뚝뚝 끊어지며 혼란스러울 수도 있다는 것을 나는 잘 안다. 그래서 그 조각들을 종합해서 맞춰 보는 것이 벅차게 느껴질 수 있다. 당신은 그때 그것을 의심할 수도 있고, 아니면 그것이 당신의 삶에 어떻게 들어맞는지 알아차리지 못할 수도 있다. 그 때문에 나는, 당신이 그 메시지를 자신의 속도로 살펴볼 수 있게 하기 위해 나의 모든 세션을 녹음한다. 한번은 한 남자가 내 전화의 자동응답기에 아주 재미있는 음성 메시지를 남겨 놓은 적이 있다.

"나는 4년 전에 리딩을 하러 당신에게 갔었고, 그때 당신은 나에게 쓸데없는 얘기만 잔뜩 했습니다. 그런데 지금 그 모든 일이 일어나고 있습니다!"

영혼이 말하는 것은 전부 이유가 있다. 다만 당신이 그것을 깨닫는 데 며칠 혹은 몇 년이 걸릴 수도 있다. 일단 리딩이 끝나면 나는 세세한 내용들을 거의 기억하지 못한다. 그렇지 않으면 내 마음은 다른 사람들이 사랑했던 죽은 사람들에 대한 이야기들로 가득 찰 것이고, 그런 식으로는 살 수 없다. 사실 나는 이 책을 위해 이야기들을 다시 들려줄 때, 소위 말하는 나의 '기억'을 사용하지 않는다. 영혼은 내가 가능한 한 자세하게 그 이야기들을 다시 할 수 있도록 내 모든 감각을 이용해 정신적으로 나를 이전의 그 장소로 되돌려 놓는다.

내 작은 눈으로 보다

리딩을 하는 동안 나는 육체적으로도 영혼을 볼 수 있다. 앞에서 설명한 것처럼 나에게 영혼은 분명한 윤곽을 가진, 속이 다 투시되는 그림자로 나타난다. 그래서 나는 뒤로 젖힌 헤어스타일을 한 여자의 머리 실루엣을 볼 수도 있지만, 그렇다고 눈이나 코처럼 완벽한 이목구비를 가진 건 아니다. 영혼이 자신의 존재를 입증하거나 메시지를 보내기 위해 그 사람의 눈이나 코에 관한 걸 전달하고 싶어 하지 않는 한……. 나는 또한 영혼이 살아 있는 사람과 상호작용하는 모습을 지켜보는 걸 정말 좋아한다. 나는 영혼이 앞으로 몸을 구부려 친구의 머리에 입맞춤하거나 어머니의 무릎에 앉는 걸 볼 수도 있다. 그것은 죽음 이후에도 지속되는 관계와 유대감의 애정 넘치는 표현이며, 따뜻함과 인격을 갖고 의사소통할 수 있는 영혼의 능력에서 나오는 표현이다.

때때로 영혼은 나에게 자신들이 저승에서 어떤 모습인지 말한다. 특히 죽은 아이들이 많이 그렇게 한다. 가령 웃으면서 이가 빠졌거나 교정기를 하고 있는 모습을 보여 준다. 그것은 대개 물질세계에서 그 아이가 몇 살이었을지를 말해 준다. 이것은 영혼이 말 그대로 천국에서도 교정기를 하고 저쪽 세계에서도 이가 빠진다는 뜻일까? 잘 모르겠다. 내가 아는 것은, 영혼은 우리가 기억하는 그들의 모습, 혹은 우리에게 기억되기를 바라는 모습으로 내 앞에 나타난다는 것이다. 영혼은 또 특정한 순간에 대해 말하거나 듣는 사람에게 위안을 주기 위해 그런 모습으로 나타날 수도 있다. 어쩌면 아이의 여자 형제 하나가 이가 빠졌거나 교정기를 했을 수도 있고, 영혼은 그것이 그토록 특별하고 중요한 사건이라는 걸 그 여자 형제가 알기를 바랄 수도 있다.

영혼들은 저쪽 세계에서 빛으로 환히 빛나는 모습들이다. 그렇기 때문에 그들은 그림자 형태로 변하기 전에, 때로 벽에서 나온 둥근 에너지 공처럼 나에게 나타나는 건지도 모른다. 그러나 영혼은 사랑하는 사람들이 애정을 가득 담아 그들을 기억해 줄 모습으로 내가 자신들을 묘사해 주기를 언제나 바란다. 천국에서 시간은 다르게 계산되지만, 영혼은 종종 나에게 자신이 우리 세계를 떠난 이래로 얼마나 많이 '성장'했는지 보여 준다. 이것 역시 아이들의 영혼에게 많이 나타난다. 천국에서 우리의 영혼은 몸을 갖고 있지 않기 때문에 나는 영혼이 육체적으로 성장하거나 우리가 이 세계에서 그러는 것처럼 연대순으로 나이를 먹는다고는 믿지 않는다. 이 세계와 저쪽 세계에서의 배움의 결과로 영혼이 영적으로 성장하고 발전하고 있다는 인상을 나는 받는다. 어린 영혼들은 또한 나에게 자신들이 더 이상 아프지 않다는 것을 보여 준다. 그들은 행복해 보이고 건강해 보이는 모습을 내가 계속해서 언급하게 하고, 자신들이 기억되길 원하는 모습을 말해 준다. 그들은 그 영혼이 자신이라는 걸 입증하기 위해 특정한 옷을 입고 나타날 수도 있다. 그러나 나는 말 그대로 그들이 그 옷들을 입고 저쪽 세계에서 많은 시간을 보내는지는 모르겠다. 또 한편으로는, 사람들을 전생으로 퇴행시킬 수 있는 어떤 최면술사들은 영혼들이 장난으로 그들이 가장 좋아하는 옷을 입고 나타날 수도 있다고 말한다.

메시지들

사람들은 각자의 이유로 나를 찾아오지만, 그들 모두가 기대

이상의 통찰을 얻고 떠난다. 어떤 이들은 종결이 필요하고, 반면에 또 어떤 이들은 아직 해결되지 않았다면 어떻게 그 사람이 죽었는지 알고 싶어 한다. 대다수는 자신들의 사랑하는 사람이 평화로운지 알기 위해 온다. 또한 자신의 배우자가 자신을 속이고 있지 않은지 알아내고 싶어 찾아오는 사람들도 아주 많다. 만일 그런 이유로 영매를 만나려고 한다면, 분명히 말하지만 당신은 무슨 일이 일어났는지 알기 위해 나나 당신의 죽은 어머니가 필요하지 않다. 나의 희망은 적어도 사랑하는 사람이 여전히 함께 있다는 것과, 그들이 기꺼이 메시지를 전달하려고 하며, 당신이 죽은 뒤에도 영혼으로 삶이 계속된다는 걸 당신이 알고 떠나는 것이다.

비록 어떤 사람들은 특정 인물의 말을 듣거나 특정한 메시지를 받기를 기대하며 리딩하러 오지만, 가져가는 메시지는 완전히 다를 수 있다. 왜냐하면 영혼은 당신이 듣기 원하는 것이 아닌, 그 순간 당신이 들어야만 하는 것을 당신에게 말하기 때문이다. 한 번은 넓은 장소에서 단체 리딩을 했는데 나는 계속해서 '브루노'와 '하키'라는 단어를 들었다. 나는 이 단어와 관련된 사람이 있는지 물었다. 가까이에 있는 한 남자가 손을 들고서, 자신의 이름이 부르노이며 하키를 지도한다고 말했다. 그는 또 얼마 전에 선수 한 명을 사고로 잃었다고 말했다. 나는 그가 엄청난 충격을 받았으며 소년의 죽음이 그가 사랑하는 일을 하지 못하게 할 수도 있음을 느꼈다. 나는 브루노에게 코치를 그만두기 원하는지 물었고, 그는 그 아이가 죽은 뒤 정말로 그러고 싶었다고 말했다. 소년의 영혼은 내가 그에게 말하게 했다.

"그만두어선 안 돼요. 아이들은 당신을 사랑하고 있고, 당신은 그 아이들을 자기 자식처럼 대해 주잖아요."

어떤 사람은 리딩이 끝날 때까지 자신이 그것을 통해 무엇을 얻을지 모를 수도 있다. 그러나 나는 당신에게 이것 한 가지를 약속한다. 그것은 당신의 삶을 완전히 변화시킬 수 있다.

첫 리딩에서는 영혼이 간단한 준비 작업을 통해 오래된 상처를 치유하고 싶어 한다는 걸 나는 알게 되었다. 영혼은 자신이 죽은 뒤 당신이 결혼한 두 번째 배우자에 대해 말할 수도 있고, 가족 구성원의 삶에서 일어난 일이나 당신의 직업에 대한 세부사항을 말할 수도 있다. 또한 당신이 영매를 만나는 이유가 이것이라면 그들은 자신이 얼마나 평화로운지 말할 것이다. 영혼은 기본적으로 당신이 괜찮은지 확인하고 자신도 괜찮다는 걸 당신에게 알게 한다. 이 리딩이 위로가 된다고 느끼거나, 혹은 또 다른 경우에 안심되는 말이나 지지가 필요하면 당신은 6개월에서 1년 뒤에 두 번째 리딩을 하러 돌아와 당신이 지난번에 영혼과 접촉한 이후에 일어난 일들을 이야기할 수도 있다. 나라면 그것보다 더 빨리 채 널링을 다시 하진 않을 것이다. 영혼이 저쪽 세계에서 영적으로 성숙하기 위해 영혼에게 시간을 줄 필요가 있다고 느끼기 때문이다. 그것은 그들이 우리와 더 잘 의사소통을 하는 데 도움이 된다. 당신 역시 치유하고 당신이 첫 리딩 경험에서 배운 걸 이해할 시간이 필요하다.

어느 레스토랑에서 단체 리딩을 하는 동안 한 남자의 어머니를 채널링했다. 그것이 그에게 많은 위로가 되었기 때문에 그는 나와 개인적으로 만날 약속을 잡았다. 그 남자는 여동생과 지난

5년 동안 말을 하지 않았으며, 그의 어머니는 그에게 그들의 불화에 대해 알고 있다고 말했다. 그 남자는 다음해에 또다시 나를 만나러 왔다. 그리고 우리의 마지막 상담 이후 여동생과의 관계를 회복했음을 알렸다. 이제 그는 단지 어머니와 접속하기 위해 1년에 한 번 찾아온다. 그는 어머니가 형제자매와의 친밀한 관계를 포함해 그의 삶에서 일어나는 어떤 것이든 놓치고 있지 않다는 걸 안다.

의뢰인이 언제 나를 보러 오든 영혼은 언제나 그 의뢰인의 삶에서 가장 중요한 주제에 대한 대화와 질문을 꺼낸다. 그들은 무엇이 일어나고 있는지 자신들이 알고 있음을 말해 준다. 그리고 자신들이 늘 당신과 함께 있으며, 당신을 지지해 주고 있고, 당신을 위해 신에게 탄원하고 있음을 당신에게 말해 준다. 그것이 그들이 말하는 방식이다. 그들은 당신이 무엇에 대해 울고 웃으며 무엇 때문에 스트레스를 받고 무슨 생각을 하는지 알고 있다. 그러나 이런 주제와 관련된 긴급한 메시지가 아니라면 영혼은 단지 그것을 인지하는 것만으로도 충분하다고 느낀다. 한번은 개인 리딩을 하는 동안 영혼이 나에게 장신구를 개조하는 것에 대한 나의 상징을 보여 주었다. 그리고 나에게 그것이 주인이 바뀌었을지도 모른다고 말했다. 나는 여성 의뢰인에게, 그녀가 선물로 주기 위해 가보로 간직해 온 보석 장신구를 다시 디자인했는지 물었고, 그녀는 딸이 결혼할 때 주기 위해 오래된 팔찌를 다시 세팅하는 걸 고려하고 있다고 말했다. 이 경우 영혼은 단순히 그 선물에 대해 알고 있음을 알린 것이다. 그것뿐이다. 영혼은 그 세팅에 대해, 혹은 그 선물이 좋은 생각인지에 대해 의견을 말하지 않았다.

어떤 사람들은 자신의 생각과 감정, 망설임, 두려움 등을 영혼의 메시지에 투영시킨다. 그리고 그것은 의미를 왜곡시킬 수 있다. 만일 당신의 죽은 할머니가 당신에게, 당신의 새 목걸이나 문신이나 새롭게 보수한 집을 좋아하지 않는다고 알려 주고 싶어 한다면, 할머니는 그것을 곧바로 말할 것이다.

많은 사람들은 영혼이 말하는 내용을 복음처럼 받아들이지만, 당신은 그들이 나에게 말하는 걸 한 마디도 놓치지 않고 열심히 들을 필요는 없다. 왜냐하면 다시 말하지만, 그들의 메시지는 내가 느끼고 본 정보의 해석에 기초하고 있기 때문이다. 영혼은 당신을 한 방향으로 몰고 갈지도 모른다. 그러나 대개 당신이 스스로 선택하고 결정하는 쪽으로 안내하고 싶어 한다. 그들이 당신 대신 결정하는 것이 아니라. 당신은 자유의지가 있으며, 영혼의 메시지를 알맞은 방향과 지지가 아닌, 문자 그대로 충고로 해석하는 건 혼란과 좌절에 이를 수 있다.

집에서 한 여자를 리딩한 적이 있다. 그녀가 의자에 앉는 순간부터 그녀의 분노를 느낄 수 있었다. 나는 그걸 무시하려고 했지만 영혼이 내게 맨 처음 말하게 한 것은 이것이었다.

"당신의 어머니는 당신 남편이 어디에도 가지 않을 거라고 말하시네요."

나는 그것이 좋은 소식일 거라고 생각했지만 전혀 아니었다! 그 여자는 테이블 너머로 달려들어 내 얼굴을 잡아뜯고 싶어 하는 것처럼 보였다. 그녀는 몇 년 전 세계적으로 유명한 영매에게 갔었고, 그녀의 남편이 몹시 아파서 더 이상 물질세계에 있을 수 없다는 말을 들었다. 그 영매는 옳았다. 그녀의 남편은 몹시 아팠다. 그녀는 불행한 결혼 생활을 하고 있었지만 영매의 예측과 그녀가 조언이라고 받아들인 내용 때문에 결국 그 남자와 계속해서 살기로 결정했다. 12년 후로 장면이 바뀌어, 그녀는 아직까지 이혼을 하지 못했고 지금 나는 그녀가 사랑하지 않는 그 남자가 이쪽 세계에 그대로 머물러 있을 거라고 말하고 있었다!

그녀의 스토리를 듣고 나는 그녀에게 만약 그녀가 남편을 떠나기로 결정했다면 남편의 건강이나 자식들과의 관계, 혹은 심지어 그녀 자신의 의무감이나 죄책감 등 모든 상황이 다르게 전개되었을 것이라고 말해 주었다. 그러나 여기에서 더 큰 교훈은 죽은 사람이든 산 사람이든, 다른 사람이 말한 것에 기초해 중요한 결정 속으로 돌진해서는 안 된다는 점이다.

영혼들은 또한 당신에게 평화를 줄 뭔가를 하라고 격려하기 위해 당신이 고심하고 있는 주제를 꺼내는 경향이 있다. 이런저런 일을 하라고 재촉하는 것이 아닌 부드러운 형태의 안내이다. 그것은 내가 가슴 부위에 날카로운 통증을 느끼고 '재검진하라'는 말을 들었던 때와 비슷하다. 영혼은 내 의뢰인의 건강에는 아무 문제가 없다고 나에게 말했지만, 나는 그녀 자신이나 그녀 주변의 누군가가 유방암 검진을 받을 예정이라고 느꼈다. 그녀는 나중에 자신의 어머니에게 리딩 내용에 대해 말했다. 그녀의 어머니는 아무도 모르게 유방암 검진을 받은 뒤 몇 주 동안 가슴 통증을 겪고 있었으며, 그것에 대해 불안해하고 있고, 두 번째로 병원에 가는 것을 계속 미루고 있음을 시인했다. 영혼의 메시지는 그녀로 하여금 의사를 만나게 했고, 다행히 '재검진' 결과는 이상이 없었다. 이것은 단지 마음의 평화를 위해서라도 의사를 만나야 한다는 메시지를 주는 영혼의 방식이다. 그리고 의사를 만나는 동안 영혼은 어머니와 함께 있었다.

나는 리딩에서 오직 좋은 것들만 요구한다. 따라서 영혼이 논쟁거리나 앞으로 일어날 나쁜 일들과 같은 부정적인 것을 꺼낼 수 있는 유일한 길은, 만일 그 상황에 대한 정보를 얻는다면 우리가 그것을 더 나아지도록 만들 수 있을 때일 뿐이다. 한번은 한 여성의 집에서 단체 리딩을 했고, 영혼은 그녀의 남편이 직업을 바꾸고 완전히 다른 방향으로 나아가려 한다고 나에게 말해 주었다. 그러나 그는 이 새로운 자리에서 훨씬 더 행복할 것이기 때문에 걱정할 일이 아니라고도 말했다. 여자는 나를 보고 웃으면서 무슨 말인지 모르겠다고 말했다. 왜냐하면 그녀의 남편은 회사에서 고위 간부였고 보수가 아주 좋았기 때문이다. 그런데 2주 뒤 그녀는 나에게 전화를 해서, 남편 회사가 구조조정을 하는 바람에 그가 그만두게 되었다고 말했다. 좋은 소식은 그가 집에서 훨씬 더 많은 시간을 보낼 수 있는 직업을 바로 찾았다는 것이었다. 그는 자신이 떠난 회사보다 지금의 위치에서 더 많은 성취감을 느꼈다.

나는 영혼이 우리가 후회하지 않기를 바란다는 걸 배웠다. 우리가 죽으면 천국에서 우리의 영혼은 마침내 물질세계에서의 삶의 큰 그림을 볼 수 있고 그것이 무엇을 위한 것이었는지 볼 수 있다. 어떻게 그 모든 일들이 우리 자신이 더 많이 깨달은 영혼으로 진화하도록 도와줄 특정한 배움들을 얻는 더 큰 목적을 위해 일어났는가를. 아마도 영혼은 우리가 무거운 회한 없이 살기를 바라기 때문에, 늘 어떤 나쁜 상황의 다른 가능한 결과들을 나에게 보여 주는지도 모른다. 이것은 의뢰인이 그들 자신이나 사랑하는 이를 위해 내린 결정을 뒤늦게 자책할 때, 혹은 '만일 이렇게 했다면' 삶이 어떻게 달라졌을까를 궁금해할 때 일어난다. 이 중에서 내가 아는 가장 가슴 저미는 사례가 있다. 내가 팻 롱고의 수업 밖에서 채널링을 한 첫 번째 영혼들 중 한 명인 브라이언 머피라는 이름의 일곱 살 소년에 대한 이야기이다. 브라이언이 살아 있었다면 내 딸 빅토리아와 같은 나이일 것이다.

11년 전, 나는 팻과 함께 브라이언의 훌륭한 부모인 빌과 레지나를 만나러 갔다. 브라이언은 죽기 몇 달 전 이상한 말들을 하기 시작했다. 먼저 그는 시내 수영장으로 가는 길에 지나치는 특정한 장례식장에서 장례가 치러지기를 원한다고 부모에게 몇 차례 말했다. 브라이언은 건강했기 때문에 부모가 아이에게 그것은 아주 먼 훗날의 일이라고 아무리 말해도 소년은 완강하게 고집을 부렸다.

자연히 부모는 그것이 이상하다는 걸 알았다. 가족이 여름휴가를 떠날 준비를 하고 있을 때, 브라이언은 부모에게 정장 한 벌을 사 달라고 부탁했다. 브라이언은 자신이 1년 동안 영성체를 받지 않았으며 앞으로는 공식적인 휴일이 없다고 말했다. 이제 머피네 가족은 무서워졌다. 따라서 그토록 불안한 말을 들은 뒤 휴가 떠날 날이 다가왔을 때, 빌과 레지나가 얼마나 가기를 망설였을지 상상할 수 있다. 마치 소중한 일곱 살짜리 아들이 자신의 장례식을 준비하고 있는 것처럼 들렸다. 그러나 가족은 그들이 예측하는 최악의 두려움이 현실이 될 거라고는 조금도 생각하지 않았다. 브라이언이 수백 명의 사람들이 보는 앞에서 호수에서 익사한 것은 그 휴가에서였다.

내가 머피네 가족을 만났을 때 그들은 그 휴가 여행을 건너뛰었다면 브라이언에게 그런 일이 일어나지 않았을지도 모른다고 생각하며 계속 자책하고 있었다. 그러나 내가 브라이언을 채널링했을 때 그는 정말 놀라운 말을 했다. 그는 자신이 익사하지 않았다면 어떻게 죽었을지 설명했다. 한 가지 시나리오는 납치당해 자동차 트렁크에서 발견되는 것이었다. 그것은 브라이언의 엄마가 반복해서 꾸던 바로 그 악몽이었다. 또한 브라이언은 아빠와 함께 야구 연습을 하러 가는 길에 차 사고로 죽을 수도 있었다고 설명했다. 그렇게 되었다면 빌은 그 사고를 막기 위해 무엇을 할 수 있었을지 계속해서 자책했을 것이다. 브라이언은 자신이 어떻게 죽었어도 이것이 가족의 슬픔을 위해서는 '최선'이었다는 걸 부모에게 확실히 이해시키기 위해 이 모든 시나리오를 설명했다. 정말 중요한 건, 어려서 죽는 것이 자신의 운명이었고 그것은 막을 수 없는 것이었다고 브라이언은 말했다.

영혼으로부터 반복해서 나오는 한 가지 메시지는 당신이 그들의 죽음을 막기 위해 할 수 있는 게 아무것도 없다는 것과, 당신이 두려움이나 자책감의 짐을 지지 않고 삶을 껴안기를 원한다는 것이다. 브라이언은 이것을 함으로써 부모의 짐을 가볍게 해주었다. 저쪽 세계에서 보면 실수는 없다. 단지 이 세계에서의 당신의 여행을 채색하는 선택들이 있을 뿐이다. 나는 이것이 채널링할 때 영혼이 우리에게 삶을 사는 법을 말하지 않는 또 다른 이유라고 생각한다. 그들은 우리가 우리 자신의 운명을 결정할 수 있도록 스스로 판단할 필요가 있다는 걸 안다.

활발한 성격

영혼은 이 물질세계에 살 때 자신의 특징이었던 웃음과 태도와 특징들로 의사소통을 한다. 당신은 사랑하는 사람을 잃은 것에 대해 충분히 울고 슬퍼했다. 나는 당신의 잃어버린 가족과 친구를 당신에게 돌려줄 수 있기를 간절히 소망한다. 그러나 명백히 그것은 영매로서 나의 능력으로 가능한 일이 아니다. 그래서 내가 채널링을 할 때 할 수 있는 유일한 일은 당신이 그들과 함께 있는 것처럼 그들의 영혼을 느끼고, 그들의 유머감각을 느끼게 해 주는 것이다. 내가 하는 일 중에서 나는 그 부분을 매우 진지하게 받아들인다. 나는 슬픔으로 찢어진 당신 영혼의 한 부분이 다음의 사실을 알게 하고 싶다. 당신의 친구와 가족은 저쪽 세계에서 '자신의 모습 그대로' 있다는 것을. 그들이 병으로 죽었지만 아프기 전에 갖고 있던 기질을 보여 준다면 그들이 평화롭다는 것을 말해 준다. 만일 그들이 나쁜 곳에 있다면 그들은 부정적인 걸 말할 것이다. 최소한 그것이 내가 영혼을 보는 방법이다.

영혼은 천국에서도 자신의 성격을 유지하고 있기 때문에 리딩할 때 어떤 두 영혼도 비슷하지 않다. 각 영혼의 성격마다 매우 독특하다. 강하고 배짱 있는 영혼을 만날 때가 있다. 그녀는 결코 둘러 말하지 않는다. 그리고 말할 필요도 없이, 그녀의 가족은 그녀가 이 물질세계에서도 저돌적이었다고 말한다. 또는 만일 누군가가 부끄러움을 타거나 표현력이 부족했다면 그 영혼은 모자를 푹 눌러쓰거나 말꼬리를 흐리거나 나와 거리를 두는 것 같은 느낌이 든다.

영혼들이 어떻게 자신들의 별난 성격과 매력을 유지하는지 보여 주는 내가 가장 좋아하는 예는 한 아버지가 돌아가신 뒤 여러 명의 자매와 그들의 엄마를 단체 리딩했을 때 일어났다. 아버지의 영혼이 들어와서 엄마가 유람선 여행을 갈 때 그녀와 함께 있을 거라고 말했다. 그는 그것이 얼마나 멋진 일인지 설명했다. 모든 식구가 큰 배를 타고 있고, 그 배는 디즈니 유람선이기 때문에 미키마우스와 신데렐라도 거기에 있을 것이라고 그는 말했다. 남자의 아내는 무척 혼란스러워했다. 아직 자신을 위한 휴가 계획을 세우지 않았기 때문이다. 더구나 그런 호화로운 여행은 꿈도 꾸지 않았다. 그녀는 말했다.

"남편이 무슨 말을 하고 있는지 모르겠네요. 난 그런 여행을 갈 여유가 없어요."

그러나 그녀의 남편 영혼은 그 얘기를 계속했다. 그는 우기기까지 했다. 많은 곁눈질이 있은 뒤 마침내 자매들이 웃음을 터뜨리며 말했다.

"좋아요, 아빠. 우리가 엄마에게 말할게요!"

자매들은 엄마의 칠순 생일을 기념해 깜짝 유람선 가족 여행을 계획하고 있었던 것이다. 엄마가 말했다.

"남편은 늘 이런 식이었어요. 그는 혼자만 알고 있지 못해요!"

저쪽 세계에 있으면서도 그는 비밀을 폭로하는 것을 여전히 좋아하는 것이다.

또 다른 경우에는, 부부 영혼이 자신들의 존재를 딸에게 증명하기 위해 아주 구체적인 유머를 하며 들어왔다. 아버지 영혼은 내가 소리치게 했다.

"빙고!"

그러자 엄마의 영혼이 말했다.

"텔레비전에선 빙고 놀이(일종의 숫자 맞추기 놀이)를 하지 않아요. 그것은 더 프라이스 이즈 라이트The price is right(제품 가격을 알아맞히는 미국 CBS 프로그램)예요!"

그 말을 듣고 딸은 크게 웃음을 터뜨리면서, 그 게임쇼는 부모님이 가장 좋아하는 방송이었다고 말했다. 부모님이 살아 계실 때 그녀가 전화를 걸면 부모님은 이렇게 말하곤 했다.

"우리가 나중에 전화할게. 지금 큰 상품이 걸려 있거든!"

딸이 아들을 낳았을 때, 아이는 큰 상품이 걸리기 바로 직전에 태어났다. 가족은 아기가 그날의 큰 상품이라며 농담을 했다. 엄마의 영혼은 또한 진행자인 드류 캐리보다 밥 바커가 더 좋다고 내게 덧붙였다. 그것은 절대로 내가 한 말이 아니다. 나는 두 진행자 모두 훌륭하다고 생각한다.

천국에는 행복할 일이 많을지라도 이쪽 세계에서 괴팍했거나 오만불손했던 사람들은 그곳에서도 이상하게 쾌활한 것 같지 않다. 한 여자의 부모를 채널링했을 때 그 부부에게서 성격이 나쁜 느낌을 받은 적이 있다. 나는 딸에게 물었다.

"당신의 부모님은 짜증을 자주 내셨나요?"

거의 동시에 여자가 말했다.

"아니요, 우리 부모님은 훌륭한 분들이셨어요."

옆에 앉아 있던 그녀의 남편은 소리 내지 않고 입 모양으로만 말했다.

"맞아요, 정말 짜증을 많이 내셨어요!"

슬픔은 우리가 고인을 낭만적으로 묘사하게 만들 수 있다. 그래서 나는 이 경우에는 남편의 말을 받아들였다.

300명이 모인 자리에서 영혼은 내가 직접 한 남자를 가리키며 이렇게 말하게 한 적도 있다.

"당신의 아버지는 당신이 일어나길 원해요. 저분은 당신의 엄마인가요? 그는 저분도 일어나길 원해요. 그는 당신이 잔디밭에 한 일 때문에 당신을 빌어먹을 멍청이라고 말하네요."

알고 보니 그 남자는 얼마 전에 새 트랙터를 샀는데 작동법을 잘 몰랐기 때문에 1에이커의 땅을 망가뜨렸다. 그러고 나서 아버지의 영혼은 자신의 아내에게 아들의 방문을 두드려서 너무 많이 괴롭히지 말라고 말했다. 비록 아버지는 천국에서 그의 일을 하고 있었지만 여전히 자신이 그 집의 가장인 것으로 생각했다.

영혼이 모두를 낄낄거리게 만드는 활기찬 이야기를 할 때를 나는 정말 좋아한다. 특히 마음을 가볍게 하는 메시지를 좋아하기 때문이다. 단체 리딩을 하는 동안 영혼이 한 번은 나에게 이렇게 말하게 했다.

"새끼손가락에 낀 반지에 무슨 일이 일어났죠?"

그러자 실내 가득 웃음이 터져 나왔다. 그 가족은 그들의 여자 사촌이 죽은 오빠의 반지를 슬쩍해 저당 잡힌 일에 대해 쑥덕거렸다. 살아 있을 때 그 남자는 반지를 동생에게 주었다. 그러나 지금 그는 죽었기 때문에 여동생이 그것을 가져다 판 것이다. 남자는 저쪽 세계에서 그것에 대해 알았고, 화가 나거나 상처받지는 않았지만 그가 그 사실을 모르고 있다고 가족들이 생각하게 하진 않았다! 믿을 수 있겠는가? 결국 가장 중요한 것은, 누가 죽었든 당신이 그 사람 없이 당신의 남은 시간을 살기 위해 여기에 남아 있다는 것이다. 그리고 그것은 어려운 일이다. 내 생각에는 영혼이, 그들이 건강했을 때 갖고 있던 성격으로 우리에게 말해 주는 것보다 더 좋은 치유법은 없는 것 같다.

영혼이 많을수록 즐겁다

내가 단체 리딩을 할 때는 10명이든 4천 명이 있는 공간이든, 많은 숫자의 영혼이 말하고 싶어 한다. 그래서 나는 대개 나를 가장 많이 괴롭히는 영혼과 어울리거나, 아니면 내가 '편승하기'라고 부르는 기술을 사용할 것을 영혼에게 요청한다. 이것은 다수의 영혼들이 같은 메시지를 전달하기를 원할 때, 그래서 많은 사람들에게 메시지를 전달하기 위해 함께 뭉치는 것을 뜻한다. 그것이 어떻게 작용하는지 살펴보자. 채널링하고 있는 영혼이 누군가의 아버지라는 것을 확인했다고 하자. 그러나 당신은 방 반대편이나 심지어 그 사람과 같은 줄에 앉아서 영혼이 말하는 메시지를 듣고 있다가 '이런, 이것은 내 죽은 사촌 니키가 말하는 것 같잖아.'라고 생각한다. 만일 이런 일이 일어나면 나는 그 메시지가 첫번째 사람의 아버지와 당신의 사촌으로부터 온 것이라는 걸 말해 준다. 그러나 편승하기는 그저 한 번에 많은 사람들을 위로하는 것이 아니다. 그것은 실용적이다. 리딩에서 나는 가능한 한 많은 메시지를 전달하고 싶고, 그 장소의 에너지를 좋은 속도로 이동시키고 싶다. 누가 다른 사람들에게 같은 말을 반복하며 시간 낭비하기를 원하겠는가? 여기 물질세계에서는 서로 연결되지 않왔던 영혼들이지만 그들이 이곳에 있는 사람들에게 연결되어 있기 때문에 단체 리딩을 할 때 저쪽 세계에서 연결되는 것이다. 나는 오직 한 영혼으로부터 메시지가 와야 한다고 생각하진 않는다. 특히 그들이 한 무리로 모여서 실제로 잘 작업하는 것을 나에게 보여 준 이후로는.

영혼은 또한 앞으로 나설 수도 있고, 물러날 수도 있으며, 서로의 에너지를 발사할 수도 있다. 그들은 숙련자들처럼 함께 채널링한다. 내가 하는 큰 규모의 단체 리딩에서 영혼들이 조직적으로 작업하는 방식을 보면 놀라지 않을 수 없다. 또한 어떤 의뢰인이 리딩하러 올지, 그리고 의뢰인들이 어디에 앉아 있을지 조정하는 데도 영혼이 도움을 준다고 나는 믿는다. 특정한 종류의 죽음을 겪은 사람들이 함께 앉아 있는 걸 금방 알아차릴 수 있다. 고인이 어떻게 죽었는가를 가지고 나는 채널링 도입부에서 당신의 사랑하는 사람을 당신에게 입증해 보이기 때문이다. 그것은 편승하기를 더 쉽게 만든다. 극장의 구역마다 아이를 잃은 다수의 여성들, 혹은 치매에 걸린 사랑하는 부모를 잃은 가족들, 아니면 추락하는 물체처럼 비슷한 사고로 친구를 잃은 사람들이 앉아 있곤 한다. 이것이 터무니없게 들릴 것이다. 왜냐하면 정말 터무니없기 때문이다. 그리고 이 모든 것의 뒤에 영혼이 있다.

단체 리딩에서 내가 가장 좋아하는 것은, 감동하지 않을 수 없는, 믿을 수 없을 정도로 강렬한 메시지를 많이 듣게 된다는 것이다. 또한 단체 리딩을 할 때 영혼이 더 재미있어진다는 것을 나는 안다. 특히 사적인, 보다 작은 단체 리딩에서. 나는 10명 내지 15명 정도의 사람들이 있는 방에서 2시간 동안 20명에서 40명의 영혼들을 채널링할 수 있다. 다양하고, 활기 넘치고, 역동적인 개성을 가진 영혼들이 모이기 때문에 더 강한 에너지를 가진 영혼들은 의사소통을 잘 못하는 영혼들이 자신들의 에너지를 사용해 더 잘 소통할 수 있도록 돕기도 한다. 때로 한 시간 내내 채널링하는 영혼들이 있고 다른 영혼들은 앞으로 나오지 않을 때도 있다. 또 다른 경우엔, 한 영혼이 짧은 시간 동안 머물고 간 뒤 다시 돌아와서는 쉴 새 없이 떠들 수도 있다! 이것은 영혼이 에너지를 재충전해 돌아오는 것과 같다.

리딩이 끝나면 나는 내가 말하고 보고 느꼈던 것들을 거의 기억하지 못한다. 다시 말하지만, 그것들은 나의 느낌이나 생각이나 감정이 아니기 때문이다. 그 메시지가 정말로 너무나 감동적이거나 감정적으로 사로잡은 상담이 아니면, 영혼이 내게 보낸 정보가 무엇이든 내 머릿속에 영원히 남아 있지 않는다. 개인 세션이나 텔레비전으로 중계되는 단체 리딩을 마치고 돌아갈 때, 혹은 내 집을 떠날 때, 당신은 당신의 죽은 친구들과 가족들도 데려간다는 것을 알아야 한다. 몇 가지 이유로 나더러 그 모든 영혼들을 데리고 있으라는 남편들이 늘 있다. 그러나 나는 언제나 말한다.

"있잖아요, 그들은 나의 영혼들이 아니에요. 그들은 당신의 죽은 친척들이에요. 그들은 당신과 함께 머물고 있어요. 나는 내 문제가 있거든요."

그러나 이 일을 하는 한은, 영혼이 잠시 방문하러 들렀을 때 내가 감동받는 때가 자주 있다. 한번은 단체 리딩을 하는 동안에 거실 식탁 끝머리에 앉아 있던 한 남자를 본 일이 잊혀지지 않는다.

그는 내가 여성 진행자에게 말해 주기를 원했다. 그녀가 가장 친한 친구의 남편에 대해 염려하는 걸 자신이 알고 있다고. 그런 다음 그는 나를 보며 말했다.

"나는 이제 아버지와 함께 있을 거예요."

나는 이 이야기를 실시간으로 그곳에 모인 참가자들에게 말했다. 그러자 감정에 압도된 진행자는 양해를 구하고 스튜디오 밖으로 나갔다. 잠시 후 돌아온 그녀는, 단체 리딩을 시작하기 정확히 40분 전에 가장 친한 친구가 전화해서 그녀의 남편이 죽었다고 하면서, 그가 한 마지막 말이 '나는 이제 아버지와 함께 있을 거야.'라는 것이었다고 했다.

3
저쪽 세계에 있는 영혼들

이것도 알아 두기 바란다.
아이들의 영혼은 당신이 그들을 얼마나 그리워하는지 알며,
이에 대해 고마워한다.

신이 준 재능을 받아들였을 때 나는 사랑하는 사람의 죽음을 겪은 사람들을 치유하는 데 도움이 될 수 있는 영혼과 사후 세계에 대한 것만 알게 되길 원한다고 신에게 말했다. 그리고 그것이 내가 해야 할 일이 되었다. 나는 이 일이 어떻게 일어나는지에 대한 모든 세세한 내용들을 알 필요는 없다. 즉, 당신에게 얼마나 많은 수호천사들이 있는지, 예수가 붓다와 어울려 시간을 보내는지, 당신의 시부모나 장인 장모가 아직도 천국에서 당신 이야기를 엿듣고 있는지. 죽은 사람들과 이야기하는 것은 그 자체만으로도 나에게 충분히 벅찬 일이다. 신이 고집하지 않는 한, 그리고 아직까진 그런 적이 없기 때문에, 나는 더 이상 내 자신에게 스트레스를 주고 싶지 않다. 게다가 우리가 저쪽 세계에 대해 이야기를 하고 있든 내 아들이 내가 집에 없을 때 뭘 했는가에 대한 이야기를 하든, 나는 무슨 일이든 확대해석하는 걸 좋아하는 그런 타입이 아니다. 모든 일들이 언제나 흑백이 뚜렷한 건 아니라는 걸 나는 안다. 또한 우리가 믿음의 여지를 남길 필요가 있다고 나는 느낀다.

　나에게 나의 재능은 최선을 다해 다른 사람들을 돕고 깨닫게 하는 것과 관련이 있다. 그것은 사람들이 암이나 빈곤, 불임과 같은 경험을 하고 나면 의식 수준이 높아져서 자신과 똑같은 상황에 놓인 사람들을 도와주는 것을 자기 삶의 목적으로 삼게 되는 것과 비슷하다. 그들은 다른 사람들의 삶을 변화시키기 위해 전문가나 교사나 의사가 될 필요가 없다. 이와 마찬가지로, 나는 영혼과 많은 놀라운 경험들을 했다. 따라서 내가 모은 정보들로 의식 수준을 높이고 다른 사람들을 도와주기를, 사람들의 여행을 돕고 영감을 주기를 희망한다.

　내가 이런 말을 하는 이유는, 모든 사람들이 나처럼 생각하지 않는다는 걸 알기 때문이다. 특히 저쪽 세계에서 당신의 사랑하는 사람이 누구와 함께 있는지 알고 싶은 것에 관해서라면 더욱 그렇다. 성모님이 당신의 할아버지와 브리지(카드 게임의 일종)를 하는가? 당신이 어린 시절에 키우던 시추 강아지는 그들의 발치에 있는가? 나는 이 질문들 중 어떤 것은 대답을 안다. 그러나 만일 모른다면 나는 사람들에게 진실을 말한다. 내가 그곳에 가면 알게 될 것이라고.

　나는 또 대답을 하기 위해 때로 팻 롱고에게 조언을 구한다. 팻은 치유사이고 스승이며 사랑하는 벗이기 때문이다. 팻은 내 능력을 연마하게 해 주고 내가 알고 있는 많은 것들을 가르쳐 주었기 때문에 나는 그녀를 내 영혼의 어머니로 여긴다. 내가 최악의 상태일 때 나는 그녀에게 나의 건강과 영혼을 맡겼었다. 그리고 오늘을 살 힘을 얻기 위해 여전히 그녀에게 의지한다. 그래서 이

장의 내용에서 빈틈을 메울 필요가 있을 때 나는 팻과 팀을 이루어 작업했다. 우리 둘은 최선을 다해 이 주제에 대한 몇 가지 통찰을 당신에게 줄 것이다.

임사체험(문자 그대로, 죽음에 임했던 체험. 죽음 문턱까지 갔다가 살아남은 사람들이 죽음 너머의 세계를 엿본 체험)을 한 사람뿐만 아니라 우리가 죽은 뒤 무엇을 하는지에 대해 정보를 모은 전생 최면술사들도 천국이 다양한 목적을 가진 많은 영혼들로 가득하다고 말한다. 놀랄 것도 없다. 영혼은 천국이 우리가 상상할 수 있는 것보다 훨씬 크고 넓은 곳이라고 말한다. 그러나 나는, 팻과 내가 어떤 식으로든 직접 경험한 영혼에 대해서만 언급할 것이다.

영혼에 대해 배울 때 당신은 그들의 임무 중 어떤 것들은 중복돼 보인다는 걸 알게 될 것이다. 하지만 그들 모두가 당신의 일생 동안 어떤 식으로든 당신을 지켜보고 안내한다. 천국의 체계는 잘 운영되는 회사, 혹은 많은 업무와 지위로 조직된 사회와 약간은 비슷하다고 나는 상상한다. 어떤 영혼들은 감독을 하고, 어떤 영혼들은 전략을 짜며, 어떤 영혼들은 훈련시키고, 또 다른 영혼들은 공동으로 작업하고, 어떤 영혼들은 일벌과 같다. 그들의 집단적인 기술과 책임들은 크고 중요한 목표를 완수해 나간다. 그러나 이런 규칙과 역할들이 언제나 고정불변으로 정해져 있는 것은 아니다. 어떤 성공적인 조직도 그 순간이 요구하는 것에 따라 운영 방식을 바꿀 여지가 있다.

나는 가톨릭 신자이지만 이 책을 종교 서적으로 만들고 싶지 않다. 그것은 아무리 강조해도 지나치지 않다. 그리고 사실 이것은 내가 아닌 신이 더 원하는 것이다. 내가 '성경에 나오는' 영혼이라 여겨지는 많은 영들을 경험하긴 했지만, 이 영혼체들이 나 자신이나 내 의뢰인들의 삶과 관련이 있기 때문에 내 앞에 나타났다고 나는 믿는다. 영혼은 내가 한 경험들을 통해 나에게 말한다는 걸 잊지 말기 바란다. 만일 내가 불교도나 힌두교도 영매였다면 영혼은 다른 모습으로 나타났을지, 또 내가 다른 교사들을 만나게 되었을지 궁금하다. 또 내가 가톨릭 신자들을 많이 채널링하는 경향이 있는 것은 단지 미국에는 가톨릭 신자가 많아서 다른 신앙을 가진 사람들보다 더 많이 연결되기 때문이다. 그래서 영혼은 나에게 가톨릭의 종교적 상징들을 다른 종교의 그것들보다 더 많이 보여 준다. 그러나 천사, 안내자, 신과 같은 어떤 영적 존재들은 거의 모든 신앙에 해당된다.

우리가 죽을 때 무슨 일이 일어나는가?

천국의 부름을 받기 전에 나는, 우리가 죽을 때 일어나는 일에 대해 들은 몇 가지를 빨리 설명하고 싶다. 이것에 대해 아주 자세히는 모르지만, 이 장의 내용을 더 잘 이해할 수 있도록 영혼이 말해 준 것들을 간단히 공유하고 싶다. 신, 천국, 인생 수업, 그리고 삶의 순환과 같은 주제들은 책의 후반부에서 더 깊이 다룰 것이다.

우리가 죽을 때 영혼은 평화롭게 몸에서 분리된다. 우리는 우리보다 먼저 죽은 친밀한 가족들의 영혼이나 친구 영혼들에게 환영받는다. 그런 뒤 눈부시게 밝고 영원한 빛인 신에게로 미끄러지듯 간다. 지상에서 우리는 신의 에너지의 한 조각이다. 그러나 천국에서 우리 영혼은 신과 하나이다. 물질세계에서 우리에게는 일평생 우리를 도와주는 안내자 영혼이 있다고 나는 들었다. 어떤 이들은 그 안내자를 '스승 안내자'라고도 부른다. 그 역시 우리가 저쪽 세계에 도착할 때 우리를 맞이하기 위해 그곳에 있다.

안내자와 함께 우리의 영혼은 우리가 물질세계에서 한 여행을 되돌아보고 평가한다. 그리고 우리의 다양한 행동들이 어떻게 다른 사람들에게 영향을 미쳤는지 보게 된다. 우리가 다른 이들에게 느끼게 한 고통, 행복, 혼란, 이해를 경험한다. 그리고 그것이 그 삶에서 우리의 목적과 어떻게 관련되는지도 살펴본다. 우리 영혼의 궁극적 목적은 물질세계에서 많은 윤회를 거듭하며 우리의 영혼을 영적으로 발전시킬 배움을 얻는 것이다. 인내와 기쁨, 충실함, 이타심 등의 배움을. 또한 우리의 목적에는 다른 사람들이 배움을 얻도록 도움을 주고, 우리가 잘못한 것들을 좋게 만들고, 우리의 영혼이 신과 일치하는 방향으로 성장하는 것도 포함된다. 우리는 우리의 삶이 어떠할지 대략적인 윤곽을 검토함으로써 그것을 준비한다. 삶은 신에 의해 창조되며 우리의 안내자와 함께 검토된다. 우리는 또 우리의 목표를 완수하게 해 줄 몸과 가족을 선택한다.

새로운 배움을 얻을 시간이 될 때 우리는 천국에서 이것들을 배우거나 환생해 지구로 돌아와 새로운 몸에서 새로운 경험을 하는 것을 다시 선택한다. 만일 물질세계의 삶으로 돌아가는 것을 선택한다면 천국에 있는 것보다 더 빨리 배움을 얻을 것이다. 매 삶마다 우리는 자유의지를 갖고 있고, 우리의 배움과 관련해 다양한 선택의 기로에 놓이게 되며, 그것은 동일한 운명과 중요한 배움들을 염두에 두고 우리를 이런저런 길로 데리고 간다. 그 모든 일이 일어나는 동안 우리의 안내자들, 천사들, 사랑하는 사람들은 우리를 보호하고, 안내하고, 메시지를 전달하고, 개입한다. 그들은 우리를 앞으로 나아가게 하고, 미래의 결정들에 영향을 미칠 선택들을 하도록 상황을 보여 주거나 팔꿈치로 찔러 그쪽으로 향하게 한다. 마침내 우리는 죽으며, 그런 뒤 이것은 전부 다시 시작된다.

세상에서 가장 위대한 사랑

신에 대해선 독립된 장에서 소개할 것이지만 여기에서 먼저 신을 이야기하고 싶다. 신은 많은 사람들에게 많은 이름들로 통한다. 신, 야훼, 창조자, 알라, 근원……. 그러나 당신의 종교가 무엇이든, 오직 하나의 진정한 신이 있다고 영혼은 말한다. 내가 보기에는, 우리가 신에게 근원을 둔 믿음을 선택하는 한 종교가 무엇인지는 중요하지 않다.

저쪽 세계에 가면 우리는 그 즉시 평화로워진다. 왜냐하면 신과 함께 있고 신의 일부이기 때문이다. 신은 무조건적인 사랑이며, 당신이 천국에서 하는 생각, 느낌, 경험은 전부 이 강력한 전제를 중심으로 돌아간다. 우리의 영혼이 신을 향해 성장하는 데는 매우 긴 시간이 필요하다. 그리고 그 성장은 저쪽 세계의 영혼들과 천사들이 가까이에서 안내해 준다. 언젠가 성당에서 신부님이 강론 중에 이렇게 말했다.

"나는 성령을 본 적이 없지만 여러분에게 성령에 대해 말하고 있습니다. 나는 성령이 존재한다는 것을 알기 때문입니다."

그 말이 내 안에 와서 박혔다. 정말로 나 자신의 경험을 확인해 주는 말이었다. 나도 비슷한 방식으로 신의 존재를 느끼기 때문이다. 나는 신을 보거나 듣지 못한다. 하지만 내 존재의 중심에서 신을 느끼며, 내가 안내자나 천사들, 성인들, 혹은 당신의 사랑하는 사람들과 채널링할 때와는 전혀 다르게 느껴지는 차원에서 신과 연결되어 있다. 나는 신의 에너지가 더 높은 차원에서 온다는 걸 말할 수 있다. 그리고 신부님이 성령을 알고 아버지가 좋은 토마토를 아는 것처럼, 나는 늘 그 존재가 신이라는 걸 안다.

내가 신과 이야기할 때마다 대개 내 눈에는 실내를 채우는 금빛 테두리가 있는 흰 빛이 보인다. 그 빛은 정말 다르게 느껴진다. 그것을 말로 설명하기는 어렵다. 나는 좋은 의미에서 온 몸이 마비될 것 같은 엄청난 평화를 느끼며, 그런 다음 신과 같은 거대한 현존을 느낀다. 그런 후 내가 말한 아는 감각(육감)이 나타나기 시작하고, 나는 그것이 신이라는 것을 안다. 나의 태도와 말투도 변한다. 이 일이 세션 중에 일어나면 나는 아주 진지해진다. 그러나 보통은 그렇지 않다! 나는 매우 진지하게 내가 하는 일을 받아들이지만 리딩은 언제나 가벼운 마음으로 재미있게 진행한다. 내 목소리에는 대개 장난기가 있다. 그러나 신으로부터 온 말을 전할 때는 더 조심스럽고 정확해지며 간단명료해진다. 나는 신이 말하는 것을 잘못 해석하는 사람이 되고 싶지 않다!

리딩을 하는 동안 신의 현존을 느낀 몇 번의 순간에 대해 생각하면 등골이 서늘하다. 특히 한 사람이 자신의 신앙 문제로 고심하고 있을 때면 더욱 그렇다. 어떤 세션에서든 영혼은 사람들이 성장하는 데 도움이 되는 정보를 주지만, 그 말씀이 신으로부터 올 때 그 말씀은 매우 특별하다. 나를 만나러 왔던 한 모녀를 결코 잊지 못할 것이다. 그들의 아들이며 오빠가 집 앞에 차를 주차시키는 순간 음주운전자로 인해 사망했기 때문이다. 그럴 확률이 대체 얼마나 될까? 아들은 또한 야근을 하고 돌아온 상태였다. 그래서 사람들은 그가 그 시간에 그 장소에 있을 수조차 없었다고 느꼈다. 그러나 영혼이 나에게 말한 것처럼 우리의 운명은 대개 정해져 있다. 그들을 리딩할 때 나는 늘 채널링을 하는 곳과는 다른 차원에서 오는 믿을 수 없을 정도로 놀라운 평화로운 기분을 느꼈다. 나는 그것이 더 높은 힘에서 온다는 걸 알았다. 그리고 너무 기분이 좋아져서 즉시 그곳으로 가고 싶을 정도였다. 바로 그때 아들의 영혼이 말했다.

"신께서 오고 있어요. 신은 당신이 나의 어머니에게 메시지를 전해 주기를 원해요."

나는 신의 말을 전달했다.

"나에게 마음껏 화내도 좋지만 그대의 아들은 나와 함께 있다. 그는 안전하고 평온하다. 나는 또 그대가 계속 나의 일을 하기를 원한다. 사람들은 그대가 필요하다."

딸이 흐느껴 울며 말했다. 나를 만나러 오는 길에 모녀는 엄마가 신에 대한 믿음을 얼마나 많이 잃었는가에 대해 이야기했다는 것이었다. 아들이 사망하기 전에 그녀는 성당에서 자원봉사활동을 했고, 교구 사람들에게 많은 것을 베풀었으며, 그 과정에서 실로 많은 사람을 도왔다. 그러나 비극이 일어난 뒤 신에게 무척 화가 났으며 성당 가는 것도 중단했다. 신은 그녀가 신에게 화내는 걸 허락했다. 그러나 신은 또한 그녀가 신앙생활과 선행을 다시 시작하기를 바랐다.

천사들

천사들은 활동적이며, 정기적으로 그리고 놀라운 방식으로 우리 삶에 개입한다. 그들은 메신저, 보호자, 구조자, 탄원자로 직접 신을 위해 일한다. 많은 유형의 천사가 있지만, 천사는 우리의 안내자들처럼 이 세상에서 살아 본 적은 없다. 여기에 대해서는 나중에 더 얘기하겠다. 그들은 육체적 존재가 아닌 영이다. 따라서 우리처럼 몸을 갖고 있지 않다. 나는 그들이 동물이나 사람 모습을 취할 순 있다고 들었다.

천사들은 강력하고 무척 분주하다고 영혼은 나에게 말한다. 그들은 기꺼이 우리를 보호해 주고, 안내해 주며, 메시지를 전달해 주고, 우리를 격려하고 힘을 주며, 우리의 기도를 들어주려고 한다. 나는 예기치 못한 차 사고에서 살아남은 의뢰인들의 이야기를 많이 듣는다. 예를 들어 그들의 차는 나무에 심하게 부딪혔지만 그들은 잘 피해서 괜찮았다. 그들을 보호한 것은 천사였는가? 사랑하는 사람이었나? 상황에 따라 다르겠지만, 둘 다일 수 있다고 나는 생각한다. 이런 종류의 개입은, 사랑하는 사람이 직접 한 것이 아니라면, 그들을 개입하라고 보낸 것은 안내자와 천사들이 지휘한 것이라고 영혼은 내게 말했다. 예를 들어, 내 친구의 아들은 여섯 살 때 내 친구의 시동생과 함께 심한 차 사고를 당했다. 충돌사고 뒤 차 안에 갇혀 있을 때 아이는 돌아가신 증조할머니가 밖에 서 계신 걸 보았다. 아이는 증조할머니를 만나 본 적이 없었지만 내 친구에게 그렇게 말했다.

"엄마의 할머니가 사고에서 나를 보호해 주셨어요."

나는 천사가 그녀를 보냈다고 느낀다. 그러나 천사들은 우리가 필요로 할 때만 우리 주변에 있는 것이 아니다. 그들은 언제나 우리와 함께 있다. 나는 천사들이 사람을 구조하기 위해, 혹은 다른 이유로 날개를 사용해 날아다니는 걸 본 적이 없다. 이 말은 그런 일이 일어날 수 없다는 걸 뜻하는 게 아니다. 나는 단지 그것을 직접 본 적이 없을 뿐이다. 오직 구름이 하늘을 떠다니듯 에너지로 공간을 부유하는 천사들을 보았을 뿐이다.

나는 모든 영혼에게 배정된 수호천사가 있으며, 그들은 당신의 많은 생 동안 계속 당신과 함께한다고 들었다. 안내자 영혼은 이 세상 안에 있고 천사는 그렇지 않다고 듣긴 했지만, 종종 수호천사와 안내자가 같은 존재인지 궁금하다. 수호천사는 일반적으로 영적인 믿음들에서 안내자가 한다고 여겨지는 역할에 대한 종교적인 해석처럼 들리기 때문이다. 솔직히 말해 나는 잘 모른다. 내가 아는 것은 그들이 당신 삶의 한 부분으로 인정받는 걸 매우 좋아한다는 것이다. 수호천사들은 곤경에 처한 당신을 도와주려고 하고, 큰 사랑으로 당신을 영적인 길로 안내하려고 노력한다. 그들은 또 당신의 직감을 자극하고, 우연의 일치를 만들고, 필요하거나 위험할 때 당신의 세계에 개입함으로써 당신을 보호한다.

나는 특별히 나에게 배정된 솔레나라는 이름의, 나를 안내해 주는 천사가 있다. 내가 그녀를 볼 때, 그녀는 내 명함에 인쇄된 천사의 모습으로 나타난다. 그녀가 햇살과 안내의 천사라고 나는 들었다. 그녀는 필요할 때마다 나에게 평화를 가져다주고, 늘 나의 장난기 많은 면을 보여 주도록 격려한다. 그녀와 대화를 나눌 때 내 마음의 눈은 푸른색 기운을 가진 밝고 흰 빛으로 가득 찬다. 영화 속에서 역광을 받은 구름과 거의 같다. 그것은 신의 빛과 다르다. 왜냐하면 신의 빛은 황금빛 테두리가 있고, 더 밝게 빛나며, 내가 사랑으로 둘러싸여 있다고 느끼게 만들기 때문이다. 솔레나는 내가 행하고 말하는 모든 것이 신에게 안내받고 보호받고 있다며 안심시켰다. 천사는 맡은 일을 수행하고 중요한 메시지를 전달하도록 신이 보냈다고 나는 믿기 때문이다.

이런 이유로 솔레나를 나와 신 사이에 있는 직접적인 연락 담당자라고 나는 생각한다. 만일 친구가 아프거나 혹은 내가 긴급한 도움을 필요로 하면, 나는 솔레나를 아주 가까이에 있는 파이프라인(송유관, 송수관처럼 근원지에 직접 연결된 관)으로 여긴다. 나는 또 나의 다른 안내자들에게 하듯이 그녀에게도 날마다 안내를 부탁한다. 특히 내가 채널링을 할 때.

솔레나는 나의 할머니가 돌아가실 거라고 알려 주었을 때처럼 메시지들을 가지고 나에게 왔다. 2009년 6월 7일 일요일, 솔레나는 할머니가 내 생일날 돌아가실 거라고 나에게 말했다. 내 생일은 6월 10일이다. 할머니는 아프셨지만 잘 버티고 계셨다. 그래서 나는 실제로 내가 그 메시지를 잘못 이해했다고 생각했다. 솔레나가 팻의 어머니가 돌아가실 거라고 말한 것일 수도 있다고 나는 생각했다. 팻의 어머니 또한 편찮으셨고 점점 더 나빠지고 있었기 때문이다. 다음 날인 8일, 나는 할머니를 볼 수 없었지만 전화를 했고, 나에게 사랑한다고 말할 때의 할머니 목소리는 힘이

넘쳤다. 또 할머니는 마치 그날이 내 생일인 것처럼 행동하셨다. 할머니는 내게 생일 카드를 주지 못했다고 무척 걱정하셨다. 그러나 그날은 내 생일이 아니었다. 할머니가 날짜를 혼동하신 것이다. 할머니는 내 생일 전날인, 다음 날 9일에 돌아가셨다. 그리고 같은 날 할머니의 남동생 안토니도 돌아가셨다. 우리는 6월 13일에 할머니를 묘지에 모셨다. 중요한 점은, 할머니는 내 생일에 돌아가시지 않았지만 솔레나가 말한 것처럼 내 생일이라고 착각했던 그날 그 월요일에 돌아가시기로 되어 있었으며, 그때까지 기다리신 것이라고 나는 믿는다.

당신 편인 안내자들

안내자들은 천사들이 신과 더 가깝다는 것만 빼면 천사들과 비슷한 일을 한다. 이 안내자들은 물질세계에서 당신의 영혼을 엄격하게 수호하고, 당신을 당신의 길로 이끌면서, 정기적으로 더 궂은일을 하는 편이다. 그들은 당신이 배움을 얻는 길에서 벗어나지 않게 해 주며, 당신을 안심시켜 주고, 도움을 주면서 일생 동안 직접적인 방식으로 보호해 준다. 당신을 위해 기회들을 마련해 주고, 당신으로 하여금 그 기회들을 알아차리게 한다. 그들은 사람들을 당신의 길에 배치하고, 당신이 옳은 선택을 하도록 돕는다. 단, 그들이 개입하는 것은 허용되지 않으며, 그저 부드럽게 안내한다.

직관, 직감, 우연의 일치, 예감, 불시에 찾아오는 순간의 느낌─이것들은 안내자로부터 오는 것일 수가 있다. 그것은 의사에게 전화를 해 보라고 당신에게 제안하는 내면의 목소리로, 혹은 당신이 다른 길로 돌아서 쇼핑몰에 가게 만드는 충동으로 온다. 나중에 당신은 그렇게 함으로써 큰 사고를 피했다는 걸 알게 된다. 이 경우에도 신은 당신에게 자유의지를 준다. 그래서 당신은 이 신호들을 듣지 않고 당신 마음대로 하는 쪽을 선택할 수도 있다. 하지만 당신은 이 세계에 있는 동안 가능한 한 성취감을 느끼는 삶을 살기를 원한다. 따라서 당신의 안내자를 믿는 것이 벽에 부딪힌 느낌이나 비난받는 행동을 피하고, 비참하거나 불쾌한 사람이 되는 걸 피하는 확실한 방법이라고 나는 느낀다. 그들은 결코 당신에게 그런 식으로 살라고 충동하지 않는다.

천사들과 다르게 대부분의 안내자들은 물질세계에서 살아왔다. 그들은 어떤 연령으로도 나타날 수 있으며, 어떤 문화나 시대, 지리적 위치에서도 올 수 있다. 나는 영혼이 몸에 들어올 때까지는 정해진 성별을 갖고 있다고 생각하지 않는다. 물론 우리는 비슷한 성별에게 더 편안함을 느낄 수 있으며, 따라서 우리의 안내자들은 남자나 여자, 혹은 아메리카 원주민들이 믿듯이 동물처럼 나타날 수 있다. 또 안내자는 당신에게 새로 배정되었거나 당신이 태어나기 전에 죽은 사랑하는 이가 맡을 수도 있다고 영혼은 말한다. 안내자들을 채널링하는 걸 주된 재능으로 가진 심령술사들이 있다. 그들은 만일 우리가 천사와 종교적 인물들을 가까이 느끼고 사랑하면, 그때는 예수든 성모든 혹은 높이 승천한 종교적 인물이든 우리의 안내자가 될 수 있다고 말한다.

더 많이 있겠지만 영혼은 나에게 두 종류의 안내자에 대해 말해 왔다. 이른바 '스승 안내자'라 불리는 주된 안내자가 있고, 또 다른 영혼 안내자들이 있다. 모든 사람은 이 첫 번째 유형의 주요 안내자를 가지고 있다. 그는 당신의 영혼이 당신의 몸에 들어올 때부터 물질세계에서 당신의 삶이 끝날 때까지 당신과 함께한다. 이 안내자들은 당신의 영혼을 지지하는 방식으로 당신을 가르치고 관리한다. 주요 안내자들은 또한 당신이 이곳에서 하는 일을 가장 잘 완수할 신분이나 당신과 가장 가깝게 연결될 수 있는 신분을 선택하기도 한다. 그들은 당신을 판단하지 않으면서 좋은 스승처럼 당신에게 동기를 부여하고, 너무 관대하지 않으면서도 당신이 어디서 오고 있는지 이해한다. 당신이 삶에서 비슷한 목적과 목표를 공유하고 있기 때문에 그들은 함께 일하기 위해 당신을 선택한다. 그들은 한 번에 많은 사람들과 일한다. 당신은 또한 특정한 기술을 가진 다수의 다른 안내자들을 갖고 있다. 당신의 환경이 변하거나 영혼이 진화하면서 한 안내자가 당신의 삶을 떠나고 또 다른 안내자가 당신 여정의 다음 구간을 맡을 수도 있다. 새로운 단계에 적합한 특별한 능력을 가진 새로운 안내자들은 당신이 특정한 목표에 도달하고 도전을 극복하도록 돕는다. 대개 당신이 그들을 필요로 할 때까지 그들은 전면에 나서지 않는다. 그리고 그들은 동시에 다른 사람들을 안내해 주고 있을 수도 있다.

모든 안내자들은 신호와 상징과 느낌으로 소통함으로써 당신을 돕는다. 그들이 당신을 돕기 위해 선택하는 방식은 늘 한결같지는 않다. 왜냐하면 그것이 계획의 일부분일 수도 있기 때문이다. 안내자들은 얼마나 오래 당신이 그들을 필요로 하는지에 따라 짧은 기간 머물거나 오랫동안 가지 않을 수도 있다. 그들은 종종 우리를 집중하게 하고 자기만족을 주는 아이디어들의 원천이다. 많은 사람들이 '영감'이라고 부르는 것이 그것이다. 그리고 당신은 다양한 배움을 얻고 한번에 많은 필요들을 갖고 있기 때문에 동시에 많은 안내자를 가질 수 있다.

당신은 당신의 일과 가족, 아픈 친구들 돌보는 능력 등을 위해 각기 다른 안내자들을 가질 수도 있다. 팻 롱고는 가르치기 위한 안내자와 치유를 위한 또 다른 안내자를 갖고 있다. 그녀는 동시에 둘 다를 했기 때문에 그들 둘 다를 이용할 수 있다. 그래서 나도 현재 내가 알아차린 두 명의 안내자를 갖고 있다. 하나는 아메리카 원주민이다. 그가 나에게 그의 상징인 깃털 달린 머리 장식을 보여 줄 때 나는 그를 알아본다. 나는 그를 '추장'이라고 부른다. 그는 나의 멘토로서, 그리고 동료애의 원천으로서 행동해 나를 안심시킨다. 그가 나에게 자주 올 때, 그것은 내 재능이 진전되려 한다는 의미이다. 영매로서 나는 결코 배움이 끝나지 않는다. 그리고 추장이 함께 있다고 느낄 때 나는 에너지를 변화시킬 준비가 되고 조금 다르게 채널링을 시작하게 되리라는 걸 안다. 앞에서 말한 나의 수호천사 솔레나 역시 나의 안내자라는 두 가지 역할을 수행한다. 나는 이 일이 어떻게 일어나는지 잘 모르지만, 그녀가 천사이자 나의 안내자라는 것을 믿는다. 왜냐하면 내가 나의 안내자들을 요청할 때 그녀와 추장이 앞으로 나오기 때문이다. 그들이 더 많은 특정한 이름이나 심지어 내가 알아차리지 못하는 더 많은 임무를 가질 수도 있을까? 물론이다. 그러나 나에게 가장 중요한 것은 내가 바라고 요청할 때 그들이 내게 신의 방향을 제시해 준다는 것이다. 그리고 만일 그들이 저쪽 세계로부터 돕고 있다면, 그들이 무엇이라 불리고 언제 그렇게 불리는

지 정확히 아는 것보다도 그것이 나에게는 더 중요하다.

추장과 솔레나는 서로 다른 면에서 뛰어나다. 추장은 다른 사람들의 안내자를 나에게 보여 주는 걸 정말 잘한다. 특히 그 사람이 아메리카 원주민이거나 내가 리딩하는 사람이 살면서 그 문화에 끌렸을 경우에 더욱 그렇다. 추장의 메시지들은 대부분 진지하고, 절제되어 있으며, 짜임새가 있다. 시팅불('앉은 소'. 백인을 상대로 한 전투에서 명성을 떨친 수우족 추장)과 약간 비슷하다. 나는 왜 나의 안내자가 아메리카 원주민인지 모르지만, 나는 그들의 유산에 깊은 흥미를 느낀다. 팻은 그가 또한 나를 위한 남성 보호자일 거라고 생각한다. 나는 최근, 사람들이 나의 영성을 이용하고 나의 모든 에너지를 고갈시키지 않도록 그가 많은 시간 애쓰고 있다고 느끼기에 그 말이 이해된다. 나는 또 부엉이를 사랑한다. 아메리카 원주민 문화에서 부엉이는 지혜와 성스러운 지식을 상징한다. 내가 아주 순박한 사람처럼 보이는가? 절대로 아니다. 그러나 분명히 느끼지만 나의 영혼은 그렇다.

솔레나에 대해 말하자면, 그녀는 나를 위해 많은 신성한 주제들을 말해 준다. 텔레비전으로 생중계된 단체 리딩에서 나는 한 멋진 남자를 리딩했다. 그는 암환자였다. 비록 죽음은 내가 보통 논하는 주제가 아니지만 그와 죽음에 대해 말하는 것이 좋겠다고 앞으로 나와서 나에게 말해 준 이는 솔레나였다. 대부분의 사람들은 사랑하는 사람을 잃은 것에 대해 위로받기 위해 나를 찾아온다. 그러나 이 남자는 자신의 건강 때문에, 우리가 죽을 때 무슨 일이 일어나는지 알기 원했다. 솔레나는 그의 질문에 가능한 한 최선을 다해 대답해 주는 것이 좋다고 나에게 말했다. 왜냐하면 그는 금방 죽지는 않을 것이기 때문이다.

당신의 안내자들과 연결되는 최선의 방법은 명상이나 기도를 통해서, 혹은 그저 조용히 앉아 자기 내면의 목소리의 응답을 듣는 걸 통해서이다. 아니면 내가 자주 말하는, 당신의 지미니 크리켓(피노키오를 나무 인형에서 사람이 되도록 멘토가 되어 준 귀뚜라미)을 통해서이다. 또는 숙련된 조력자나 이 독립된 영혼체와 채널링하는 확실한 재능을 가진 심령술사의 최면술을 통해 당신의 안내자와 접촉할 수 있다.

당신이 편안하게 집중된 정신 상태에 있을 때, 당신 내면의 지미니 크리켓이 당신에게 충고를 해 주거나 당신에게 무엇이 옳은지 상기시켜 주는 소리를 자주 듣게 될 것이다. 이 느낌들은 단지 예감이 아니다. 대개 그것들은 당신의 요청에 응답해 당신의 현명한 안내자들이 해 주는 말이다. 당신은 그들에게 당신이 원하는 만큼 자주 구체적인 도움과 안내와 안심시키는 말을 해 줄 것을 요청할 수 있다.

늘 가까이 있는 존재들

만일 당신이 이 책에서 아무것도 얻지 못한다면, 이것을 알아야 한다. 당신이 사랑했던 고인들은 저쪽 세계에서 당신을 사랑하고, 안내하고, 보호하고 있다. 나는 이 말을 많이 말하지만 당신은 그 말을 충분히 듣지 못한다. 위로가 되는 것은 이것이다. 우리가 저쪽 세계로 건너갈 때 먼저 떠난 가족과 친구들을 만날 것이고 지상에서의 다음 생들에서도 그들과 함께하게 될 것이라고 영혼은 말한다. 나는 당신이 당신의 자매를 좋아하기 바란다. 왜냐하면 그녀는 영원히 이런저런 방식으로 어떻게든 당신에게 붙어 있을 것이기 때문이다.

내가 의뢰인들을 위해 채널링한 영혼들 대다수는 의뢰인들이 사랑했던 고인들이다. 때로 텔레비전에서 내 리딩 프로그램을 볼 때 당신은 영혼들이 전달하는 메시지 사이에 주제가 반복되거나 공통점이 있다는 걸 알아차릴 것이다. 당신이 그들의 죽음을 막기 위해 할 수 있는 일은 아무것도 없었다, 당신이 결혼했을 때 그는 당신과 함께 있었다, 그녀는 당신이 두려움이나 죄책감의 짐을 지지 않고 삶을 껴안기를 원한다, 그는 더 이상 건강 문제를 갖고 있지 않다 등등. 나는 죽은 친구나 가족이 있는 모든 사람에게 적중하기를 바라면서 똑같은 애도의 말을 늘어놓지는 않는다. 절대로 그렇지 않다. 영혼은 그 사람이 매달리고 있는 것이나 사랑하는 사람으로부터 들어야 하는 것을 토대로 나를 통해 치유의 메시지를 전달한다. 따라서 메시지는 포괄적이거나 재활용한 것이 아니다. 그러나 인류는 비슷한 힘든 일들을 공유하고 있다. 그것은 당신이 라디오에서 흘러나오는 유행가를 들으며 눈물을 흘릴 때와 약간 비슷하다. 당신이 그 노랫말과 관련된 유일한 사람은 아니지만 그렇다고 해서 당신의 반응이 덜 진실한 것은 아니다. 게다가 내가 위에서 언급한 것이 모든 사람이 죽음에 반응하는 방식은 아니다. 나의 경우, 내가 말한 어떤 것도 나의 친할머니와 외할머니가 돌아가셨을 때 내가 느꼈던 것과 일치하지 않는다. 나는 그분들이 땅속에 묻힐 때 우리가 입혀 드린 옷을 좋아했는지 궁금했다. 그리고 지금 나는 그분들이 우리의 새 욕실에 대해 무슨 생각을 하는지, 그리고 내가 아주 열심히 일하고 있는 걸 느끼는지 궁금하다!

그리고 다시 말하지만, 내가 채널링한 영혼들은 안전하고 평화롭다. 많은 영화와 책들, 텔레비전 방송은 우리 세계와 저쪽 세계 사이에 갇힌 영혼들에 대해 이야기한다. 나는 이 '갇힌 영혼들'을 위해 작업하면서 빛으로 이동하도록 도와주는 영매들이 있다는 것을 안다. 그러나 나에게는 그것이 신이 내게 준 소명으로 느껴지지 않는다. 따라서 나는 그 일에 연결되어 있다고 느끼지 않는다. 영매들은 죽은 자들과 서로 다르게 소통할 수 있고, 나는 이미 천국에 있는 영혼들을 채널링하는 걸 선호한다. 따라서 만일 영혼이 갇혀 있는 상태라면 나는 이야기를 나누기에 최적임자는 아닐 것이다.

잘 연결되는 존재들

나는 어린 사람들의 영혼으로부터 자주 이야기를 듣는다. 그래서 그들에 대해 잠깐만 따로 이야기하고 싶다. 그들을 사랑하고 소중히 여겼던 가족들은 그들을 잃은 것 때문에 상상도 할 수 없을 정도의 슬픔을 느낀다. 그러나, 나는 신은 감당할 수 있는 것보다 더 많은 슬픔을 결코 주시지 않는다는 등등을 당신에게 말하려고 여기에 있는 것이 아니다. 나는 유아와 어린이 영혼을 채널링할 때, 그들이 좋은 곳에 있고 늘 당신과 함께 있다고 내게 말한다는 걸 당신이 알기를 원한다. 당신은 또한 그들을 다시 볼 것이다. 내가 장담한다.

앞 장에서 나는 영혼이 어떻게 보이는가에 대해 이야기했다. 영혼이 나에게 자신을 보여 주는 모습은 우리가 기억하는 그들의 모습이거나 그들이 우리에게 기억되기를 바라는 모습이다. 아이들은 때로 앞으로 나와서 말한다.

"엄마에게 내가 그녀와 미끄럼틀에서 놀고 있고, 가장 좋아하는 분홍색 드레스를 입고 있다고 말해 주세요!"

그러면 부모는 이렇게 말하곤 한다.

"세상에! 그건 내가 가장 좋아하는 기억 중 하나예요!"

나는 그 아이가 말 그대로 하루 종일 드레스를 입고 몸을 흔들며 노는지, 아니면 영혼이 내게 특별한 기억을 입증시키고 자신의 부모에게 평온함을 주기 위해 그렇게 말한 건지는 모른다. 또 한편으로 나는 천국이 어떤 것도 가능한, 숨이 멎을 듯한 곳이라고 느낀다. 임사체험을 한 사람들은 꽃이 무성한 천연색 들판과 반짝이는 물웅덩이를 보았다고 전한다. 그곳은 영혼이 노래 부르고 춤추며 동물들이 뛰노는 곳이다. 그러니 그 한가운데에 당신이 지금까지 본 것 중에 가장 멋진 정글짐(나무 또는 철봉을 가로, 세로, 수직으로 짜서 만든 실내 놀이시설)이 없다고 누가 장담하겠는가? 만일 당신이 드레스를 입고 있다면, 아마도 당신은 미끄럼틀을 찜할 것이다!

영혼은 아이들의 영혼이 저쪽 세계에서 성장하고 진화한다는 걸 우리가 아는 것이 정말로 중요하다고 말한다. 나는 이것이 아기들과 어린아이들이 나에게 작은 영혼으로 나타났다가 그다음에 더 커져서 오는 것과 관련이 있는지 의심스럽다. 나는 리딩에서 대개 영혼의 발전에 대해 말하지 않는다. 왜냐하면 그것은 조금 길고 복잡하기 때문이다. 그래서 나는 단지 부모들에게 그들이 '다 자랐다'고 말한다. 천국에서는 시간이 다르게 흘러간다. 그리고 앞에서 말했듯이 나는 이 세상에서 세는 것처럼 영혼에 나이가 있다고는 생각하지 않는다. 왜냐하면 그들은 신체를 갖고 있지 않기 때문이다. 그래서 그림자이긴 하지만 그들이 멋진 곱슬머리나 반짝이는 파란색 눈을 가진 존재로 나타날 때, 확실하진 않지만 그들이 사랑하는 사람들을 위해 그런 특징을 보여 주는 것이라고 나는 상상한다. 왜냐하면 그것은 그들이 되기를 원하는 모습이거나 기억되기 원하는 모습이기 때문이다. 또한 영혼들은 자신이 가장 편안한 존재로 느끼는 나이로 자신의 나이를 직접 고른다. 그리고 내가 종종 말하듯이 영혼이 자신을 보여 주는 모습은 그들과 연결된 사람을 그 순간에 가장 잘 치유해 줄 수 있는 메시지와 관련이 있다. 따라서 똑같은 영혼이, 확인을 원하는 의심 많은 사람에게는 이런 방식으로, 연결되기 원해서 다시 온 의뢰인에게는 다른 방식으로 나타날 수 있다. 그리고 처음으로 나를 만나고 있고 슬퍼하고 있는 사람에게는 또 다른 방식으로 나타날 수 있다. 가장 비통해하는 사람들은 그들의 아이가 얼마나 나이를 먹었는지, 또 아이가 천국에서 무엇을 하고 있는지 알고 싶어 한다. 영혼들은 그들에게 가장 공통적으로 자신의 성장과 장난감 놀이터에 대해 말해 준다.

이것도 알아 두기 바란다. 아이들의 영혼은 당신이 그들을 언제 그리고 얼마나 그리워하는지 알며, 이에 대해 고마워한다. 한번은 딸이 태어나자마자 죽었기 때문에 한 여자가 나를 찾아온 적이 있다. 나는 그녀에게 아이의 영혼이 말하는 것을 전해 주었다. 엄마가 몸에 아이의 실제 크기의 발자국 문신을 했으며 또한 나비 같은 것이 있다고. 알고 보니, 그 여자는 자신의 발바닥에 먹물로 새긴 딸의 작은 발 문양을 갖고 있었다. 그러나 그 모양은 나비 같았다. 영혼은 엄마가 자신을 추모하며 그 문신을 했다고 말했다. 왜냐하면 아이의 발자국은 그녀가 유일하게 갖고 있는 아이의 것이기 때문이었다. 당신이 아이를 생각할 때마다 당신도 아이들의 생각 속에 있다는 걸 믿어도 좋다. 당신은 사랑으로 연결되어 있다. 사실 영혼은 나에게, 의자에 앉아 천국에서 부모를 지켜보고 있는 자신의 모습을 보여 주기를 좋아한다. 때로 한 아이의 영혼은 죽은 직후에 잠시 동안 사랑하는 사람의 몸과 한자리에 앉아 있기도 한다.

나는 또한 유산되고 사산되고 낙태된 많은 영혼들을 채널링한다. 유산된 영혼들은 상담이 시작될 때 빨리 나타난다. 그리고 사산된 영혼들은 경이로울 정도로 채널링을 잘 한다. 사실 사산된 아기들은 종종 어머니가 자신을 안았을 때 어떻게 느꼈는지, 부모가 자신에게 어떤 옷을 어떻게 입혔는지, 또 엄마가 자신의 손을 어떻게 감쌌으며 자신의 몸을 얼마나 속속들이 살폈는지 묘사한다.

큰 규모의 단체 리딩에서 나는 실내에 있는 누군가가 죽은 남자아이와 여자아이의 발자국을 갖고 있다고 발표했다. 한 여성이 일어나서 그녀의 죽은 두 아이를 위해 기도 카드를 가져왔다고 말했다. 그녀는 세 쌍둥이를 낳았는데, 한 아들은 살아남은 반면에 다른 두 아이는 살지 못했다. 하나는 아들이었고 다른 한 명은 딸이었다. 또한 아이가 죽은 뒤 다시는 아이를 얻지 못하게 된

부모들이 있다. 이 경우 아이의 영혼은 자신이 아직도 줄곧 자신의 부모와 함께 있다고 주장한다. 나는 사산된 아기 영혼이 이 세상에서의 삶으로부터 그것을 기억하는지, 또는 저쪽 세계에서 그것을 보고 있는지 잘 모른다. 어쩌면 둘 다인지도. 유산되거나 사산된 영혼들과 마찬가지로 낙태된 영혼들은 자신들의 여행을 완성하지 못했지만, 그들은 대개 다른 몸에 바로 들어간다는 걸 나에게 보여 준다. 또한 임신 중절 수술이 이곳 물질세계에 있는 누군가에게 더 큰 배움의 일부였다고 말한다.

한 아이의 삶에 대해 생각할 때 많은 이들은 그것이 잉태되는 순간에, 또는 잉태된 그 이후에 시작된다고 믿는다. 그러나 한 인간의 영혼은 몸이 존재하기 훨씬 이전에 존재한다. 그렇기에 영혼은 나에게 곧 있을 임신 소식을 그토록 많이 말할 수 있는 것이다. 영혼은 잠시 동안 주변에 있으면서 사람의 모습을 갖게 되기를 기다린다. 당신이 임신을 하면 영혼은 나에게 그 아기가 여아인지 남아인지 말할 수 있다. 분홍색 담요는 여아에 대한 나의 신호이다. 파란색 담요는 남아이다. 만일 내가 이 신호들이 반짝이는 것을 본다면 그것은 대개 영혼이 성별을 전하지 않을 거라는 의미이다. 왜냐하면 그 사람이 알기를 원하지 않을 수 있기 때문이다. 만일 한 여성이 자신이 임신한 걸 알지 못한다면 나는 위가 팽창한 것처럼 느낄 수 있다. 끝으로, 한 가족이 아기를 입양하면 나는 그것에 대해서도 같은 식으로 말할 수 있다. 당신이 부모가 될 거라면, 어쨌든 당신은 임신한 것이나 마찬가지다. 아이가 당신의 삶으로 어떻게 들어오는지는 중요하지 않다.

사랑하는 고인은 물질세계로 오기 전에 아기의 영혼을 품고 있었다는 걸 자주 인정한다. 영혼은 태어났을 때의 아기의 특징들로 그것을 입증한다. 새끼손가락이 구부러졌는지, 발이 휘었는지, 보조개를 짓는지, 또는 목, 팔, 얼굴, 다리 뒤나 머리털 아래에 눈에 띄는 반점이 있는지를. 이것이 영혼이 말하는 방식이다. 나는 당신의 아기를 아주 잘 알아서 아기의 가장 은밀한 사항들을 세세하게 말할 수 있다. 그것은 존재의 입맞춤과 같다.

아이들이 자연스럽게 대부분의 어른들보다 더 많은 직관을 갖고 있다는 것 역시 비밀이 아니다. 그렇기 때문에 아이들은 천국에서 영혼으로 있게 될 시간을 훨씬 잘 알아차린다. 나는 나중에 아이들이 영혼을 만난 것에 대해 이야기할 것이다. 그러나 여기에서 그것에 대해 간단히 다루고 싶다. 왜냐하면 저쪽 세계로 건너간 아이들은 그곳으로 가기 전에 종종 영혼을 보기 때문이다. 이것은 마치 그들이 저쪽 세계에서 이 세상으로 왔다가 다시 돌아가는 연속된 여행을 알아차리는 것과 같다. 이것에 대한 가장 감동적인 사례 중 하나는 줄리안이라는 이름의 남자아이에 대한 것이다. 줄리안은 세 살 반 때 급성 골수성 백혈병 진단을 받아 고작 여덟 살을 넘기고 죽었다. 줄리안의 천국과의 접촉은 영혼의 명사 인명록처럼 보인다. 네 살 생일이 지난 한 달 후 첫 번째 골수이식이 있은 뒤, 줄리안의 가족과 의사들은 아이가 위기를 벗어났다고 생각했다. 그러나 사실은 다시 재발하기 직전이었다. 이때 줄리안은 나중에 책에서 성모라고 확인한 여자 영혼을 통해 신으로부터 메시지를 받기 시작했다. 줄리안의 엄마가 아는 메시지는 두 가지였다. 첫 번째는 이식수술을 한 직후에 일어났다. 이때 줄리안이 말했다.

"엄마, 난 할 말이 있어요. 그러나 이것 때문에 엄마가 슬퍼할까 봐 걱정돼요. 신이 꿈에 나타나 내가 곧 돌아가야 한다고 말했어요. 백혈병이 재발할 것이고, 여기에서의 나의 시간은 끝났다고 했어요."

이것은 놀라운 소식이었다. 줄리안의 엄마는 이식수술 덕분에 아들이 회복될 거라고 생각했기 때문이다. 이 꿈을 꾼 지 오래지 않아 줄리안은 다시 성모로부터 메시지를 들었다. 그러나 이번에 성모는 울고 있었다. 성모는 줄리안에게 말했다. 줄리안이 죽으면 엄마가 아주 슬퍼할 거라고. 그러나 결국 괜찮아질 거라고.

이틀 뒤 줄리안의 의사는 골수 조직에서 비정상적인 세포들을 발견했다. 아니나 다를까, 소년의 꿈들은 예언이었다. 줄리안의 엄마는 비탄에 빠졌고 기적을 위해 기도했다. 그녀는 펜실베니아에 있는 성 파드레 피오의 성지로 아들을 데려갔다. 그녀는 기념품점에 있는 파드레 피오 조각상의 손을 잡고 속삭이는 줄리안을 보았다. 그래서 아들을 위해 그 조각상을 사서 뒤뜰에 두었다. 줄리안과 그 조각상은 키가 같았다. 그 여행 후 두 달 뒤 줄리안은 두 살짜리 아이의 꿈을 꾸었다. 아이는 줄리안과 함께 놀고 줄리안의 미래에 대해 신이 파드레 피오 성인과 나눈 대화에 대해 말해 주기 위해서 왔다. 그때 줄리안은 그 아이에게 자신이 그를 따라 천국으로 가야 하는지 물었고, 그 순간 그 아이는 줄리안이 아직은 갈 때가 아니라고 말했다. 줄리안의 엄마는 지금, 그 아이가 실제로는 그녀의 아들이 갈 시간이 왔을 때 아들을 위해 우리 세계와 천국을 이어 주기 위해 보내진 천사였을 것이라고 믿는다.

줄리안의 영혼과의 만남은 고도로 진화된 영혼들로 한정되지 않았다. 아주 위독한 상태에 있을 때마다 줄리안은 엄마에게 '그들'을 볼 수 있는지 물으면서 천장을 쳐다보았다. 그는 하늘에 대고 많이 속삭였다. 엄마가 용기를 내어 '그들'이 누구인지 물어봤을 때 줄리안은 그 존재들 중 한 명이 뉴욕 9.11 테러 때 죽은 엄마의 친구 재키라고 말했다. 재키가 어디에 있는지 물어보자 줄리안은 마치 당연한 듯 대답했다.

"엄마, 재키는 엄마 바로 옆에 있어요."

재키는 줄리안이 태어나기 전에 죽었다. 줄리안은 재키를 만난 적이 한 번도 없었다.

줄리안과 엄마는 줄리안이 죽기 몇 주 전까지 다시는 천사나 신에 대해 이야기하지 않았다. 그 시점에서 줄리안은 엄마를 떠나는 것이 무섭지만 엄마가 자신의 심장을 가질 것이고 자신은 '아름다운 곳'에 갈 것이라고 말했다. 줄리안은, 자신이 그녀를 자신의 엄마로 선택했다고 줄곧 말했다. 신이 그녀를 가리켜 보였으며, 만일 그녀를 엄마로 선택하면 자신을 잘 돌봐줄 것이라고 말했다는 것이었다. 또 줄리안은 '모든 이들을 위한 하나의 신'에 대해 많이 이야기했다. 줄리안의 엄마는 자신의 아들이 선물이었으며, 자신을 비롯한 주위 사람들이 신과 사후 세계를 믿게 하기 위해 보내졌다고 믿는다. 최근 그녀의 조카는 한밤중에 방에서 빛이 반짝이는 걸 알아차렸다. 그리고 자신과 고작 몇 센티미터 떨어진 곳에 줄리안의 웃는 얼굴 모습이 있었다. 줄리안은 엄마의 친구 재키와 함께 있었다.

내가 줄리안을 채널링했을 때, 줄리안은 엄마가 자신을 결코 아픈 아이로 대하지 않았고 늘 그가 행복하다는 확신을 주었다고 내게 말했다. 시간이 되었을 때 그녀는 그를 떠나게 했고 그는 아름다운 죽음이었다고 말했다. 줄리안은 자신의 심장이 멈췄을 때 엄마의 심장이 뛰고 있는 걸 느낄 수 있었다.

영원한 최고의 친구들

당신은 어떤지 모르지만 나는 지금 이쪽에서 울고 있다. 그래서 너무도 슬픈 이야기 뒤에, 나는 이 장을 행복한 이야기로 끝맺고 싶다. 우리가 사랑하는 동물들보다 우리를 더 미소 짓게 만드는 것이 무엇이겠는가?

사람들은 자신의 반려동물을 사랑하기 때문에 나는 고양이, 개, 말, 새, 그리고 심지어 물고기까지 채널링한다. 물고기는 말을 많이 하지 않는다. 나는 심지어 한 남자의 죽은 엄마와 그들의 애완 다람쥐도 채널링했다. 물론 그 엄마가 앞으로 그 동물을 데리고 나왔을 때 나는 그것이 다람쥐라고 생각하지 못했다. 왜냐하면 누가 다람쥐를 반려동물로 키우겠는가? 다람쥐는 지저분하고 과격하지 않나? 그래서 나는 아들에게 그들이 담비를 키웠는지 물었고 그는 아니라고 말했다. 그때 엄마 영혼이 내게 말했다.

"아들에게 내가 스티비와 함께 있다고 말해 줘요."

내가 그 말을 전하자 그 사내는 의자에서 떨어질 뻔했다. 그들은 스티비라는 이름의 애완용 다람쥐를 죽을 때까지 키웠을 뿐만 아니라 스티비를 화장한 재는 그의 여동생 집의 벽난로 선반 위에 놓인 엄마의 유골 단지 바로 옆에 있었다. 그는 또한 엄마가 소파에 앉아 작은 다람쥐에게 먹이를 주는 사진을 갖고 있었다.

엄마는 그 설치류를 비롯해 모든 동물에게 음식을 주었다.

당신은 아마도 개나 고양이가 가장 자주 앞으로 나온다고 추측할지 모른다. 그러나 그것은 단지 다람쥐보다 개나 고양이를 반려동물로 키우는 사람들이 더 많기 때문이다. 나는 마루에서 개의 영혼이 걷는 소리도 들을 수 있다. 또 영혼은 의뢰인이 개의 장난감을 숨겼다는 걸 말해 주기도 하고, 아니면 그들의 반려동물이 어떻게 죽었는지 보여 준다. 또한 의뢰인이 개가 고통을 겪지 않도록 존엄사에 대해 올바른 선택을 한 것에 대해 말할 때도 있다.

이것에 대한 나의 상징은 외할머니가 키우던 개 럭키걸이다. 럭키는 포인세티아 열매를 주워 먹은 것 때문에 몹시 아팠다. 수의사는 럭키가 열매의 독성분에 중독되었다고 생각했지만 할머니는 럭키를 집으로 데려갔다. 왜냐하면 고통을 겪고 있는 것처럼 보이지 않았기 때문이다. 럭키는 회복되었고 여러 해를 더 살았다.

그러나 동물들을 앞으로 나오게 하기 위해 사람의 영혼이 필요하지는 않다. 때로 동물들은 스스로 껑충껑충 뛰어온다. 착각한 나는 의뢰인들에게 그들이 아이를 잃었는지 물어본 적도 있다. 왜냐하면 엄마와 아이 사이 같은 유대관계를 느꼈기 때문이다. 물론 인간의 유대관계보다는 조금 멀긴 했지만. 그러면 그 사람이 자식처럼 사랑했던 개를 잃었다는 것이 드러난다. 그런 일은 고양이의 경우에도 많이 일어난다. 고양이를 키우는 사람들은 깊은 애착을 갖기 때문이다.

아이들과 마찬가지로 동물들은 영혼과 특별한 관계를 갖는다.

그들의 뇌는 우리의 뇌만큼 가득 차 있지 않다. 그래서 그들은 영혼을 우리보다 더 쉽게 보고 감지한다. 다음번에 당신의 고양이가 아무것도 아닌 일에도 야옹거리거나 당신의 개의 머리가 공중에 튀어 올라간 공을 지켜보고 있는 것처럼 보인다면 영혼에게 안녕 하고 인사하기 바란다.

우리 집 강아지들은 루이비통과 피터 제임스라는 이름을 갖고 있다. 피터는 꼭 사람 같다. 피터는 늘 영혼과 대화한다. 그래서 나는 피터를 영혼 사냥꾼 강아지라고 부른다. 피터는 종종 머리를 층계 가장머리에 대고 누워서 짖고, 웅얼거리고, 특이한 소리를 낸다. 나는 그것이 에너지가 계단에 매달려 있기 때문이라고 생각한다. 리딩을 하는 동안 나는 계단 쪽으로 등을 향하고 앉는다. 그곳에서 영혼을 감지하기 때문이다. 모든 사람들의 집이 그런지는 나는 모른다. 그러나 나는 층계참을 향해 짖는 개들에 대해 많이 들었으며, 자신의 집 계단에서 영혼을 본 한 아이를 얼마 전에 리딩했었다. 어쨌든 나는 리딩을 할 때 개들을 다른 방에 둔다. 왜냐하면 피터는 말이 많은 강아지이고, 요크셔테리어인 루이비통은 무척 초조해하며 늘 아무것도 아닌 일에 짖기 때문이다. 가만히 앉아 있지를 못한다. 그래서 나는 루이가 영혼을 감지한다고 생각한다. 루이는 또한 뼈를 물고 근심스럽게 왔다 갔다한다. 누군가가 그것을 빼앗아 갈 것처럼. 영혼은 사물들을 사라지게 만든다고 알려져 왔다. 불쌍한 루이. 물건 감추기 놀이가 힘들지?

4

영혼과의 연결

우리 모두에게는 위로해 주고 안내해 주는 영혼들이 있기에
영혼들에게 다가가는 것은
어려운 일이 아니다.

나는 모든 사람에게 영혼과 대화하고 직관을 발달시킬 능력이 있다고 믿는다. 어떤 사람은 다른 사람들보다 그 능력이 더 쉽게 나타난다. '모델이 되라. 아니면 정말 모델처럼 보이든가.'라고 한 광고 문구를 기억하는가? 나는 그 광고를 정말 좋아했다! 천부적으로 더 발달된 능력을 타고난 우리 같은 사람들이 하는 것처럼 누구든 똑같은 정확성을 갖고 정기적으로 죽은 이들과 대화를 나눌 수 있음을 은연중에 암시하는 영매나 책 제목을 들을 때마다 그 슬로건이 머릿속에 떠올랐다. 그런 생각이 요즘은 대세이다. 사실 인터넷에는 이런 내용을 중점적으로 다루는 사이트들이 매우 많다. 우리가 저쪽 세계와 연결되어 영혼이나 사랑하는 사람의 메시지를 들을 때, 다른 어떤 방법보다도 이 일을 하는 더 나은 방법이 있을 것이라고 나 역시 생각한다. 그러나 리딩하는 자신의 능력에 대해 당신이 안전하고 현실적인 기대치를 갖도록 나는 확실히 해 두고 싶다. 이번 장을 다 읽어 갈 때쯤, 당신이 눈을 꼭 감고 셋을 센 뒤 빠르게 눈을 뜨면 작고하신 이모가 앞에서 있는 걸 보게 될 거라고 기대하는 걸 나는 원치 않는다. 또 원한다고 해서 모두가 할 수 있는 일은 아니다.

그러나 일어나지 않는다고 해도 나는 당신이 자신의 관계에 의문을 갖거나 세상을 떠난 사랑하는 고인들이 자기 주위에 없다고 생각하지 않기를 바란다. 왜냐하면 실상은 그 반대이기 때문이다. 그들은 늘 당신과 함께 있다. 따라서 당신이 영혼이나 저쪽 세계로 건너간 사랑하는 이들과 연결되기 원한다면, 이를 위한 최선의 방법은 영혼이 매일 우리와 함께 있음을 더 잘 알아차리게 해 줄 몇 가지 단순한 도구들을 사용하는 것이라고 나는 느낀다. 명상하기, 자신의 직감에 귀 기울이기, 신호들 알아차리기, 꿈속에 나타난 것을 확인하기—이것들이 우리가 영혼으로부터 메시지를 받는 방법이다. 만약 주위에서 이상하거나 기이하거나 색다르거나 우연의 일치처럼 보이는 일이 일어난다면, 그리고 이런 일들이 사랑하는 이를 생각나게 하거나 그 사람을 상기시킨다면, 바로 그 순간에 영혼이 당신과 함께 있다는 신호로 받아들이기 바란다. 또 천국에서 온 이런 인사를 인정할수록 당신은 더 많은 신호를 받을 것이다. 당신은 사랑하는 이들과 결코 끊어질 수 없는 연결을 공유하고 있다. 그리고 당신이 그들과 소통하고 싶어 하는 것처럼 그들도 똑같이 당신과 소통하는 것에 관심이 있다는 걸 알기 바란다. 그리고 어떤 식으로든 당신은 그들을 귀찮게 하고 있지 않다. 그들은 당신과 함께 있으며, 당신을 돕고 있고, 이 세계 너머에서 아름다운 존재를 경험하고 있다는 걸 당신이 알기를 원한다.

일단 마음이 열리면 당신은 영혼과 교류하고 있음을 확인받기 시작한다. 아마도 여기서는 꿈이, 저기서는 신호가 그것을 말해 줄 것이다. 당신이 원할 때 늘 이것을 할 수 없다 해도, 또 당신이 받은 메시지들이 당신이 갈망하는 만큼 구체적이지 않더라도 속 상해하거나 좌절하지 말기 바란다. 영혼은 그 자신만의 과제를 갖고 있다. 즉 우리에게 일어나거나 우리 주위에서 일어나는 모든 일에는 그 나름의 동기와 규칙, 시기가 있다.

리딩 세션을 하는 동안 영혼은 사람들이 듣고 싶어 하는 메시 지가 아닌, 들을 필요가 있는 메시지를 전달한다고 내가 말했던 것을 기억하는가? 당신의 삶 속에 영혼이 존재하는 것도 같은 방 식이다. 믿음을 갖고 더 큰 계획이 있음을 신뢰하기 바란다. 혹은 어쩌면 우리가 모르는 것도 우리가 얻기로 되어 있는 배움의 일 부인지도 모른다. 또 우리 모두가 영혼과 어느 정도 연결될 수 있 는 이유는, 우리가 연결되기로 되어 있고 또 연결되어야 하기 때 문이라고 나는 생각한다. 치유와 지원과 개입을 위해, 그리고 우 리의 영적 믿음을 입증하기 위해. 그리고 우리 자신의 그 직관적 인 부분을 확장시키는 것은 모든 면에서 우리 영혼에게 도움을 주려고 의도된 것인 동시에 다른 사람들도 돕기 위한 것임을 잊 어서는 안 된다.

나는 그것이, 당신의 사랑하는 사람이 죽음 이후에도 당신 곁 에 존재한다는 것을 아는 것 외에 실제로 자신의 직관을 발달시 키는 가장 큰 이유 중 하나라는 생각이 든다. 모든 사람이 죽은 사람들과 이야기하기 위해 이 지구 상에 있는 건 아니지만 다른 사람들에게 도움이 되는 법을 배우기 위해 우리 모두가 여기에 있다고 나는 느낀다. 그래서 머지 않아 당신은 당신의 돌아가신 할머니와 특별한 방법으로 연결될 수도 있겠지만, 직관력이 발달함에 따라 당신의 직관은 당신을 다른 길로 인도할 수도 있다. 영혼을 더 많이 알아차리게 될수록 당신은 자신의 직관과 영적인 연관성을 더 깊이 탐구하고 싶을지도 모른다. 만약 그렇다면 그 주제에 대한 책을 더 읽거나 자신의 재능을 발달시키는 데 도움이 될 만한 스승이나 멘토를 찾을 수 있다. 당신은 궁극적으로 자신의 직관력을 영매가 되는 것이 아닌, 통찰을 갖고 사람들을 돕는 상담사나 사람들을 적절한 곳에 배치하는 협력자, 안내를 필요로 할 때 언제나 그곳에 있을 듯한 들어주는 사람이 되기 위해 사용할 수도 있다. 이런 역할들은 영적인 세계로부터 올 때 더 발달하는 직관에 의지한다.

이것은 대단한 재능을 지닌 한 친구를 생각나게 한다. 그 친구는 맨해튼에서 마케팅과 광고 일로 매달 10만 달러 이상의 소득을 올리며 이 일을 하는 동안 고객들과 개인적으로 긴밀한 관계를 맺어 왔다. 고객들이 그 친구에게 조언을 청할 때 그 조언은 종종 영혼으로부터 온다. 고객들은 그 친구가 영혼의 도움에 의지하고 있는지 모른다. 다만 그 친구가 나이에 비해 현명하고 언제나 뭐라고 말해야 할지 아는 것 같다는 정도만 알 뿐이다. 그러나 바로 그것이 이 여성이 자신의 재능을 사용하는 방법이다. 그리고 그런 식으로 모든 이들이 도움을 받는다.

두려움을 내던져라

수많은 공포증을 가진 사람으로서 두려움이라면 나도 많이 겪었다. 그러나 저쪽 세계와 연결되는 일에서 중요한 부분은 당신이 듣고 있고 채널링하고 있는 것이 사실이며, 신이 보호해 주고 있다는 믿음을 갖는 것이다. 그 이유는 다음과 같다. 삶에서 우성인 자로 믿음과 두려움 둘 다를 갖고 있을 순 없다. 그 둘은 서로를 반박한다. 그 둘은 서로 대항하는 힘이다. 그렇기에 영혼과 연결되기 위해 당신은 두려움을 버리고 믿음을 껴안아야 한다. 나는 그 말이 나에게 해당되는 것임을 안다. 영매가 되는 것에 대한 두려움을 모두 내려놓았던 그날, 내가 하고 있는 일이 실재하는 것이고 내가 미치지 않았다는 걸 받아들였을 때, 그때 나의 삶은 더 많이 편안해졌다.

두려움을 믿음으로 바꾸는 것은 삶의 어떤 국면에서도 정말 따를 만한 좋은 규칙이다. 새로운 직업들, 관계들, 심지어 부모로부터 돈을 빌리는 데에도……. 당신이 의심과 걱정으로 벌집이 되어 그런 일들을 시작할 때보다 믿음으로 시작할 때 그 일들에 더 성공하게 된다. 당신이 영혼과 연결을 시도할 때 두려워하지 않기를 바라는 또 다른 이유는 두려워하는 것이 별 도움이 안 되기 때문이다. 나는 시간을 낭비하는 걸 싫어한다. 당신도 그렇지 않은가? 당신이 두려워할 때 긍정적인 영적 활동이 훨씬 덜 일어난다. 당신이 영혼을 보고 듣는 걸 두려워하지 않음을 영혼이 알게 하면 문들이 활짝 열린다.

침실 문 옆에 서 있는 어떤 형상을 보거나 목소리를 듣는 건 정말 기이한 일이다. 나는 늘 영혼들과 이야기를 나누지만 그것은 지금도 종종 나를 깜짝 놀라게 한다. 도움이 될 수 있는 것은 만약 그런 일이 일어난다면 어떨지 당신이 먼저 상상해 보는 일이다. 그 일이 일어나도 당신이 덜 두려워하도록. 어쩌면 당신은 침대에 누워서 할아버지의 영혼이 침대 발치에 서 있다고 상상하거나 식당에 앉아서 할아버지가 식탁 맞은편에서 당신에게 이야기를 하고 있다고 상상할 수도 있다. 이것이 실제로 그런 일이 일어날 때 자연스럽게 받아들이도록 도움을 주고, 당신의 사랑하는 사람을 환영하게 해 준다. 이런 유형의 시각화 기법이 영혼을 더 빨리 나타나게 할까? 아마도 그럴 것이다. 그러나 더 중요한 점은 영혼이 미리 알리지 않고 나타나더라도 당신이 바지를 버리지 않는 것이다.

당신이 두려움을 받아들여선 안 되는 마지막 이유는 단연코 무엇보다도 가장 중요하다. 주의를 기울여 듣기 바란다. 나는 부정적인 영혼과 관계를 맺지 않지만 누구든 저쪽 세계에 이르는 좋지 않은 출입구를 열 수 있다고 배웠다. 두려움은 부정적 성향을 끌어들이고 키운다.

나는 부정적 성향과 관계를 맺고 싶지 않으며, 당신도 그래야만 한다. 두려움이 부정적 성향을 불러오는 경우는 영혼에만 국한되지 않는다. 이것 역시 삶의 교훈이다. 나는 한 여성을 안다. 그 여자는 난독증이 있고 교사들과 의사들이 그녀가 학습장애가 있다고 진단하는 데 여러 해가 걸렸다. 학교에서 시험을 볼 때마다 그 여성은 시험에 실패해서 자신이 바보처럼 취급될까 봐 두려웠다. 두려움 때문에 자기 자신을 비난했다. 그래서 실제로 시험을 볼 때쯤이면 실패하는 걸 두려워할 뿐만 아니라 어리석은 시험 자체도 싫어했고 멍청한 학교, 추한 선생님 등도 싫어했다. 걱정이 어떻게 그녀의 부정적 성향을 키우고 상황을 악화시키는지 보이는가? 마찬가지로 영혼을 점점 더 많이 인식하게 될 때 당신은 부정적인 성향과 상호작용하지 않도록 어떤 순간에도 긍정적인 상태를 유지해야 한다.

그리고 내가 이 말을 한 번 한 적이 있다 해도 수백 번은 더 말할 것이다. 심령술사가 강령술사들이 사용하는 점괘판을 쓰면 안 된다. 어떤 영혼과 에너지가 저 밖에 있든 당신은 이 장치로 불러올 수 있고 이용할 수 있으며, 어떤 식으로든 교활하고 유익하지 않은 에너지를 채널링할 가능성이 크다. 당신은 삶에서 이런 영혼들을 원하진 않을 것이다.

신의 빛으로 감싸기

명상은 영혼이나 저쪽 세계에 건너간 사랑하는 이에게 마음을 여는 최상의 방법이다. 명상은 마음을 고요하게 만들고 당신이 안내자들에게 귀를 기울이고 영혼과 소통할 수 있게 해 주지만, 당신은 먼저 신의 흰 빛 안에 발을 딛고 서서 자기 자신을 보호해야 한다. 어떤 사람들은 달걀이나 원 모양의 비눗방울 안에 있는 자신의 모습을 상상하기를 좋아한다. 그것은 훌륭하다. 그러나 나는 범죄 현장에 있는 분필 그림처럼—더 좋은 비유가 없기에—흰 빛 안에 있는 내 몸의 윤곽선을 마음으로 그려 본다. 또한 모든 잿빛의 부정적 성향이 나의 육체적, 감정적, 영적인 몸에서 떠나고 순수한 흰 빛으로 대체되는 걸 상상한다.

명상하는 동안 사랑하는 사람의 메시지를 듣기를 요청한다면 당신은 신의 빛 안에 있는 영혼들과만 소통할 거라고 말하고 그렇게 해야 한다. 당신이 낮은 차원의 에너지라 불리는 것들과 연결되고 있다는 말을 나는 듣고 싶지 않다. 낮은 차원의 에너지들은 최소한의 의식만 있고 거의 성장하지 못한 쉽게 접근 가능한 영혼들이다. 그들은 사이코였고 범죄 행위에 대해 후회하지 않으며 물질세계에서 여러 무서운 짓을 한 사람들의 영혼이다. 낮은 차원의 에너지들은 타락하고 궁지에 몰린 심령술사와 부정직한 타로카드 점술가들이 채널링한다. 이 심령술사들은 직관력이 있다. 그러나 만약 그들도 사기꾼이고 도둑들이라면, 그들은 젊었을 때부터 가능하면 가장 쉬운 방법—그것은 낮은 차원의 에너지에서 온다—으로 정보를 얻기 위해 직관력을 키웠을 확률이 높다. 나 자신을 포함해 균형 잡힌 영매들은 자료가 어디에서 오는지 신경 쓰지만 그들은 자료의 출처를 상관하지 않는다. 무엇으로부터 그 정보가 오든, 또 어떤 존재가 그 정보를 주든 상관없이 그들은 오직 당신을 끌어들이기만을 원한다.

솔직히 말해 명상을 할 생각이 없을 때도 나는 신의 빛으로 나 자신을 둘러싼다. 아침에 오늘 하루도 부정적 성향으로부터 지켜 달라고 기도하면서 나는 그 일을 맨 먼저 한다. 일과 관련해 회의가 있거나 자선단체 사람들 앞에서 연설할 때 같이, 불안하면 나는 또 그 일을 한다. 또한 비행기에 탑승해야 할 때 그 일을 하는 것을 좋아한다. 우리를 해악으로부터 안전하게 지켜 줄 빛나는 빛의 방울 안에 있는 비행기와 조정사와 직원들을 마음속에 그린다.

나는 신의 흰 빛과 보호로 나를 감싸 달라고 신에게 청한 뒤에야 이 세계에 발을 디딘다. 리딩을 하기 전에, 그리고 명상을 하기 전에 이것을 한다. 이것이 내가 영혼에게 존재를 여는 방법이다. 발바닥에서 나온 두 개의 줄과 꼬리뼈에서 나온 줄이 지상으로 발사되어 나무뿌리처럼 나의 발을 고정시킨다고 상상함으로써 마음의 중심을 잡는 법을 배웠다. 만약 명상하기에 앞서 마음의 중심을 잡지 않으면 어떤 에너지 차원이든 바로 들어올 수 있고 또 당신의 에너지가 고갈되거나 또 다른 영혼의 에너지를 떠맡을 수도 있다. 그런 다음 나는 내가 받은 모든 정보가 모든 관련 있는 이들에게 최고로 좋은 것이기를 청한다. 신의 안내를 요청하고 리딩을 할 때마다 독특한 확증을 보여 줄 것을 청한다. 그런 뒤, 패트릭 스웨이지가 천국에 가는 영화 〈사랑과 영혼〉의 마지막에 나오는 그 장면처럼, 안내자들과 다양한 영혼들의 실루엣이 줄을 서서 말하기를 기다리고 있는 것이 보이기 시작할 때 나는 신의 빛을 상상한다.

집중 — 명상하는 방법

명상은 하루 중 어느 때라도 내 마음을 진정시킬 수 있는 유일한 방법이다. 또 조용히 집중할 때 나는 영혼이 말하는 걸 들을 수 있다. 기도하고 있을 때도 조용히 있을 수 있지만, 기도는 신과 대화하는 것인 반면 명상은 신과 다른 영혼들에게 귀 기울여 듣는 것이다. 6장에서 신에 대해 구체적으로 이야기할 때 기도에 대해 좀 더 다루기로 하자.

명상하기에 적절한 장소 혹은 잘못된 장소는 없다. 나는 언제 어디에서든 영혼과 연결될 수 있다. 물론 남편 래리와 장난치는 동안은 아닐지도 모른다. 그러나 집 안의 조용한 방, 해변가, 욕조 안, 공원 등 당신이 안전과 평화로움을 느끼는 곳이면 어디든 명상하기에 좋은 곳이다. 당신은 지상에 발을 딛고 있고 균형 잡혀 있다고 느끼며 영혼을 잘 받아들일 수 있도록 도움을 받기 위해 인터넷이나 유튜브에서 혼자 명상하는 방법을 찾을 수도 있다. 또 머리를 맑게 하기 위해 20분 동안 혼자 조용한 방에 앉아 있을 수도 있다. 명상을 한다고 해서 꼭 영혼에게 마음을 터놓지는 않을 것이다. 당신은 또한 느낌이나 후각, 시각 등을 통해서도 연결되는 법을 배울 것이다. 왜냐하면 영혼은 당신이 선택한 감각들을 이용해 가장 생생하게 들어오기 때문이다. 당신은 마음의 눈으로 슬라이드 영상이나 한 형체가 서 있는 모습을 볼 수도 있다. 혹은 치유의 말 한 마디나 진정시키는 한 문장 전체를 말하는 목소리를 듣거나 느낄 수도 있다. 심지어 몇 가지 감각들의 결합을 경험할 수도 있다. 이것 역시 흔한 일이다.

명상이 너무 먼 나라의 이야기로 들린다면 이것을 알기 바란다. 당신의 머리가 라라 랜드(환상의 세계)로 떠나고 몽상에 잠겨있을 때에도 영혼은 당신에게 올 수 있다. 그것은 명상할 때 들어가는 이완된 상태와 비슷하다. 나는 샤워 중일 때, 그리고 머리를 말리고 있을 때 영혼으로부터 가장 많은 정보를 얻는다. 영혼이 내 샴푸 냄새와 스타일링 크림 냄새를 좋아하기 때문이라고 생각하진 않는다. 그것이 인도 홍차와 같은 냄새가 나긴 하지만. 그러나 '머리카락이 높아질수록 신에게 더 가까워진다!'라는 속담을 들었을 때 나는 그 말이 사실이라고 생각하기 시작했다. 내가 아는 어떤 사람은 진공청소기로 청소하거나 설거지를 하는 것처럼 지루한 일을 하고 있을 때 영혼을 가장 잘 받아들인다. 해야 할 이런저런 일들로 인해 머리가 어수선하지 않고 자연스럽게 영혼의 목소리를 듣는 일에 마음이 열리는 순간이 있다. 그리고 물론 영혼은 진공청소기의 으르렁거리는 소리에 대해 이야기를 나눌 수도 있을 것이다.

당신의 사랑하는 이들과 연결되는 것 이상으로 명상과 기도도 일상생활에 많은 도움이 된다. 이득을 얻기 위해 채널링을 하려고 할 필요는 없다. 기도와 명상은 언제나 균형감을 느끼게 해 주며, 자신에게 뿌리를 내리게 하고, 안전함을 느끼게 해 준다. 신과 천사들과 안내자들과 사랑하는 고인들, 그리고 심지어 우리가 천국에서 만난 적 없는 영혼들조차도 언제나 우리를 안내하고 보호하고 있다. 내가 하는 일을 고려해 볼 때, 만약 때때로 영혼들과 연결되지 못했다면 나는 정말 멍청한 사람이 되었을 것이다. 그래서 기도하면서 나는 영혼들의 노고에 얼마나 감사하는지 모른다.

나에게 적용되고 또 당신에게도 적용될 수 있는 몇 가지 다른 팁들이 있다. 명상할 때 나는 차크라가 정렬되어 있는 모습을 상상한다. 인터넷에서 차크라가 몸의 어디에 위치해 있는지 보여 주는 유용한 도표를 찾을 수 있다. 그리고 차크라들이 순수한 흰빛으로 채워지는 걸 마음으로 그려 본다. 또 마약이나 술을 마시지 않거나 너무 형편없는 음식을 먹지 않음으로써 내 몸을 계속 정화시키려 한다. 그렇지 않으면 그것들은 내 에너지를 교란시키고 영혼과 연결되는 내 능력을 엉망으로 만들 것이다. 명상뿐만 아니라 드럼서클(북과 드럼을 이용하는 음악 치료)도 다양한 영혼들과 연결되는 데 도움이 된다.

영혼이 보내는 신호 읽기

영혼이 좋아하는 두드러진 소통 방법 중 하나는 신호를 보냄
으로써 그들이 가까이에 있음을 보여 주는 것이다. 이것은 당신
의 준비를 필요로 하지 않는다. 그냥 일어난다. 이미 영혼은 그렇
게 하고 있지만 우리가 삶에 너무 얽매여 있어서 알아차리지 못
할 뿐이다. 이런 신호들은 당신이 가장 필요로 할 때, 혹은 놀라
운 일로 다가올 수 있다. 문제는 무엇을 찾아야 하는지 아는 일
이다.

당신도 알다시피, 의사들은 몸에 이상 징후―당신 생각에 정
상이 아닌 것―가 있으면 언제든 의사를 찾아야 한다고 늘 말한
다. 예를 들어 조금 높은 체온은 어떤 사람에게는 정상일 수 있
지만 다른 사람에게는 감기의 시작일 수 있다. 이것은 영혼에게
도 해당된다. 만약 눈에 익숙하지 않은 신호를 받는다면―당신이
볼 때 정상적이지 않은 상황―나는 그것이 당신의 사랑하는 사
람이 보낸 상징이나 신호일 수 있다는 걸 알았다. 그들이 바로 그
순간 당신과 함께 있다는 신호인 것이다. 내가 들은 좀 더 대표적
인 신호 몇 가지는 새의 깃털과 동전, 동물들과 곤충들, 종교적인
신문기사를 보는 일이다. 숫자들도 영혼이 우리와 연결되는 방식
중 하나이다. 예를 들어 연속되는 숫자 1−1−1을 보는 건 신의
중재가 일어나고 있다는 것, 또는 일어나려 한다는 걸 의미한다.
할머니가 돌아가신 날인 숫자 6−0−9를 볼 때 나는 할머니가

그 순간 우리와 함께 있다는 걸 안다. 할머니는 또한 10센트짜리 동전들을 내 주변에 잔뜩 놔둔다. 화장품 가방 바닥에서 간간이 동전들을 발견하거나 동전이 내 지갑 밖으로 날아가는 경우도 있다. 농담이 아니다. 내 딸 빅토리아는 심지어 체조 경기에서 동전을 발견한 적도 있다. 리어타드(무용수나 여자 체조 선수가 입는 것 같은 몸에 딱 붙는 타이츠)를 입고 매트 위에 앉아 있다가 빅토리아는 자신의 맨 다리에 차가운 것이 붙어 있는 걸 느꼈다. 그것은 10센트짜리 동전이었으며 할머니가 빅토리아에게 행운을 빌어 주고 있었다고 나는 생각한다.

사랑하는 이가 당신과 '연결되어야 하는 방식'에 대해 너무 엄격한 기준을 갖지 않는다면 그 영혼은 연결되기가 더 쉽다는 걸 영매인 나는 배웠다. 우발적으로 발생한 일들을 모두 신호로 받아들여야 한다고 말하는 것이 아니다. 그것은 어리석고 순진한 짓이다. 그러나 우리는 때로 우리가 주장하는 시시콜콜한 제한들 때문에 스스로를 연결에서 차단시킨다. 예를 들어 롱아일랜드에서 소규모 단체 리딩을 할 때, 한 여성이 치자꽃 냄새가 많이 나지만 어머니가 가장 좋아한 꽃은 은방울꽃이기 때문에 어머니일 리가 없다고 나에게 말했다. 너무 심각하지 않은가? 내가 아는 또 다른 여성은 이따금씩 샴푸 냄새를 맡긴 하지만 어머니는 라브 헤어스프레이를 사용하는 걸로 유명했기 때문에 어머니 영혼이 온 것일 리가 없다고 말했다. 이런 말을 들을 때면 나는 미칠 것 같다. 이유는 다음과 같다. 영혼은 우리의 기대나 기억과 꼭 맞는 신호를 늘 보내는 건 아니지만 대개 예상 범위 안에 있다. 이 영혼들이 곧이곧대로 하지 않는 이유를 나는 모르지만, 이 사례에서 중요한 건 어머니들이 정기적으로 기대하지 않은 방식으로 오고 있었고 그래서 눈에 띄었지만 그 딸들은 너무 상상력이 부족했기 때문에 멋진 재회의 기회를 놓쳤다는 것이다. 물질세계에서 모녀 관계가 왜 오해로 가득할 수 있는지 알겠지만 이 어머니들은 지금 다른 차원에서 살고 있다. 그러니 그분들을 그만 좀 몰아붙여라!

영매들이 서로 다른 방식으로 영혼과 연결되는 것처럼 당신도 마찬가지다. 사람들이 영혼을 다르게 경험하는 것은, 영혼이 그 사람과 의사소통하기 위해 선택한 방법 때문이 아니라 우리가 보고 느낄 수 있는 것 때문이다. 남편은 침대 발치에 있는 영혼을 볼 수 있지만 바로 옆에 있는 아내는 볼 수 없는 이유가 그 때문이다. 한 의뢰인이 나에게 말했다.

"언니만 오빠 꿈을 꾸어요. 그건 분명 오빠가 나와 함께 있지 않거나 나를 방문하지 않는다는 뜻이에요."

그러나 꿈은 단순히 언니가 영혼과 연결되는 방식일 뿐이다. 의뢰인의 오빠는 나비나 갑작스러운 오드콜로뉴(연한 향수의 일종) 향을 통해 의뢰인과의 연결을 시도하고 있을 수도 있다. 그러나 의뢰인은 꿈에만 열중해 빠져 있거나 아직 오빠가 자신에게 도달할 수 있는 방식으로 존재를 열어놓지 않았기 때문에 그 신호들을 놓쳤을 것이다. 많은 사람들은 사랑하는 이들이 아직 살아 있는 동안 사후에 그들과 소통할 방법을 미리 정해 둬야 하는지 나에게 묻는다. 개구리로 돌아오라, 우리 집 액자를 움직여라 등과 같이. 귀여운 아이디어인 것 같긴 하다. 그러나 영혼이 그걸 할 수 없거나 당신이 그런 식으로 신호를 해석하지 않는다면, 그래서 그 일이 결코 일어나지 않는다면, 당신은 운이 나쁜 것이다.

사실은, 영혼은 언제나 스스로 나타난다. 당신은 다만 평소와 다른 의미 있는 것이 무엇이고 그렇지 않은 것이 무엇인지 아는 당신의 직감을 믿어야 한다. 애틀랜틱시티에서 단체 리딩을 할 때, 자동차 사고를 당한 한 여성의 아들을 채널링했다. 그 여성은 거칠고 비탄에 빠져 있었으며 화가 나 있었다. 청년의 영혼은 어머니가 이상한 장소에서 흰 깃털을 발견했는지 물어봐 달라고 했다. 어머니가 그렇다고 대답하자, 작은 흰색 화장지 조각이 천장에서 흘러 내려왔다. 누구도 그것이 어디서 왔는지 알지 못했다. 그 여성은 2층 발코니석 아래에 앉아 있지도 않았다! 방송 카메라가 이 모든 걸 담았다. 그러나 상상해 보라. 그 여성이 깃털에 너무 집착해 이 깃털과 비슷한 화장지 조각을 묵살했다면 어땠을까? 특히 그토록 예민하고 고통스럽게 비탄에 젖어 있을 때 아들이 자신의 말을 듣고 있고 늘 곁에 있다는 걸 알려주는 극적인 순간을 무시했을 것이다.

영혼이 우리를 웃게 하는 신호를 보낼 때를 나는 특히 좋아한다. 젊은 나이에 암으로 남편을 잃은 한 여성이 있었다. 1년 뒤 '필요한 여성들의 주말'much—needed girls' weekend(남편과 아들 등 남자들에게 둘러싸여 자신만의 시간을 갖지 못하는 여성들을 위한 시간, 이날 만큼은 쇼핑, 여행, 식사 등을 여자 친구들과 함께 하며 여성들만의 시간을 보냄)에 그녀는 친구와 마이애미에 있었다. 그들은 해변가에 누워 있었고 그녀는 시어머니에 대해 이야기하기 시작했다. 시어머니와는 남편 없이 협상하기가 어려운 관계였다. 시어머니와 그녀는 아들과 남편을 잃은 것을 다르게 받아들였기 때문이다. 그런데,

이런 말을 하는 중에 갈매기 한 마리가 아내의 팔 위에 똥을 누었다. 나는 그것이 엄마에 대한 잡담은 "이제 그만!" 하라고 아내에게 말하는 남편 영혼이었을 거라는 예감이 든다.

여기에 당신이 알아야 하는 것이 또 있다. 영혼이 신호를 보낼 때 그것은 그 신호가 곧 그 영혼이라는 뜻이 아니다. 즉, 갈매기가 남편의 영혼은 아니다. 혹은 그 똥이! 영혼은 이런 대상들을 이용해 당신의 주의를 끌고 자신이 주변에 있다는 걸 당신이 알게 한다. 아버지가 세상을 떠나기 전까지 팻 롱고는 30년 동안 자신의 땅에서 홍관조(머리에서 목까지 진홍색이고 등은 푸른빛이 도는 회색이며 배는 흰색인 멧새)를 본 적이 없었다. 팻의 아버지는 2월 중순에 돌아가셨는데 몇 주 안에 첫 번째 홍관조가 나타났다. 어머니가 성당에 가기 위해 차를 타는 걸 팻이 돕고 있을 때였다. 아직 나무에는 잎사귀가 하나도 없었지만 팻 바로 위의 나뭇가지에서 그 새가 큰 소리로 지저귀기 시작했다. 그 후로 팻은 집에서, 혹은 자신이 있는 곳이면 어디서든 매일 홍관조를 보았다. 창문턱에, 파티오(보통 집 뒤쪽에 만드는 테라스)에, 부활절날 묘지에 홍관조가 있었다. 팻의 어머니가 이듬해 6월에 돌아가셨는데, 이제는 암컷 홍관조가 그 수컷과 거의 즉시 같이 다니기 시작했다. 두 홍관조는 팻의 집 마당에 있는 나무에 함께 앉아 있곤 했다. 얼마나 놀라운 일인가? 그러나 팻의 부모는 팻이 보기에 잉꼬부부가 아니었다. 부모의 영혼은 팻에게 평안을 주기 위해 홍관조 모습을 사용하고 있었다.

새들 이상으로 곤충들도 공통된 신호이다. 주로 당신이 '와' 하며 감탄하게 하는 예쁜 나비나 잠자리 혹은 무당벌레들이 그렇다. 나의 할머니는 크고 뚱뚱하고 못생긴, 머리에 잔털이 수북한 집파리로 우리 가족을 찾아온다. 그런 거대한 파리는 1년에 한두 번 정도밖에 목격하기 어렵다. 그런데 나는 이 파리들을 내가 어디에 있든, 무슨 계절이든, 늘 본다. 할머니가 뚱뚱한 파리로 돌아왔다고 해석하는 이유는 할머니가 이탈리아 사람이고, 세상을 떠날 때 몸무게가 34킬로그램이었지만 이 벌레처럼 통통했고 감정 표현이 자유로웠기 때문이다. 이것은 또한 할머니가 원하는 대로 우리 주변을 어지럽게 돌아다닐 수 있다는 걸 의미한다! 할머니는 1월에 돌아가셨고 집파리들은 대부분 더 따뜻한 달에 나타나지만 할머니의 파리들은 연중 계속 번창한다. 할머니가 세상을 떠난 그날, 나는 집 안의 전등갓 위에서 파리를 본 것을 기억한다. 이상한 일이었다. 그 직후에 장례식장에서도 거대한 파리를 보았고, 그런 뒤 욕실에서 한 마리를 보았으며, 그런 식으로 파리가 계속 보였다. 한번은 긴장된 마음으로 뉴욕시 20층 빌딩에서 열리는 중요한 회의에 참석하러 갔는데 큰 파리가 내 얼굴 앞에서 윙윙거리기 시작했다. 창문들은 열려 있지도 않았다. 그렇다면 그 파리는 어떻게 그곳까지 올라왔을까? 파리가 엘리베이터를 탔을까? 나는 이 책 집필을 위해 첫 회의를 할 때도 할머니를 보았다. 우리가 점심을 먹고 있는 동안 할머니는 공동 집필자 크리스타나 뒤에 있는 거울에 앉아 있었다.

내가 할머니를 커다란 파리라고 설정한 이래로 특히 중요한 시기마다 할머니는 나를 돕기 위해 나타난다. 이에 대한 가장 재미있는 이야기는 내가 딸 빅토리아를 출산한 뒤 일어났다. 새벽 1시였다. 나는 몸 상태가 좋지 않았고 간호사가 내 방으로 머리를 내

밀며 내게 뭘 좀 먹을 건지 물었다. 나는 물론 어떤 것이든 먹겠다고 했다. 나는 간호사가 기껏해야 젤로(과일의 맛과 빛깔과 향을 낸 디저트용 젤리)를 가져올 거라고 생각하고 있었는데 간호사가 큰 쟁반을 갖고 들어오는데 보니 그 쟁반 위에 뚜껑이 덮인 그릇이 있었다. 간호사가 은색 뚜껑을 들어 올렸을 때 나타난 건 먹음직스런 랍스타가 아니었다. 샐러드 위에 크고 뚱뚱한 파리가 앉아 있었다! 그것은 역겨웠지만 나는 울음을 터뜨렸다. 할머니는 손녀가 태어나는 동안, 그리고 내가 아파 누워 있는 동안, 자신이 나와 함께 있다는 걸 내가 알기를 원한 것이다. 나는 또한 할머니가 내가 샐러드 먹는 걸 원하지 않았다고 생각한다. 그래서 할머니의 에너지는 파리가 샐러드 위에 앉도록 만든 것이다. 나는 간호사에게 샐러드 대신 파스타를 조금 달라고 요청했다.

친할머니나 외할머니가 나를 통해 가족들에게 메시지를 전달하기를 원할 때, 나는 의뢰인이나 바깥에서 만나는 사람들을 상대로 할 때처럼 직접적으로 하진 않는다. 대신 나는 영혼에게 신호들로 우리를 안내해 달라고 청한다. 텔레비전으로 나의 채널링을 방송할 때의 일이다. 우리는 빅토리아의 기숙사 방에 걸기 위해 '그대는 나의 태양Yor Are My Sunshine'이라는 노랫말이 물감으로 쓰여 있는 미술품을 샀다. 할머니는 늘 그 노래를 부르곤 하셨다. 이 신호를 보는 것은 나와 빅토리아에게 있어서 무엇과도 바꿀 수 없는 것이었다. 왜냐하면 이것이 할머니가 빅토리아를 보살피고 있다는 걸 말하는 할머니의 방식이라고 느꼈기 때문이다. 그 프로그램에 방송되지 않았던 장면은 우리가 촬영하고 있는 동안 크고 뚱뚱한 파리가 방송 카메라맨의 입속으로 곧바로 날아 들어간 것이었다. 할머니도 그곳에 있었던 것이다!

당신이 신호를 받는 것에 스스로를 열어 둘 필요도 있지만, 도움이나 격려를 위해 필요하다면 신호를 요청하는 걸 망설이지 말기 바란다. 당신의 사랑하는 이들은 언제나 당신에게 바로 연락해 주는 건 아니다. 사랑하는 이들은 대개 적절한 시기가 될 때까지 기다린다. 그러나 사랑하는 이들이 연락할 때 그들의 몸짓은 당신을 깜짝 놀라게 할 것이다. 나는 안나라는 이름의 한 여성을 안다. 안나의 어머니는 얼마 전에 세상을 떠나셨고 안나는 컴퓨터 앞에 앉아 일하고 있는 동안 어머니에 대한 그리움으로 인해 슬픔이 커지는 걸 느꼈다. 안나는 소리 내어 말했다.

"엄마, 엄마가 내 뺨에 입맞추는 걸 다시 느낄 수 있으면 좋겠어."

바로 그때 안나는 온 몸에 한기를 느꼈고, 그 때문에 엄마가 집에 남겨 둔 스웨터를 급히 꺼냈다. 안나는 손을 녹이기 위해 스웨터 주머니에 손을 넣었다가 반듯하게 접힌 티슈를 발견했다. 거기에는 어머니의 입술 윤곽이 완벽하게 찍혀 있었다. 안나의 어머니는 언제나 빨간색 레블론(미국의 화장품 회사) 립스틱을 발랐는데 외출하기 전에 입술을 한 번 종이에 눌렀다 떼곤 했다. 안나는 붉은 입술 자국을 자신의 뺨에 대었고 기분이 훨씬 나아졌다. 안나의 어머니는 안나에게 필요한 신호를 보낸 것이다.

당신은 사랑하는 이에게서 신호를 받을 때 무엇을 하는가? 인사를 하고 그 영혼에게 그립다고 말하라. 당신이 어떻게 느끼는지 이야기를 나누라. 살면서 경험한 어떤 소식이든 알려 주라. 아니면 다만 "사랑해요." 하고 말하라. 긴 대화를 할 필요는 없다. 단순히 영혼의 존재를 인정하는 것만으로도 충분하다. 그러나 신호를 찾는 일에 너무 집착해 인생을 소모하진 말라. 영혼은 당신이 전혀 기대하지 않을 때 올 수 있다. 단순히 신호나 영혼이 나타나기를 청하라. 그런 뒤 믿음을 갖고 마음을 비우라.

누가 내 열쇠를 옮겼는가

영혼과 당신의 사랑하는 이들이 좋아하는 또 다른 접촉 방식은 집 안과 집 주위에 있는 사물들을 조작하는 일이다. 그들은 그림 액자를 기울이거나 물체를 움직이고 싱크대에서 물을 틀고 전자제품을 켰다 껐다 할 것이며 물건을 없어지게 하고 반려동물이 이상한 행동을 하게 만들 것이다. 또 문 두드리는 소리나 발자국 소리, 혹은 부엌에서 그릇이 쨍그랑하는 소리가 들릴 수도 있다. 이 모든 것들은 영혼에게 많은 에너지를 요구한다. 그래서 당신이 이런 걸 경험한다면 당신이 영혼을 알아차리도록 영혼이 아주 힘들게 일하고 있는 것이다! 그리고 만약 영혼이 아주 가까이에 있다면 당신은 갑작스러운 한기나 귓속의 압력, 혹은 머리가 따끔거리는 걸 느낄지도 모른다. 영혼은 심지어 당신을 만질 수도 있으며, 아니면 꼭 사랑하는 이처럼 보이는 누군가에게 당신의 주의를 돌리고 나서 1분 뒤 전혀 아니라는 걸 깨닫게 할 수도 있다. 이 때문에 당신은 식료품점에서 세상을 떠난 엄마를 본 것처럼 느꼈지만 뒤돌아봤을 때 그 사람은 다른 사람이거나 사라져 버렸을 것이다. 또는 내가 늘 듣는 말이 있다. 아주 잠시 동안 반려동물이 독특한 표정을 짓거나 특이한 방식으로 행동할 때 그 모습은 세상을 떠난 누군가와 닮아 있다.

전기 장치를 조작하는 것은 영혼이 당신과 함께 있다는 걸 알리는 가장 쉬운 방법 중 하나이다. 왜냐하면 영혼도 에너지로 이루어져 있기 때문이다. 나는 한 여성을 아는데, 여러 해 전 그녀의 남편은 흑색종(멜라닌 세포의 악성화로 생긴 종양)으로 세상을 떠나기 전에, 소호(뉴욕시 맨해튼 남부 지구. 패션과 예술의 중심지)의 한 가게에서 인더스트리얼 스타일(공업 디자인풍)의 금속 등잔을 하나 샀다. 그 등잔은 정말 남편의 스타일이었고 남편은 그 등잔을 무척 좋아했다. 남편이 등잔을 구입할 때 여성의 이모가 함께 있었는데, 남편 없이 가족이 처음 맞는 크리스마스에 이모는 그 물건을 살 당시에 대해 이야기했다. 이야기하는 중간에 그 등잔이 꺼졌다가 몇 초 뒤 다시 켜졌다. 이 영혼은 전기를 조작했을 뿐만 아니라 의미 있는 방법을 선택한 것이다!

등잔, 텔레비전, 난로, 전등, 헤어드라이어, 다리미 등 모든 전기 장치들로 영혼은 나에게 장난을 친다. 영혼은 종종 내 주위에 있는 카메라와 노는 것을 좋아한다. 필라델피아를 순회하면서 단체 리딩을 하던 중에, 한 오래된 극장에서 리딩을 했다. 우리 일행은 무척 즐거웠다. 그래서 팻 롱고가 아이폰을 꺼내 사진 몇 장을 찍었다. 그런데 카메라가 스스로 사진을 찍기 시작했다! 사진들을 살펴보니 래리의 다리 뒤에서 내다보고 있는 여자아이가 보였고 우리 일행은 거대한 푸른빛 구체로 덮여 있었다. 이 마지막 부분은 놀랄 일이 아니었다. 왜냐하면 영혼은 보통 푸른빛 안개나 구체나 줄무늬, 혹은 희고 자욱한 구름처럼 사진에 나타나기 때문이다. 때로 구체를 확대해 보면 심지어 얼굴 모습도 볼 수 있다.

나도 내 머리 위에 있는 작은 오렌지색 번개를 본 적이 있다.

사진 속에서 영혼은 사람처럼 나타날 수도 있기 때문에 혼란을 야기할 수 있다. 약 3년 전 우리 가족은 한 레스토랑에서 파티를 열었고 누군가 나와 사촌들의 사진을 찍었다. 그 사진에서 우리는 모두 흐릿하게 나왔지만 나와 사촌 리사 사이에 레저 슈트(1970년대 유행하던, 같은 천으로 만든 바지와 셔츠로 된 평상복)를 입은 리사의 외삼촌이 뚜렷하게 보였다. 리사의 외삼촌은 35년 전에 오토바이 사고로 돌아가셨다. 또 사진에는 성 테레사(프랑스 노르망디에서 태어나 수녀가 되었으며, 결핵으로 사망하기 전까지 짧은 수도 생활 동안 신에 대한 신뢰와 복종, 이웃에 대한 사랑으로 많은 감동을 주었다)의 옆모습과 큰 선글라스를 쓴 돌아가신 작은할아버지가 있었다. 성 테레사가 대체 어떤 사람들과 어울리고 계신 것이지? 나의 올케 코린다는 심지어 성모의 실루엣이 그녀를 마주보고 있는 처녀 시절의 사진을 갖고 있다. 코린다는 자신이 어떤 종교를 가진 집안으로 시집가게 될지 전혀 몰랐다. 물론 우리의 가족사진이 이렇게 이상하게 나타나는 건 나 때문이라고 모두들 입버릇처럼 말한다. 그러나 이런 일은 단지 나에게만 일어나는 일이 아니다. 팻의 아버지는 두 장의 노동절 사진에 나타났다. 한 장에는, 팻의 오빠의 머리 바로 위에 불타는 듯 아버지의 얼굴 모습이 선명히 찍혀 있고, 다른 사진에는 아버지의 형상이 더욱 입체적으로 나타났다. 만일 기념행사나 가족 모임 사진을 다시 꺼내 본다면 당신도 구체나 놀랄만한 모습을 발견할지 모른다!

영혼은 또한 장난감을 가지고 장난치기를 좋아한다. 특히 그 장난감이 특별한 의미가 있거나 조작하기 쉬운 경우에 더욱 그렇다. 캘리포니아 롱비치에서 나는 손녀를 잃은 두 명의 조부모를 리딩했고 손녀의 영혼은 한 영혼이 집에서 장난감을 작동시키는 신호를 나에게 보여 주었다. 조부모에게 이런 일이 일어났었는지 묻자 그 가족은 그것을 생각해 낼 수 없었다. 그래서 그 영혼은 더 분명한 메시지를 위해 갑자기 그 장난을 했다. 손녀는 나에게 말했다.

"할머니 할아버지에게 내 세발자전거에 대해 말해 주세요."

그때서야 그녀의 조부모는 기억했다. 손녀가 세상을 떠난 뒤에도 그들은 손녀의 자전거를 집에 보관해 두었는데 빈번하게 자전거 벨소리가 울리는 걸 들었다. 사람들이 내게 이런 이야기를 얼마나 많이 했는지 그 수를 헤아릴 수가 없다. 장난감이 건전지 없이 켜지거나 인형이 선반에서 떨어지거나 한밤중에 트랜스포머(자동차, 비행기 따위로 모양을 바꿀 수 있는 변신 로봇)의 푸른색 눈이 빛난다. 어둠 속에 있을 때 마지막 이야기는 꽤 소름끼치게 들리지만 그것이 사랑하는 이가 보내는 밤인사라고 생각해 보라.

나는 꿈을 꾸었다

영혼은 우리가 자는 시간을 '가르치는 시간'이라고 부른다. 왜냐하면 우리의 마음이 편안해지고, 영혼이 건네주는, 우리에게 필요한 정보나 안내를 가장 쉽게 이해할 수 있기 때문이다. 그래서 우리가 영혼과 소통할 수 있는 가장 쉽고 흔한 방법은 우리가 자고 있을 때라고 나는 알고 있다. 꿈속에서든 꿈처럼 느껴지는 영혼의 방문이든…… 나는 영혼 꿈을 꾸지 않는다. 전혀는 아니더라도 별로 많이 꾸지 않는다. 그러나 많은 의뢰인들이 영혼 꿈을 꾸며, 꿈과 영혼이 나타나는 것 사이에 어떤 차이가 있는지 약간 혼란스러워하는 것 같다. 어느 정도 겹칠 수 있기 때문에 내가 그 차이를 설명해 보겠다.

영혼이 나타나는 것은 잠시 동안이며, 메시지들은 간단명료하고, 그러고 나서 그 순간은 끝이 난다. 짧은 대화, 몇 문장, 혹은 단지 한 단어만 포함될 수도 있다. 때로 사랑하는 이는 아무 말 없이 저쪽에 서 있을 수 있고, 혹은 말없이 그 의미가 이해되어지기도 한다. 영혼들은 생각으로 대화하기 때문이다. 다음 날 생각하면 꿈이 얼마나 허점 투성이인가와는 다르게, 당신은 그 메시지를 기억할 것이다. 그리고 메시지는 종소리처럼 매우 분명할 것이다. 많은 의뢰인들은 친구나 가족이 포용할 만큼의 시간만 나타났다 사라졌다고 말한다. 영혼이 나타나는 동안 그 사람의 존재는 너무나 생생하다. 정말로 실제 같다. 에티오피아에서 아기를 입양한 한 친구는 아기를 집으로 데려오기 전에 해야 할 충분한 의료 검진을 요청하지 않아서 얼마나 걱정했는지 이야기해 주었다. 그날 밤 잠을 자는 동안 고인이 된 이모와 외삼촌 얼굴이 나란히 서 있는 모습이 보였다. 미소 지은 얼굴로 그 친구를 바라보며 이모와 외삼촌은 말했다.

"걱정 마라. 네 딸의 건강은 좋을 거야."

그들의 입은 움직이지 않았다. 영혼들이 그러하듯 텔레파시로 말한 것이다. 그것은 몇 초 만에 끝났고, 그 뒤 친구는 잠에서 깼다. 나는 그녀에게 이것이 실제로 영혼의 방문이었다고 확신시켜 주었다.

영혼의 방문이 늘 편안한 것만은 아니다. 그들은 경고를 할 수도 있다. 낮잠을 자는데 고인이 된 아버지가 찾아온 한 여성 의뢰인이 있었다. 의뢰인은 아버지가 자신의 귀에 말하는 소리를 들었지만 마음으로 들은 것이었다. 그녀는 마치 그들이 전화로 이야기한 것처럼 그것을 묘사했다. 그녀에게는 그 당시 매우 비밀스럽게 행동하는 10대 딸이 있었다. 여성의 아버지는 손녀에게 무슨 일이 있는지 딸에게 물어보라고 말했고, 만약 손녀가 이야기하지 않는다면 할아버지가 말했다고 얘기하라고 했다. 그것이 끝이었다. 그 여자는 잠에서 깨어 딸의 침실로 가서 말했다.

"내게 말해야 할 게 있니? 할아버지가……."

별다른 말없이 소녀는 울기 시작했다. 그 여자의 딸은 그 주에 처음으로 성관계를 가졌는데 콘돔이 찢어졌다고 말했다. 딸은 임신했을까 봐 걱정했다. 여자는 자신의 딸을 처음으로 산부인과에 데려갔으며, 딸은 건강했고 임신하지 않았다. 그러나 그것은 해야만 하는 대화였고, 모녀는 할아버지에게 고마워했다.

다른 한편으로, 꿈은 길고 횡설수설하며 창의적이고 자세하다. 꿈들은 대개 이해하기 위해 분석이 필요한 생각과 인상, 아이디어, 느낌이 마구 뒤섞여 있다. 꿈은 당신의 감정이나 소망 혹은 그날 일어난 일들의 반영일 수도 있다. 그러나 꿈속에도 영혼이 나타날 수 있다고 영혼들은 말한다. 어떤 영매들은 이에 동의하지 않지만 나는 이것을 너무 이분법적으로 생각하지 않는다. 영혼은 끊임없이 나를 놀라게 한다. 예를 들어 처음으로 리딩을 한 뒤 할머니의 방문을 받아 할머니에게서 몇 가지 메시지를 받은 의뢰인이 있었다. 어느 날 밤 그 의뢰인은 할머니가 죽지 않은 꿈을 꾸었고 자신이 할머니와 함께 의미 있는 시간을 보낼 기회를 놓쳤다는 걸 깨달았다. 꿈속에서 그녀는 아파트에 앉아 자신을 기다리고 있는 할머니를 발견했다. 할머니는 따뜻하고 사랑스러웠지만 아주 고요한 모습으로 있었다. 그것은 영혼이 나타날 때 보이는 일반적인 모습이다. 할머니는 한 마디도 하지 않았다. 할머니는 단지 그녀를 포옹할 만큼의 시간만 그곳에 앉아 있었다. 그러고 나서 그녀는 잠에서 깼다. 그녀와 할머니는 매우 가까운 사이였다. 그래서 그녀는 할머니가 살아 있었을 때 할머니를 만나러 가지 않았다는 죄의식은 갖고 있지 않았다. 따라서 그것은 꿈에 투영된 그녀의 마음이 아니었다. 의뢰인이 나에게 이 이야기를 했을 때 그녀는 그것이 할머니의 영혼이 방문한 거라고는 생각도 못했다고 말했다. 왜냐하면 어떤 영매들은 당신이 꿈을 꾸거나 영혼이 방문하거나 둘 중 하나이지 둘 다가 일어날 순 없다고 말하기 때문이다. 그러나 의뢰인이 이 이야기를 들려줄 때 그녀의 할머니 영혼이 실제로 우리를 위해 나타났고, 그녀의 경험이 실제로 꿈속에서의 영혼의 방문이었다고 확인해 주었다.

그녀의 할머니 영혼은 꿈처럼 여겨지는 영혼의 방문이 무엇을 의미하는지도 말해 주었다. 나는 말했다.

"할머니의 영혼은 늘 당신과 함께 있지만, 당신이 할머니를 생각하고 삶 속에 할머니를 포함시키기로 마음을 연 이래로 당신은 더 많은 것들을 할머니와 함께하고 있어요. 할머니는 분명히 세상을 떠나셨지만 할머니의 영혼은 생생하게 살아 있고 당신과 함께 있어요. 할머니는 '언제든 우린 함께 지낼 수 있어.' 하고 말씀하시고 계세요."

그러므로 만약 당신의 사랑하는 이가 카메오로 나타난다면 뒤죽박죽인 꿈을 빨리 묵살하지 말라. 당신은 꿈에서 일어난 다른 일들은 기억하지 못할 수도 있고 아무것도 이해되지 않을지도 모른다. 그러나 만약 사랑하는 이가 영혼이 방문한 것처럼 나타난다면, 사랑하는 이의 영혼은 분명 당신에게 인사를 하고 있는 것일 수 있다. 대부분 영혼의 방문은 해석을 요구하지 않지만 이 규칙에도 예외는 있다.

끝으로 한 가지가 더 있다. 만약 당신이 상실의 슬픔에 빠져 있거나 고인과 관련된 죄책감을 느끼고 있다면 당신의 부정적인 느낌들 때문에 영혼의 방문은 본래 의미하는 것보다 더 무겁게 느껴질 수 있다. 아주 짧은 순간 동안 사랑하는 이가 가만히 서서 아무 말도 하지 않는 꿈을 꾸었다고 하자. 당신이 그를 부르는데도 그 모습은 사라져 버린다. 이것은 전형적인 영혼의 방문이다. 그러나 만약 고인과 관련해 부정적인 감정을 품고 있다면 당신은 그것을 그 사람의 영혼이 당신에게 화를 낸다거나 당신과 말하고 싶어 하지 않으며 오래 머물지 않기로 한 것으로 오해할 수 있다. 그러나 그것은 전혀 영혼의 목적이 아니다! 당신도 알듯이 영혼의 방문은 특별하고 선의를 갖고 있으며, 또한 영혼이 평안하다는 신호이다.

우연한 일들

하루 중 갑자기 어디서 오는지도 모르는 생각이나 느낌, 감정이 머릿속에 떠오른 적이 있는가? 그래서 혼란스러웠던 적이 있는가? 당신의 직관이 발휘되기 시작했을 때, 당신은 영혼 깊은 곳에서 그 직업, 혹은 그 남자, 그 집, 그 대학이 자신에게 맞지 않음을 안다. 당신의 직관이 무엇인가 좋지 않다고 느꼈기 때문에 데이트를 거절하라고 하거나, 당신의 목소리를 정말 들어야 하는 엄마에게 전화하라고 했을지도 모른다. 사실 많은 경우, 당신에게 그런 메시지와 예감과 느낌을 주는 존재는 당신의 안내자들과 사랑하는 이들을 포함한 영혼들이다.

우연의 일치는 영혼의 또 다른 선물이다. 나는 그것을 영혼이 우리의 바람을 알아차리고 최선을 다해 우리를 돕고 지원해 주는 저쪽 세계에서 보낸 윙크라고 생각하기를 좋아한다. 여러 번 새 차 사는 걸 고민하다가 갑자기 시내의 정지 신호에서 당신이 가장 좋아하는 모델을 보게 되고 그로 인해 현명한 선택을 하게 된 적이 있을 것이다. 나는 반짝이는 신발 한 켤레를 사고 싶었는데 한 가게 또 그다음 가게의 진열장에서 잇따라 가장 좋은 신발을 보고 마침내 그 신발을 산 적이 있다. 우연의 일치가 자동차나 신발처럼 일상적인 것과 관련되어 있다 할지라도, 이 순간들은 영혼이 열심히 귀를 기울이고 있다는 증거이다. 재미있고 의미심장한 우연의 일치는 음악을 통해서도 일어난다. 당신의 마음이 울적하거나 혼란스러울 때 마침 라디오에서 적절한 노래를 듣는 것과 같은 경우이다. 그 노래는 심지어 히트곡 40위에 들지도 않는데 말이다. 그 음악은 사랑하는 이가 가장 좋아하던 노래이거나 당신이 결혼식에서 춤을 추었던 곡일 수도 있고, 그 노랫말이 하루 종일 무거웠던 마음을 가볍게 만들어 줄 수도 있다. 당신은 바로 그 순간 우연히 라디오의 그 방송을 틀게 되었다. 물론 그 뒤에는 언제나 영혼이 있다. 애틀랜틱시티에서의 단체 리딩에서 나는 한 10대 남자 아이를 리딩했다. 친한 친구가 세상을 떠나서 그 아이는 당연히 엄청난 충격을 받았다. 그 친구를 채널링했을 때 나는 말했다.

"친구가 이 노래를 부르고 있는데 넌 너무 어려서 아마도 이 곡을 모를 거야. 빌리 조엘의 '오직 좋은 사람들만 일찍 죽지Only the Good Die Young'라는 노래야."

그 아이는 내게 말했다. 오는 길에 이 노래를 들었고 친구가 생각났었다고! 친구 영혼이 그 아이에게 이 노래를 틀게 했을 뿐만 아니라 그 아이가 노래를 들을 때 친구 영혼도 옆에 함께 있었던 것이다.

어떤 이들은 천국에 음악이 있다고 말하며, 영혼은 "나는 지금 천사와 함께 노래하고 있어요."라는 말을 자주 한다. 그러므로 음악과 사후 세계는 깊은 관계가 있다. 음악은 또한 파동을 높여 주고 영혼을 신에게 더 가까이 가게 해 준다. 나의 할머니가 가장 좋아한 노래는 1930년대의 대표곡 '내 꿈을 꾸어요dream a little dream of me'였다. 할머니가 세상을 떠난 뒤 나는 그 노래를 가는 곳마다에서 들었다. 그 노래가 조용한 레스토랑이 아닌 베르투치(이탈리아 레스토랑 체인점)에서 난데없이 나왔을 때, 스피커로 음악이 쾅쾅 울렸고 사람들의 아우성 소리는 더 커졌다. 우리 가족은 모두 이렇게 생각했다. 이 음악은 그냥 나온 건가? 왜 이 노래가 이렇게 크게 흘러나오지? 그리고 할머니의 노래가 베르투치에서 연주되다니 무슨 일이지? 그 노래는 '볼라레Volare'(산레모 가요제에서 1위를 하면서 세계적인 히트송이 된 이탈리아 칸초네)나 '당신은 미국인

인 척한다 'Tuvuo Fa L'americano'와 같은 전형적인 이탈리아 선율
이 아니다.

영혼이 우리에게 말하는 또 다른 놀라운 방식은 동시 발생을
이용하는 것이다. 우연의 일치와 비슷하지만 동시 발생은 관련이
없어 보이는 둘 혹은 더 많은 사건들이 의미 있는 방식으로 함께
일어나는 경우이다. 동시 발생은 당신의 주의를 사로잡고 당신이
있어야 할 영적인 길 위에 있음을 증명하는 특별한 신호이다. 내
가 나의 재능을 받아들이고 막 이 일을 시작한 첫 해에 나는 크
리스마스 장식으로 가득한 한 부스를 지나갔다. 그곳에 '메리 크
리스마스, 테레사!'라는 문장이 적힌 장식물 하나가 있었다. 또
그해 연도와 함께 '할머니는 너를 사랑해.'라는 문장이 적혀 있고
한 아이의 그림이 그려져 있었다. 신께 맹세하지만 그 아이는 꼭
내 모습 그대로였다. 할머니가 이렇게 말하고 있는 신호로 나는
그것을 받아들였다.

"넌 옳은 길을 가고 있어. 걱정하지 마라. 난 너를 위해 여기에
있다. 내가 너를 안내하고 있어. 내가 너를 보호하마."

나는 옳은 일을 하고 있다고 생각했지만 신과 할머니 또한 내
가 그걸 알기를 원했다고 믿는다. 동시 발생은 매일 우연의 일치
처럼 자주 일어나진 않는다. 그래서 동시 발생이 일어날 때 그것
은 강력하다. 나의 공동 집필자에게 일어난 동시 발생의 또 다른
놀라운 예는 우리가 실제로 이번 장을 쓰고 있을 때 일어났다.
나의 공동 집필자 크리스티나는 아기를 입양하려 하고 있으며 라
디오에서 특정 노래를 들을 때 종종 자신의 미래의 아기에 대해
생각한다. 그 노래는 그렇게 유명하지 않아서 그 노래가 나올 때

면 특히 놀랍게 느껴진다. 어느 날 아침, 크리스티나는 밖에서 정말 아름다운 음악을 들었는데 그 음악이 자신의 아이폰에서 나오고 있다는 걸 깨달았다. 크리스티나는 그 노래를 틀지 않았고 그 노래를 자신의 휴대폰에 저장해 둔 적도 없었지만 자신이 가장 좋아하는 노래가 자신의 스마트폰에 있는 판도라 앱을 통해 연주되고 있었다. 사실 그때 그녀는 문자 메시지를 확인하고 있던 중이었다. 그래서 그 선율이 연주되는 방송국에 들어가기 위해서는 적어도 네 번은 휴대폰 화면을 누르거나 터치했어야 했다. 이것이 동시 발생이다! 영혼은 크리스티나에게 조급하게 굴지 말라고 말하고 있었다. 왜냐하면 크리스티나는 있어야 하는 곳에 있었고 영혼들이 적절한 속도로 모든 일이 잘 풀릴 수 있도록 도와주고 있기 때문이었다.

무엇이 한 영혼을 다른 영혼보다 더 강하게 만드는가

모두가 자신이 받을 필요가 있는 메시지를 받는다고 영혼은 말하지만, 혼자 힘으로든 영매와 함께든 친구들이나 친척들이 자신보다 더 강하게 영혼의 메시지를 받는 것처럼 보인다 해도 좌절하거나 실망할 필요는 없다. 나는 지금 영혼이 메시지를 '전달하는' 방법에 대한 제한된 생각이나 예측이 어떻게 그것들을 방해할 수 있는지에 대해 말하는 게 아니다. 우리는 이미 그것을 다루었다. 나는 메시지 자체의 실제적인 힘과 명확성에 대해 말하는 것이다. 어떤 영혼들은 다른 영혼들보다 더 강하고 더 길고 더 구체적으로 메시지를 전달한다. 그렇다면 왜 그런가? 내가 경험한 바로는 이렇다.

영혼의 소통은 다양한 요소들에 영향받는다. 때로 한 영혼은 좀더 진화된 영혼이 할 수 있는 것보다 많이 말할 만큼의 에너지를 갖고 있지 않을 수 있다. 리딩이 행해지고 있는 동안 다른 영혼들이 모든 시간 내내 머무는 반면 어떤 영혼은 왔다 갔다 할 수도 있다. 알다시피 영혼들은 에너지로 이루어져 있다. 그렇다면 더 많은 전기를 갖고 있는 100와트짜리 백열전구가 45와트 전구보다 더 밝게 비추는 것은 당연한 일이다. 영혼의 에너지를 결정하는 한 가지는 영혼의 성장이다. 영혼이 이 세상과 천국에서 더 많이 진화할수록 우리들과 더 강하게 소통할 수 있다. 또한 더 많이 성장하고 성숙한 영혼들은 더 상세한 메시지를 준다. 또한 사랑하는 이가 없는 이 세상에서 당신이 더 많이 치유될수록 영혼의 소통은 더 강력해진다. 우리에게 이 말은 시간이 더 지날수록 영혼과 더 잘 소통한다는 말처럼 느껴질 수 있다. 그러나 그것 이상이다. 그리고 내가 말했듯이 더 많이 진화된 영혼은 바로 강력하게 들어올 수 있다. 이것이 우리에게 일관성 없게 보일 수 있는 것이다.

또 다른 요소는 당신이 특정 메시지를 듣는 데 얼마나 열려 있는가 하는 것이다. 사람들은 나에게 말한다.

"나는 10년 동안 영매들을 만나 왔지만, 그 영매들은 결코 이 주제를 꺼낸 적이 없어요. 당신이 최고예요!"

그러나 이것은 나와는 관련이 없다. 당신의 사랑하는 이들이 얼마나 잘 소통할 수 있는가, 그리고 당신이 메시지를 받는 것에 얼마나 수용적인가와 관련 있다. 당신은 5년이나 10년 전에는 특정 메시지를 들을 준비가 되어 있지 않았을 수도 있다. 아니면 영혼이 당신에게 이 정보를 전달하기 위해서는 당신이 어떤 배움을 얻어야 했을 수도 있다. 당신이 벽을 쌓을수록 영혼은 자신의 존재를 입증하기 위해 더 힘들게 작업해야 한다. 만약 당신의 사랑하는 이가 그 영혼이 정말로 자신이라는 걸 당신에게 계속 입증시킬 필요가 없다면, 나는 더 많은 메시지를 더 빠른 속도로 전달할 수 있다. 당신이 들은 메시지에 대해 긍정적으로 생각하는 것도 큰 도움이 된다. 당신이 편안하지 않으면 우리 사이에 긍정적인 에너지 흐름이 오가지 않는다.

기대치를 관리하는 것도 중요한 역할을 한다. 만약 당신이 특정한 사람으로부터 메시지를 듣길 기대한다면, 말하자면 리딩을 하는 동안 외삼촌 대신 이모가 들어오길 기대한다면, 혹은 전혀 알지 못하는 할아버지 대신 천사들로부터 신호받길 원한다면 그것은 문제가 될 수도 있다. 당신이 정한 사람이 아니라, 들어야 하는 누군가로부터 필요한 메시지를 얻을 것이라는 사실을 당신이 더 빨리 받아들일수록 메시지는 더 좋아질 것이다. 그것이 영혼이 처음부터 전달하고자 한 메시지이다.

오랫동안 고통스러워하던 질병이나 트라우마 때문에, 혹은 세상을 떠날 준비가 안 되었을 때 죽었기 때문에 영혼이 이 세계와 저쪽 세계의 중간 단계에 머물러 있을 수가 있으며, 이것 때문에 사랑하는 이로부터 메시지를 듣는 것이 지체될 수 있다고 어떤 영매들은 말한다. 이것은 나의 기준틀 안에는 없는 것이다. 나는 우리의 영혼은 한계가 없으며 당신이 당신의 안내자들에게 부탁하는 것은 무엇이든 받게 된다고 믿기 때문이다. 나는 개인적으로 영혼의 중간 단계라고 부르는 기간을 경험한 적이 없기 때문에 영혼을 찾아 그곳에 들어갈 이유가 없다. 이런 것들은 내가 저쪽 세계에 가면 자연히 알게 될 것이다.

나는 또, 만약 누군가가 특히 영적이거나 직관적이라면 리딩할 때 더욱 유용한 정보를 얻을 수 있다는 것을 알았다. 영혼도 이런 사람들과는 그렇게 열심히 작업하지 않아도 되기 때문이다. 그런 사람들의 리딩은 내가 앞에서 언급했던 모든 요소들을 포괄한다. 열려 있고, 이해하고, 잘 치유된다. 또한 그들의 사랑하는 영혼들도 좋은 속도로 진화하는 편이다.

내가 한 가장 믿을 수 없는 리딩 중 하나는 사촌 집의 작은 모임에 온 크리스티라는 이름의 여성에 대한 것이었다. 교사였던 크리스티의 친구 젠은 서른네 살에 세상을 떠났는데 우리를 위해 들어와 크고 분명하게 말했다. 그녀는 자신이 땅에 묻힐 때 크리스티가 관 옆에 밀어 넣은 메모와 둘 다 아는 친구의 결혼식, 최근 크리스티의 이혼 사실과 심지어 크리스티가 새롭게 자른 귀여운 머리 모양에 대해 말했다. 그런 다음 젠은 나에게 크리스티의 폐를 분홍색으로 보여 주었다. 그 색깔은 신체의 일부분이 새롭게 치유될 때를 나타내는 나의 상징이다. 그러자 크리스티는 자신이 최근에 낭포성 섬유증(유전자에 결함이 생겨 주로 폐와 소화기관에 영향을 미치는 질환) 때문에 두 개의 폐 이식수술을 성공적으로 마쳤다고 우리에게 말했다. 젠은 또한 크리스티가 자신의 생명을 구한 그 수술에 대해 느끼고 있는 불필요한 죄책감을 이야기했다. 왜냐하면 젠과 친구 몇 명은 같은 병으로 세상을 떠났기 때문이다. 젠의 영혼은 크리스티에게 말해 달라고 나에게 부탁했다. 크리스티가 낭포성 섬유증에 대해 강연을 하면서 사람들에게 장기 기증을 호소하는 것이 무척 자랑스럽다고. 그리고 두 사람이 치료를 받으러 갔던 낭포성 섬유증 요양 병원에서 크리스티가 최근에 행한 강연에 대해서도 말했다. 젠의 영혼은 그 강연 장소에 자신이 있었으며, 크리스티에게 폐를 기증하고 죽은 사람의 영혼도 함께 있었다고 말했다. 그러더니 젠은 크리스티에게 폐를 기증한 사람의 영혼을 앞으로 데리고 와서 그 기증자가 안구를 포함해 신체에 있는 모든 장기를 기증했다고 우리에게 말했다. 젠은 또한 크리스티가 아이들을 갖게 될 것이고—젠은 이미 꿈에서 크리스티에게 그것을 말했다—이식을 기다리다 세상을 떠난 크리스티나라는 이름의 서로 아는 친구의 영혼을 데려왔다. 크리스티나는 뒤에 남겨진 딸을 보살피는 데 도움을 준 것에 대해 크리스티에게 감사하다고 말했다.

여기까지 크리스티는 매우 감동적인 리딩을 경험했다. 그리고 그것이 당신이 위에서 읽은 것만큼이나 빠르고 불안정하고 정확하게 일어났다. 그런데 이 모든 메시지들로도 충분하지 않다는 듯, 젠은 크리스티가 천국에 갔다 오는 꿈을 꾸었다고 나에게 말했다. 크리스티는 그것이 사실임을 확인해 주었다. 크리스티는 말했다.

"나는 젠이 나의 수술실에 나타난 꿈을 꾸었어요. 난 내 육체 위에서 맴돌고 있었고 몇 분 동안 모든 걸 지켜보았어요. 무척 따뜻하고 편안하게 느꼈고 잠에서 깼을 때는 실망했던 것까지 기억나요. 난 천국에서 낭포성 섬유증으로 죽은 다른 친구들도 보았어요. 그 친구들은 함께 있었어요."

그 리딩은 세상을 놀라게 할 만한 수정같이 맑은 세세한 내용들을 차례로 보여 주었다. 그렇다면 크리스티의 리딩이 왜 그토록 인상적인가? 한 가지는 들을 내용이 많았다는 것이다! 그리고 나는 크리스티가 이미 영혼에게 열려 있고 민감하다고 느꼈다. 그래서 젠의 존재를 입증하는 데 많은 시간을 쏟을 필요가 없었다. 나는 크리스티의 삶에 대한 메시지와 크리스티가 친구로부터 들어야 하는 메시지를 바르게 전달했다. 젠의 에너지 또한 매우 강력했다. 그래서 젠이 하고자 하는 말이 쉽게 이해되었다. 주고받는 것이 놀라웠다. 그것은 유튜브 영상을 버퍼링 때문에 기다리지 않고 보게 해 주는 강력한 와이파이 신호에 연결된 것과 같았다.

건강한 경계 설정하기

리딩을 한 뒤, 의뢰인들은 영혼의 메시지와 신호를 좀 더 잘 알아차리게 되었다고 말한다. 의뢰인들은 번호판이나 트럭에 적힌 표지판, 숫자의 배열들을 발견하기 시작하고, 자신들이나 사랑하는 고인과 관련된 노래에서 특정 메시지를 듣기 시작한다. 또 잠자고 있을 때 더 강렬한 영혼의 방문을 경험한다. 이런 일들이 일어날 때 인정하고 믿기 바란다. 놀라운 순간들을 경험할 때 당신은 안다. 나의 방송 출연 담당자 리치에게 일어난 일을 보라. 나는 우리가 처음 만났을 때 리치를 리딩했고 리치 아버지의 영혼은 자신에 대한 증거로 시가 담배를 언급하라고 나에게 말했다. 리치의 아버지는 맛좋고 갸름한 싸구려 시가를 좋아했다. 넉 달

동안 리치는 자신의 아파트에서 지독한 시가 냄새에서 벗어날 수가 없었다. 한밤중에 리치는 자주 약혼녀 미셸에게 말했다.

"새벽 3시에 누군가가 시가를 피우고 있다는 게 상상이 가?"

그러나 미셸은 어떤 냄새도 맡지 못했다. 리치는 테라스로 뛰어나가 이웃들에게도 물었다. 물론 담배 피는 사람을 찾아낼 거라고 확신했지만 끝내 찾지 못했다. 그 냄새는 심지어 하루 종일 리치를 따라다녔다. 자동차에서, 사무실에서, 헬스 클럽에서도. 마침내 리치는 시가 냄새를 아버지로부터 온 신호로 받아들이게 되었고, 냄새를 맡게 될 때 리치는 그것이 삶에서 무슨 일이 일어날지 말해 주는 신호라는 걸 안다.

우리 모두에게는 위로해 주고 안내해 주는 영혼들이 있기에 내가 말한 방식으로 영혼들에게 다가가는 것은 어려운 일이 아니다. 어떤 이들은 영혼이 화려하게 입장해야 한다고 생각한다. 침대 위의 날개 달린 천사나 기도 중에 보이는 환영처럼. 그러나 그런 경우는 드물다. 그렇긴 하지만 영혼은 때로 조금 강하게 등장할 수 있다. 앞에서 말했듯이, 처음으로 진지하게 영혼을 채널링하기 시작했을 때 나는 영혼들이 언제 나하고 의사소통할 수 있는지, 그리고 무엇처럼 보여야 하는지에 대해 한계를 설정해야 했다. 당신도 똑같은 일을 하고 싶을지 모른다. 당신은 그럴 힘이 있다. 만약 당신의 개가 시달리고 있는 것 같거나 당신이 잠을 제대로 잘 수 없다면 영혼에게 말하는 것이 좋다.

"당신이 여기에 있는 걸 알지만 제발 나에게나 개에게 나타나지 말아 주세요."

밤이 아닌 낮에만 신호 받기를 원하거나 영혼을 보고 싶지만 느끼고 싶지 않다면 영혼들에게 말하라. 당신이 원하는 대로 구체적으로 말하는 것이 좋다. 그러나 부탁인데 두려워하지는 말라. 어느 순간 너무 벅차게 느껴지거나 신체적으로도 불편하게 느껴지면 이렇게 말하면 된다. "신의 은총으로 떠나 주세요." 혹은 단지 "제발 환영이 나타나지 않게 해 주세요."라고 말할 수도 있다. 솔직히 말하라. 그러면 영혼들은 당신의 공간을 존중할 것이다.

영혼은 소통하기 위해 당신의 에너지를 필요로 하기 때문에 영혼과 대화한 뒤 무력해지거나 녹초가 되지는 않는지 묻는 사람이 많다. 그런 일은 유령 사냥 프로그램에서 많이 일어나지만 나에게는 일어나지 않는다. 특히 텔레비전으로 중계되는 큰 규모의 단체 리딩을 하고 나면 실제로 나는 더 흥분되고 기운이 난다. 나는 영혼과 이야기를 할 때 활기를 되찾는 듯하다. 그리고 그 이유는 내가 중심을 잡을 수 있기 때문이라고 생각한다. 오히려 에너지를 리딩하지 않는 것이 나를 고갈시킨다. 리딩하지 않을 때는 불안해질 수 있고, 그래서 메시지를 받으면 안심이 된다. 게다가 나는 오직 신의 빛 안에 있는 영혼들과만 대화를 나눈다. 이 에너지들의 파동은 더 높고 가볍다.

죽은 사람을 보는 아이들

영혼이 우리와 소통하기 위해서는 마음이 맑아야―명상과 기도와 잠자는 동안의 상태처럼―하기 때문에 아이들은 저쪽 세계에 건너간 영혼들과 대화하는 것이 더 쉽다. 아이들의 마음은 열려 있고 근심걱정이 없다. 아이들은 돈을 벌거나, 출퇴근 때 차를 합승하거나, 두 가지 직업을 병행하는 것에 대해 걱정하지 않는다. 무엇이 아이들을 사로잡는가? 집을 색칠하고 소꿉놀이하는 것. 영혼이 아이들과 이야기할 수 있는 것은 이런 정신 상태 때문이다. 또 어른들이 옳고 그름, 부적절하거나 이상하다고 여기는 것에 대한 걸름망을 아이들은 갖고 있지 않다. 아이들이 마음에 떠오르는 걸 어떻게 말하는지 보라. 매일매일이 〈아이들은 황당한 말을 한다Kids Say the Darndest Things〉(미국 코미디 시리즈)의 에피소드들이다. 누구도 아이들에게, 천사나 영혼 혹은 전생의 기억들에 대해 이야기를 하는 것이 기이하거나 미친 짓이라고 말하지 않으며, 따라서 아이들은 때때로 그렇게 한다. 자기 자신을 알려지지 않은 존재들에게 너무 빨리 차단시키고 비판하는 건 우리 어른들이다.

아이가 "나는 죽은 사람들이 보여요"라고 말할 때, 그리고 그것이 부르스 윌리스가 출연한 영화 〈식스 센스〉에 나오는 말을 따라한 것이 아닐 때, 아이의 말을 끝까지 들어주어야 한다. 아이가 괴물이나 그림자, 상상의 친구나 유령이 보인다고 주장해도 마찬가지다. 아이들이 영혼이나 사랑하는 고인을 보고 있다고 말한다면 가장 최선의 조언은 아이들이 말하는 걸 순순히 받아들이라는 것이다. 그 말에 대해 유난 떨지 말고 섬세하게 질문을 하라. 그 불쌍한 아이에게 반대심문을 하지 말고 무슨 일이 일어나고 있는지 편안하게 말하게 하라. 당신은 아이가 보고 있는 것이 진짜인지 확인하고 싶을 것이고, 따라서 아이들을 거짓말로 유혹하고 싶진 않을 것이다. 우리 가족 중 누구도 내가 영혼과 이야기하는 것에 대해 소란을 피우지 않았으며 그 암묵적인 지지는 매우 소중했다. 또 다른 중요한 점은 아이가 두려워하는 수준에 주의를 기울이는 일이다. 예민한 아이들에게 두려워할 것이 아무것도 없다는 걸 늘 알게 해야 한다. 그리고 만약 아이들이 무서워한다면 아이들이 영혼에게 떠나라고 말할 힘을 갖고 있음을 분명히 알려 줘야 한다.

만약 모든 신호들이 진짜 영혼을 가리키고, 아이가 영혼의 존재에 대해 괜찮아 한다면, 당신은 자연스럽게 이렇게 말해 줄 수 있다.

"얼마나 멋진 일이니! 할아버지가 너를 지켜보고 계시다니. 할아버지는 지금 천국에 계시거든."

그 아이에게 사진을 보여 주면 실제로 그 영혼이 할아버지나 당신 가족 중 누군가라는 확신을 주는 데 도움이 된다. 아이들이 너무 어려서 일어나고 있는 일을 이해하지 못하거나 너무 무서워한다면 아이들의 능력을 정지시키는 것도 가능하다. 믿을 만한 치유사나, 특히 직관력 있는 아이들과 작업하는 걸 전문으로 하는 치료사를 통해 그렇게 할 수 있다. 이 아이들의 재능은 사춘기 동안 다시 나타날 확률이 높으며, 그때 아이들은 그 재능을 더 발전시킬지 아니면 원치 않는지 결정할 수 있다.

최근 노스캐롤라이나 주 샬럿에 있는 극장에서 3천 명의 사람들을 단체 리딩하는 동안 나는 즉석에서 열 살짜리 여자아이에게 끌렸다. 이 이야기를 떠올리면 지금도 눈물이 날 것만 같다. 그 여자아이는 여덟 살 된 여동생을 잃었는데, 여동생 영혼이 와서 나에게, 자신이 언니에게 나타났었다고 말했다. 이것이 사실인지 묻자 그 여자아이는 부끄러워했다. 나는 아이에게 말했다.

"넌 미치지 않았어. 넌 신으로부터 온 특별하고 아름다운 재능을 갖고 있어. 그것을 즐기고 받아들여야 해. 여동생으로부터 메시지를 받으렴. 여동생은 자신이 괜찮다는 걸 네가 알기를 바란단다."

그때 여자아이의 엄마가 감정을 주체하지 못하고 말했다. 여자아이가 심리치료를 받게 했으며 집에 감시 카메라도 설치했다고. 왜냐하면 여자아이는 누군가가 지켜보고 있다는 걸 너무 두려워했기 때문이다. 만약 그 부모가 딸이 본 것을 믿지 않았다면, 우리는 이 불쌍한 여자아이가 정신분열증이나 그 비슷한 정신병으로 진단받았으리라는 걸 쉽게 알 수 있다. 또 여동생의 영혼은 크리스마스에 특별한 일이 생길 거라고 말했다. 그러자 아이의 어머니는 뉴욕에 가는 걸 생각 중이었다고 말했다. 그 후 그들은 뉴욕에 갔고, 여자아이가 뉴욕에 있는 동안 치료받을 수 있도록 나는 팻 롱고와의 만남을 주선해 주었다. 팻은 여자아이에게 자신을 보호하고 중심을 잡는 법을 알려 주었으며, 보거나 들은 것을 결코 두려워하지 말라고 가르쳤다.

나는 내 재능이 유전적이라고 느끼기 때문에 우리 가족의 아이들이 영혼을 감지하는 경향이 있는 건 놀라운 일이 아니다. 여덟 살쯤 되었을 때 내 딸 빅토리아는 침실에 혼자 들어가고 싶지 않으며, 잠자는 것은 더더욱 하고 싶지 않다고 나에게 말했다. 어느 날 밤 나는 빅토리아의 침대에서 함께 잠이 들었는데 누군가 손가락으로 찌르고 이불을 끌어당겨서 금방 잠에서 깼다. 어린 남자아이의 영혼이었다. 그 영혼은 나를 짓궂게 괴롭히고 놀렸지만 우리는 걱정할 필요가 없었다. 그때 할머니의 영혼이 나타나 냄비를 들고 그 아이를 쫓아가면서 우리를 내버려 두라고 말하는 것을 보았기 때문이다. 또 할아버지가 세상을 떠난 뒤 내 사촌 리사의 어린 아들 니콜라스가 할아버지의 집에 살았다. 내가 앞에서 말한 것처럼 리사는 매우 영적이고, 아이일 때 자신이 경험한 영혼 이야기를 늘 나와 공유했다. 할아버지가 세상을 떠난 뒤 니콜라스는 할아버지의 사무실이었던 곳에서 놀다가 말했다.

"나에게 소리치며 나가라고 말하는 안경 낀 인색한 남자가 있어요."

니콜라스가 그 말을 했을 때 나는 할아버지의 방 모습이 어떠했는지 불현듯 생각났다. 지저분한 책상, 등이 뒤로 젖혀지는 가죽 의자……. 우리 모두 그 영혼이 할아버지라는 걸 알았다. 할아버지는 혼자 있는 걸 무척 좋아했다.

내 남동생 마이클의 아들 제이슨도 세 살 때 외할아버지를 보았다. 외할아버지는 제이슨이 태어나기 전에 세상을 떠났기 때문에 제이슨은 외할아버지의 사진조차 본 적이 없었다. 어느 날 제이슨은 부엌에 한 남자가 엄마와 함께 있다고 아빠 마이클에게 말했다. 마이클이 들어와 보았는데 아내 코린다만 있었다. 제이슨은 계속 가리키며 말했다.

"저 남자가 있잖아요!"

그러나 코린다나 제이슨은 외할아버지를 볼 수 없었다. 그가 어떻게 생겼는지 묻자 제이슨은 검은 머리를 한 남자라고 설명했다. 검은 머리를 가진 인물 사진들을 아무거나 보여 주자 제이슨은 고개를 저으며 말했다.

"아녜요. 이 사람이 아니에요."

그래서 코린다는 자신의 아버지 사진을 찾으러 갔다. 그 사진을 보여 주자 제이슨은 고개를 숙이며 말했다.

"바로 이 남자예요. 이 남자가 내 이름을 부르고 있었어요."

물론 마이클은 나에게 전화해 말했다.

"제이슨이 식료품 저장실에서 죽은 사람들을 보고 있어. 이건 전부 누나 책임이야."

나는 외할아버지가 누구였고, 세상을 떠났으며, 지금은 천국에 있다는 걸 아이에게 설명해 주라고 제안했다. 그 후 제이슨은 외할아버지나 또 다른 영혼을 다시 보지 않았다.

그러나 몇 년 뒤 코린다와 마이클의 여덟 살 된 딸 할리가 영혼을 보고 느끼기 시작했다. 그러면 누가 돌아왔을까? 나는 최근 길고 당황스러운 이메일을 코린다로부터 받았다.

"할리는 한밤중에 나의 아버지를 보고는 새벽 3시에 계속해서 우릴 깨우고 있어. 할리는 오늘 아침 눈을 뜨니 할아버지가 방에 서서 자신을 바라보고 있었다고 내게 말했어. 할리는 너무 놀라서 벌떡 일어나 내 방으로 달려왔는데, 자신이 할아버지를 통과해서 걸었다고 했어! 난 할아버지가 무슨 말을 했는지 할리에게 물었고 할리는 아무 말도 안 했다고 했어. 할리는 또 때로 발이 간질간질한 걸 느낀다고 해. 난 할리가 밤에 깨지 않고 자게 해야 해. 안 그러면 우리가 녹초가 되거든! 그 집을 세이지풀로 정화해야 할까, 아니면 영혼에게 떠나라고 말해야 할까? 마이클과 나도 우리 방에서 담배 냄새를 맡고 있어. 나는 세 번이나 이 매트리스를 흡연자가 사용했다고 말하러 그것을 산 매장에 가려고 했었지만, 냄새가 늘 나는 것도 아니야. 우리 아버진 오랫동안 담배를 피웠어……."

내 조카 할리는 분명 영혼에 매우 민감하다. 그래서 영혼이 나타나는 그 집을 정화하기 위해 2, 3주마다 한 번씩 흰 세이지풀을 태워 보라고 나는 코린다에게 제안했다. 나는 개인적으로 의뢰인들이 내 집을 떠날 때마다 세이지풀 정화를 한다. 남편 래리는 세이지풀을 '영혼 퇴치 스프레이'라고 부른다. 이제 코린다는 세이지풀 정화를 하며, 밤에 영혼이 건드리거나 소리내지 않기를, 아이들에게 나타나지 않기를 기도하고 영혼들에게 빛으로 가기를 요청한다. 할리는 지금도 그다지 쉽게 잠들지는 못하지만 할아버지를 다시 보았다는 말은 하지 않는다. 할리가 잠자기 전에 할아버지와 할머니, 그리고 할아버지 할머니의 모든 친구들에게 밤인사를 하고 그 영혼들에게 자신을 건드리지 말고 무섭게 하는 어떤 소리도 내지 말며 방 밖에서 자신을 지켜 달라고 부탁하는 간단한 말을 하는 것이 도움이 된다고 나는 생각한다. 매케한 담배 냄새에 대해 말하자면, 코린다는 그 냄새가 잠시 동안 사라졌다고 말한다. 그러나 여전히 가끔씩 그 냄새를 맡는다.

세이지풀 정화

북미 원주민은 몇 세기 동안 정화와 보호를 위해 말린 흰 세이지풀을 태웠다. 그것이 도움을 주는 한 가지는 당신의 집으로부터 부정적인 성향들을 쫓아내 준다는 것이다. 당신이 부정적인 영혼과 채널링하진 않겠지만 좋은 장소에서, 혹은 당신의 집에서,

151

그저 어떤 영혼이 계속 활동하는 걸 막기 위해 몇 주마다 한 번씩 흰 세이지풀을 태우는 것—스머징(연기로 그을리는 것)이라고 부르기도 하는 것—을 추천한다. 이 일을 하기 위해서는 말린 세이지풀 한두 줄기를 얕은 도자기 그릇에 넣고 불을 붙인 뒤, 연기가 날 때까지 불꽃을 살살 불어서 끈다. 그런 다음 깃털이나 부채로 연기를 천장까지 밀어 올린다. 현관 앞에서 시작해 당신의 오른쪽으로 천장을 따라 가며 벽장, 다락, 지하실, 그리고 차고가 집에 딸려 있다면 그곳까지 포함해 집 안을 모두 돈다. 보일러실처럼 어두운 곳을 신경 써서 해야 한다. 그리고 누군가 불면의 밤을 보낸다면 약간의 연기를 침대 밑과 위로 밀어 넣는다. 다음의 말을 반복하면서 이 모든 걸 한다.

"오직 신의 흰 빛 안에 있는 영혼들만 여기에서는 환영한다. 모든 부정적인 에너지들은 신의 권능으로 떠나야 한다."

나는 이때 몇 가지 긍정적인 말들을 하면서 오직 평화로운 느낌, 감정, 생각만 우리 집에 머물기를 요청하는 걸 좋아한다. 불꽃이 저절로 꺼질 때까지 세이지풀이 타게 놔둔다. 정화를 마치기도 전에 불꽃이 꺼진다면 다른 세이지풀에 불을 붙여 계속 타게 하면 된다. 각 층에 있는 창문을 조금 열어 둔다.

수많은 영혼들

당신은 영혼을 경험하기 위해 자신의 의식을 영혼에게 열어 둬야 할지 모르지만 나는 그것에 익숙하다. 만약 내가 다음 날이나 그 주에 당신을 만날 거라면 당신의 사랑하는 이들이 일찍 나타날 수도 있지만 내 집에서 당신을 기다리고 있진 않는다. 지금도 영혼은 언제나 내 주변에 있다. 나는 저쪽 세계로 간 내가 아는 사람들과 사랑하는 이들에게서 지속적으로 메시지를 받는다. 또 내 삶과 일이 좀 더 공적인 일이 된 이래로 내가 전보다 더 많은 영혼을 보고 있다는 걸 안다. 고인의 말을 듣는 것은 나를 그렇게 많이 괴롭히지 않는다. 영혼들이 수다를 떨거나 속삭이거나 웃거나 계단을 위아래로 쿵쿵 밟고 다니는 소리가 끊임없이 들리진 않는다. 디스코텍에 살고 있는 것처럼 우리 집 전등이 하루 종일 깜박거리지도 않는다. 영혼은 내가 일하고 있거나 일하려 할 때를 알며, 나에게 자유를 주어야 할 때를 안다. 에너지를 얼핏 보거나 존재를 느낄 때 나는 그 존재를 계속 남아 있게 할지 그냥 지나가게 할지 결정할 수 있다. 이는 사람이 붐비는 도시에 있는 것과 비슷하다. 도시에서 사람들은 당신을 그냥 지나쳐 걸으며, 잠시 뒤면 당신은 사람들에게 많은 주의를 기울이지 않는다. 그러나 당신이 원한다면 언제든 인사를 하거나 사람들을 세워 길을 물어볼 수 있다. 전에 나는 부엌 창문을 통해 엿보는 남자를 보았고 그것 때문에 정말 겁을 먹었다. 나는 대개 영혼을 엷은 안개나 실루엣으로 보기 때문이다. 나는 그 남자가 인간이 아니라는 걸 알았지만 그 남자는 꼭 사람처럼 보였다. 셔츠를 입고 있었고, 브론니 맨(브론니 종이 타월의 상징인 남자 모습)처럼 보였다. 내가 그날의 첫 번째 의뢰인에게 그 남자에 대해 말하자, 의뢰인은 그 남자가 고인이 된 오빠의 모습과 일치한다고 말했다.

내가 말했다.

"그럼, 당신 오빠가 그렇게 우리 집 창문으로 엿보면서 날 겁먹게 한 거군요!"

영혼은 내가 당신에게 메시지를 전달하기를 바라면서 언제나 내 주위에 있기 때문에 불편한 상황에서도 집요해질 수 있다. 처음으로 눈썹 왁싱을 받을 때 나는 친구가 된 기타라는 이름의 여성에게서 왁싱을 받았다. 기타가 얼굴에 뜨겁고 끈적거리는 왁스를 올려놓았을 때 나는 내 주변에 있는 한 영혼을 느끼기 시작했다. 머릿속으로 나는 말했다. '영혼아, 물러가 있어. 지금은 좋은 때가 아니야. 내 눈 가까이에 왁스가 있어. 나는 당신에게 지금 당장 대답해 주진 않을 거야.' 그러나 그 에너지는 계속 고집을 부렸다. 그래서 정말 메시지 전달이 필요하다면 가는 길에 기회를 주겠다고 영혼에게 말했다. 바로 그때 기타가 나의 의자를 돌리고는 떨어뜨릴 왁스가 묻은 나무 막대를 들고 나를 보며 말했다.

"어떤 사람들은 내가 심령술사 같대요."

기타는 내가 영매라는 걸 알지 못했고 이때는 내가 텔레비전 방송을 진행하기 4년 전이었다. 그래서 나는 그것을 내가 메시지를 수락해야 하는 신호로 받아들였다. 기타는 어머니, 아버지, 오빠, 남편 모두가 세상을 떠났다. 기타가 40대였을 때의 일이다. 그 가족들은 모두 기타에게 줄 메시지를 갖고 있었다. 나를 알게 된 후 기타는 자신의 직관을 발달시키기 시작했고, 직관을 치유의 재능으로 변화시켰다. 기타는 지금 기 치료(레이키) 교사다.

내 주위에는 영혼이 너무 많기 때문에 솔직히 말해 몇 차례 그것을 이용하기도 했다. 나를 비난하진 말라. 당신 같아도 그렇게 하지 않겠는가? 영매 엄마라는 건 내 아이들을 통제하는 데 많은 쓸모가 있었다. 나는 실제로 아이들에게 무슨 일이 일어났는지 전혀 알지 못했지만 아이들이 외출할 때 나의 안내자들을 같이 보낼 거라고 엄포를 놓았고, 그래서 아이들은 빗나가지 않았다! 딸 빅토리아와 아들 래리는 나쁜 짓을 할 생각을 전혀 하지 않았다. 아마도 영혼이 자기들을 내버리고 달아날 거라고 생각했기 때문일 것이다. 나는 아이들이 괜찮은지 알기 위해 몇 번이나 영혼 안내자들을 불러 묻기도 했다. 그러나 나는 그저 걱정 많은 엄마일 뿐이었다. 영혼은 나에게 아무 말도 하지 않았다! 지금 아이들은 더 나이를 먹었고 나는 이제 그런 짓을 하지 않는다. 영혼이 나를 도와 학교에 있는 빅토리아나 친구와 술집에 있는 내 아들을 몰래 감시할 거라고는 생각하지 않는다. 영혼은 아마도 내가 모르는 편이 더 나은 것도 많다고 생각할지 모른다.

나는 천사들에게 쇼핑몰에서 주차할 곳이나 집 어딘가에서 잃어버린 물건들을 찾을 수 있도록 도와달라고 청한 적도 있다. 나는 거의 하루 종일 내가 제자리에 두지 않은 것들을 찾아다니느라 시간을 보낸다. 나는 그만큼 멍청하다. 그래서 이것에 대해 영혼의 도움을 청하지 않는다면 나는 아무 결과도 얻지 못할 것이다. 영혼의 도움을 청하기 위해 나는 차분히 앉아서 마음을 편안히 갖고 유실물의 수호성인인 성 안토니오에게 그 물건을 놓아 둔 곳으로 나를 안내해 달라고 기도한다. 당신도 그렇게 해 볼 수 있다. 남편 래리는, 내가 많은 차원을 가로질러 영혼들과 이야기할 수 있지만 내 자신의 작은 핸드백에 넣어 둔 열쇠는 찾지 못한다고 말한다.

내가 너무 어리석은 걸 요청하면 안내자들은 주의를 기울이지 않는다. 한번은 순회공연을 앞두고 있을 때 손 세정제를 주문했었다. 너무 많은 사람들과 악수를 하기 때문에 병균이 옮고 싶진 않았다. 손 세정제는 라벤다, 카모마일, 유칼립투스, 세이지처럼 좋은 향기가 나서 나는 그것이 어서 도착하기를 초조하게 기다렸다. 몇 달 전에 주문했고 그 회사는 물건이 도착했다고 했지만 나는 그 상자를 본 기억이 없었다. 그래서 영혼에게 나를 그것이 있는 곳으로 안내해 달라고 부탁했고, 영혼은 남편의 수표 책자를 보여 주었다. 그때 나는 길고 가는 상자를 남편의 책상 위에 놓았던 기억이 났다. 예금 전표가 잔뜩 들어 있을 거라고 생각했었는데 돌아가서 실제로 상자를 열어 보니 손 세정제가 그 안에 있었다!

　나는 또한 도박이나 복권을 위해 능력을 사용한 적이 있는지 자주 질문을 받는다. 딴생각하지 말기 바란다. 내가 하는 일은 모든 관련된 사람들의 최고선을 위한 일이다. 따라서 나는 그런 일을 의도적으로 할 사람이 아니다! 그리고 솔직히 말해 시도를 하더라도 너무 산발적이어서 내가 들은 내용이 무엇인지 알아차리지 못한다. 이모 부부와 나는 이모의 생일에 벨몬트 공원 경마장에 갔는데 안에 들어갈 때 나는 '6, 10'을 들었다. 6월 10일은 내생일이다. 기분 좋은데, 하고 나는 생각했다. 영혼이 내 생일도 안다는 표시를 보이고 있었다. 이모부는 내가 무슨 색을 좋아하는지 묻고는 그 색깔 옷을 입은 말에게 돈을 걸었다. 그러나 내가 말한 색깔의 말은 지고 말았다. 그곳을 떠난 뒤에야 비로소 나는 이긴 말들이 모두 숫자 6과 10의 조합이었다는 걸 깨달았다! 그 후에 나는 올케 코린다와 스파에 간 적이 있다. 어느 날 밤 우리는 모히간선(단일 규모로는 미국 최대인 코네티컷 주 소재의 카지노 호텔)

에 갔다. 그때 나는 카지노에 처음으로 갔고 룰렛을 하기로 결심했다. 당신도 알다시피, 우리가 바퀴를 돌려 나온 숫자는 모두 꽝이었다!

나에게 있어, 영혼의 소리를 듣기 위해 당신 자신을 열어 두는 것이 주는 가장 좋은 점은 당신이 그저 당신 자신으로 있으면서 자연스럽게 그것을 할 수 있다는 것이다. 타로 카드나 크리스털이 필요 없다. 많은 사람들이 생각하는 것처럼 가족들의 에너지를 가진 물체를 품고 있거나 걸치고 있을 필요도 없다. 리딩을 할 때 내가 당신이 가져온 목걸이나 반지를 언급하는 것은 내가 자석처럼 그 에너지에 끌리기 때문이 아니다. 영혼이 나에게 그것을 언급해 달라고 말하기 때문이다. 사실 나는 어머니, 할머니, 이모, 사촌을 포함해 세상을 떠난 많은 여성 에너지를 주위에 가지고 있던 한 여자를 전화로 리딩한 적이 있다. 그 여자는 저쪽 세계에 있는 할아버지와 아버지의 에너지도 갖고 있었다. 어쨌든 영혼은 아무렇게나 옷을 입고 있는 내 딸 빅토리아의 사진을 나에게 보여 주었다. 야구 모자에 선글라스를 끼고 잠옷 차림에다 할머니가 빅토리아에게 준 반려동물 잉꼬새와 묵주를 들고 있는 사진이었다. 그래서 나는 말했다.

"기이하게 들리겠지만 당신이 물건들을 이상하게 뒤섞어 몸에 걸치고 있는 것이 느껴져요. 잠옷, 실크 스카프, 남자 모자, 장갑, 묵주, 그리고 어울리지 않는 보석……. 혹시 지금 당신은 소식을 듣고 싶은 고인의 물건들을 모두 몸에 걸치고 있나요?"

전화 저쪽이 완전히 조용해졌다.

"맞아요."

그 여자가 속삭였다. 그녀는 조금 당황했겠지만 나는 실제로 그녀가 언제나 그렇게 옷을 입진 않는다는 사실에 안도했음을 인정하지 않을 수 없다.

5
이것은 당신의 첫 번째 경기가 아니다

전생의 기억이 당신 자신에 대해
그토록 많은 걸 가르쳐 줄 수 있다면
왜 당신은 자연스럽게 자신의 전생을 기억하지 못하는가?

당신의 커피 머그잔이 "나는 죽으면 쉴 거예요."라고 말할 정도로 만일 당신이 정말로 바쁘거나 활동적인 사람 중 한 명이라면, 나는 당신에게 알려 줄 게 있다. 사후 세계는 긴 낮잠이 아니다. 당신은 잠시 동안 쉴지도 모르지만 가야 할 곳이 있고, 만나야 할 영혼이 있다. 저쪽 세계의 특징이듯이, 놀랍도록 쉽고 평온하게 미끄러지듯 나아갈 것이다. 그리고 영혼은 물질세계를 떠난 뒤 너무 오래 있진 않을 것이다. 당신은 자신의 행동을 설명하고 좀 더 오래 천국에 머무르거나 당신의 사랑하는 이들과 함께 환생할 준비를 할 것이다. 나는 우리의 영혼이 또한 재미있어 하리라는 걸 안다. 왜냐하면 영혼은 웃는 것을 좋아하기 때문이다. 그러나 당신의 영혼은 천국에 있는 동안 돌봐야 할 것이 있다. 영혼은 하늘에서 큰 사교모임을 떠돌아다니진 않는다.

나는 영혼에게 실황 중계방송을 할 필요가 없다고 말하기 때문에 영혼은 우리가 죽은 뒤 무슨 일이 일어나는지에 대해 그렇게 세세하게 말하진 않는다. 영혼 차원에서 알게 되는 것들이 있지만 우리가 인간으로서 굳이 그것들을 모두 알 필요는 없다고 나는 믿는다. 또한 나는 의도적으로 내 육체를 이탈해 다른 곳으로 가지 않으며, 임사체험을 해 본 적도 없다. 따라서 돌아와서 보고할 만한 저쪽 세계의 경험이 없다. 전생 최면요법을 통해 저쪽 세계에서 할머니를 만난 적은 있다. 그러나 우리 주변에는 흰 구름안개 외에는 아무것도 없었다. 그곳은 무척 평화로웠고, 내가 이 세상에서 나의 삶을 사랑하는 것 못지않게 그곳을 떠나고 싶지 않았다. 그러나 영혼들은 나에게 주저없이 몇 가지를 알려 주었고, 나는 또 의뢰인들의 죽은 친구들, 가족들과 채널링하는 동안 몇 가지 흥미로운 세부 사항들을 알게 되었다. 나에겐 이것으로 충분하다. 그리고 나는 당신도 그렇기를 바란다. 당신이 죽음 다음에 무엇이 올지에 대해 생각한다면 이 삶을 완전히 사는 것은 어렵다!

달콤한 내맡김

3장에서 우리가 죽을 때 무슨 일이 일어나는지 대략 훑어보았지만 여기에서 좀 더 구체적으로 이야기하고 싶다. 자, 당신이 죽으면 혼령이 몸이나 머리를 통해 밖으로 나온다고 영혼은 말한다. 그때 당신은 터널을 들어가게 된다. 당신은 이미 알고 있을지도 모른다. 임사체험을 한 많은 사람들이 우리에게 이 놀라운 여행을 증언했기 때문이다. 나보다 그들이 더 낫다! 나는 영혼에게 천국을 경험하기 위해 터널을 통해 나를 데려가 달라고 요청하지 않을 것이다. 이 책을 위해서라고 해도 그렇게 하지 않을 것이다.

어떤 임사체험 생존자들은 다른 차원처럼 느껴지는 안개 속을 떠돌아다니는 동안 그들에게 와 닿는 생각들을 자각하게 되었다고 말한다. 이것은 실제로 내가 채널링을 할 때 느끼는 방식이다. 그래서 아마도 채널링을 하는 동안 내가 모를 뿐이지 나의 일부분은 저쪽 세계에 있는지도 모르겠다.

일단 몸을 떠나게 되면 당신이 물질세계에서 느끼던 고통이나 질병은 그 즉시 사라진다. 아무리 비극적이거나 괴롭거나 오랫동안 고통스러웠던 죽음이라 할지라도 당신의 영혼은 빨리, 그리고 평화롭게 분리된다는 걸 나는 확실히 말해 두고 싶다. 휠체어에 의존하던 사람들의 영혼은 자신들이 천국에서 춤출 수 있다는 걸 나에게 보여 주었다. 만일 한 여자가 유방암으로 죽었고 이 세상에 있는 동안 유방을 제거했다면, 그녀의 영혼은 나에게 자신이 완전한 가슴을 갖고 있는 것처럼 느끼게 한다. 우리는 천국에서 몸을 갖고 있지 않기 때문에 나는 우리가 문자 그대로 건강한 다리나 풍만한 가슴을 갖고 있다고 생각하진 않는다. 고통은 신체와 함께 머물러 있을 뿐, 영혼은 저쪽 세계에서 자유롭게 움직인다. 당신의 영혼은 사랑하는 사람들을 떠난 것에 대해 슬픔을 느낄 수 있다. 그러나 영혼은 이 세계의 사람들처럼 슬픔에 휩쓸리지 않는다. 왜냐하면 당신의 영혼은 당신이 그들을 다시 보게 되리라는 걸 금세 알아차리기 때문이다.

당신이 사후 세계에 들어갈 때 당신은 당신보다 먼저 죽은, 그리고 이 세상에서 당신 삶에 영향을 주었던 가족과 친구 영혼들에게 반가운 인사를 받는다. 리딩을 하는 동안 영혼이 한 팔이 길어진 침대 발치에 있는 사람을 보여 주면 그것은 사망했을 때 그를 맞이한 영혼에 대한 나의 신호이다. 의뢰인이 내게 이렇게 말한 사례는 수없이 많다. "정말 말도 안 돼요. 엄마는 죽기 바로 전에 외삼촌의 이름을 불렀거든요." 또는 "그녀는 죽었을 때 우리는 볼 수 없는 누군가에게 손을 뻗고 있었어요."

당신은 밝은 빛으로 안내된다. 당신의 종교가 무엇이든 그것은 신이다. 유대교도들은 이 신에게 향하고 개신교도는 또 다른 신에게 향하는 것이 아니다. 어떤 임사체험 생존자는 음악 소리─노래 자체가 아닌 화음과 허밍과 파동─에 안내받고 있는 것처럼 느꼈다고 말한다. 당신은 이 삶에서 영적 길 위에 있도록 도움을 준 당신의 주요 안내자와 다시 재회할 것이다.

삶이라는 학교

우리가 여기서 삶을 시작하는 주된 이유는 특정한 배움을 얻기 위해서라고 영혼은 말한다. 우리가 학교에서 그렇게 하듯이 우리의 영혼은 성장하면서 다양한 차원의 지식들을 통과한다. 일단 당신이 천국에 가면 당신과 당신의 주요 안내자가 지상에서의 당신의 삶을 검토하는 이유가 거기에 있다. 당신과 안내자는 당신이 행한 모든 것─좋은 행동과 나쁜 행동─을 살펴볼 것이다. 그리고 당신이 이 세상에서 사는 동안 얻은 배움과 당신의 영혼이 선택했던 길을 얼마나 잘 걸었는지 평가할 것이다. 당신이 물질세계에서 알았던 사람들의 눈을 통해 경험한 삶도 검토 대상에 포함된다. 당신으로 인해 그들이 느낀 고통, 행복, 두려움들을 당신은 경험하게 될 것이다. 그럼으로써 자신의 말과 행동이 일으

163

킨 반응들을 이해할 것이다. 이것은 아주 빠르게 일어나며 슬라이드를 보는 것과 같다고 영혼은 말한다. 우리의 뇌는 물질세계에서 개와 함께 산책하거나 중요한 이메일을 보냈을 때를 거의 기억하지 못하지만 천국에서 당신은 당신 삶의 어떤 것을 회상하든 걱정할 필요가 없다. 왜냐하면 당신은 감정적으로 그것들을 전부 다시 경험할 것이기 때문이다. 이것이 일어날 때 당신은 이 세상에서 당신의 시간을 얼마나 다르게 쓸 수 있었는지 논하게 될 것이다. 그렇게만 되었다면 어떤 사람들은 당신이 그들에게 가한 부정적인 감정들을 경험하지 않았을 수도 있었을 것이다. 이 세계에서 자각하지 못한 사람들은 자신의 행동이 다른 이들에게 얼마나 영향을 미치는지에 대해 너무 무지할 수 있다. 그러나 천국에서 당신은 모든 역학 관계를 분명히 이해하게 된다.

당신은 자신의 행동에 대해 책임지고 이 삶에서 자신의 역할을 얼마나 잘 이해했고 수행했는지에 따라 평가를 받을 것이다. 그렇다고 나쁜 짓을 한 것에 대해 벌을 받지는 않는다. 자기 자신에 대해 기분 나쁘게 만드는 잔혹한 벌과 심판은 우리가 물질세계에서 서로에게 가한 것들이다. 천국에서 당신의 과거 행동에 대해 책임을 지게 될 때 흔히 생각하듯 신은 지옥의 불과 유황 모습이 아니라고 나는 들었다. 신과 당신의 안내자들은 자애롭고 무조건적인 사랑을 갖고 있다. 그들은 실망할 수도 있지만 영혼이 내게 보여 준 것으로 미루어 볼 때 평균적인 흠이 있는 사람들을 기다리는 영원한 지옥살이가 있는 것 같진 않다.

자신의 행동에 대해 사과하거나 책임을 지기 위해 나타났던 영혼들이 있었다. 그 영혼은 삶의 재검토를 다 마쳤음이 분명하다. 한 의뢰인은 말할지도 모른다. "나의 아버지는 어떤 일에도 책임을 진 적이 없어요!" 그러나 천국에서 영혼들은 그렇게 해야만 한다. 영혼이 이런 깨달음에 이르는 데 시간이 걸린다는 것은, 다른 리딩에서는 그렇지 않았는데 이번 리딩을 하는 동안은 자신의 잘못된 행위를 사과하거나 이야기하는 걸 보면 알 수 있다. 그 당시에 영혼은 그것을 이해할 정도로 성장하지 못했을지도 모른다.

한번은 어렸을 때 아버지가 여러 번 가족을 떠났던 젊은 여성을 리딩했다. 그 아버지는 가족들과 연락하지 않았고, 생활비도 보내지 않았으며, 가족이 전혀 존재하지 않는 것처럼 행동했다. 결국 그 남자는 재혼해 다른 아이들까지 낳았다. 내가 그의 영혼을 채널링했을 때 그는 딸에게 말해 달라고 했다.

"난 그 당시에 무조건적으로 사랑하는 법을 몰랐기 때문에 떠났다. 난 너의 용서를 구하고 있는 것이 아니다. 그러나 내가 널 얼마나 사랑하는지 네게 알려 줄 필요가 있다. 지금 나의 영혼은 마땅히 있어야 했고 필요했던 아버지가 없었던 것이 너에게 어떤 것이었는지 다시 체험해야만 했다. 난 이제 이해한다. 그리고 미안하다."

그는 그 젊은 딸에게 자신을 용서해 달라고 말하는 것이 아니라고 계속 설명했다. 그러나 그녀는 아버지가 후회하고 있고 자신의 행동에 책임을 지고 있다는 걸 알았다.

어떤 영혼들은 이렇게도 말했다. 만일 인생을 완전히 다시 살수 있다면 자신의 바람직하지 않은 성격을 바꿀 것이라고. 삶을 재검토한 후에 영혼이 마침내 물질세계에서 사람들을 속상하게 했던 일들을 제대로 인식할 수 있을 때 영혼은 치유되고 성장할 뿐만 아니라 뒤에 남겨 둔 사람들을 위로하기 시작할 수 있다.

물론 삶을 재검토함으로써 배운 교훈과 관련된 모든 메시지들이 무거운 것은 아니다. 한번은 단체 리딩 중에 처음 앞으로 나타난 한 여성의 어머니를 채널링했었다. 그 영혼은 아주 자랑스러워하며 말했다.

"나는 먼저 말하려는 모든 다른 영혼들을 뚫고 앞으로 나왔어요!"

이것은 그 딸을 놀라게 했다. 그녀의 어머니는 언제나 예의바르고 말 한마디 못하는 사람이었기 때문이다. 그런 엄마가 천국에서 얼마나 적극적이 되었나를 보라!

신의 수업 계획표

나는 인생 여행에 들어 있는 많은 작은 가르침들과 더불어 당신이 매번의 생마다 배워야 할 중요한 배움이 있다고 생각한다. 그것들에는 연민, 인내, 우정, 이타심, 기쁨, 평화, 친절, 선량함, 신의, 자제력, 그리고 무조건적인 사랑이 포함되어 있다. 당신이 경험하는 매번의 생마다 당신은 이번 생에서 이루고 싶은 것과 살아가며 우연히 만날 도전들을 선택한 뒤 신과 당신의 주요 안내자와 함께 검토한다. 당신은 또한 자신이 얻어야 할 배움과 관련된 가족과 육체를 선택한다. 당신은 그것이 새로운 차원의 영적 성장에 이르는 데 도움이 되리라는 걸 알고 선택한다.

자신의 삶을 검토한 뒤 당신은 저쪽 세계에서 계속 배움을 얻는다. 그리고 어느 순간 두 가지 중 하나를 할 수 있다. 당신이 할 수 있는 첫 번째 선택은 천국에 머물며 잠시 동안 배움을 얻는 일이다. 그곳에서 스승 같은 영혼들이 당신의 진전 상황을 지켜본다. 영혼이 뒤에 남는 걸 선택하는 한 가지 이유는 전생이 너무 힘들게 느껴져서 영혼이 바로 돌아갈 준비가 되지 않았거나 돌아가고 싶지 않을 경우이다. 다른 대안은 새로운 배움을 더 빠른 속도로 얻기 위해 몸을 선택하고 이 세상으로 돌아오는 것이다. 그것은 천국에 있을 때보다 당신의 영혼을 좀 더 빨리 진보시킨다. 그것은 대학에서 당신이 수업을 듣는 것과 대조적으로 한 학기 동안 해외여행을 하거나 인턴 근무를 선택할 때와 비슷하다. '실제 세상'을 경험하는 것은 결코 교실에서 배울 수 없는 것들을 당신에게 가르친다. 당신의 영혼은 다른 사람들에 대한 더 큰 감사와 연민의 마음을 얻게 해 줄 다른 종교, 인종, 직업 그리고 가족 간의 역학 관계를 경험함으로써 새로운 관점의 가치를 알아볼 수 있다. 다행스런 사실은 당신이 배움을 얻어야 하는 기간을 정해 놓은 시계가 있지 않다는 것이다. 당신은 필요한 만큼 다시 돌아와 시도할 수 있다.

당신이 이 세계에서 배움을 얻는 주된 방법은 당신이 획득해야 하는 특성을 사용하지 않을 수 없는 사건들을 통해서이다. 예를 들어 특정 질병에 걸리는 것은 당신에게 우선순위를 가르쳐 줄 것이다. 도전적인 결혼 생활을 하는 것은 인내심과 자기반성을 필요로 한다. 또 어릴 때 괴롭힘을 당하는 것은 다른 사람을 향한 연민을 배우게 도울 수 있다. 또한 우리가 성장하고 배우도록 돕기 위해 다른 사람들이 우리 삶 속에 들어온다고 나는 믿는다.

당신의 배움과 목적은 어떤 면에서 인도주의적 노력이나 예술적 노력, 혹은 과학적 노력을 통해 사회를 진보시키는 것과 관련 있을 수도 있다. 아니면 자기희생이나 사상을 전파하는 것과 관련된 영적 임무와 관계있을 수도 있다. 무엇이든, 우리는 모두 다른 사람들을 위해 더 나은 사람과 영혼이 되는 법을 배우려고 여기에 있다. 우리가 신의 안내와 영감, 그리고 신의 개입이 필요한 것처럼 영혼은 자신을 대신해 행동할 수 있는 유능하고 열정적인 신체가 필요하다.

자신의 몸과 그 삶을 살면서 따라올 배움들을 선택하는 것은 우리 자신이기 때문에, 장애를 초래하는 결함을 가진 사람—지체부자유나 우울증, 강박 장애 등과 관련된 정신질환자—들은 어떤 면에서는 자신의 영혼을 성장시키기 위해 스스로 그렇게 선택한 것이다. 나는 내 몸이 갖지 못한 많은 것들이 있었으면 했다. 불안해하는 대신 편안해지고 싶었고, 155센티미터 키에 몸무게는 노코멘트가 아닌, 170센티미터에 몸무게 54킬로그램이고 싶었다. 그러나 현재의 이 패키지는 내게 주어진 것에 감사하고 그것을 최대한 즐기는 법을 배우는 데 도움이 되었다.

그리고 우리 엄마의 맛있는 미키마우스 모양의 팬케이크 앞에서 나는 자제력을 배웠다. 이 말이 사람들이 고통받는 심각한 질환들을 폄하하는 것처럼 들리지 않기를 바란다. 나는 마비되거나 어린 나이에 질병으로 죽은 아이들이 있는 많은 가족을 리딩했었다. 그들은 모두 내게 말했다.

"테레사, 아이는 이런 상황이라면 이 세상에 오는 걸 선택하지 않았을 거예요."

그러나 그들은 선택하고 당신도 선택한다. 천국에 갈 때까지 당신의 배움은 그렇게 분명하지 않을 수 있다. 영혼 상태에 있을 때 당신은 이 삶으로 돌아오는 걸 선택한다. 그래서 그 선택은 감정적인 인간으로서 한 것이 아닌, 신에게 더 가까이 가기를 원하는 영혼으로서 한 결정이다. 당신의 영혼은 이유가 있어서 이 여행을 선택한 것이기에 운이 나쁘다고 여기는 사람들이 "신은 왜 나에게 이러는 걸까요?" 하고 물을 때 나는 미소 짓는다. 신도 당신의 영혼도 천진하게, 혹은 복수심으로 당신의 배움을 선택하진 않았다. 다시 말하지만, 그것은 모두 당신의 배움의 일부이다. 저쪽 세계에서는 비열함이나 억울함이나 분노가 없다. 오직 사랑만이 있다. 왜냐하면 그것이 바로 신이기 때문이다.

나는 당신이 무슨 생각을 하고 있는지 안다. 그렇다면 자유의지는 어떻게 되는가? 영혼이 말한 내용들을 근거로 판단하면, 삶에서 당신의 정해진 배움을 얻는 데 도움이 되는 것들은 이미 결정되어 있으며 나머지는 당신의 선택으로 채운다. 당신은 처음으로 취직을 하거나 배우자를 만나거나 아이를 갖거나 당신이 이 세상에서 중요한 사건이라 여기는 것들이 운명을 바꾸는 방향 전환을 가져올 수 있다고 생각한다. 그러나 꼭 그런 것은 아니다. 만일 당신의 첫 회사를 운영하는 것이 당신이 얻어야 하는 배움의 일부가 아니라면 그때 그것은 단순히 선택이다. 마찬가지로 사람들은 늘 나에게 자신들이 누구와 운명적으로 결혼할 것인지 묻는다. 영혼은 당신이 결혼할 순 있을 거라고 나에게 말한다. 그러나 당신이 누구와 결혼할지는 좀처럼 말하지 않는다. 또 최소한 그것은 영혼이 나와 함께 하는 일이 아니다. 나는 또한 당신이 어떤 결정을 하지 않는 걸 선택할 수 있다고 생각한다. 그 결정이 배움과 관련이 있다 할지라도. 그러나 그 결정은 당신을 새로운 길로 보낼 것이고 당신은 다른 방법으로 당신의 배움을 얻어야 할 것이다. 당신이 파격적이고 멋진 방향 전환을 하게 되리라는 걸 당신의 '직감'이 알게 해 줄지도 모른다. 가장 저항이 적은 길이 영적인 관점에서는 더 좋은 길일 수 있다.

그러나 모든 것이 미리 정해져 있다면 이 세상에 오는 것이 아무 의미가 없다. 당신의 배움들은 종종 당신이 선택하고 결정하는 것에서 비롯되기 때문이다. 그러므로 당신은 자신의 운명을 변화시킬 수 없지만 그곳에 도착하는 방법은 변경할 수 있다. 다행스러운 사실은 신과 당신의 안내자들과 천사들과 사랑하는 이들이 늘 당신을 돕는다는 것이다. 만일 그들이 그렇게 하도록 당신이 선택한다면 말이다. 당신이 도움을 요청하지 않으면 그들은 당신의 자유의지의 선택에 개입하지 않을 것이다.

신은 당신에게 당신의 삶을 스스로 만들 자유의지를 주셨지만 당신이 올바른 길 위에 있을 때 비로소 당신의 내면에서 그것을 알 것이다. 어른이 되었을 때 나는 내 삶을 많은 사랑과 웃음으로 채웠다. 멋진 사람과 결혼했고 아름다운 아이들을 가졌으며 친구들, 가족들과 좋은 시간을 보냈다. 그리고 돈을 벌 수 있는 좋은 직업을 얻었다. 당신은 이 모든 것들이 자신에게 성취감을 줄 것이라고 생각하고 또 그렇게 사람들에게서 듣는다. 내 말을 오해하지 말라. 물론 그것들은 아주 소중하다. 그러나 내가 내 재능을 받아들일 때까지는 나는 내 영혼이 완전하다고 느끼지 않았다. 그러다가 마침내 올바른 길 위에 섰다. 신은 내게 캔버스를 주었지만 아름다운 그림을 그리는 건 나에게 달려 있다. 그리고 내 영혼을 만족시키는 그 일을 할 때까지 그 풍경화에는 무엇인가 빠져 있었다. 나무, 산, 하늘을 그렸지만 핵심을 빼 버린 것과 같았다. 신은 당신에게도 캔버스를 주었으며, 나처럼 당신은 무엇이 당신의 그림을 명작으로 만드는지 발견해야 한다.

당신이 길에서 완전히 벗어나 빙빙 돌다가 경치 좋은 프랑스 시골 한복판에서 못생긴 개코원숭이를 그리는 일이 없도록 당신의 안내자들이 당신에게 일생 동안 미리 결정된 '도로 표지판'을 보여 줄 거라고 영혼은 내게 말했다. 이 표지판들은 배움이나 당신이 만나야 할 사람과 관련된 새로운 방향으로 당신을 나아가게 할 것이다. 예를 들어, 당신은 반짝이는 목걸이를 걸친 사람을 볼 수도 있고 모르는 사람이 그의 머리를 만지는 모습에 눈길이 갈 수도 있으며 강한 향기를 맡을 수도 있다. 그리고 그때 당신 영혼의 기억 속으로 깃발 하나가 올라와 당신에게 상기시킬 것이다. 당신이 그 사람을 만나게 되어 있으며, 중요한 배움을 얻게 되어 있다는 것을. 당신의 영혼들은 깊은 차원에서 서로에게 끌리는 걸 알 것이다.

매일의 선택을 위해, 특히 이유가 있어서 누군가가 당신의 길 위에 들어와 있다는 걸 당신이 알아차릴 때, 당신의 사랑하는 고인들도 개입할 수 있다. 이 일은 사람들이 자신의 배우자를 잃어버린 뒤 새로운 데이트를 시작할 때 많이 생긴다. 한번은 엄마가 들어와서 "난 너의 길 위에 네가 사랑할 그 남자를 보냈어."라고 말한 한 여자를 리딩한 적이 있다. 그리고 내가 이 말을 전달했을 때 그 여자는 말했다.

"이럴 수가, 난 그게 엄마가 한 일일 줄 알았어요!"

또한 아내가 고통스러운 뇌종양으로 죽은 지 6개월 뒤에 데이트를 시작한 한 남자가 있다. 그의 친구들과 가족은 속상해했지만 그 여자는 그의 삶에 아주 편하게 꼭 맞아서 운명처럼 느껴졌다. 그녀도 비슷한 시기에 배우자를 잃었고 그들은 같은 지역에 살았으며 둘 다 골프 치는 것을 좋아했고, 심지어 서로 약속한 것처럼 같은 섬에 별장을 갖고 있었다. 나는 남자의 죽은 아내가 천국에서 사랑의 가교 역할을 했다는 것에 돈을 걸 것이다. 영혼들은 질투하지 않는다. 그들은 당신이 건강한 방식으로 옮겨 가길 원한다.

강한 성취욕을 가진 독자는 지금 자신의 배움이나 목적을 확인할 수 있는지, 그래서 자신이 이 세상에서의 시간을 최대한으로 활용할 수 있는지 궁금해할 것이다. 삶이라는 학교에서 당신은 과외수업을 받길 원한다. 그렇게 하면 우수한 성적으로 졸업할 수 있을 테니까. 물론 당신은 그것을 해 볼 수 있다. 그것은 자기 탐구라 불리며 당신은 명상을 통해 그것을 할 수 있다. 영혼에게서 도움을 받을 수도 있다. 요가나 기도를 하는 동안, 또는 맑고 이완된 마음에 집중하면서 언제라도 자기 탐구를 할 수 있다. 무엇이 자신을 행복하게 만드는지, 자신이 더 잘할 수 있는 것은 무엇인지, 그리고 다른 사람들을 행복하게 만들기 위해 자신이 무엇을 했는지 생각해 보라. 그러면 당신이 이 삶에서 얻어야 할 배움이 솟아오를 수도 있다. 그리고 영혼의 관심을 받는 동안 당신은 당신의 삶 속에 있는 사람들이 어떻게 당신의 배움과 관련되어 있는지 생각해야 한다. 당신은 완전히 새롭게 그들을 생각할 수도 있다. 그리고 당신의 영혼에 유익한 방식으로 그들에게 다가가기로 결심할 수도 있다.

올라가기

당신이 어떤 '수준'에서, 혹은 어떤 영적 성장의 지점에서 사후 세계에 들어가는가가 중요하다. 당신 인생의 평가는 그 수준에 기초해 있다. 그 수준에 대해서는 학교의 학년을 생각하면 된다. 학년이 더 낮을수록 영혼은 더 많은 배움을 얻어야 한다. 영혼이 진화할수록 새로운 차원으로 올라간다. 그것은 서서히 일어나며, 당신은 더 높거나 더 깊게 다음 단계로 이동하기 전에 한 수준을 완성해야만 한다. 나는 저쪽 세계에 얼마나 많은 수준들이 있는지 모른다. 그러나 영혼에게 들은 것을 바르게 해석하고 있다면, 한 차원 안에도 여러 수준이 있다. 그래서 만일 당신이 한 차원에서 한 시리즈의 배움을 끝마쳤다면 당신은 배워야 할 새로운 교훈이 있는 새로운 차원으로 이동한다. 또한 천국에 올라가 안내자나 스승이 되거나 또 다른 칭호를 가질 수도 있다. 내가 아는 것보다 훨씬 많은 책임들이 있다고 나는 확신한다. 그것은 우리가 이 세계에서 다른 유형의 취업 준비를 위해 서로 다른 학위—기초적인 고등학교 졸업장에서 수준 높은 학위와 이름에 붙은 직함들에 이르기까지—를 얻는 것과 비슷하게 들린다.

수준은 단지 배우는 '등급'만을 의미하는 건 아니다. 그것들은 에너지 주파수와도 관련 있다. 따라서 한 영혼이 성장할 때 그 영혼의 수준이나 파장도 올라간다. 가장 낮은 수준의 저쪽 세계에는 아주 적은 배움을 얻었고 범죄자나 가정 학대범처럼 우리 세계에서 실제로 해를 끼친 사람들의 영혼들이 있다. 그들은 영원히 이 수준에 머물지 않을 것이다. 그들은 저쪽 세계에서 많은 걸 배워야 하지만 결국 영혼을 성장시키고 그들의 수준을 끌어올릴 것이다. 천국의 가장 높은 수준에 신이 있다. 나는 채널링을 할 때 더 높은 수준으로 들어가 그곳에서 모든 영혼들을 만난다. 영혼은 수준을 내릴 수 있다. 그러나 자신의 수준보다 수준을 높일 순 없다. 예를 들어, 한번은 부모 두 분을 모두 잃은 한 여자를 리딩했다. 엄마는 훌륭했지만 아빠는 알코올 중독자였고 흑백 혼혈아로 학대받은 고통이 있었다. 엄마의 영혼은 아버지의 영혼을 앞으로 데려왔다. 그러나 그들은 다른 수준에 있었기 때문에 그녀는 그렇게 하기 위해 자신의 파동을 더 낮춰야 했다.

당신은 내가 '천국'과 '저쪽 세계'라는 용어를 교대로 사용하는 걸 알아차렸을 것이다. 내가 나의 신앙을 영혼 세계의 다른 측면들과 편안하게 연결시킬 수 있게 하기 위해 영혼이 그렇게 했다고 나는 생각한다. 나에게 천국은 저쪽 세계이다. 그리고 우리는 거의 모두 그곳에 간다. 내가 사후 세계를 이런 식으로 생각하는 것은 신이 천국에 있고 무조건적인 사랑과 압도적인 평화, 찬란한 빛과 모든 창조물의 원천이라고 믿기 때문이다. 그러나 우주에는 선이 있기에 악 또한 있어야 한다는 걸 안다. 그래서 만일 내가 천국이 있다고 말한다면 당신은 지옥도 틀림없이 있을 거라고 추정할 것이다. 이것은 어디까지나 영혼이 내게 보여 주는 것과 내가 리딩하면서 경험한 것에 기초해 저쪽 세계에 대해 내가 내린 해석이다. 따라서 당신이 원하는 대로 받아들이는 것이 좋다.

영혼은 내가 채널링을 할 때 저쪽 세계에 있는 낮은 수준을 언급하긴 하지만 '지옥'이라는 말을 사용한 적이 없다. 그것은 순수한 악이 거주하는 곳일 수도 있고, 성경에서 낮은 수준을 해석하는 방식일 수도 있다. 왜냐하면 내가 말한 것처럼 낮은 수준은 문제가 많은 영혼들이 사후 세계로 들어가는 곳이기 때문이다. 따라서 비슷하게 이해될 수 있다. '지하 세계'라는 말도 종종 '지옥'과 교대로 통용된다. 그것은 영혼이 내게 말한 것과도 들어맞는다. 왜냐하면 좀 더 의롭고 높은 수준과 관련해 '지옥'을 생각한다면 낮은 수준은 높은 수준 아래에 있기 때문이다. 그래서 나는 사람들이 어떻게 지옥이 천국 아래에 있다고 말하게 되었는지 알 수 있었다. 만일 지옥이 이 이상의 것이라면 나는 그곳이 어떤 곳이고 누가 있는지 잘 모른다. 왜냐하면 나는 시끄러운 유령들처럼 부정적인 영혼을 다루지 않기 때문이다. 그리고 높은 수준의 영혼들이 낮은 수준의 영혼을 앞으로 데려올 때만 그들을 리딩한다. 낮은 수준에 있는 영혼들은 무임승차하지 못하며, 그들과 생각이 비슷한 사람들이 함께 시간을 보내기에 그리 재미있지 않다는 걸 당신이 알았으면 좋겠다. 전혀 과장이 아니다. 이런 영혼들은 그들의 시간을 잘 써야 하며 해야 할 일도 더 잘해야 한다. 그들은 또 자신의 배움을 분명히 이해할 때까지 저쪽 세계에서나 환생해서나 계속 노력해야 한다. 어떤 영혼이든 낮은 영혼들로 가득한 한 수준에 영원히 있고 싶어 할 거라고는 상상할 수 없기 때문이다. 이 세상에서 사람들은 나쁜 이웃들과 살기를 원하지 않으며 사후 세계에서 영혼도 마찬가지라고 나는 확신한다. 평화로운 영혼과 더불어 다정하고 너그러운 신과 함께 배울 수 있다고 나는 믿는다. 이것은 나의 종교적 신념이 아니다. 영혼이 내게 말해 준 것이다. 영혼이 왜 고통스러운 곳에서 배움을 얻어야 하는가?

이것은 모든 사람에게 듣기 편한 말이 아니다. 몇 년 전 나는 한 소녀를 채널링했다. 그녀는 가장 친한 친구의 전 남자 친구에게 살해당했다. 그는 그녀를 죽이고 나서 자살했다. 엄마, 아빠, 두 남자 형제 모두 그 자리에 참석했다. 그 소녀의 영혼이 들어와 말했다.

"테레사, 내 남자 형제들이 좋아하지 않겠지만 난 나를 죽인 남자의 영혼을 앞으로 데리고 나올 거예요."

그래서 그녀는 그를 데리고 나왔고, 그는 그녀의 엄마에게 자신의 범죄에 대해 사과했다. 그 남자의 영혼은 말했다.

"당신의 가장 귀한 선물을 빼앗아서 죄송합니다."

남자 형제들은 이것에 대해 흥분하고 몹시 화가 났다.

"왜 그녀가 저놈과 함께 있는 거죠?"

그들은 알고 싶어 했지만 사실 그녀는 그와 함께 있지 않았다. 그녀는 그 영혼을 앞으로 데리고 나와 어머니를 치유해 주기 위해 자신의 파동을 낮춘 것이다. 엄마는 딸의 죽음에 슬퍼하고 있었을 뿐만 아니라 그 남자가 자신이 한 짓에 대해 죄책감이나 느끼고 있을지 의심하며 화가 나 있었다. 그의 영혼은 자신의 중대한 행위를 설명해야 할 뿐 아니라 자신이 앗아간 생명에 대해 느끼는 가족의 심적 고통을 그 역시 견뎌야 한다는 걸 말하기 위해 나왔다. 그 메시지는 또한 그 소녀의 영혼이 엄마의 생각을 듣고 있다는 걸 입증해 주었다. 그녀는 장난으로 그 사내의 영혼을 앞으로 데려온 게 아니었다.

영매가 된 뒤로 나는 삶과 죽음에 대해 전보다 더 많은 걸 알게 되었다. 그러나 이 가족처럼 힘들어하는 의뢰인들과 진실로 후회하는 영혼들을 보면서 우리의 고통을 치유하고 용서하는 것이 얼마나 필수적인가에 대해 많은 걸 배웠다. 나는 고루하고 진부한 사람이었다. 만일 당신이 나에게 무슨 짓이라도 했다면 나는 당신과의 관계를 끝장냈을 것이다. 그러나 나는 더 나아졌다. 깊이 파고들고 무엇이 잘못됐는지 알아내고 그것을 바로잡는 것은 쉬운 일이 아니다. 그러나 그것이 우리의 영혼들과 우리의 삶 속에 있는 사람들이 우리에게 해 달라고 하는 것이다. 용서를 배우는 것은 쓰레기를 버리는 것과 같다. 바로 처리하지 않으면 쓰레기는 쌓일 것이고, 초콜렛으로 뒤덮인 양파처럼 냄새나기 시작할 것이다. 그리고 당신은 나중에 훨씬 더 많이 대청소를 해야 할 것이다.

신의 계획

당신이 죽어야 할 시기는 대개 정해져 있지만 어떻게 그 지점에 이르는가는 우리의 선택에 달려 있다고 영혼은 말한다. 나는 우리가 이 세계를 떠나기로 예정된 정해진 날짜가 있다는 말을 들어 본 적이 없다. 그것은 오히려 시간대에 더 가깝다. 그것이 몇년, 몇월, 며칠인지 나는 모른다. 그러나 비행기를 놓친 남자 이야기처럼—그가 놓친 비행기는 추락했고 1주일 뒤 그는 자동차 사고로 죽었다—기이한 사고나 불공평한 운명의 장난에 대해 들는다면, 내가 여기에서 이야기하고 있는 것이 바로 그것이다. 그리고 제시카 가우이 기자에 대한 이야기를 기억하라. 그녀는 토론토 쇼핑몰에서 무장 강도로부터 목숨을 건지고는 블로그에 글을 올렸다.

"나는 이 지상에서의 우리의 시간이 언제 어디서 끝날지 알지 못한다는 것을 다시 한 번 생각하게 되었다. 우리는 언제 어디에서 마지막 숨을 쉬게 될까?"

한 달 뒤 콜로라도 주 오로라에서 그녀는 끔찍하고 무시무시한 심야영화 〈배트맨 다크나이트 라이즈〉가 상영되는 동안 괴한의 총에 맞아 숨졌다. 안녕, 운명! 반면에, 창문 밖으로 몸을 던져 자살하려 했지만 휠체어에서 15년을 더 산 한 남자를 만났을 때 나는 '그가 갈 때가 아니었다.'라는 옛 속담이 생각났다. 진리가 담긴 속담이다.

우리는 자유의지를 갖고 있기 때문에 우리가 어떻게 죽을지에 대해 영혼이 더 자세히 말하진 않지만, 그럼에도 그것이 우리가 기억되길 원하는 모습으로 하루하루를 살아야 하는 또 다른 이유이다. 한 젊은 남자를 채널링했던 것이 생각난다. 그는 플로리다에서 차를 타고 친구들과 장난치며 놀다가 사망했다. 한 차에는 그가 타고 있었고, 다른 차를 탄 친구에게 엉덩이를 드러내 보였다. 그러다가 그는 균형을 잃고 운전하는 친구에게 쓰러졌고, 그렇게 해서 충돌사고가 났다. 비록 장난을 친 청년은 죽었지만 엉덩이를 내보이는 것은 그의 삶의 계획에 구체적으로 쓰여 있지 않았다. 신은 다음과 같이 계획하지 않았다. 좋다, 그럼 이렇게 삶을 끝내자. 넌 바지를 내리고 야단법석을 떨다가 수명을 다할 것

178

이다. 나는 그 청년이 정해진 기간 안에 죽을 운명이었고 그는 엉덩이 내보이기를 그의 출구로 선택했다고 믿는다.

그러나 나는 우리의 영혼들이 우리가 언제 죽을지 알 수 있고 그 메모가 의식적인 마음을 스쳐갈 수도 있다고 생각한다. 나의 사촌 알은 간질환을 앓고 있었는데 치료를 받는 동안 나는 그를 한 단체에서 우연히 만났다. 그는 내게 그의 건강이 양호해졌다는 진단을 의사들이 내렸다고 말했다. 그러나 나는 그렇지 않다는 걸 느꼈다. 며칠 뒤 그는 우리 집에 아무 예고 없이 나타나 화장실을 고쳐 주었다. 비록 내가 몇 주 동안 이것 때문에 그에게 귀찮게 굴긴 했지만. 이틀 뒤 그는 죽었다. 나는 그의 영혼이 마무리를 한 것처럼 느꼈고 그것에는 나의 집 배관 공사가 포함되어 있었다.

나는 또 아버지가 오랫동안 힘들게 아픈 아내를 돌보았던 한 여성을 안다. 어느 날 밤 그 아버지는 딸에게 전화를 걸어서 말했다.

"여기로 와서 엄마 곁에 있어 줄 수 없겠니? 엄마가 많이 아프구나."

그녀는 아이들을 위해 저녁을 만들고 있었으며 다음 날 직장에서 열릴 회의를 준비하고 있었다. 그녀는 늘 부모님이 계신 곳으로 서둘러 갔었지만 몇 년 만에 처음으로 아버지에게 양해를 구했다.

"내일 들를게요. 그리고 20분 뒤에 전화할게요."

그녀가 전화했을 때 그녀의 아버지는 엄마가 나아졌다고 말했지만 전화를 끊기 전에 그는 덧붙였다.

"천국에 나를 위한 곳이 있다고 넌 생각하니?"

그녀가 말했다.

"물론이죠. 그런 말 하지 마세요."

그날 밤, 그녀의 아버지는 잠을 자다가 돌아가셨다. 나는 그의 영혼이 곧 이 세상을 떠날 것임을 알았다고 믿는다. 그의 뇌는 몰랐을지라도.

자, 우리의 운명이 정해져 있다면 기적이 일어날 수 있는가? 물론이다! 그러나 나는 실제로 기적은 단지 우리가 우리의 운명에 이르는 방법만 바꾼다고 생각한다. 기적이 결말 자체를 바꾸진 않는다. 그래서 대개 기적은 일어나야만 하는 일 이외의 것으로 생각하기 쉽지만, 나는 기적이 우리 여행의 한 부분이라고 생각한다. 영혼은 드물게 기적이 일어난다고 말한다. 그때 기적을 경험한 사람들은 콧노래 흥얼거리는 활기 넘치는 삶으로 돌아간다. 그들은 다른 사람들에게 그들이 배운 것을 가르치거나 선행을 나누고 전보다 더 많이 행동하거나 존재하려고 노력한다. 인생의 어느 순간에 익사나 화재, 불치병 등 불가능한 상황에서 당신이 살아남을지 신은 안다. 사람들은 그것을 기적이라고 부르겠지만 그것은 실제로 당신이 그 일에 대해 말하고 글을 쓰고 삶을 변화시키고 당신이 배운 것을 말로 전파하기 위한 더 큰 계획의 일부분이었다.

직업상 큰 충격을 받은 사람들을 만날 수밖에 없는 영매로서 나는 자동차 사고처럼 갑작스러운 죽음이 있을 때 죽은 사람들과 관련된 가족과 친구들이 큰 충격을 받고 혼란스러워 하고 상심해서 자신의 에너지를 어디에 쏟아야 할지 모른다는 걸 알았다. 그래서 그들은 비난할 사람을 찾는다. 이런 일이 일어날 때 영혼은 늘 나에게, 우리가 물질세계에서 어떻게 죽음에 이르는 때를 선택하는지 이야기하게 한다. 애틀랜틱시티에서 단체 리딩을 하는 동안 나는 차 사고로 친구를 잃은 한 젊은 여성을 리딩했다. 4명이 죽었고 다른 4명은 살았다. 바로 그다음 단체 리딩에는 죽은 젊은이들 중 한 명의 가족이 참가했다. 채널링을 시작했을 때 나는 혼란스러웠다. 영혼들은 한 번에 한 채널링 이상은 좀처럼 참여하지 않기 때문이다.

두 리딩에서 똑같이 세상을 떠난 영혼들이 앞으로 나와서 살아남은 이들의 가족과 그렇지 못한 이들의 가족 사이에 얼마나 많은 비난과 지탄이 있었는지에 대해 말했다. 죽은 사람으로부터 온 강력한 메시지는 다음과 같다.

"생존자들을 비난하지 마세요. 우린 모두 그날을 선택했어요."

그 차는 8명이 탈 수 있는 차가 아니었다. 그래서 사고 때 모든 사람은 무작정 끼어 앉기로 결심했다. 영혼들은 또한 나에게 차 안에서 자리를 바꾸는 젊은이들 모습을 계속 보여 주었고, 살아남은 사람들은 자책감에 빠져 있었다. 운명의 주제는 이보다 더 분명할 수 없다. 그날 어떤 이들은 죽었고 다른 이들은 살았다. 그러나 모두 그들의 운명에 따르기로 선택한 것이다.

나는 영혼이 모든 가족들을 모이게 해 그들의 분노와 슬픔에 도움이 되는 메시지를 들을 수 있도록 하는 방식을 좋아한다. 실제로 비슷한 일이 샌디에이고의 단체 리딩에서 일어났다. 나는 한 청년이 여자 친구의 차를 타고 여자 친구 옆에서 운전하며 가다가 충돌 사고가 났다는 걸 알았다. 청년은 죽었지만 여자 친구는 살았다. 청년의 엄마의 친구는 그 행사에 와서 객석 한가운데에 앉아 있었다. 청년의 영혼은 엄마가 여전히 너무 화가 나 있어서 충돌 사고에 대해 여자 친구 탓을 하고 있다고 나에게 말해 달라고 했다. 그 영혼은 말했다.

"그것은 그녀의 잘못이 아니었어요. 그것은 사고였어요."

갑자기 또 다른 여성이 멀리 발코니 쪽 객석에서 일어났다. 그녀는 메아리처럼 울리는 목소리로 말했다.

"그것은 사고였어요. 그는 내 딸에 대해 이야기하고 있어요. 내 딸은 어떤 잘못도 하지 않았어요."

그녀는 청년의 여자 친구의 엄마였다! 그녀는 매우 분명하고 큰 소리로 말했기 때문에 마이크가 필요없었다. 그럴 가능성이 얼마나 되겠는가? 영혼이 주장하고 싶을 때는 가능성이 꽤 높다고 나는 생각한다.

이것은 당신의 첫 번째 경기가 아니다

비록 의식이 있는 정신 상태로는 완전히 기억할 수 없을지라도 당신은 지금의 삶 이전에 많은 삶을 살았었다고 영혼은 나에게 말한다. 일단 당신이 천국에 있고 당신의 영혼이 환생하기로 결정한다면, 영혼은 또 다른 배움을 얻고 다른 사람들을 다시 도울 목적으로 언제 어디에서 누구로 물질세계에 태어나고 싶은지 선택한다. 그때 당신은 환생하며, 당신의 영혼은 신과 일치되는 방향으로 성장할 수 있다. 이해와 감사 그리고 다른 유형의 삶을 경험하는 것은 우리가 영적 균형을 이루는 데 도움을 준다.

당신의 전생에 대해 배우는 한 가지 방법은 최면 상태에서 행해지는 퇴행을 통해서이다. 이 방법은 의식이 있는 마음을 이완시키고 물질세계에서의 이전 경험에 대한 기억에 접근하게 해 준다. 지금의 삶이 당신의 건강과 정신에 영향을 미치는 긍정적이고 부정적인 결정들로 가득한 것처럼, 당신의 이전 선택 또한 그러하며 이 기억들은 당신 영혼 안에 깊이 새겨져 있다. 어떤 사람들은 더 이전의 삶에서 자신이 누구였는지 궁금하고 자신의 안내자들과 천사들을 만나길 원하기 때문에 퇴행한다. 또 다른 사람들은 특정 습관을 반복하는 이유를 찾기 위해, 혹은 만성적인 두려움과 공포증을 이해하고 치료하는 데 도움을 받기 위해 전생을 탐구한다. 일단 최면을 통해 퇴행하는 동안 오래된 패턴이 형성된 걸 알아본다면 그것은 현생에서의 문제를 해결하는 데 도움이 된다.

현재의 인간관계에 관련된 문제도 알게 되고 이해되고 풀릴 수 있다. 한 의뢰인과의 리딩이 기억난다. 딸이 물 근처에 있을 때, 특히 수영장 근처에 있을 때 그녀는 집요하게 자신의 딸을 지켜보게 된다고 내게 말했다. 영혼은, 전생에 그녀가 열한 살 난 아이를 익사 사고로 잃었다고 말했다. 그리고 이 삶에서 그녀의 아이는 그 나이에 접어들고 있었다. 그것이 그녀의 영혼이 점점 더 걱정하게 된 이유이다. 그녀의 영혼은 그 사고를 기억하고 있었던 것이다. 나는 그녀에게 최면술사와 함께 전생을 다시 방문할 것을 제안했다. 그렇게 함으로써 그녀는 자신의 모든 두려움, 감정, 에너지를 전생에 남겨 두고 떠났다.

전생 퇴행을 안내하는 팻은 우리가 분명한 이유 없이 아플 수 있다고 말한다. 많은 경우에 만성 통증이 그렇다. 그것은 이전 삶에서 당신에게 일어난 일들에 원인이 있다. 나는 가톨릭 신자로 자랐기 때문에 전생이 있다는 걸 받아들이는 데 잠시 시간이 필요했다. 나는 그저 우리가 죽으면 천국에 가고 그것이 끝이라고 생각했었다. 그리고 다른 사람들이 한 전생 퇴행에 대해 들을 때마다 늘 그 이야기가 지나치게 극적이고 흥미진진한 이유를 알 수 없었다. 당신은 전생에 아멜리아 에어하트(미국의 여류 비행사. 여성 비행사로는 최초로 대서양을 건너고, 하와이에서 캘리포니아까지의 태평양 상공을 쉬지 않고 날아 '하늘의 퍼스트 레이디'라는 별명을 얻기도 했으나, 적도 주변을 도는 긴 항로를 이용한 세계 일주 비행에 도전했다가 실종되었다)였다. 아니면 트로이의 전사였다. 정말인가?

그러나 그것에 대해 생각해보면 우리 모두는 이야기를 갖고 있다. 지금 당신의 삶이나 심지어 친구들의 삶을 생각해 보라. 만일 그것을 전생 퇴행 이야기로 듣는다면 무척 재미있을 것이다. 당신은 생의 반려자인 한 군인과 결혼했지만 그는 젊은 나이에 죽었다. 아니면 당신의 아버지는 부유한 사업가였으나 당신은 어머니가 누구인지 알지 못했다. 당신은 나중에 3명의 아이를 가졌고 한 아이가 차 사고로 죽었다. 혹은 아이를 가져 본 적이 없지만 유명 인사와 결혼했고 많은 사랑하는 반려동물들을 길렀으며 이 것은 모든 면에서 당신을 충족시켜 주었다. 갑자기 전생 이야기가 잘못된 믿음처럼 들리지는 않는다. 그렇지 않은가?

처음에 내가 팻 롱고에게서 전생 퇴행 요법을 받은 것은 몇 가지 공포증을 극복하기 위해서였는데 나는 놀라서 기절하는 줄 알았다. 나는 한 전생에서 불이 난 집에서 남동생을 찾고 있는 소년이었다는 것을 알게 되었다. 그리고 남동생의 눈을 들여다보았을 때 나는 내 딸 빅토리아를 보았다. 빅토리아는 그 생에서는 그 역할을 하고 있었다. 나는 그것이 내가 아들보다 그녀를 예의 주시해야 한다고 압도적으로 느끼는 이유를 설명해 준다. 나는 또한 사나운 폭풍우가 몰아칠 때 배 위에서 해적에게 납치된 공주였다. 그 생에서 나는 포로가 되었고 강간당했으며 살해되었다. 나는 이것이 내가 그토록 오랫동안 비를 두려워한 이유라고 믿는다. 왜냐하면 실제로 누가 비를 두려워하겠는가? 그리고 내가 밀폐된 공간을 좋아하지 않는 이유를 이해해 보자면, 나는 남편과 함께 생매장당한 이집트의 여왕이었다. 나는 또한 치료 주술사였고 인디언 추장이었다. 그것은 내가 아메리카 원주민 문화에 불가해하게 끌렸기 때문에 이해가 된다. 이것은 또한 흥미로웠다. 왜냐하면 풍만한 머리 장식을 쓴 인디언 추장 사진을 볼 때면 그의 눈을 응시하면서 일종의 친숙함과 동류의식을 느낄 수 있기 때문이다. 마치 내가 어느 시점에 그와 같은 것을 한 것처럼.

최근에 나는 왜 이 일을 하고 있는지 밝혀내기 위해 전생 퇴행을 했다. 이것이 롱 아일랜드 미디엄 텔레비전 프로에서 생중계되었다. 팻이 최면을 맡았다. 그녀는 나를 아주 비극적이었던 생들로 데리고 갔다. 나는 지금 내가 갖고 있는 재능이 무조건적인 사랑으로 그 사건들을 극복했기 때문이라는 걸 알았다. 나는 로마제국 시대에 아들의 결혼식장에서 살해당한 고위직 관리였으며, 자신의 잘못이 아닌 범죄로 감옥에 갇힌 젊은 여성이었고, 심각한 신체 장애에도 불구하고 기쁨에 찬 한 아이였으며, 러시아에서는 고아였다. 이 마지막 생의 경험은 나의 영혼에 말할 수 없이 깊은 영향을 남겼다. 고아원을 운영하는 남자가 나를 받아들인 뒤, 나는 그와 함께 계속 남아 일을 하면서 다른 아이들을 돌보았다. 나는 고난을 극복했고 선행을 나눴다. 그 생에서 고아원을 운영했던 남자는 지금 나의 아들 래리이고, 입양되었을 때 떠나고 싶어 하지 않던 아이는 나의 조카 제이슨이다. 이 감동적인 생애가 내가 아이들과 잘 지내는 이유 중 하나이고 죽은 아이들의 영혼이 나를 통해 채널링하는 것을 좋아하는 이유라고 나는 믿는다. 자신의 전생을 아는 것에 관심이 있는 사람이라면 최면 퇴행을 해 볼 것을 권한다. 그러나 최면 연구가를 만나기 전에 먼저 자신이 기대하는 주제에 대해 더 배우고, 신뢰할 수 있는 추천자가 있는지 찾아보는 게 좋다.

혼자 힘으로도 최면 퇴행 없이 전생을 얼핏 볼 수 있다. 그것은 데자뷰라 불린다. 이때 당신은 이전 생에서 영혼이 했던 걸 기억한다. 그것은 대개 익숙하고 외견상으로 설명할 수 없는 느낌으로 온다. 당신은 집이나 동네, 이웃집, 혹은 당신이 전에 결코 방문해 본 적이 없는 다른 나라에 있지만 모든 것이 익숙하다. 당신은 '아하' 하는 순간을 곧바로 알아차리지 못할 수도 있다. 단지 그곳에 있는 동안 차분해지고 안정된 기분이 든다는 걸 안다. 전에 한 번도 만나 본 적 없지만 완전히 모르는 사람 같지 않은 사람들에게서 데자뷰를 느낄 수도 있다. 나는 23년 동안 친구 에일린과 가까이 지냈고 우리가 다른 생에서 함께 있었을 거라고 확신한다. 그녀는 내가 공포증으로 고통받을 때나 재능을 알게 되었을 때 헌신적인 우정으로 내 곁을 지켜 주었다. 나는 전생에 내가 그녀에게 도움을 주었는지, 그리고 이 생에서 나를 위해 있는 것이 그녀의 배움의 한 부분인지 궁금하다. 왜냐하면 다른 많은 사람들을 믿지 못하는 상황에서도 에일린을 신뢰했기 때문이다. 그리고 그녀는 다른 친구들과는 달리 나를 이해했다.

그렇다면, 특히 전생의 기억이 당신 자신에 대해 그토록 많은 걸 가르쳐 줄 수 있다면 왜 당신은 자연스럽게 자신의 전생을 기억하지 못하는가? 영혼은 이것이 당신을 방해할 것이라고 말한다. 만일 당신이 과거의 모든 여행마다 기웃거린다면 그때 당신은 이번 생을 최대한 활용하지 않을 것이다. 바로 이것이, 당신이 태어나면 천국에서 무슨 일이 일어났는지 잊어버리는 이유이다. 따라서 당신은 여기에서 바로 이 순간에 머물 수 있는 것이다. 그리고 삶에서 영적으로 중요한 건 배움을 얻는 일이기 때문에, 당신 역시 새롭게 시작할 때 더 잘 배울 거라고 나는 생각한다. 당신은 자유의지로 결정할 것이고, 어떤 유혹이나 부정적인 성향, 부당함에 부딪힐 때마다 당신이 천국에서 얼마나 좋았던가를 기억한다면 당신의 선택은 훨씬 덜 의미를 갖게 되고 열심히 노력하지 않을 수도 있다. 그래서 영적 기억상실이 필요한 것 같다. 그렇지 않으면 과거에 무엇이 중요했는지, 그리고 지금 당신이 주의를 기울여야 할 것은 무엇인지 우선순위를 매기기 어려워질 것이다.

나는 또한 영적 기억상실은 여성들이 아기를 분만할 때의 고통이 생각나지 않는 것과 약간 비슷하다고 생각한다. 만일 그 고통을 그대로 기억한다면 여성들은 자신의 가족을 늘리기 전에 훨씬 더 힘들게 고민할 것이다. 내 남편은 종양을 제거하기 위해 강도 높은 뇌수술을 했다. 그는 그 고통을 결코 잊지 못할 것이다. 하지만 머리가 절개되었을 때 어떤 느낌이었는지 그가 어떻게 기억할 수 있겠는가? 하물며 내 몸 밖으로 작은 인간이 밀려 나올 때의 고통을 내가 왜 기억할 수 없겠는가? 그 대답은 이렇다. 즉, 기억상실은 아이를 낳는 과정의 한 부분이기 때문이며, 잊는 것이 당신에게 이롭다. 만일 당신이 정말로 기억한다면 당신은 모든 참혹한 모습에 너무 집중하게 되어, 아기를 만드는 데 도움이 되는 그 순간에 몰입할 수 없을 것이다. 내가 스물여덟 살 때 나의 안내자들은 이번이 물질세계에서의 내 영혼의 마지막 여행이라고 나에게 말했다. 내가 죽은 뒤 나의 영혼은 천국에 머물게 될 것이다. 내가 돌아오지 않을 거라는 소리를 듣는 것은 약간 슬픈 일이었지만 나는 이에 대해 걱정하지 않을 것이다. 아마도 나는 안내자가 되거나 신체를 필요로 하지 않는 다른 일을 할 것이다. 그것이 내가 유종의 미를 장식하는 일이라면 불평할 수 없다. 이번 생은 정말로 나에게 좋은 삶이었다.

한 만큼 돌아온다

솔직히 말해, 카르마—우리의 삶에 영향을 준다고 하는 인과법칙—가 우리의 많은 삶 속에서 어느 정도로 행운과 불운을 결정하는지 나는 모른다. 카르마를 믿는 사람들은 우리가 다른 사람들을 대하는 방식, 우리가 저지른 실수, 그리고 우리의 성공이 이 생에서 영향을 미치며, 그 영향은 우리가 환생하는 미래의 생까지 이어진다고 여긴다. 이번 환생에서는 어떤 것이 불공평하고 힘들게 보일 수도 있지만, 그들은 그것이 당신의 카르마가 스스로 균형을 맞추는 것일지도 모른다고 말한다. 카르마는 우리가 한 부정적이고 긍정적인 행위들의 결과이다. 그것은 특히 우리가 다른 사람에게 해를 끼쳤을 때 우리는 그 과거에서 벗어날 수 없으며 모든 것은 이 생이나 미래의 생에서 우리를 따라올 것임을 시사하고 있다.

우리는 '망할 놈의 업보'라고 곧잘 말한다. 그러나 그것은 또한 축복일 수 있다. 카르마는 단지 처벌이나 보상과 관련 있을 뿐만 아니라 우리가 배움을 얻고 좋은 방법으로 자유의지를 행사하고 긍정적인 행동을 강화해 주는 또 다른 방식이다. 우리는 길에서 벗어났다는 의심이 들 때 잘못을 바로잡고 우리의 삶을 변화시킬 수 있는 능력을 갖고 있으며, 그럼으로써 우리의 카르마 패턴이 그것에 따라 조정된다. 그래서 만일 당신이 이웃이 아플 때 죽을 갖다 준다면 그 좋은 카르마는 당신이 오랫동안 건강하게 사는 데 도움이 될 수 있다. 또 만일 당신이 가족과 함께 시간을 보내지 않는 이기적인 아내라면 당신은 남편이 늙었을 때 아픈 남편을 돌봐야 할지도 모른다. 물론 카르마의 대가를 이 생에서 지불하지 않을 수도 있다. 당신은 내일 당신의 오빠에게 상처를 줄 수도 있고, 그래서 앞으로 두 번의 생을 그에게 좌우되는 것이 어떤 것인지 배울 수도 있다. 그래서 만일 카르마를 믿는다면 우리는 모두 이 삶에서 균형을 잡아야 한다. 우리의 잘못된 행위들을 바로잡고 우리의 선행이 돌아오는 순간을 즐겨야 한다. 내가 확신하는 것은 카르마는 신이 당신을 공격하는 결과가 아니라는 것이다. 신은 당신이 남을 험담한 것 때문에 암에 걸리게 함으로써 벌주지는 않는다. 아프게 되는 것은 이유가 있겠지만 그것은 신의 복수가 아니다.

나는 또한 당신이 여기에서 선행을 나누고 모범을 보이며 가르쳐야 한다고 믿는다. 그것은 긍정적인 카르마에 적합할 수 있다. 선행을 받는 입장이 되고 그런 뒤 그것을 다른 사람들에게 보답하는 것보다 더 좋은 것은 없다. 그것은 커피숍 고객들에 대한 신문기사를 떠오르게 한다. 커피숍 고객들은 그들 뒤에 줄서 있는 사람이 주문한 것에 대해 돈을 지불한다. 그런 뒤 그다음 사람은 자신의 뒤에 있는 남자의 커피값을 지불한다. 이것이 3시간 동안 수백 명의 고객들에게 계속 이어진다. 가장 멋진 부분은 '공짜' 커피가 아니라 모르는 사람에게 좋은 일을 하는 것이 얼마나 기분 좋은 느낌인가라고 그들은 고백한다.

영혼 접속

당신이 죽을 때 이 삶에서 당신에게 많은 의미가 있었던 영혼들이 당신을 맞이해 준다고 나는 여러 번 말했다. 그런데, 만일 영혼이 천국에 머물기를 선택하지 않는다면 당신의 대부분의 가족과 친구들은 당신이 오기를 기다렸다가 재회한 뒤 새로운 신체로 다시 들어간다고 나는 들었다. 나는 부모가 살아 있는 동안 환생한 유아와 아이 영혼을 채널링했었다. 그러나 그것은 몇 번 정도만 일어났다. 영혼이 말한 것에 따르면, 친척들과 친구들처럼 당신과 가까운 관계에 있는 사람들은 시간이 지나도 대부분 당신과 함께 여행한다. 그러나 그들과의 관계는 당신의 배움과 영혼의 목적이 무엇인가에 따라 변화한다.

나는 삶과, 삶 속에 있는 사람들을 텔레비전 라이브 쇼 SNL(할리우드 스타들과 유명인사들의 코믹한 변신과 정치 풍자를 담은 코미디 프로그램)에서 방영되는 에피소드처럼 상상한다. 그들이 경탄할 정도로 나와 내 남편 래리를 흉내 내기 때문에 말하는 것은 절대 아니다! SNL에서 배우들은 서로 다른 의상을 입고 여러 가지 억양으로 말하면서 그들이 등장하는 각각의 촌극에서 새로운 역할을 연기한다. 그리고 그 촌극들은 전체적인 에피소드를 형성한다. 대부분의 촌극에서 배역이 겹치기도 하지만 모두가 그런 것은 아니다. 이것은 우리 가족의 영혼과 친구 영혼들이 윤회하는 방식과 비슷하다. 어떤 사람들은 이것을 영혼 집단이라고 부른다. 그러나 영혼은 나에게 그 용어를 사용하지 않았다. 그래서 나는 그것을 영혼 서클이라고 부르길 좋아한다. 친구들의 서클이나 가족 서클처럼. 그것은 끝이 없는 고리로 결합되어 있다. 그들은 당신이 거쳐 온 각각의 생마다 서로 다른 역할을 연기하는 배역과 같다. 그리고 그 생들의 총합은 물질세계에서 당신 영혼의 전체 경험을 창조한다. SNL에서처럼 당신은 모든 생에서, 혹은 매 촌극마다 늘 같은 역할을 연기하지 않는다. 예를 들어 당신은 항상 엄마나 아내가 아니다. 또한 인종과 새로운 육체 같은, 많은 '의상 갈아입기'를 한다. 나의 안내자들은 늘 같은 유형의 사람으로 돌아오는 건 지루하다고 농담을 한다. 영혼들이 언제나 환생을 선택하진 않기 때문에 당신은 모든 촌극에 똑같은 연기자들과 함께 있지 않을 수도 있다. 그러나 그들은 당신이 더 이상 환생하지 않고 당신의 에피소드를 끝내지 않는 한 다시 당신과 함께할 것이다. 우리가 천국에서 서로 인사를 나누고 다시 모일 때 이것은 모든 출연자들이 서로 포옹하고 웃는 SNL의 마지막 장면을 생각나게 한다. 마치 오래도록 관계가 계속될 것처럼 그들은 서로를 보며 매우 행복하게 행동한다.

당신과의 직접적인 영혼 서클에 있지 않은 사람들 역시 당신의 삶에서 카메오로 출연한다. 지인들은 당신과 함께 환생할 수 있지만 이것이 얼마나 지대한 영향을 미치는지는 잘 모르겠다. 당신과 친밀한 관계에 있는 사람들이 다른 생에서는 단순히 아는 사람으로 나타나진 않는다는 걸 나는 안다. 그래서 이 삶에서 당신의 남편이 이전 생에서 당신이 아는 정육점 주인은 아니었다. 그러나 다음 생에서 당신의 사촌일 순 있다. 난자 기증자나 정자 기증자, 입양을 통해 가족을 늘린 많은 의뢰인들도 나에게 영혼 서클에 대해 묻는다. 아이의 모든 DNA 혹은 일부 DNA가 '모르는 사람'으로부터 왔기 때문이다. 그러나 이들도 당신의 가계에서 나오는 것과 동일하게 당신 서클의 한 부분이라고 영혼은 주장한다. 그들의 유전자가 문제가 될 게 무엇인가? 그들의 영혼은 당신을 자신들의 부모로 선택했고, 전생에 당신과 연결되어 있었다. 인간으로 태어나기 전에 당신은 어머니와 아버지를 선택했다. 그리고 그 선택은 당신이 배움을 얻거나 가르치는 데, 혹은 어떤 면에서는 성장하는 데 도움이 된다. 그래서 만일 나이 드신 아버지가 당신을 몹시 화나게 만든다면, 당신이 그의 행동을 어떻게 다룰지는 더 큰 계획의 일부이거나 심지어 카르마의 대가일 수도 있다. 다행스러운 사실은 당신이나 그, 혹은 당신들 둘 다 장기적으로 이것으로 인해 배움을 얻으리라는 점이다.

영혼 서클은 또한 이번 생에 당신이 경험하는 좋은 인간관계나 긴장된 관계를 설명해 준다. 예를 들어, 관계가 끝났는데도 불구하고 당신이 전남편이나 전처, 전애인에게 느끼는 감정적 화학작용이 계속 남아 있다면 정말 혼란스러울 수 있다. 당신들이 깊이 연결되어 있기 때문에 그런 것인가? 글쎄, 내가 뭐라고 말할지 추측해 보라. 당신들은 아마도 깊이 연결되어 있었겠지만, 다른 생에서 그랬을 것이다! 그리고 만일 당신이 상사나 친척들처럼 누군가와 잘 지내지 못하면 그것 역시 이전의 경험으로 거슬러 올라갈 수 있다. 그러나 이전 생이 당신의 가벼운 관계의 구석구석까지 영향을 미치진 않는다. 왜냐하면 당신은 자유의지가 있고 전생의 핑계를 대면서 너무 소름끼치게 싫은 사람이 되는 건 좋은 생각이 아니기 때문이다.

새로운 주제로 나아가기 전에 잠깐만 소울메이트 이야기를 해야겠다. 대부분의 진부한 책들과 로맨틱 코미디는 소울메이트가 늘 낭만적이거나 성적인 연결이 있다고 믿게 한다. 그러나 나는 그걸 믿지 않는다. 소울메이트는 당신 존재를 완전하게 해 주고 곁에 있기에 정말로 편한 사람이다. 당신은 본능적으로 깊이 연결되어 있다고 느낀다. 언니가 죽은 한 여자를 리딩한 적이 있다. 죽은 언니의 영혼은 내가 말하게 했다.

"내가 죽은 날 넌 너의 영혼의 일부분을 잃어버렸어."

동생은 내가 그녀의 언니를 근본적으로 그녀의 소울메이트라고 부르자 약간 기이하게 생각했다. 그러나 그것은 매우 자연스러운 일이다. 우리는 가장 가까운 소울메이트가 우리의 배우자나 파트너라고 많이 느끼지만, 많은 사람들에게는 가족이나 친한 친구가 소울메이트일 수 있다. 소울메이트는 자녀일 수도 있다. 이 지상에서 얼마나 오래 우리와 함께 있는지는 중요하지 않다. 당신들 둘이 이 세상에 있는 동안 그 사람이 당신에게 미치고 있는, 또는 미쳤던 영향으로 소울메이트가 된다고 말할 수 있다. 나는 나의 사촌 리사가 가족이나 친구로 많은 생애를 나와 함께 여행한 영혼이라고 생각한다. 그리고 전적으로 그녀를 나의 소울메이트라고 부를 것이다. 우리는 이심전심으로 통하며, 내가 막 그녀에게 전화를 걸려고 할 때 그녀가 먼저 나에게 전화를 한다. 그러나 오직 한 명의 소울메이트만 있다고는 생각하지 않는다. 나는 이것이 일반적인지는 잘 모르겠지만 내 삶 속에 있는 래리와 팻, 나의 엄마를 포함해 많은 사람들과 깊이 연결되어 있다고 느낀다. 그래서 나는 딱 한 사람을 소울메이트로 지정할 수가 없다. 내가 한 사람만 말한다면 그들은 나를 가만두지 않을 것이다!

6
신의 집

천국은 우리가 신의 끝없고 완전한 사랑에
직접적으로 연결되어 있다고 느끼는 곳이다.
그리고 신은 사랑이기 때문에 천국은 사랑하는 장소이다.

어렸을 때부터 나는 신을 믿었고 신이 천국에 사는 줄 알았다. 그리고 신의 집이 하늘에 있는 호화로운 아파트일 거라고 상상했다. 죽은 사람들과 채널링을 시작하고, 임사체험에 대해 듣고, 신과 이야기를 나눈 뒤에야 내가 생각했던 것과는 전혀 다르다는 걸 알았다.

앞 장에서 영혼은 당신이 저쪽 세계에서 하게 되는 일에 대해 말했다. 그러나 이 장에서 나는 신과 기도에 대해, 그리고 천국을 그토록 아름다운 곳으로 만드는 모든 것들에 대해 이야기하려고 한다. 그곳이 어떻게 보이고, 어떻게 느껴지며, 심지어 당신이 그곳에 갔을 때 우연히 마주칠지도 모르는 깜짝 초대 손님들의 영혼들에 대해서도. 당신도 지금쯤 알겠지만 나는 나 자신이 영적이라고 생각하며 독실한 신앙을 갖고 있다. 나는 당신이 어느 한쪽이어야 한다고는 생각하지 않는다. 그렇다, 나는 죽은 사람들과 대화하지만 또한 기도하고 일요일마다 교회에 가며 가능한 한 많은 시간과 돈을 나의 교구와 자선단체들에 기부한다. 그럼 나는 무엇인가? 영적 종교인? 모르겠다. 꼬리표는 내 취향이 아니다. 그리고 신도 그런 꼬리표를 좋아하지 않는다고 나는 믿는다. 지난번에 나눈 대화에서, 신은 사람들이 근본에 있어서 자신을 믿고 신뢰하는 한 그것은 상관없다고 말했다. 나는 사람들이 신에 대해 물어볼 때만 신을 이야기했다. 영매로서 나는 의뢰인들이 특히 사랑하는 사람을 잃은 뒤에 종교와 갈등을 겪는다는 걸 알았다. 그리고 내가 할 일의 한 부분은 슬픔에 빠진 사람들을 위로해 주는 것이다.

당신은 신에 대해 듣고 싶지 않을 수 있다. 그러나 신을 창조의 근원이나 강력한 에너지라고 이야기하고 나 자신도 '빛의 일꾼'이라고 말하는 것은 조직화된 신앙에 따르는 위협이나 압박을 없애는 데 도움이 될 수 있다. 그러나 최근에 나는 실제로 더 많은 의뢰인들이 신에 대해 알기를 원하고 신에 대한 질문을 갖고 있음을 발견했다. 나는 이것이 몇몇 사람들이 '에너지 변동'이라고 부르는 일이 일어나고 있다는 관점에서 전세계적인 변화와 관련이 있다고 생각한다. 어쨌든 나는 늘 신에 대해 이야기하는 것이 행복하다. 왜냐하면 기억하겠지만, 내가 나의 재능을 받아들이는 데 오래 걸린 한 가지 이유는 내가 내 믿음을 도외시하지 않고 이 일을 하는 방법을 알아내야 했기 때문이다.

나는 누구를 개종시키려 들거나 성경을 강조하진 않지만, 신의 현존을 느낀 것에 대해 이야기하고 신으로부터 직접 받은 메시지를 공유하는 걸 좋아한다. 또 나의 능력이 아름답고 성스러운 곳에서 온다는 걸 사람들이 믿는 데 이것이 도움이 되기를 희망한다. 우리가 처음 만날 때, 잘 모르는 사람들은 영매를 보거나 내가 죽은 사람들과 이야기할 때 아주 긴장할 수 있다. 교회는 어떻게 생각할까? 이 여자가 마녀라면 어떻게 하지? 첫째, 많은 종교의 경전들은 영적 재능을 나처럼 긍정적인 자세로 인정한다. 특히 그 재능이 상담과 치유와 가르침과 도덕적 목적을 위해 사용된다면. 또한 어떤 직업이든 좋은 면과 나쁜 면이 있다. 생명을 구하는 믿을 수 없을 정도로 놀라운 의사들, 그리고 의료 과실을 저지르는 허술한 의사들. 법을 수호하는 존경스러운 경찰들과 뇌물을 받는 부패한 경찰들……. 영매들도 이와 똑같다. 어떤 영매들은 신이나 좋은 영혼을 채널링하고 그들이 받은 메시지로 멋진 일을 한다. 반면 또 다른 영매들은 내가 알고 싶지 않은 곳에서 정보를 얻는다. 그러나 나는 신이 나의 원천이라고 확신하며 신의 빛 안 있는 영혼들이 내게 말한다는 걸 믿는다.

신에 대하여

신에 대하여 몇 가지 기초적인 것을 알아보자. 첫째, 신은 평화를 사랑하고 힘이 되어 주며, 일방적으로 판단하지 않고 보호해 준다. 그는 만물의 창조자이며 무한하고 무조건적인 사랑이다. 당신이 죽을 때 당신은 신을 만나겠지만 신은 당신이 그림에서 봤음직한 흰 수염이 난 할아버지가 아니다. 신은 큰 에너지이다. 우리 또한 우리가 몸을 얻기 전후에는 그와 유사한 에너지이다. 그러나 신은 우리보다 훨씬 더 강력하다. 물질세계에서 내가 사람들이나 나 자신 혹은 사물들을 신의 흰 빛으로 에워싼다면 나는 본질적으로 신의 일부로 그들을 에워싸고 있는 것이다.

신은 사람이 아니기 때문에 나는 신이 그 또는 그녀, 혹은 그것이라고 생각하지 않는다. 그러나 나는 신에 대해 말할 때 남성 대명사를 사용한다. 그것이 신을 일컫는 가장 널리 알려진 방식이기 때문이다. 신과 마찬가지로, 당신의 사랑하는 고인들도 성별을 갖고 있지 않다. 우리의 영혼도 우리가 천국에 있을 때는 성별이 없다. 그러나 그들은 당신이 그들을 알아볼 수 있도록 성별과 같은 인간의 특성을 띠고 나에게 나타난다.

당신이 저쪽 세계로 건너갈 때 당신의 에너지는 신의 에너지와 뒤섞여 하나가 된다. 그래서 당신은 신과 '연결'되거나 '결합'되는 것이지 신을 정말로 '만나는' 것은 아니다. 이 세상에서 우리의 영혼들은 신의 영혼의 한 부분이지만 신과 분리되어 있다고 느끼기 쉽다. 왜냐하면 우리의 몸과 선택들은 결함이 있고 문제가 많을 수 있기 때문이다. 그러나 저쪽 세계에서 당신의 영혼은 말 그대로 신의 일부분이다. 거대한 크리스마스트리처럼 생각하면 된다. 장식품—우리—은 그 자체만으로도 눈부실 수 있지만 또한 더 크고 더 장엄한 전체—신—의 한 부분이다. 영혼은 또한 나에게, 많은 작은 구름들로 나뉜 하나의 거대한 솜털 구름으로 이 관계를 보여 주었다.

하나의 신, 많은 신앙들

지금까지 말했듯이 당신의 종교가 무엇이든 나는 오직 하나의 신이 존재한다고 느낀다. 그리고 신과 종교가 서로 얽혀 밀접하게 관련되어 있는 것처럼 보이지만, 신과 종교가 실제로 똑같은 것은 아니다. 신은 긍정적이고 순수하며 선한 실체이고, 종교는 신을 섬기고 따르기 위해 창조된 일련의 믿음과 관습이다. 당신은 신의 길을 따르기 위해 종교를 이용할 순 있지만, 신이 스스로 한 종교를 다른 종교보다 더 공개적으로 지지하는 것 같지는 않다. 나는 많은 종교들이 공동체 사람들에게 윤리적 정신적으로 중요한 지침을 제시하고 필요한 사람들에게 자선 활동을 권장하는 걸 좋아한다. 내가 별로 좋아하지 않는 건 어떻게 신이 한 종교를 다른 종교보다 더 좋아한다고, 혹은 그 종교를 선택했다고 생각할 수 있는가이다. 그것은 자기 종교의 신이 바로 그 신이라고 서로 주장하는 사람들 사이에서 폭력과 미움과 비난을 촉발시켰다. 그것은 우리 집단이나 우리의 가치관만이 저쪽 세계에서 유일하게 받아들여지는 것이라고 믿게 만드는 우리의 에고이다. 그리고 그건 사실이 아니다. 거만한 자부심은 단지 편향된 종교인들만 만드는 게 아니다. 그것은 정치, 인종 그리고 심지어 우리가 가장 좋아하는 스포츠 팀을 말하는 방식에도 영향을 미친다.

영혼은 신이 편파적이라고 내게 말한 적이 없다. 하나의 신이 있고 우리는 모두 신 안에서 통합된다고 영혼은 말했다. 코네티컷 주 뉴타운의 굉장히 충격적인 대학살 사건(2012년 12월 모친과 26명의 초등학생, 교사를 총으로 쏴 숨지게 하고 자살한 아담 란자의 총기 학살 사건)에 대해 텔레비전에서 추모식이 방영되는 동안 나는 세상의 수많은 종교들이 그 무대 위에 오르는 걸 보고 감명받았다. 그것이 신에게 얼마나 큰 의미가 있는지에 대해 생각했다. 히브리어 기도문을 읊조리고, 기독교와 이슬람교도와 바하이교 연사들이 나와서 이야기했으며, 심지어 누군가 신을 '위대한 영혼'이라고 부르는 걸 들은 것 같다. 그것은 하나의 신 아래에 통합된, 모든 신앙을 아우르는 접근법이었으며, 서로에게 가장 필요할 때 사람들을 한데 모이게 해 주었다. 차이가 있을 수 있지만 우리는 모두 신의 아이들이다.

만일 신이라는 이름이 당신이 받아들이기에 너무 종교적이라면, 더 높은 힘이라고 해도 괜찮다고 영혼은 말한다. 개인적으로 나는 당신이 신을 어떻게 부르든 상관없다. 어떤 이름을 붙이든 세상 만물의 원천은 똑같은 실체이다. 내가 신과 천국의 본질을 요약해 말해야 한다면, 나는 그것이 사랑에 대한 것이며 우리 세계와 사후 세계에서 우리 모두가 어떻게 서로 연결되는가에 대한 것이라고 말할 것이다. 신은 우리가 이 세상에서 혼자라는 느낌을 덜 갖도록 신과의 집단 유대감을 재발견하기를 바란다.

신이시여, 그곳에 있나요? 저예요. 테레사!

나는 늘 내 주위에 신이 있다고 느끼지만 가끔씩만 신에게 이야기할 뿐이다. 우리가 나눈 가장 감동적인 대화 중 하나는 내가 나의 재능을 받아들였을 때 일어났다. 나는 그 재능이 진짜인지, 그리고 슬픔에 빠진 사람들을 위해 내가 영혼을 채널링하는 책무를 다할 수 있을지에 대해 오래 망설이고 있었다. 그때 나의 안내자들은 영매가 되는 것은 신의 뜻에 따르는 일임을 설득하며 결정적인 수를 내놓았다. 처음으로 신과 대화할 수 있게 해 준 것이다.

내가 이제까지 인생에서 경험해 온 감각을 가라앉히고 가장 강력한 존재와 채널링을 했을 때, 신은 근본적으로 사람들이 믿음을 잃고 있다고 나에게 말했다. 사람들은 종교에 실망했다. 특히 종교 뒤에 숨은 사람들, 비도덕적이거나 불쾌한 일을 하기 위해 종교의 의도를 조작하는 사람들에게 실망했다. 종교는 우리를 하나로 모으기보다는 오히려 우리를 나누고 있다. 전보다 더 적은 사람들이 신을 믿고 있으며, 믿음을 회복하기 위해 설교를 하거나 꾸짖거나 문을 두드리는 것이 아닌 또 다른 방법이 있어야 한다고 신은 또 말했다.

신은 내가 사람들과 그들의 사랑하는 고인들을 다시 연결해 주고 그들이 치유되어 삶을 껴안을 수 있도록 도와주라고 했다. 그리고 신은 사람들이 지금 이 삶 속에 있는 것이 인생의 전부는 아니라는 걸 깨닫게 되기를 바랐다. 즉, 죽어서는 신과 함께 사후 세계에 있을 거라고 믿기를 바랐다. 엄격한 도그마나 종교 전도와 비교할 때 내가 하는 채널링은 신의 사랑과 통합의 메시지로 사람들에게 다가가는 더 새로운 방식이 될 것이라고 신은 말했다. 내가 이 효과를 당신에게 설명할 때 추장 영혼은 그것을 박수 측정기처럼 나에게 보여 준다. 바로 지금 '박수를 치고 있는' 사람은 얼마 되지 않는다. 박수 치기는 신에게 의지하는 것에 대한 추장의 상징이다. 신은 우리가 좀 더 많이 '박수 치기'를 원한다. 신을 믿으며, 신에게 이야기하며, 신에 대한 감사를 보이며, 그리고 신을 위한 선한 일을 하면서.

사람들이 신에 대한 믿음을 잃었다고 신이 나에게 말했을 때 그것은 우리의 영적 믿음이 실제로 얼마나 부서지기 쉬운지 깨닫게 해 주었다. 당신이 교사에 대한 좋지 않은 경험을 했다고 해서 즉시 모든 교육 체계에 대해 희망을 잃어버리진 않는다. 그리고 당신이 형편없는 의사를 만난다 해도 모든 전문 의료진이 쓰레기 같다고 주장하진 않는다. 아니, 당신은 믿을 수 있는 의사와 선생님을 찾을 것이고, 시간이 흐르면서 그들은 당신이 그들을 의지할 수 있다는 걸 당신에게 보여 준다. 그러나 만일 삶이 자신의 기대를 저버린다면 사람들은 아주 쉽게 신을 완전히 외면할 것이다. 나는 당신이 가족을 잃거나 삶이 당신에게 어려운 선택을 하게 할 때 왜 신에게 화가 날 수밖에 없는지 이해한다. 당신 심정을 이해한다. 그리고 실은 나도 그랬었다. 물질세계는 거칠고 당신은 때로 곤경에서 벗어나기 위해 당신이 할 수 있는 최선을 다한다. 그러나 단지 종교나 교회, 지도자, 친구가 당신의 기대를 저버린다는 이유로 당신이 신이라는 더 큰 그림에 대한 믿음을 잃을 순 없다. 충분한 이유가 있지만 그것은 당신이 자신의 얼굴을 괴롭히기 위해 코를 잘라 내는 것과 같다.

그렇다면 신은 왜 당신이 좀 더 믿음을 갖는 것에 신경 쓰는가? 그것은 당신의 유익을 위해서인가, 아니면 천국의 더 높은 차원을 살게 하기 위해서인가? 혹은 신을 좀 더 많이 잘 숭배하게 하기 위해서인가? 이 말은 해야겠다. 그 대답은 너무 단순하지만 동시에 아주 도전적이다. 무엇보다도 사람들이 마땅히 해야 하는 방식으로 서로를 사랑하고 존중하지 않고 있으며, 신은 우리가 그것을 바꾸기를 원한다. 신이 우리 자신이나 어떤 걸 통제하기 위해서가 아닌, 우리가 이 지상에서 더 나은 삶을 살고 신의 무조건적인 사랑과 너그러움과 평화로움을 일상생활에서 가까이 느낄 수 있도록……. 간단히 말하면, 사랑과 자비를 보여 주는 것은 우리를 자신의 가장 영적인 자아로 돌아가게 할 것이다. 그리고 나는 신이 하지도 않은 말을 지어내고 싶지 않다. 그러나 나는 우리가 천국을 조금이라도 느끼기 위해 저승에 갈 때까지 기다리는 걸 신이 원하지 않는다고 느낀다. 이 세상에서의 우리의 여행은 매일 서로에게 가하는 스트레스와 슬픔을 과장하지 않아도 충분히 힘들다.

우리의 영혼을 이 세상과 연결시켜 주는 공동의 가치관을 우리가 잃어가고 있다고 영혼은 여러 번 내게 말했다. 다른 사람들을 위해 문 잡아 주기, 모르는 사람이 짐 들고 가는 것 도와주기, 우리와 다른 사람들을 우리와 똑같이 대하기, 그리고 가까이 있는 사람 살펴보기와 같은 작은 행동들이 우리와 세상 사람에게 커다란 영향을 미칠 수 있다. 신은 우리가 너그럽고 친절하며 고마워하고 선행을 나누길 원한다. 그것은 다음의 이야기와 비슷하다. 당신이 식료품점에 들어갈 때 배우자에게 화를 냈는데, 나올 때 봉투가 찢어져 오렌지가 굴러간다. 엉망진창이다. 그러나 그때 한 낯선 사람이 어디선가 나타나 도와준다. 그는 바닥에 떨어진 식료품들을 다시 봉투에 담고 문을 잡아 주고 모든 걸 차까지 가져다주며 농담을 해서 당신을 웃게 만든다. 당신은 기분이 좋아지고 집에 가서 가족들과 화해한다. 이 모든 것은 한 사람이 당신의 삶을 좀 더 편안하게 만들기 위해 10분을 썼기 때문에 일어난 일이다.

어떤 면에서 내가 생각하기에 신이 원하는 것은 지상에 천사들이 더 많아지는 일이다. 신은 물질세계에서 우리가 번 것에 대해, 그리고 신이 우리에게 준 것에 감사할 이유를 하나 더 주기를 원한다. 우리 자신을 사랑하고 존중하는 것이 더 쉬워져서 우리가 진실로 타인을 사랑하고 존중하고 도울 수 있기를 신은 바란다. 그리고 그것이 제2의 천성이 된다면 놀랍지 않겠는가? 나는 우리가 우리의 길을 계속 걸을 수 있기를 희망한다. 과거 몇 년 동안 우리가 얼마나 많은 자연재해를 겪었는지 생각해 보라. 파괴적인 눈보라, 허리케인, 토네이도, 홍수……. 나는 신이 지역사회를 파괴해서 우리가 중요한 것에 주목하게 하려는 것이라고 생각하지 않는다. 우리가 환경파괴를 선택함으로써 스스로에게 이 많은 짓들을 한 것이다. 그러나 만일 좋은 일이 인생의 변화를 가져오는 이 사건들로부터 나올 수 있다면, 그것이 우리가 우리의 지역사회와 그 안에서의 관계를 재건하게 만드는 것이라면, 신은 기뻐할 것이라고 나는 생각한다.

신의 현현

신은 또한 나의 의뢰인들을 위해 곧장 들어온다. 한 번 뿐이었지만, 처음에는 내가 이해할 수 없는 방식으로 자신을 알렸다. 나는 내가 리딩하고 있는 그 여자에 대해 아무것도 몰랐고 그녀는 조용한 태도를 취했다. 그래서 우리는 별로 말을 많이 하지 않았다. 내가 처음에 그녀에게 한 말은 "여기에 남편 에너지가 있어요. 당신은 배우자를 잃었나요?"였다. 그녀는 결혼한 적이 없다고 나에게 말했고 그래서 나는 넘어갔다. 그러나 이 남편 에너지는 나를 그냥 내버려 두지 않았다. 그는 심지어 나에게 소박한 결혼반지를 계속 보여 주고 있었다. 나는 그냥 넘어갔고, 우리는 그녀가 나와 같은 영적 재능을 갖고 있는 걸 포함해 다른 메시지들로 옮겨 갔다. 그러고 나서 그녀를 리딩하는 마지막 15분 동안 나는 굉장히 평화로운 기분을 느꼈고, 늘 나를 깜짝 놀라게 하는 황금빛 테두리의 엄청난 흰 빛을 보았다.

"정신이 나간 것 같지만 지금 여기에 신이 현존한다고 난 느껴요."

나는 말했다. 보통의 남편 에너지를 채널링할 때와는 완전히 다른 느낌이었다. 그것은 당신의 사랑하는 이보다 더 높고 안내자나 천사들보다 더 높게 느껴졌다. 신은 그녀에게 말해 달라고 했다.

"내 일을 하고 있어 고맙다."

그 여자는 리딩을 해 준 것에 대해 나에게 감사했고, 나는 그후 그것에 대해 많이 생각하지 않았다. 몇 달 후로 바뀌어 나는 또 다른 여성 의뢰인을 리딩하려 했다. 그때 그 의뢰인이 말했다.

"나는 당신이 마리아 캐서린 수녀에게 아주 놀라운 리딩을 해주었다고 들었어요."

나는 '마리아 수녀가 누구지?'라고 생각했다. 앞선 그 여자가 수녀였던 것이다. 역시 영적능력을 가진. 그러나 무엇보다도, 그 남편 에너지가 그제서야 이해되었다! 처음에 그것은 신처럼 느껴지지 않았었다. 왜냐하면 영혼은 나에게, 그 사람이 그 영혼과 공유하고 있는 유대감을 느끼게 했기 때문이다. 그러나 수녀는 자신이 그리스도와 결혼했다고 믿는다. 게다가 신은 나에게 결혼반지를 보여 주었다. 우리가 그것과 관련지어 생각하지 못했을 때 신은 스스로를 훨씬 더 분명하게 드러낸 것이다!

신은 이곳에서의 나의 삶을 최대한 활용하고 있으므로 그 어느 것도 나 자신에 대한 것이 아니다. 이것은 당신과 신에 대한 것이다. 나는 나의 모습—머리카락, 손톱, 화려한 치장들—을 갖고 재미있게 놀 수도 있다. 그러나 나는 나이고 신이 마음을 쓰는 건 오직 내가 신의 논지를 이해했는가이다. 신의 일을 하기 위해 나는 무엇을 할지 숙고한다. 그리고 신이 약해졌다고 말한 신앙을 회복시켜야 할 때 바로 내가 그 일을 담당하고 있음을 안다. 아버지를 잃은 한 젊은 남자를 리딩했던 때가 생각난다. 그 아버지 영혼은 자신이 노래하는 걸 좋아했고 물질세계에 있을 때 매우 종교적이었다고 나에게 말했다. 청년은 그것이 맞다고 한 뒤 이렇게 말했다.

"나도 노래를 했지만 아버지가 돌아가시던 날 중단했어요."

리딩을 하는 동안 아버지의 영혼은 군대에 입대해 자신의 발자취를 따르는 아들이 아주 자랑스럽다고 말했다. 나는 한 마디 한 마디 할 때마다 청년의 가슴이 부드러워지는 걸 느꼈다. 우리가 작별 인사를 하면서 나는, 만일 이 청년이 갑자기 '신은 나를 사랑하신다'를 큰 소리로 노래한다면 기절초풍할 일일 거라고 생각했다. 몇 초 뒤 청년은 7년 만에 처음으로 노래를 불렀다. 그것은 찬송가 '주께서 우리를 바라보심을'이었다. 그의 믿음은 회복되었고 노래가 웅장하게 울려퍼졌다. 나는 천국에서 온 긴급 도움 요청을 받아 그가 그곳에 이르는 데 도움이 되어서 기쁘다. 덧붙여 말하자면 동시에 나는 군대를 지원하는 것에 목소리를 높여 온 지지자이다. 그래서 나는 그 청년에게 상담 요금을 청구하지 않기로 했다. 그런데 그가 운전해서 집으로 가는 길에 타이어가 펑크 났다. 그는 상담 비용으로 새 타이어를 살 수 있었다. 나는 신이 그 일에 관여했다고 생각한다!

몸을 떠난 영혼들

나는 천국에 갔다 돌아온 유체이탈과 임사체험을 경험한 사람들의 이야기를 좋아한다. 가장 큰 차이점은 임사체험은 보통 대단히 충격적인 사건이나 수술이 진행되는 동안 일어나고, 유체이탈은 당신이 잠을 자거나 명상 중이거나 백일몽에 빠져 있을 때 근본적으로 변경된 의식 상태에서 일어날 수 있다는 점이다.

나는 임사체험이 드문 일임에도 불구하고 내용에 일관성이 있음을 알았다. 대부분 터널을 통과해 흰 빛으로 끌려가며 앞서서 죽은 사랑하는 이들을 보는 것이 포함되어 있다. 어떤 사람들의 영혼은 즉시 황금빛으로 둘러싸인다. 또 다른 영혼들은 찬란히 빛나는 방으로 안내되고, 완전하고 절대적인 사랑을 느낀다. 나는 우리를 훨씬 더 능가하는 지성을 가진 더 높은 차원을 방문한 이야기를 들어 본 적이 있다. 또 사후 세계를 견학하는 영혼들이 있는 반면에, 어떤 이들은 전혀 멀리 가지 않고 신의 영혼을 곧바로 만난다.

팻 롱고는 몸이 완전히 장기부전(몸속 장기들이 제 기능을 하지 못하고 멈추거나 심하게 둔해지는 상태)을 겪고 있던 20대 여성을 만난 적이 있다. 이 여성이 임사체험을 했다. 그녀의 말에 따르면, 그녀의 영혼은 처음에 칠흑같이 어두운 공간으로 들어갔고, 그다음에 창문을 보았다. 창문 밖에는 한 남성과 여성이 있었다. 그 남성은 겉으로 보기에 성서 속에 나오는 인물로 보였다. 긴 수도복을 입었고 긴 턱수염이 있었다. 여성 영혼은 두건을 쓰고 있었고 동유럽인처럼 보였다. 그녀는 둘 중 어느 하나의 모습도 알아보지 못했지만, 팻은 그들이 그녀의 안내자들이었을 거라고 추측했다. 그때 그녀는 저쪽 세계의 창문으로 비치는 빛에 자신이 끌리는 기분이 들었다. 그 빛에 다가가는 순간 그녀는 잠에서 깼다.

머리가 쭈뼛 솟는 명칭임에도 불구하고 임사체험은 늘 긍정적인 의미를 주며 살아 있음을 증명해 준다. 많은 경우, 그 사람은 사망진단을 받았다가 혼령이 돌아온다. 그리고 그것은 기적으로 여겨진다. 영혼이 이 혼령들에게 그들의 몸으로 돌아가야 한다고 말할 때 그들은 실망했다고 종종 말한다. 당신은 그들을 비난할 수 있는가? 신은 우리를 위해 이곳 지상에 놀라운 세상을 창조했지만 천국은 완벽하다. 기적들과 마찬가지로, 우리가 물질세계로 돌아와서 다른 사람들에게 우리가 경험한 것들에 대해 가르칠 수 있도록 임사체험이 일어난다고 나는 생각한다. 임사체험은 또한 당신의 삶을 재평가하고 변화시키는 모닝콜일 수도 있다. 나는 직접 임사체험을 해 본 적이 없지만 리딩을 하면서 영혼은 나에게 그때 그 사람이 임사체험을 했다고 말해 주라고 하곤 했다. 많은 경우, 이 일은 의뢰인들이 실제로 자신이 천국을 방문했는지 의심할 때 일어나고, 나는 그들에게 그들이 실제로 천국을 경험했으며 머리가 돈 게 아니라고 확신시켜 줘야 한다.

어떤 사람들은 건강에 심각한 손상 없이도 유체이탈 경험을 한다. 이것은 나의 할머니에게 몇 번 일어났다. 비록 할머니는 천국까지 가진 않았지만. 할머니는 나의 엄마를 임신했을 때 빈혈로 기절해서 그녀의 돌아가진 할머니를 보았던 걸 기억했다. 그녀는 할머니에게 가려 했지만 그녀의 엄마가 그녀의 이름을 부르는 소리를 들었고, 그래서 그녀의 할머니에게 말했다.

"나는 가야 해요! 엄마가 부르고 있어요!"

그리고 그녀는 돌아왔다. 세월이 흐른 뒤 할머니는 어느 날 소파에 누워 있다가 자신의 영혼이 몸 밖으로 떠오르는 걸 느꼈다. 할머니가 나의 엄마에게 그것에 대해 말하자, 엄마는 할머니가 영혼이 육체와 분리되어 돌아다니는 아스트랄 투사(아스트랄체를 몸에서 분리시켜 아스트랄계를 여행함)와 같은 유체이탈을 경험했을 수도 있다고 말했다. 또 얼마 후 할머니는 낮잠을 자고 있었는데, 자신이 몸 밖으로—이번에는 등으로부터—나가고 있는 것처럼 느꼈고 곧바로 무슨 일이 일어나고 있는지 알아차렸다.

"어디로 가려고 하는 거야?"

그녀는 혼잣말로 중얼거렸다. 그러고는 바로 모든 것이 정상으로 돌아왔다.

내 집은 너의 집이다

많은 사람들이 천국을 신의 집이라고 말하지만 그곳은 또한 나무랄 데 없는 당신의 거주지이다. 천국은 우리 모두 온 곳이고 돌아갈 곳이다. 마침내 죽어서 저쪽 세계로 여행 가는 것에 대해 이야기할 때 영혼은 그것을 '귀향'이라고 부른다. HGTV(홈 인테리어 및 정원 가꾸기에 대한 정보를 제공하는 인테리어 전문 채널)를 많이 보는 시청자답게 나는 천국이 어떤 모습인지 듣는 걸 좋아한다. 신은 대단한 인테리어 전문가처럼 들린다! 임사체험과 유체이탈 체험을 한 사람들은 저쪽 세계의 형언할 수 없는 아름다움과 웅장함, 강렬함에 압도된다. 영혼이 만난 모든 빛과 풍경과 색깔들과 느낌들, 그것들은 문자 그대로 이 세상의 것이 아니다! 천국을 경험한 사람들은 자신들이 느끼고 본 것들을 표현할 수 있는 언어조차 없다고 말한다. 왜냐하면 지상에는 그런 것이 없어서 우리가 여기서 사용하는 어휘로는 부족하기 때문이다. 신도 우리가 설명할 수 있는 것보다 훨씬 높은 그 이상의 존재로 묘사된다.

우리의 언어로는 천국에 다녀온 사람들의 기억을 완벽하게 묘사할 수 없다. 왜냐하면 그곳에서는 단지 보거나 듣거나 느끼는 게 아니라 그 모든 것들이 한꺼번에 일어나기 때문이다. 인상은 검토되지 않고 '심어지며', 심지어 코믹한 공상 과학 영화처럼 들린다. 왜냐하면 그들은 자신이 경험한 것을 달리 어떻게 묘사할지 모르기 때문이다! 나는 언어에 대한 이런 좌절감에 공감한다. 채널링이 어떤 것인지에 대해 말할 때 나 또한 육감이 사실임을 설명하기 위해 명사, 동사, 형용사를 찾는 게 무척 어렵기 때문이다. 그것은 당신이 단 한 개의 크레용으로 무지개를 그리려고 하는 것과 비슷하다.

천국은 단지 우리의 이번 생과 다음 생 사이에, 혹은 단순히 신과 천사들과 신성한 영혼들이 '지내는' 곳에 있는 비옥한 정류장이 아니다. 천국은 우리가 신의 끝없고 완전한 사랑에 직접적으로 연결되어 있다고 느끼는 곳이다. 그리고 신은 사랑이기 때문에 천국은 사랑하는 장소이다. 천국에서 당신은 소속감을 느끼며 소중하게 여겨지는 모두를 아우르는 느낌이 든다. 그리고 당신은 이 세상에서 하던 판단, 비난, 질투, 두려움, 자존심, 분노 같은 부정적인 감정을 결코 느끼지 않을 것이다. 임사체험을 한 사람들은 물질세계에서 자신의 가장 가까운 가족과 친구와 반려동물들로부터 받을 수 있었던 어떤 것보다도 더 강력한 사랑과 용서와 받아들임의 느낌에 빠져든 경험을 이야기한다. 왜냐하면 너무 순수한 세계이기 때문이다. 그리고 이런 긍정적인 기분이 그러하듯이 당신이 신과 더 가까운 수준으로 성장할 때 에너지 주파수는 더 강렬해진다. 천국에는 많은 수준과 차원들이 있지만 나는 그것이 우리 위에 있는지, 혹은 우리와 평행하게 있는지 알지 못한다. 그것은 영매들이 논의하는 또 다른 주제이다. 중요한 건 영혼은 당신이 필요로 할 때마다 늘 가장 따뜻한 존재로 닿을 수 있는 곳에 있다는 것이다.

내가 가장 좋아하는 임사체험 이야기 중 하나는, 아이들이 뛰어놀고 사람들이 노래하고 춤추며 동물들이 이리저리 돌아다니는 눈부시고 다채로운 풍경을 갖고 있는 곳으로 천국을 묘사한다. 교회에서 나는 천국의 거리가 황금으로 덮여 있고 문은 진주로 이루어져 있으며 벽은 사파이어와 에메랄드와 루비와 토파즈와 자수정과 다른 보석들로 꾸며져 있다고 배웠다. 나는 천국이 당신이 어떤 수준인가에 따라 다르게 보일 수 있다고 생각한다. 천국이 모든 사람에게 유일무이한 특성인지, 그것을 경험한 사람에 따라 다른지, 언제 그리고 어떤 목적으로 있는지 궁금하다. 다양한 영매들이 메시지와 사후 세계를 매우 다르게 해석한다고 생각한다. 왜냐하면 그들은 자신의 경험과 우선순위를 통해 그것을 걸러 내기 때문이다. 이와 마찬가지로 아마도 천국에 대한 우리의 해석도 자신이 원하는 대로 만들어질 수 있을 것이다.

내가 2장에서 언급한, 가족 휴가 기간에 죽은 어린 소년 브라이언 머피를 기억하는가? 브라이언의 아버지 빌은 아들의 영혼과 너무나 놀라운 방식으로 접촉하고 있었고, 브라이언의 영혼은 신과 천국에 대해 많은 이야기를 했다. 브라이언이 빌에게 말한 한 가지는 이것이다. 신은 '인간이 이해할 수 있는 것 너머에 있는 눈부신 빛과 에너지와 사랑의 핵심'이라는 것이다. 그리고 여러 번 브라이언의 영혼은, 빌과 그의 가족이 잠들었을 때, 빌이 '영혼의 여행'이라 부르는 것으로 그들을 데려갔다. 그것은 매우 생기 넘치고 비현실적인 꿈처럼 느껴졌다. 다음 날 그 꿈에 대해 서로 이야기할 때 영혼 여행을 한 식구들은 모두 그 꿈의 세세한 내용을 똑같이 기억했다. 한번은 영혼 여행에서 브라이언의 영혼은 빌을 천국으로 데려갔다. 빌은 천국을 이렇게 묘사했다.

"우리는 그리스의 파르테논 신전과 비슷한 거대한 건물에 들어갔다. 우리는 기록을 작성하고 있는 것처럼 보이는 빛나는 황금빛 오라가 있는 천사들을 지나갔다. 우리는 그때 건물 뒤쪽으로 나왔고 개울과 폭포에서 아이들이 놀고 있었다. 모든 것이 수정과 보석이었다. 물은 너무 맑아서 심지어 그곳에 물이 없는 것처럼 보였다. 또 아름다운 노래가 흐르고 있었고 나 외에는 없었다. 나는 노래를 '듣고' 있었지만 노래는 내 안에, 그리고 내 주변에 동시에 있었다. 노래가 어느 방향에서 나오고 있는지 알 수 없으나 나를 더할 나위 없이 안전하고 평온하게 느끼게 했다."

브라이언은 천국에는 다른 차원들이 있다는 걸 빌에게 보여 주기 시작했다. 그리고 이 지상에서의 우리 존재의 목적은 다음 차원으로 올라가고, 가장 높은 곳에 있는 신에 더 가까워지는 삶을 살려고 노력하는 것이라고 말했다. 브라이언은 또한 자신이 물질 세계에서 여러 번 살았으며 높은 차원에 도달한 오래된 영혼이라고 설명했다. 당신이 보다 쉽게 지구와 상호작용할 수 있는 것은 이런 더 높은 차원에 있을 때이다. 이 때문에 브라이언이 빌을 이 여행에 데려갈 수 있다고 빌은 생각한다.

나는 매년 단체 리딩에서 브라이언의 부모를 본다. 브라이언은 최근에 신에게 자신이 새로운 책임—신이 천사를 보내게 하는 대신 아이들이 저쪽 세계로 가는 것을 돕는 일—을 맡아도 좋을지 물어보았다고 내게 말했다. 천사들이 너무 크고 아이들은 너무 작아서 어린아이들이 때로 천사들을 무서워한다고 그는 말했다. 신은 미소를 지으면서 브라이언에게 그 일을 주었다고 했다. 이 마지막 부분은 신에 대한 각자의 믿음에 따라 해석이 다르겠지만, 어쨌든 이 이야기를 당신과 공유하고 싶다. 왜냐하면 정말 아름다운 이야기라고 생각하기 때문이다.

진심으로 기도하라

신과 대화하는 것은 직접적이며 강력할 수 있다. 당신이 이전에 결코 기도해 본 적이 없다면 그것 때문에 당신이 겁먹지 않길 나는 바란다. 기도는 세상에서 가장 자연스러운 것처럼 느껴져야 한다. 왜냐하면 신은 우리 모두 안에 있기 때문이다. 명상이 신의 소리에 귀 기울여 듣는 것인 반면 기도는 신에게 당신이 바라는 걸 청하는 것이라고 나는 생각한다. 영혼은 또한 기도를 '더 높은 힘을 찬양하는 것'이라고 한다. 종교마다 기도와 함께 다양한 종교의식을 갖고 있으며, 신은 사람들이 온 마음을 다해 순수한 목적으로 수행한다면 그 기도 모두를 존중한다. 단지 9일 기도(특별한 은혜를 청하는 9일간의 개인 또는 단체 기도)나 묵주 때문에 내가 당신보다 더 종교적이거나 신에 더 가까이 있는 건 아니다. 그리고 나는 신이 가장 훌륭한 치유와 공급의 원천이라고 믿지만 당신의 요구 사항을 당신이 믿는 신앙에 속한 영들과 천사들, 안내자들, 그리고 심지어 당신의 사랑하는 이들에게 보내는 것도 괜찮다고 영혼은 나에게 말한다. 당신도 지금쯤 알겠지만, 저쪽 세계에는 신성한 능력을 갖고 신과 접촉하는 많은 영혼들이 있다. 그들은 신과 함께 작업하며 또한 '전화를 받을' 수도 있다. 하지만 당신이 신에게 직접 기도할 때 신이 당신 말을 듣는 유일한 존재라고 나는 믿는다.

나는 기도하는 동안 반드시 감사하는 습관을 실천하려고 노력한다. 예를 들어, 어떤 요청을 하든 나는 감사하며 한다. 내가 바라는 것이 무엇이든 내 영혼을 채워 줄 것을 요청하기 전에 내게 주어진 축복에 대해 신께 감사한다. 나는 또한 "나는 원해요."라든가 "나는 필요해요."라는 말을 사용하지 않는다. 그러다간 "주세요, 주세요."라고 하지 않겠는가? 나는 신에게 내가 인내심을 가질 수 있도록, 또 화나는 상황에서 행동할 힘을 허락해 달라고 도움을 청한다. 나는 또한 내 요청이 이미 나에게 오는 중이라고 생각하면서 "감사하다."고 말한다. "제발."이라고 말하는 대신에……. 그 말은 구걸하는 것처럼 들린다. 당신이 축복을 받기 전에 감사를 표하는 것은 신이 요청을 들어줄 거라는 믿음을 갖고 있음을 암시한다. 나는 늘 최선을 다해 열렬히 기도한다. 그래서 신은 내 요구의 강렬함을 알며, 마침내 나는 매우 분명하게 내가 원하는 걸 말한다. 나는 우리가 원하는 걸 영혼이 직감적으로 알지 못하는 이유를 모르겠지만, 어쨌든 영혼은 그것을 알지 못한다. 그들은 정말 상상력이 없다. 자세하게 기도하는 것은 내가 정말 원하는 것과 원하지 않는 걸 더 잘 이해하는 데도 도움이 된다. 그래서 그것이 이루어진 것을 볼 때 내 기도가 응답 받았음을 알게 된다.

예를 들어 당신이 이상형을 만나고 싶다고 하자. 당신의 기도는 "사랑하는 신이시여, 제발 내게 남편감을 보내 주세요."나 "신이시여, 내게 좋은 남자를 보내 줄 수 있나요?" 같은 소리를 하진 않을 것이다. 대신 당신은 말한다. "사랑하는 신이시여, 나는 내 가족과 일과 내 강아지에 대해 당신께 감사하고 싶습니다. 나는 또한 키가 크고 피부가 가무잡잡하며 잘생기고 수염이 없고 경제적으로 안정적이며 나를 사랑하고 존중해 주는 그런 남자를 나에게 소개시켜 주시는 일에 감사하고 싶습니다." 신의 귀에 대고 말하는 것도 괜찮다. 신은 잘 들어주는 존재이니까!

만일 기도하는 것이 내키지 않는다면 대신 당신이 바라는 걸 마음속에 그려 볼 수 있다. 어쩌면 기도하는 것은 너무 종교적으로 들릴 수도 있고 또 사랑하는 사람이 죽어서 화가 났기 때문에 지금 당장 신과 이야기하는 게 안 될 수도 있다. 당신의 요구를 마음속에 그려 보는 것은 저쪽 세계에 당신이 갈망하는 것에 대해 메시지를 보내는 또 다른 방법이다. 왜냐하면 당신은 영혼에게 열려 있는 명상적인 상태에 있기 때문이다. 또한 기도할 때와 비슷하게 분명한 의도를 갖고 간절한 소망에 집중하고 있기 때문이다. 마음속으로 그려 보기를 시도하려면, 생각을 비우고 명상적인 상태로 조용히 앉아야 한다. 명상할 때처럼 자신을 흰 빛으로 감싸고 움직이지 않는다. 그런 다음 마음의 눈으로 자신이 원하는 구체적인 그림을 그린다.

예를 들어 보자. 당신이 가족을 늘리고 싶다고 해 보자. 조용히 앉아 있는 동안 당신은 그 아름다운 아기의 모든 면을 마음속으로 그린다. 건강한 임신부터 안전한 탄생, 아이의 도착, 그리고 새 집과 가족에게로 아기를 데려오기까지. 당신의 모든 감각을 이용하라. 아기의 손가락이 당신의 손가락을 감싸고 있다고 느끼라. 아기의 머리카락 냄새를 맡으라. 아기가 당신을 향해 웃고 있는 모습을 그리라. 아기가 까르륵거리고 옹알이하는 소리를 들으라. 그리고 당신이 아기의 작은 이마에 입 맞출 때 아기의 피부 감촉을 상상하라. 이 시각화를 매일 반복하는 것이다.

나의 경우, 기도와 시각화 둘 다를 같이 하는 걸 좋아한다. 그래서 예를 들어, 내 딸 빅토리아가 대학에서 행복하기를 원할 때 나는 신에게 빅토리아를 보살펴 달라고 기도한 뒤, 신이 믿을 수 없을 정도로 놀라운 흰 빛으로 그녀를 보호하고 있고 그녀의 마음을 평온하게 만들기 위해 그녀의 침대 위에 나의 할머니가 앉아 있는 모습을 마음속으로 그린다. 나는 그녀가 정시에 교실에 도착해서 공부하고, 친구들과 재미있게 놀며, 남자아이들과 학교와 돈 쓰는 방법에 대해 모두 올바른 선택을 하고 있는 모습을 그린다.

또 한 가지. 신은 당신에게 자유의지를 주었기 때문에 당신은 스스로의 노력 없이 오직 기도와 시각화에만 의지할 순 없다. 신은 램프 속 요정이 아니다. 그리고 마술적인 생각은 당신이 원하는 걸 주겠다는 영혼의 신호가 아니다. 또 다른 예를 들어 보면, 만일 당신이 회의에서 지지받기를 원한다면, 당신은 회의를 잘 준비해야 한다. 그다음에 당신이 기도나 시각화로 할 것은 당신의 예행연습한 말들이 완벽하게 당신의 입에서 흘러나오고, 그 말이 편안하고 힘이 있어 모든 사람이 당신 말을 듣고 당신이 말하는 것에 경외심을 갖는 것이다. 차이가 보이는가? 당신이 이 기법을 실천에 옮길 때 알게 될 것이다!

마지막으로, 세상을 떠난 당신의 사랑하는 이들을 위해 기도하는 것이 좋다. 내 안의 가톨릭 신자가 이 말을 하는 게 아니다. 영혼도 이것에 대해 말한다. 당신이 영혼들에게 말하고 있을 때 영혼들은 알며 당신의 기도들은 그들에게 에너지를 보내 저쪽 세계로 가는 여행을 도와준다. 그들의 안내에 감사하며 그들의 영혼이 가장 높이 도달할 수 있는 수준인 신의 빛과 사랑에 이르기를 기도하라. 이것을 준비된 기도처럼 해선 안 된다. 그저 사랑으로 그들에 대해 생각하는 것도 그들에게 도움이 된다. 그것을 '돌려주는' 방법으로 여기라. 그들 모두 당신을 위해 무대 뒤에서 기도하고 있으니.

천국의 유명 인사들

나는 신에 대해, 그리고 잘 알려진 신성한 존재들에 대해 많이 이야기했다. 그러나 저쪽 세계에서 유명 인사들을 발견할 수도 있

218

다. 이것에 너무 놀랄 필요는 없다. 그들은 당신과 나처럼 세상을 떠난 인간의 영혼이기 때문이다. 《US 위클리》지는 늘 "스타들은 우리와 비슷하다."라고 쓴다. 나는 그것을 증명하기 위해 그 영혼들을 채널링했다. 우리는 늘 '그들이 요가 매트를 가지고 다닌 다!', '그들이 수영장에서 수영한다!'라는 기사들을 읽지만, '그들도 저쪽 세계에 간다!'도 맞는 말이다.

재미있는 것은 내가 채널링한 많은 유명 인사들이 예상치 못하게 들어온다는 것이다. 유명한 사람들의 영혼이 나타났을 때 나는 그 영혼의 살아 있는 가족들과 한자리에 있지 않았다. 그 영혼들은 무작위적으로 사람들이 리딩을 하는 중에 카메오로 출연했다. 그것은 그들이 사후 세계에서는 얼마나 접근하기 쉬운 존재인지 말하는 것일 수도 있다. 천국에는 벨벳 로프(한 사회적 집단을 다른 집단으로부터 분리시키는 밧줄)가 없을 거라고 나는 추측한다!

나는 앞으로 나와서 많은 의미 있는 주장을 한 음악가들을 만났다. 첫째가 엘비스 프레슬리였다. 한 여자를 리딩했는데 그녀의 남편 영혼이 들어와 그의 가족이 온통 엘비스 장식품을 걸어둔 크리스마스트리를 갖고 있다고 나에게 말했다. 그래서 나는 물었다.

"누가 엘비스를 좋아했죠?"

그러자 그 여자가 말했다.

"남편이 엘비스에게 흠뻑 빠져 있었어요."

바로 그때 나는 한 익숙한 목소리가 말하는 걸 들었다.

"엘비스는 실제로 죽었어요."(42세로 사망한 엘비스 프레슬리의 죽음은 미스터리로 여겨진다.)

빛나고 매력적인 영혼이 나팔바지가 달린 흰색 점프슈트를 입고 검은 머리의 여자 같은 남자로 나타난 것이다. 그 여자는 그녀의 남편이 곁에 있다면 그 소식을 말해 주고 싶었을 것이다. 그러나 엘비스도 저쪽 세계에 있었기에 그는 이미 알고 있었다!

또 나는 뉴욕 주 하워드 비치에 있는 한 처녀를 리딩했다. 내가 물었다.

"마이클 잭슨의 영혼이 여기에 있고, 당신이 그의 1982 투어에서 입었던 티셔츠를 갖고 있다고 말하고 있어요."

그 처녀는 무척 놀라워했다. 그녀는 마이클 잭슨의 엄청난 팬이었다. 그녀는 오기 전에 그 셔츠를 입고 있었지만 마지막 순간에 그 옷을 바꿔 입었다고 말했다. 마이클이 그때 앞으로 나와서 그녀에게 팬이 되어 줘서 감사하다고 말했다. 또 그가 나에게 왔을 때 그는 장갑 한 짝만 끼고 나타난다거나 자신의 말년의 모습은 보여 주지 않았다. 세상을 떠난 영혼들은 당신이 그들을 기억하는 방식으로, 혹은 그들이 기억되기를 원하는 방식으로 자기 자신을 보여 준다. 마이클은 아이처럼 나왔고, 나는 그것을 늘 순수한 영혼으로 존재하는 그로 해석한다.

예술가들은 내가 리딩하고 있는 사람을 위로해 주기 위해 들어왔다. 투팍(총격 사건으로 사망한 전설적인 래퍼)은 친구가 총격으로 죽은 한 사내를 위로하기 위해 앞으로 나왔다. 그것은 투팍이 사망한 방식이다.

또한 엄마를 잃은 한 여자아이가 있었는데, 영혼은 딸아이가 휘트니 휴스턴을 좋아하는지 물어봐 달라고 나에게 말했다. 처음에 나는 소녀의 엄마 영혼을 보았고, 그다음에 영화 〈보디가드〉

에서처럼 머리에 스카프를 두르고 선글라스를 쓴 휘트니 휴스턴을 보았다. 그 소녀는 그녀의 엄마가 휘트니의 열혈 팬이 아니었다고 말했다. 그러자 영혼은 나에게 자신이 휘트니와 함께 차를 운전하고 가는 모습을 보여 주었다. 차 안에서 그 두 사람은 노래를 불렀다.

'나는 언제나 당신을 사랑할 거에요.'

그 여자들은 동시에 울다가 웃다가 했다. 거기서 그 소녀는 숨이 막힐 정도로 놀라워했다. 소녀는 말했다.

"여기에 오는 길에, 나와 내 친구들은 너무 흥분해서 그 노래를 부르며 웃다가 울다가 했거든요."

그것은 그 소녀에게 엄마가 그때 함께 있었다고 말하는 방식이었을 뿐만 아니라 천국에서 엄마는 휘트니와 함께 있었다! 그 재능 있는 가수는 그녀가 기억되기를 원하는 모습으로 나에게 나타났다. 그녀의 가족과 주위 사람들에게 마음을 쓰는 강하고 아름다운 여성으로.

리딩을 하는 동안 유명한 영혼들이 들어오면 늘 놀라운 일이긴 하지만 위풍당당한 대통령을 채널링할 때는 정말 즐거웠다. 뉴욕 퀸즈에서 문신과 수염이 있는 험상궂은 한 사내를 리딩한 적이 있다. 순식간에 나는 그 옆에 서 있는 에이브러햄 링컨의 영혼을 보았다. 나는 가슴이 쿵! 하고 울리는 것 같았다. 링컨 대통령이라니! 나는 그 사내에게 링컨 대통령이 우리와 함께 있다고 말했고 그는 극도로 흥분했다. 왜냐하면 그는 우리의 16대 대통령의 '열혈팬'이었을 뿐만 아니라 배우로서 남북전쟁을 재현한 영화에 출연한 사나이들 중 한 명이었기 때문이다.

기이하게도 나는 그 후로 에이브러햄 링컨의 영혼이 퀸즈 도처에서 목격되었다고 들었다. 그 이유는 나도 모른다. 하지만 아들 윌리엄이 죽은 뒤, 링컨과 링컨의 아내가 아주 영적이 되었다는 건 안다. 그러나 아마도 링컨은 뉴욕을 좋아했을 것이다. 왜냐하면 그가 죽었을 때 그의 시신은 일리노이즈 주 스프링필드에 있는 그의 마지막 쉴 곳으로 가는 길에 장송곡을 들으며 뉴욕 거리를 행진했기 때문이다. 또는 어쩌면 카놀리(귤, 초콜릿, 달콤한 치즈 등을 파이 껍질로 싸서 튀긴 것) 하나를 구할 수 있기를 바라며 그저 뉴욕 브롱스의 아서 애비뉴(전통적으로 이탈리아 문화가 강세인 지역으로 수십 곳의 톱클래스 식당들이 있다)를 거닐고 있는지도 모른다.

거물급 영혼은 그냥 재미로 잠시 들를 수도 있다. 내가 가장 좋아하는 스타 중 한 명은 들어왔을 때 너무 수줍어하고 매력적이었다. 이것은 실제로 천국에서 당신의 성격이 얼마나 그대로인가를 보여 준다. 나는 머리를 말리고 있었고, 제이 레노(미국 토크쇼의 제왕이라 불릴 정도로 이름난 텔레비전 진행자)와 함께하는 투나잇 쇼의 담당자로부터 전화를 받기 직전이었다. 왠지 모르게 나는 자니 카슨(미국 텔레비전 사회자, 코미디언)이 죽었는지 살았는지 궁금해졌다. 나는 아래층에 있는 남편 래리에게 소리쳤다.

"자니 카슨이 죽었어?"

래리가 말했다.

"응, 죽었어."

그래서 나는 헤어드라이어를 다시 켰고 그때 자니의 영혼이 나에게 말했다.

"당신은 나의 옛 스튜디오에 갈 거예요."

자니는 그런 다음에 나에게 옛날 출연자들의 사진이 늘어서 있는 기다란 통로를 빠른 슬라이드 영상으로 보여 주었다. 레노의 담당자가 전화를 했을 때 나는 말했다.

"이봐요, 들어봐요, 밥. 자니 카슨이 나를 찾아왔어요. 그리고 내가 통로에 사진이 줄지어 걸려 있는 그의 오래된 스튜디오로 갈 거라고 말했어요."

그러나 밥이 나에게 말했다.

"난 몰라요, 테레사. 자니 카슨은 죽었고, 우린 새 건물에 있어요. 그는 이 건물에서 투나잇 쇼를 촬영한 적이 없어요. 그리고 우린 그렇게 생긴 통로가 없어요."

그래서 나는 어색했지만 괜찮다고 생각했다. 내가 모든 것에 대해 옳을 순 없으니까! 나는 제이 레노와 투나잇 쇼 방송을 했고 방송은 성공적이었다. 다음 날 아침 나는 액세스 할리우드(할리우드의 가십거리를 다루는 텔레비전 프로그램)를 촬영하러 갔고, 촬영장 쪽으로 들어가자마자 갑자기 휘어지는 통로와 함께 제이 레노의 거대한 사진을 보았다. 그러나 나는 내려가지 않았다. 무대 뒤에서 눈과 입술 화장을 고치고 있었고, 메이크업 아티스트의 익사한 오빠를 채널링하기 시작했다. 그때 갑자기 영혼이 내 얼굴을 밀어 내 왼쪽의 어둡고 텅 빈 극장 쪽을 보게 했다. 당신은 내가 누구를 보았을 것 같은가? 황갈색 정장에 갈색 신발을 신고 스타디움 의자에 발을 올리고 뒤로 비스듬히 기댄 자니 카슨이었다! 그는 객석 한가운데 줄의 정중앙에 있었다. 나는 모든 사람에게 그것에 대해 말하며 이렇게 물었다.

"자니 카슨은 여기에서 무얼 하고 있죠?"

거기에 있던 한 사람이, 약 1년 동안 자니가 액세스 할리우 스튜디오에서 투나잇 쇼를 촬영했었다고 말했다. 그러면 내가 말한, 제이 레노의 사진이 걸린 그 통로는? 만일 장비를 싣는 옥외 통로 구역으로 계속 내려갔다면 나는 통로 맞은편 끝에 있는 자니 카슨의 커다란 사진을 보았을 것이다. 영혼은 실제로 알리고 있었다. "여기에 자니 카슨이 있다!"라고.

7
긍정의 파동

지금 여기의 삶에서 파동을 높이는 방법에는
감사와 웃음, 음악과 기도, 명상과 춤이 있다.
긍정적인 활동들은 좋은 에너지를 끌어당긴다.

'에너지'는 심령술사들이 자주 사용하는 과학 용어이긴 하지만, 우리 중에 교수나 과학기술 전문가가 되지 못해 아쉬워하는 사람이 있는진 잘 모르겠다. 나는 내 나름대로 영매들을 만났고, 그들 중 누구도 이렇게 털어놓는 걸 들은 적이 없다. "난 정말로 물리학자가 되고 싶었지만 죽은 사람들과 이야기하는 것이 파티에서 나를 더 인기 있게 해 준다는 것을 알았어." 그렇게 말하는 사람이 있다면 제정신이겠는가? 만일 당신이 나에게 라디오미터(방사선 강도를 측정하는 장치)를 주었다면 나는 아마도 그것을 문진(종이가 바람에 날리지 않도록 눌러두는 물건)으로 사용했을 것이다. 심지어 아이들이 성장하면서 과학전람회 프로젝트에 도움이 필요했을 때, 그 프로젝트는 우리 집안 공동의 역작이었다. 나와 래리와 나의 부모님 등 모두가 힘을 합했다. 나는 절대로 우주항공기를 조종할 사람이 못 된다.

그러나 나는 에너지가 당신의 몸, 당신의 영혼, 그리고 사후 세계와 얼마나 관련이 있는지에 대해 이해하기 쉬운 방식으로 좀 더 설명하기 위해 최선을 다할 것이다. 지금까지 나는 어떻게 신이 에너지이며, 어떻게 우리 영혼들이 에너지로 이루어져 있는지에 대해 말했다. 그리고 우리의 영혼이 성장하고 우리가 천국의 더 높은 수준으로 올라갈 때 우리의 에너지 넘치는 파동이 얼마나 더 강해지는지에 대해……. 나는 또한 더 강한 에너지를 가진 영혼들이 얼마나 더 명확하게, 그리고 더 개성 있게 의사소통을 하는지 이야기했다. 이 복잡한 주제의 나머지를 밝혀내기 위해 너무 학문적이거나 형이상학적인 소리는 하지 않을 것이다. 그러나 만일 당신 주변에 생각하는 모자가 놓여 있다면 당신은 그걸 쓰고 싶어 할지도 모른다. 당신이 아직 커피를 마시지 않았거나 고등학교 이후로 이것에 대해 생각하지 않았다면 이것은 조금 복잡한 과정일 수가 있다.

그러니 주목하시라, 학생 여러분! 오늘 수업의 요지는 이것이다. 모든 것은 에너지이다. 그것은 우리가 보고 행동하고 생각하는 것의 핵심에 있다. 우리는 에너지일 뿐만 아니라 우리가 누구이고, 무엇에 관심이 있으며, 어떤 사람이 되기를 열망하는지 세상에 말하기 위해 자신의 에너지를 사용한다. 또한 우주에 존재하는 모든 것이 삶과 사후 세계를 지지하고, 추진하고, 연결하는 집합적 에너지에 의해 통합된다고 나는 믿는다. 그것은 우리의 몸이 작동하는 방식, 우리의 영혼이 진화하는 방식, 그리고 우리의 마음이 기능하고 감정을 처리하는 방식을 유지하는 놀라운 연속체이다. 에너지는 우리를 서로에게, 그리고 신에게 결합시킨다. 왜냐하면 나는 에너지가 모든 것의 창조자인 신에게서 온다고 믿기 때문이다.

당신은 그저 에너지 공이지 않은가

알베르트 아인슈타인은 거창한 생각이 많은 사람이었고 나처럼 훨씬 더 크게 부풀린 머리 스타일을 갖고 있었다. 그리고 내가 어렸을 때 과학 수업에서 그에 대해 기억하고 이해한 몇 안 되는 것 중 하나는 그의 등식이다. $E=mc^2$. 이것은 근본적으로 에너지(E)와 질량(m)은 서로 바뀔 수 있다는 걸 우리에게 보여 준다. 한 술 더 떠서 그 독일 물리학자는 명언을 남겼다.

"에너지는 창조되거나 파괴될 수 없다. 그것은 오직 한 형태에서 다른 형태로 바뀔 수 있을 뿐이다."

강하게 들리고 어쩌면 약간 혼란스러울 수도 있는 말이지만, 내 생각에 이 개념을 이해하는 가장 쉬운 방법은 물의 순환을 떠올려 보는 일이다. 우리 행성에는 한정된 양의 물이 있다. 그리고 그 물은 형태는 바뀔 수 있지만 결코 사라지지 않는다. 비로 떨어져 일부는 식물과 동물에게 흡수되고 일부는 증발해 구름으로 돌아가 다시 떨어진다. 증발된 물은 결국 시체나 배설물에 의해 원래 있던 환경으로 되돌아간다. 그 순환은 반복된다. 이 물은 결코 창조되거나 파괴되지 않는다. 단지 변화할 뿐이다. 에너지도 똑같다. 형태가 변하지만 결코 사라지지 않는다.

에너지가 변하는 한 가지 방법은 잠재적 에너지(위치에너지)에서 운동에너지로 바뀔 때이다. 잠재적 에너지는 물체가 에너지를 얼마나 저장하고 있는가와 관련이 있다. 그리고 운동에너지는 움직임의 에너지이다. 휘발유 한 통은 엔진에 의해 운동에너지로 전환되는 모종의 잠재적 에너지를 갖고 있다. 잠재적 에너지를 다써 버리면, 그리고 불행히도 당신이 주유소 근처에 있지 않다면, 당신은 연료가 떨어진다! 또 건전지는 새것이거나 충전될 때 모종의 잠재적 에너지를 가진다. 내가 대형 휴대용 카세트 라디오에 건전지를 넣고 볼륨을 높일 때 건전지의 잠재적 에너지는 스피커에 동력을 공급하는 운동에너지로 바뀐다. 그 잠재적 에너지가 사라질 때 건전지도 수명이 다한다.

물, 휘발유, 건전지처럼 당신 역시 당신과 당신 주변에 있는 에너지를 다양한 방식으로 사용하고 변화시킬 수 있다. 몸과 영혼은 둘 다 에너지이지만 다른 형태의 에너지이다. 인간의 몸은 영혼보다 훨씬 더 무거운 에너지이다. 영혼은 더 가볍고 더 정화되어 있다. 다시, 물의 은유를 생각해 보자. H_2O(물)는 단단하고 딱딱한 얼음덩어리 형태를 취하거나 아니면 액체나 기체일 수 있다. 인간의 몸도 유사하다. 몸의 에너지는 더 이상 밀도가 높지 않은 가벼운 다른 형태로 바뀐다. 나는 당신이 죽을 때 당신의 몸이 녹아서 영혼이 된다고 말하는 것이 아니다. 당신의 영혼과 몸은 다른 형태의 에너지들이다.

우리가 물질세계와 저쪽 세계 두 곳 모두에서 에너지라면, 많은 사람들은 우리가 왜 몸을 필요로 하는지 의아해한다. 그냥 한 형태의 에너지를 골라서 머물면 안 되는가? 그러나 이 세상에 있는 당신의 몸은 사후 세계와 연결된 하나의 목적에 도움이 된다. 당신은 자유의지로 선택하기 위해 몸을 사용하고, 물질세계에서 삶을 경험하기 위해 몸의 모든 부분이 필요하다. 움직이기 위해 몸이 필요하며, 또 당신에게 선택하게 만들고 변화를 초래하는 그런 감정들을 느끼는 데에도 몸이 필요하다. 부정적 성향, 고통, 슬픔, 상실—당신의 몸과 마음은 이런 감정들을 촉발시킨다. 당신이 영혼을 성장시키는 배움을 얻을 수 있게 하기 위해서다. 당신은 켈리 클락슨(아메리칸 아이돌로 데뷔한 미국 가수)이 어떻게 노래했는지 아는가? '감당할 수 있는 아픔을 이겨 내면 너는 더 강해질 거야.'(빌보드 차트 1위에 2주간 머물렀던 곡) 나도 한 마디 덧붙이고 싶다. '감당할 수 있는 아픔을 이겨 내면 너의 영혼은 더 현명해질 거야.' 당신은 힘든 상황으로부터 배움을 얻고 미래의 일들을 위해 그것을 사용한다. 저쪽 세계는 주로 무지개와 스키틀스(보통 1대 1로 겨루거나 5명씩 2팀으로 나뉘어 대결하는 영국의 볼링 게임)라고 영혼은 말한다. 따라서 그곳에선 이 세상에서와 똑같은 충격으로 배움을 얻을 수 없다.

당신의 몸이 당신의 영혼에 영향을 줄 수 있는 방법뿐만 아니라 좌절을 극복하고 자각에 이르는 능력은 강력한 집합적 에너지로 이용된다. 켄터키 주 루이스빌에서 단체 리딩을 하는 동안 나는 이름이 리즈인 열여섯 살 소년을 만났다. 췌장 낭포성 섬유종을 앓고 있었고, 다섯 살 때 급성 심장마비로 아버지를 잃었다. 두 사람은 매우 가까웠다. 아빠는 아들을 매일 사무실로 데려갔고, 아빠가 사망한 뒤 리즈는 아빠의 검정 셔츠를 보관하고 있었다. 아빠가 이 세상에서 입었던 마지막 옷이었다. 리즈는 영양 공급 튜브와 병원, 수술과 장례식장 등 산전수전을 다 겪었다. 또 심리치료사도 만났다. 너무 많이 억눌린 슬픔과 좌절감이 분노 조절 장애를 일으켜 리즈가 형제자매를 구타했기 때문이다. 내가 이름을 물었을 때 나는 리즈의 이름을 '그리스'로 잘못 알아들었다. 그러자 리즈가 그것에 대해 뭐라고 했는지 아는가?

"원 스트라이크! 틀렸어요."

거침없는 녀석. 그러나 그의 아버지 영혼이 들어와, 리즈가 얼마나 자랑스러우며 주위 사람들을 위해 얼마나 많은 일을 하는지, 그리고 이로 인해 아빠가 얼마나 감동받았는지 이야기했다. 리즈가 사람들의 삶을 더 좋게 만들어 주고 싶은 방법을 적은 버킷 리스트(죽기 전에 꼭 해야 할 일이나 달성하고 싶은 목표를 적은 목록)가 있다는 걸 나는 나중에야 알았다. 버킷 리스트에는 필요한 가족에게 음식을 배달해 주고, 소아 병원 환자들을 위한 크리스마스 선물용으로 성금을 모금하는 것이 포함되어 있었다.

리딩을 한 뒤 리즈의 어머니는, 아들이 분노 성향을 내려놓았으며 동생들을 때리는 걸 멈추었다고 나에게 말했다. 그녀는 웃으며 말했다.

"리즈는 이제 아빠가 자신을 지켜보고 있는 걸 알아요. 리즈의 마음속에서 아빠가 리즈에게 멋지다고 말하고 있어요."

그러나 이렇게 오랫동안 리즈를 몸부림치게 한 육체적 감정적 역경이 없었다면 리즈는 성장할 여지가 없었을 것이다. 그 당시엔 시련이 정말 불공평하게 느껴진다. 나는 이 불쌍한 아이가 그토록 많은 일을 겪었다고 축하하는 게 아니다. 그러나 그것들이 없었다면 리즈는 선행을 나누고 자기 자신보다 더 많은 영혼들을 치유하는 가치를 알지 못했을 것이다. 그리고 그것은 청소년에게는 중요한 기회이다.

또한 육체 안에서 사는 셀 수 없이 많은 축복들이 있다. 신은 우리가 여기에서 우리 힘만으로 서로 함께 즐거운 시간을 보내기를 원한다. 그는 엄격하고 현실적이며 배우고 성취하는 것에 지나치게 주력하는 호랑이 신이 아니다. 한 가지, 신은 당신의 몸에 다섯 가지 감각을 주었다. 그 감각들이 일어날 때 당신이 그것을 알아차리면 그것은 놀라운 행복을 가져다준다. 강아지를 어루만지는 것, 애인과 입 맞추는 것, 레몬 파이를 한 조각 먹는 것, 수국향기를 맡는 것, 눈 내리는 풍경을 바라보는 것, 아이의 웃음소리를 듣는 것…… 이 모든 것들은 당신의 영혼을 위한 따뜻한 포옹이다. 당신의 몸이 이런 경험들에서 느끼는 기쁨은 운동에너지로도 바뀔 수 있다. 그것은 당신의 걸음에 생기를 불어넣고 당신의 입이 귀에 걸리도록 웃게 만들 수 있다. 신은 또한 우리에게 성스러운 행성을 주었으며, 우리는 여기에 있는 동안 감사하고 존중하고 보호하며 우리 몸의 에너지를 사용해야 한다. 우리는 늘 우리 아이들을 위해 환경을 보호해야 한다고 이야기한다. 그러나 우리 혼들이 결국 윤회한다고 영혼이 말하는 것을 고려해볼 때 환경을 보호하는 것은 당신 자신의 미래 생애에도 유익한 일이다.

당신이 육체를 사용할 수 있는 또 다른 방식은 당신 자신을 표현하고, 당신의 재능과 당신 영혼의 본질을 표현하는 일이다. 가수들은 신체적으로 자신의 횡경막과 성대를 사용함으로써 그들의 영혼을 공유한다. 조각가는 그들의 손을 사용함으로써 영혼을 공유하고, 패션 디자이너는 사람들의 몸에 옷을 입힘으로써 그렇게 한다. 나의 남편 래리는 자신의 몸에 먹물로 그려 넣은 문신들로 자기 자신을 표현한다. 그는 동물과 새들을 사랑한다. 그 남자의 피부는 동물원 기념품점에서 구입한 포스터처럼 보인다. 래리의 몸에 그려진 잉어 문신은 인내심의 상징이며, 그가 삶에서 성공하고 발전하기 위해 늘 노력하고 있음을 상징한다. 용 문신도 갖고 있는데, 그것은 그가 자신의 가족을 보호하는 방식을 표현한다. 독수리 문신은 자유를 의미한다. 그리고 그의 몸에 새겨진 수탉은 투지를 상징하고 사람이나 장애물들이 그의 길을 가로막을 때 더 나아지고 성공하기 위해 스스로를 채찍질하는 모습을 의미한다. 래리는 또한 오토바이에 대한 열정을 보여 주기 위해 할리데이비드슨(미국제 대형 오토바이 상표) 문신을 갖고 있다. 그리고 그가 가장 최근에 한 007 문신은 내 남편의 유머 감각을 분명히 보여 준다. 그것은 SNL에서 래리를 패러디했던 대니얼 크레이그가 갖고 있는 것과 똑같은 문신이다.

친절한 에너지 인사

저쪽 세계로 간 영혼들은 그들의 에너지를 옮길 육체가 필요 없다. 그들은 자신의 생각과 느낌과 메시지들을 나에게 보냄으로써 내가 감지하고 느끼게 해 준다. 당신의 생각 파동 역시 강력한 에너지이다. 당신은 자신의 생각을 실현하고 자신이 바라는 것을 끌어당기기 위해 생각 에너지를 사용할 수 있다. 말하기와 쓰기도 동일한 효과가 있다. 왜냐하면 그런 행동들도 생각으로 시작되기 때문이다. 나는 우리의 생각 에너지가 우리의 삶과 다른 사람들의 삶에 영향을 미치며, 또 우리의 마음 상태를 공유하는 사람들과 환경을 끌어당긴다고 믿는다. 우리의 생각은 우리의 성공과 인생관, 그리고 우리가 함께 있는 사람들을 결정하는 데 큰 영향을 미친다. 영혼들은 당신의 열정적이고 구체적인 생각들에 귀를 기울인다. 그것들은 명상이나 기도를 하는 동안에 일어날 수도 있고, 당신이 생각에 집중하고 있을 때 일어날 수도 있다. 심지어 당신이 의식적인 명상이 아닌 자동차를 운전하고 있거나 러닝머신에서 달리고 있는 동안에도 일어날 수 있다. 만일 당신이 그 에너지에 느낌을 더한다면, 그것은 더 강해지고 더 빨리 움직인다.

당신이 하는 모든 상호작용을 통해 에너지가 전송되기 때문에, 당신의 마음과 영혼 안에서 휙휙 움직이는 감정들을 알아차려야 한다. 당신이 사랑이나 기쁨, 가슴이 뛰는 것과 같은 긍정적인 감정을 당신의 의도 뒤쪽에 놓는다면, 분노나 미움, 질투와 같은 부정적인 감정이 그만큼 빠르게 환경을 창조할 것이다. 물론 그 중간의 다양한 감정들이 있다. 무관심, 걱정, 망설임 등이 그것이다. 그리고 그 에너지는 당신에게 부메랑처럼 돌아온다. 당신은 특별한 이유 없이 아침부터 기분이 안 좋은 적이 있을 것이다. 그때 당신의 배우자가 당신의 냉담함이나 언짢은 기분을 흡수하는 걸 관찰한 적이 있는가? 인간의 영혼은 잘 빨아들이는 커다란 주방 스폰지와 같다. 아니면 당신은 언짢은 기분으로 하루를 시작했지만 유쾌한 이야기를 하는 친구와 차를 마신 뒤 금방 기분이 나아졌던 적이 있는가? 만일 좋지 않은 태도가 웃음이나 친절 못지않게 빠르게 에너지를 전달할 수 있다면, 그것은 당신의 기분 변화에 관심을 갖고 당신이 함께 있을 사람들을 현명하게 선택하는 데 도움이 된다. 당신의 의도에 에너지를 쏟음으로써 그것에 집중할 때, 당신은 그것을 실행에 옮기게 되고 당신의 현실을 창조한다. 생각은 행동을 낳고, 그것에 의해 반작용을 창조한다. 이 결

234

과는 좋든 나쁘든 끝없는 영향을 미칠 수 있다.

한결같고 긍정적인 에너지를 유지하는 것은 삶을 훨씬 쉽게 만들어 준다고 나는 생각한다. 당신의 에너지가 강하고 균형 잡혀 있으면, 모든 것들이 더욱 긍정적으로 당신 쪽으로 이동할 것이고 당신의 영혼은 더 성취감을 느낄 것이다. 당신의 에너지가 제대로 기능하지 못하고 분열되어 있을 때 당신의 흐름은 막히거나 방해받을 것이고, 당신은 더 많은 어려움에 직면할 것이다. 이 세상에서의 당신의 에너지는 다음 생에서도 당신의 영혼에 영향을 미친다. 왜냐하면 당신의 삶은 당신의 생각들에 의해 유발된 당신의 행위들이 다른 사람들에게 긍정적인 영향을 미쳤는지 아니면 부정적인 영향을 미쳤는지에 따라 평가되기 때문이다.

재능 있는 치유사들은 치료를 할 때 모든 종류의 에너지를 의뢰인에게 전달한다. 그들은 열에너지를 사용하는데, 그것은 그들의 몸을 통해 밀려 나오는 신의 에너지이다. 어떤 치유사의 손은 실제로 붉어지고 뜨거워진다. 그들은 생각 에너지로도 치료한다. 마음을 사용해 그들의 안내자와 당신의 안내자, 그리고 천사들에게 청원하는 것이다. 그런 다음 이런 존재들로부터 온 에너지를 자신의 에너지와 합쳐 문제 해결을 돕는다. 그들은 신체적 정서적 문제가 무엇인지, 또 그 문제를 바로잡으려면 어떻게 해야 할지에 대해 생각한다. 그런 집중된 생각과 의도들은 의뢰인의 건강을 증진시키는 데 도움이 된다. 그리고 대단히 높은 에너지가 생각에서 나오기 때문에 그들은 집에서든 멀리서든 원격으로 치료할 수 있다. 그것은 비슷한 속도와 효율로 똑같은 효과를 낸다.

당신의 몸짓언어도 에너지를 내보낼 수 있다. 왜냐하면 그것 역시 생각에서 시작되기 때문이다. 비통함이나 두려움, 나약함, 슬픔 같은 감정을 내보내는 의뢰인들이 있었다. 그들은 단지 팔짱을 끼거나 뺨 안쪽을 물거나 내 눈을 쳐다보지 못하는 모습으로 에너지를 전달한다. 그런 걸 느끼거나 그것에 영향받는 데는 굳이 영적 재능이 필요하지 않다.

우리는 늘 우리의 생각을 말이나 행동으로 바꿔 놓는 것이 우리의 뇌라고 믿지만 너무나 많은 생각들이 영혼 차원에서 시작된다. 저쪽 세계에서 우리가 아는 영혼들은 생각을 통해 말하고 우리는 매우 활발하게 우리 자신의 그 부분과 연결된다. 나는 내 뇌를 가끔 믿을 수 없다는 걸 발견했다. 그래서 나는 내가 말하는 많은 부분이 보다 본능적인 곳에서 나온다고 믿는다. 그러나 당신 역시 통찰력 있는 판단, 또는 평소답지 않은 판단에 스스로 놀라게 되고 그게 정녕 자신의 입에서 나온 말인지 의아해지는 유레카의 순간이 있을 것이라고 나는 확신한다. 그 순간들은 종종 영혼에서 시작된다.

자신의 파동을 올려라

모든 에너지는 파동을 갖고 있다. 당신 에너지의 파동이 무엇인지 이해하려면, 천장에 부착된 선풍기와 그 날개를 생각하는 것이 도움이 된다. 선풍기가 작동하지 않을 때 당신은 다섯 개의 움직이지 않는 날개들을 볼 것이다. 그것은 인간으로서의 당신의 파동과 같다. 왜냐하면 당신은 아주 단단하고 무거운 에너지를 가지고 있기 때문이다. 당신이 선풍기를 돌릴 때 그 날개들은 사라지기 시작하고 그 파동, 즉 속도가 매우 빨라진다. 날개들은 하나의 움직임처럼 보인다. 그것이 영혼의 파동 모습이다. 영혼의 파동은 우리보다 훨씬 더 빠르다. 영혼들은 매우 가볍고 더 빨리 움직일 수 있기 때문이다.

나는 또 저쪽 세계의 주파수가 다르다는 걸 안다. 영혼이 그 차원에서 벗어나 우리 가운데 있기 위해 자신의 파동을 바꿀 때 그 변화를 나는 느끼기 때문이다. 이 에너지 변화 때문에 나는 채널링을 할 때, 그리고 일상생활 속에서도 내 파동을 높여야 한다. 파동을 높이는 한 방법은 용서를 실천하고 연민심을 갖고 덜 비판함으로서 나의 영적인 온전함을 신장시키는 일이다.

파동을 높이는 것은 단지 영매의 일만은 아니다. 당신 역시 그렇게 하기 위해 노력해야 한다. 그것은 당신이 더 나은 방식으로 사랑하는 이들과 연결되는 데 도움이 될 것이고 당신의 일상생활에도 혜택을 가져다줄 것이다. 모든 사람의 에너지는 자기 주변에 누가 있고 기분이 어떠하며 몸에 어떤 음식과 물질들을 주입했는가에 따라 달라지는 파동을 갖고 있다. 우리는 모두 가능한 최고 수준으로 진동하기를 원해야 한다. 당신의 파동을 높일 때 몸과 영혼에 모두 영향을 미친다. 물질세계에서 당신의 파동이 더욱 긍정적이 될수록 더 많은 배움을 얻어 통과하게 되며, 그 결과 당신의 영혼은 승격된다. 모든 것은 서로 밀접하게 연결되어 작용한다.

지금 여기의 삶에서 파동을 높이는 훌륭한 방법에는 감사와 웃음, 음악과 기도, 명상과 춤이 포함되어 있다고 팻은 나에게 가르쳤다. 이런 긍정적인 활동들은 좋은 에너지를 당신에게로 다시 끌어당긴다. 당신은 또한 행복감을 주는 시각화와 호흡 연습으로 자신의 파동을 끌어올릴 수 있다. 자기 자신을 자신이 사랑하는 색으로 둘러싸는 것은—당신이 많은 시간을 보내는 방에서나 밝은 빛깔의 셔츠를 입음으로써—기분도 상쾌해지고 자신의 진동도 변화시키는 방법이다. 내가 카나리아 색 신발을 신고, 빙빙 돌며 춤 연습을 하고, 내 아이들에게 농담을 하고, 친구에게 감사를 느끼고, 내 삶에 꼭 맞는 기도와 명상을 할 때 기분이 좋아지는 것은 우연의 일치가 아니다. 내 파동을 높이는 것은 완전한 축복이다. 순간적인 각성제인 것이다!

파동은 긍정적인 것과 함께 증가된다. 그리고 당신의 파동이 올라갈 때 한번 관찰해 보라. 당신은 자신이 속한 환경과 타인들에게 좀 더 민감해질 것이다. 누가 고통 속에서 신음하고 있는지, 그것이 신체적 고통인지 감정적 고통인지 느끼기 시작할 것이다. 나는 이것이 내가 내 재능을 받아들인 이후로 내 남편 래리가 툭하면 우는 이유라고 생각한다. 그는 나의 단체 리딩에 오거나 내 방송 프로그램에 참가할 때 더 많이 공감한다. 사람들의 감정을 이전보다 더 강렬하게 느끼며, 자연스럽게 타인에게 더 많은 좋은 일을 하게 된다. 그것이 이 세상과 천국에 있는 우리에게 얼마나 영향을 주는지 알기 때문이다. 미국동물애호협회의 광고 방송을 보면서도 래리는 걷잡을 수 없이 흐느껴 운다. 전혀 예상치 못한 모습으로 감정적인 대화에 참여하기도 하고, 한 아이가 〈아메리카 갓 탤런트〉(재능 있는 일반인을 선발하는 초대형 콘테스트 쇼 프로그램)에서 오페라를 부르는 걸 듣고도 내 소파에 눈물자국을 남긴다.

최근 우리는 디스커버리 커뮤니케이션즈(세계적인 다큐멘터리 채널들을 보유하고 있는 회사)가 주최한 파티에서 오프라 윈프리를 만났는데 래리는 그녀의 ABC 토크쇼 고별 방송을 보면서 자신이 '아이처럼 울었다'고 그녀에게 고백했다. 오프라는 오프라다웠다. 그녀는 공감하며 래리의 손을 꼭 잡았다. 나는 래리의 파동이 많이 올라갔을 거라고 확신한다. 그게 아니면 단지 나이가 들어서 마음이 약해진 것일까?

순간적인 끌림

나는 에너지와 영혼이 식품 포장용 랩처럼 개인적인 물건들에 매달려 있는 걸 보았다. 옷, 담요, 스카프 등 천으로 만든 것과 보석 같이 단단한 물질로 만든 것들, 특히 돌로 만든 것들은 사람이 더 이상 입거나 쓰지 않아도 오랫동안 에너지를 끌어모아 붙잡고 있다. 많은 의뢰인들이 개인 리딩이나 텔레비전으로 방영되는 단체 리딩에 올 때 물건을 들고 오지만 나는 그 물건의 에너지를 느끼기 위해 그것을 만질 필요가 없다. 영혼은 내가 그것들을 언급해야 할 때 나에게 말해 주고 무슨 말을 해야 하는지 나에게 말한다. 한 사랑하는 이의 영혼은 자신의 존재를 입증하기 위해 한 여자가 그녀 엄마의 유해를 목걸이로 걸고 있다고 나에게 말했다. 그렇지 않으면 나는 알지 못했을 것이다. 그것은 단지 펜던트가 달린 은목걸이였다. 개인적으로 나는 사랑하는 이가 가장 좋아한 물건과 그 에너지를 내 곁에 두는 것이 편안하다고 느낀다. 나는 할머니의 결혼반지를 많이 낀다. 특히 아들의 라크로스

경기나 딸 빅토리아의 체조 대회처럼 큰일이 있을 때면 그렇게 한다. 나는 늘 할머니를 그리워하며, 그래서 어디든 가능하면 할머니를 데려가는 걸 좋아한다. 할머니의 에너지를 느낄 때 할머니의 현존을 느낀다.

에너지는 파괴될 수 없기 때문에 그것은 무생물에도 인상이나 파동으로 남을 수 있다. 그래서 내가 집에 새 물건을 가져올 때, 특히 역사가 서려 있는 골동품과 과거에 사용한 적이 있는 장신구일 때, 나는 늘 세이지풀 정화를 하고 그것들을 신의 흰 빛으로 둘러싼다. 목재 역시 에너지를 끌어당긴다. 그래서 나는 무엇보다 가구와 거울에 더 주의를 기울인다. 가전제품처럼 새 가정용품을 살 때도 세이지풀 정화를 하고 그것들을 빛으로 감싼다. 왜냐하면 그 물건이 나쁜 에너지가 있는 오래된 창고에 있었거나 그 물건을 다루는 사람이 자신에게 달라붙은 불쾌한 에너지를 갖고 있을 수도 있기 때문이다.

내 말을 믿으라. 잘못된 종류의 에너지는 당신이 원하지 않는 경품이다. 에너지가 붙어 있는 물건과 관련된 가장 말도 안 되는 사례는 내 친구 마리의 작은 나무 탁자였다. 내가 방문했을 때 그 탁자가 그녀의 방으로 옮겨졌다. 이때의 일이 텔레비전으로 생중계되었다. 그 가보는 마리 조부모의 것이었다. 마리와 그녀의 친구들은 어렸을 때 그것을 갖고 놀곤 했다. 그들은 그 탁자에게 질문을 했고, 한 번 두드리면 '예', 두 번 두드리면 '아니오'라고 탁자에게 가르쳤는데 탁자가 그것을 한 것이다! 마리의 할머니는 아주 영적이었고, 어느 순간 그녀는 열여덟 살 된 손녀에게 나쁜 일이 일어나고 있다는 걸 느꼈다. 할머니는 가족에게 손녀딸이 장난으로라도 탁자를 더 이상 사용하지 않았으면 좋겠다고 말했다. 왜냐하면 탁자가 손녀딸에게 곧 죽을 거라고 말하려는 걸 느꼈기 때문이다. 마리의 언니는 얼마 안 가서 죽었고, 그들은 다신 그 탁자를 사용하지 않았다.

탁자는 지하실에 보관되어 있었는데, 마리가 30년 만에 처음 그것을 꺼내 나에게 보여 주었다. 우리는 그 탁자가 마리가 어렸을 때 마리의 가족에게 한 것처럼 우리를 위해 움직일지 보고 싶었다. 그래서 나는 그 탁자를 세이지풀로 정화했고 신의 빛으로 보호했다. 그리고 관련된 모든 이들의 최고선을 위해서만 질문했다. 내가 그 가구에 손을 올리면 그것의 에너지가 확실히 정화되었길 바랐다.

나와 마리와 그녀의 엄마와 그녀의 오빠 마이클은 모두 그 탁자의 네 귀퉁이에 앉았고 우리의 손을 그 위에 가볍게 올렸다. 탁자가 진동했다. 그때 나는 모두에게 손을 탁자 위로 올리라고 요청했다. 방송을 보는 사람들이 우리가 탁자를 움직이고 있다고 생각할 수도 있기 때문이었다. 바로 그때 탁자가 서서히 미끄러지며 아주 조금 들렸다. 그런 뒤 그것은 바닥에서 마이클 쪽으로 정말 빠르게 움직였다. 우리는 손으로 탁자를 밀거나 당기지 않았으며, 그것을 움직이기 위해 카메라에 잡히지 않는 곳에 낚시줄을 매달아 놓지도 않았고, 마리네 집의 바닥은 완전히 평평했다. 나는 이전에도 이후에도 그런 광경을 본 적이 없었다.

마리는 그 후로 다른 손님들과 그 탁자를 움직여 보려 했지만 그것은 꼼짝도 하지 않았다고 말했다. 그렇다면 어떤 종류의 에너지가 그 탁자를 움직이게 만들었는가? 모르겠다. 나는 마리 할머니의 영혼이 보호해 주려고 그곳에 있었다는 걸 알고 있었지만, 그녀가 탁자를 움직이거나 다른 영혼이 그것을 미끄러지게 하는 것 역시 느끼지 못했다. 그 에너지는 내가 인식하지 못한 것이었고 탁자 안에 있었다. 또 나는 그것이 부정적인 에너지라고 느끼지 못했다. 나는 그 장면이 방송되는 것에 대해 망설였다. 누구도 그것을 믿지 않을 거라고 생각했기 때문이다. 그러나 내가 다음과 같은 이메일을 얼마나 받았는지 아는가?

"어릴 적에 우리 집에도 그것과 비슷한 탁자가 있었어요!"

8
삶이라는 학교

미래의 다른 삶에서 그 가르침들을 다시 만날 것이다.
또한 뒤에 남겨 둔 사람들의 고통을 경험할 것이다.
우리 모두가 그러하듯이.

단지 귀신 들린 이야기나 유령 괴담, 미국 공포 소설에 나올 법한 많고 많은 귀신 이야기를 읽고 싶어 책장을 훌훌 넘겼다면 다음 몇 장은 맥이 풀릴 수도 있다. 사실 이번 장은 죽은 사람들에 관한 책들에서 읽었을지도 모를 부정적 성향에 대한 가장 덜 무서운 장일 수도 있을 것이다. 그 이유는, 나는 부정적인 영혼을 다루지 않기 때문이다. 그리고 그들이 주변에 있으면 나는 거의 알은척하지 않으며 그들과의 상호작용은 더더욱 하지 않는다. 파괴적인 사람들의 경우에도 마찬가지다. 즉, 관여하지 않기로 결심한다. 그러나 부정적인 사람들과 부정적인 영혼이 존재하며, 그들이 당신을 잘못되게 만들 수도 있다는 사실을 완전히 무시할 순 없다. 그래서 그 주제에 대한 나의 생각과 경험과 의견을 공유하고 싶다. 내가 단지 부정적인 에너지를 좋아하지 않는다고 해서 내가 그것에 대한 견해를 갖고 있지 않다는 뜻은 아니다.

앞장에서 나는 생각 에너지가 전염되는 것이라는 관점에서, 부정적인 것이 어떻게 부정적인 것을 끌어당기고 긍정적인 것이 어떻게 긍정적인 것을 끌어당기는지 간단히 이야기했다. 그러나 이 파동이 실제 사람들과 상황들 속에서, 그리고 당신의 삶 속에 있는 영혼에게 어떻게 나타나는지 아는 건 중요하다. 영혼은 당신이 스스로를 긍정적인 영향력으로 둘러싸이게 하고 부정적인 상황에 시간을 낭비하지 않기를 원한다. 이는 긍정적인 성향이 영혼의 성장에 유익하기 때문이라고 나는 생각한다. 그리고 영혼은 실제로 큰 그림을 잘 보며, 그저 순간적인 만족감을 즐기지 않는다. 만일 오랫동안 긍정적인 기운을 회복하지 못했다면, 영혼은 우리가 슬프거나 스트레스가 쌓였을 때 먹는 필리 치즈스테이크 (유명 인사나 연예인들이 필라델피아를 방문하면 한 번씩 꼭 먹는 유명한 치즈스테이크)를 먹고 기운 낼 것을 제안할 것이다!

당신이 늘 긍정적으로 자신의 파동을 높이기 위해 노력할 때, 빛 속으로 들어간 선한 영혼들이 당신의 긍정적인 에너지에 끌리는 건 자연스러운 일이다. 그들은 당신을 둘러싸고, 안내하며 보호할 것이다. 왜냐하면 그들은 신으로부터 오며 또한 선하기 때문이다. 그러나 당신이 두려워하거나 파괴적이거나 제대로 기능하지 못할 때, 그때 당신의 집과 삶은 부정적인 영혼이 번창하기에 아주 편안한 곳이 될 수도 있다. 부정적인 영혼들은 미성숙하기 때문에 당신의 두려움과 나약함을 정말 열심히 먹어 치운다. 이 세상에 있을 때 기만적이고, 이기적이고, 인색하고, 믿음이 가지 않던 사람처럼. 놀랄 것도 없이 그런 낮은 수준의 에너지들은 물질세계에서도 위의 단계로 올라가지 못했었다. 그들의 영혼은 저쪽 세계로 올라가기 전에 배워야 할 게 많으며, 따라서 그들은 당신의 주의를 끌고 당신의 더 좋은 생각들을 떨쳐 버리게 하는

데 많은 시간을 쓸 수도 있다. 그러나 친한 친구라면 당신에게 경계를 설정하고 긍정적인 생각을 하며, 나쁜 순간을 되풀이하지 말고 절반이나 채워진 잔을 통해 삶을 봄으로써 부정적인 사람들로부터 자기 자신을 지키라고 조언하는 것처럼, 이와 같은 방식으로 당신은 부도덕한 영혼으로부터 자기 자신을 지켜야 한다.

긍정적인 사람들이 필요한 사람

나는 좋은 태도를 갖는 게 쉬운 일이 아니라는 걸 깨닫는다. 특히 당신이 바쁘거나 스트레스를 받거나 슬프거나, 혹은 그 모든 것이 합쳐진 상황에서는. 그러나 당신의 영혼이 하룻밤 사이에 아치 벙커(1970년대에 인기가 높았던 TV 프로그램 〈올 인 더 패밀리〉의 주인공으로, 무식하고 큰 소리로 떠드는 화물 노동자)에서 리틀 미스 선샤인(어린이 미인 대회에 출전을 선언한 딸 뒷바라지를 위해 온 가족이 출동한 휴머니티 넘치는 영화)으로 갈 필요는 없다. 당신은 정신적으로 좋은 자세를 확립한 뒤 그것을 유지하기 위해 노력해야 한다. 그것은 그럴 만한 가치가 있다. 이것은 내 아이 둘이, 들쑥날쑥한 이가 마침내 가장 아름다운 미소를 지을 수 있도록 치아 교정기를 부착하고 아주 미세하게 치열 교정을 한 과정을 떠오르게 한다. 치아 교정기를 떼어 낸 뒤, 치아가 원래 자리로 되돌아가지 않도록 확실히 하기 위해 한동안 치아 유지 장치를 착용해야 했다. 이와 비슷하게, 관점에서의 작은 변화는 큰 영향을 미칠 수 있으며, 긍정적인 것으로 스스로를 둘러싸는 일은 당신의 영혼에 유지 장치를 하는 것과 같다.

주변을 둘러보라. 그러면 태도를 교정하는 것이 얼마나 삶을 더 쉽고 재미있게 만드는지에 대한 예를 찾기는 어렵지 않을 것이다. 나에게는 그 일이 우리의 텔레비전 방송 현장에서 매일 일어난다. 방송 팀이 우리 집에 들어올 때 따라야 하는 규칙은 많지 않지만, 하나는 모든 이들에게 이름을 부르며 아침 인사를 하는 것이다. 이것은 그날의 분위기를 조성해 일하러 오는 걸 즐겁게 한다. 내가 늘 밝게 웃으며 아침에 일어나는 건 아니지만 이와 같은 작은 몸짓들은 나의 인생관까지도 밝게 해 준다.

날씨에 대한 당신의 태도는 당신의 하루에 영향을 미치는 또 다른 사항이다. 예를 들어, 비는 명랑한 태도를 즉시 익사시킬 수 있다. 당신은 비에 대해 나처럼 공포증을 가질 필요가 없다. 전에 나는 비가 교통 체증을 유발하고, 머리를 부시시하게 만들며, 흰 바지를 엉망으로 만드는 것에 질색했었다. 그러나 우울해지지 않으려고 내가 무얼 하는지 아는가? 해가 나오면 하게 될 산책을 생각한다. 만일 당신이 사랑하는 이의 죽음과 같은 더 무거운 상황에 있다면, 나는 산책을 해서 그것을 극복해야 한다고 말해 당신의 감정을 무시하진 않을 것이다. 당신의 과정은 나나 다른 사람들과 다를 것이고 치유에 시간이 좀 더 필요할 수 있다. 그러나 당신이 어떤 상황을 통과할 때, 날씨처럼 더 작은 성가신 일들에 대해서 희망적인 인생관을 갖는 것이 당신이 실제로 중요한 일을 처리하는 데 더 많은 주의를 기울이게 한다는 걸 나는 안다. 변덕스러운 기후라는 걱정거리가 하나가 더 줄어드는 것이다.

많은 경우, 나쁜 사람이나 상황을 단지 예측하는 것만으로도 그 일이 일어나기도 전에 당신 안에 부정적인 에너지를 만들어

낼 수 있다. 시어머니를 보기도 전에 최소 일주일간 시어머니에 사로잡혀 괴로워하는 한 여성이 있었다. 배가 아프고, 남편과 사소한 시비를 걸고, 집 안을 쿵쿵거리며 걷는다. 이 모든 것은 가까운 미래에 시어머니의 비난으로 공격받게 될 거라고 예상하기 때문에 일어나는 일이다. 그러나 그전에 미리 짜증을 냄으로써 그 여자는 자신의 불쾌한 표정을 가족과 친구들에게 전달하고 여러 가지 면에서 자신의 현실을 창조한다. 나는 그녀에게, 씩씩거리며 다니는 대신 양쪽 가족이 함께 멋진 시간을 보내는 모습을 그려 보고 시어머니의 모욕적인 말이나 행동을 수월하게 다루는 걸 상상해 보라고 제안했다. 이런 상상은 그녀에게 필요한 안내를 요청하는 메시지를 영혼에게 보낸다. 또한 미리 대응해 봄으로써 그 만남에 대해 실질적으로 준비할 수 있다. 문제의 진실은 다른 사람이 우리를 행복하게 해 줄 수 있지만 그들은 우리의 행복에 책임이 없다는 것이다. 즉, 책임은 우리에게 있다.

영혼은 종종 누군가의 죽음과 관련된 부정적인 감정을 가지고 다니는 사람들에게 한 가지 좋은 연습을 제안한다. 나는 그것이 어떤 부정적인 상황에서도 정말로 도움이 된다고 생각한다. 영혼은 말한다.

"내가 당신 앞에 서 있다고 마음속으로 그려 보세요. 내 발 밑에는 열려 있는 여행 가방이 있어요. 나의 죽음과 관련해 당신이 갖고 다니는 모든 부정적인 짐들을 그 안에 넣으세요. 이제 여행 가방을 닫고 그것을 사랑으로 나에게 돌려주세요. 이것은 내가 들고 갈 짐입니다. 당신 짐이 아닙니다."

다음번에 당신이 몹시 나쁜 상황에 처해 있을 때 나는 이 시각화를 해 볼 것을 권한다. 당신이 그 사람에게 하고 싶은 모든 말과 행동을 큰 여행 가방에 넣고, 여행 가방을 닫으라. 가방이 닫히기는 할까? 그리고 그것을 사랑으로 돌려주라. 우리는 타인의 짐을 들고 다니느라 너무 많은 시간을 보낸다. 이제 짐을 싸서 보내 버릴 시간이다.

내가 부정적인 영혼체들을 무서워하지 않는 이유

나는 부정적인 사람들에게 많은 에너지를 쏟지 않듯, 부정적인 영혼을 걱정하는 데에도 시간을 허비하지 않는다. 내가 이 영혼체들을 덜 두려워하고 덜 알아볼수록 그들과 더 적게 상호작용하고 더 적게 연결된다는 걸 나는 느낀다. 그리고 그 결과 나는, 악령이나 시끄러운 유령, 지붕 위를 후다닥거리며 다니거나 자신의 존재를 무시하지 못할 것 같은 사람들을 사로잡는 사악한 존재들을 직접 만나 본 적이 없다고 생각한다. 그러나 내가 이런 나쁜 영혼을 다루지 않는다고 해서 그들의 존재를 의심한다는 뜻은 아니다. 나는 홀로코스트(1930—40년대 나치에 의한 유대인 대학살)나 대감자기근(1840년대 아일랜드를 휩쓸어 전 인구의 5분의 1을 아사시킨 대기근)을 겪어 보진 못했지만 그런 사건들이 실제로 있었다는 것은 의문의 여지가 없다.

나는 당신이 책과 영화에서 말하는 것보다 부정적인 영혼을 더 잘 통제할 수 있다고 생각한다. 나는 나 자신의 중심을 잡고, 자신을 신의 빛으로 보호하며, 정기적으로 세이지풀로 집 안을 구석구석 정화하고, 채널링할 때 모든 관계된 사람과 신과 함께 걷는 영혼들의 최고선을 요청한다. 당신이 스스로를 보호하지 않고 부정적인 성향에 먹이를 공급할 때 그것이 몇 배로 번식할 수 있다고 나는 생각한다. 만일 침대가 이유 없이 흔들린다면 당신은 세이지풀과 기도로 그것을 멈추게 할 수도 있지만, 어느 정도 매료되어 그것을 부추길 수도 있다. 가령 당신의 고양이가 발길질을 당하기라도 한듯 바닥에 미끄러진다면, 당신은 그것을 야기한 성가신 일들을 제거하기 위해 사제나 영매를 찾을 수도 있지만, 당신과 당신 친구들은 그 에너지가 그 일을 다시 하도록 부추길 수도 있다. 무슨 말인지 알겠는가?

얼마 전에 나는 라스베이거스에서 채널링 쇼를 했는데 그곳에서 걸걸하고 코밑수염을 기른 오토바이 타는 사내를 만났다. 영혼은 그가 나와 같은 능력을 갖고 있다고 나에게 말했다. 나는 그에게 그것이 사실인지 물었고 그는 말했다.

"아니요, 같지 않아요. 나는 오직 악마만 봐요. 텔레비전을 켜면 누가 어린이 성추행자인지 나는 볼 수 있어요. 또 뉴스를 보고 어떤 사람이 살인을 저질렀는지 알아요. 나는 오직 부정적인 에너지만 보는데, 당신은 어떻게 긍정적인 에너지만 보는지 이해가 안 가요."

나는 이 대화에 대해 두 가지 중요한 걸 말하고 싶다. 첫째, 나 또한 〈데이트라인〉(실제 범죄 사건을 다루는 미국 NBC 프로그램)의 범죄 수사를 시청하고 누가 살인자인지 알 수 있지만 내 생각은 거기에서 끝나지 않는다. 나는 직감적으로 그 상황에서 무엇이든 있을 수 있는 선한 것을 찾는다. 아마도 희생자의 가족은 그녀가 죽은 뒤 더욱 가까워졌을 수도 있고, 그 사건은 총기 규제법에 대한 의식을 높였다. 그리고 나는 지체 없이 희생자를 위해, 그리고 그 사람이 평온하다는 걸 가족들이 알게 되기를 기도한다. 즉, 나의 파동을 높이고, 부정적인 사건의 충격을 완화시키고, 모든 사람들의 혜택을 위해 혼신의 노력을 기울인다.

둘째, 긍정적인 영혼으로부터 온 치유의 메시지를 전달하는 것은 하나의 선택이다. 오토바이를 타는 사내가 참가한 그 채널링 쇼가 진행되는 동안 내가 전달한 것은 전부 긍정의 메시지였다. 나는 어떤 부정적인 것도 감지하거나 느끼지 못했다. 설령 이 남자가 자신은 느꼈다고 말할지 몰라도. 사실 나는 한 젊은 여성을 채널링했다. 그녀의 남자 친구가 그녀를 살해했고, 그녀는 아들 한 명을 뒤에 남겨 두고 떠났다. 분명 이것은 끔찍하고, 비극적이며, 부정적인 일이었지만 나는 섬뜩하거나 피와 폭력이 난무하는 세세한 내용들을 영혼으로부터 듣지 못했다. 대신 그녀의 영혼은 가족들이 결코 믿지 않았던 남자와 데이트를 한 것은 자기 책임이라고 가족들에게 말했다. 그리고 그녀는 법 집행자들이 그의 처벌 문제를 다루도록 맡기고 대신 가족들은 그녀의 아이를 돌보는 데 집중해 주길 원했다. 그녀는 가족들이 그녀의 죽음에 죄의식을 느끼지 않도록 자신이 괜찮다는 걸 알리고, 그녀가 자신을 위험한 상황에 처하게 했음을 고백함으로써 가족들을 편안하게 해 주었다.

그렇다고 그곳에 부정적인 에너지가 없다고 말하는 것이 아니다. 왜냐하면 나쁜 것 없이 좋은 것이 있을 수 없으며, 사람들은 늘 끔찍한 결심을 하고, 그중 어떤 결심들은 부정적인 존재의 영향을 받은 것일 수도 있기 때문이다. 그러나 당신은 당신의 인생과 영혼에 어떤 것이 얼마나 들어오게 할지 통제할 수 있다. 그건 그렇고, 부정적인 영혼을 보는 남자에게 영혼은 그가 원한다면 그가 받는 정보를 바꿀 수 있다고 제안했다. 그러나 남자는 그저 나를 쳐다보며 이런 표정을 지었다.

"여사님, 그건 말처럼 쉽지 않아요."

그것도 좋다. 왜냐하면, 분명 이 주제에 대한 최종 결론은 아니지만, 그 만남은 우리 모두가 어떻게 긍정적이거나 부정적인 시각으로 한 상황을 틀 지우는 의식적인 선택을 하는지, 그리고 그것이 우리의 행복에 얼마나 영향을 미칠 수 있는지에 대해 생각하게 해 주었기 때문이다.

집에 있는 긍정적인 에너지와 부정적인 에너지

우리가 만지는 모든 것은 어느 정도의 긍정적 에너지나 부정적 에너지를 품고 있기 때문에 당신의 집과 그 집이 지어진 땅도 예외가 아니다. 그리고 영혼은 에너지이기 때문에 그들도 머물러 있다. 집이 오래될수록 새집보다 더 많은 에너지와 영혼을 갖고 있을 수 있다. 왜냐하면 더 오랜 세월 있어 왔고 더 많은 역사를 획득했기 때문이다. 더 많은 행위와 사건들, 그리고 집 안팎을 거쳐 간 수많은 사람들……. 새 건축물 역시 에너지를 갖고 있다. 그 에너지는 그 토지로부터, 혹은 세상을 떠난 당신의 사랑하는 이로부터 나올 수 있다.

만일 영혼이 당신 집에 머물러 있다면 사람들은 자동적으로 이것을 유령이 출몰하는 부정적인 에너지로 추정하지만 꼭 그렇지만은 않다. 영혼은 건물이나 재산에 집착하기 때문에 집에 머무는 걸 선택한 것일 수도 있다. 그러나 영혼이 그곳에 늘 있는 것이 아니라 천국에서 방문하고 있을 가능성이 더 많다. 나는 과거 그의 집 소유자였던 사내의 영혼을 가끔 보는 한 남자를 안다. 처음에 이 일이 일어났을 때 그 영혼은 그에게 두려워하지 말라고 말하며 자기가 그 집을 지었고 그 집을 자기 못지않게 좋아하는 다른 가족들을 보는 게 좋다고 설명했다. 만일 그 사내가 그토록 터놓고 말을 잘하는 영혼이 아니었다면 그가 나타나는 곳이 무섭다고 느끼기 쉬웠을 것이다. 왜냐하면 솔직히 모든 집의 거실에 어슬렁거리는 죽은 사내가 있는 건 아니며, 영화에서는 대부분 주변에 영혼이 있으면 나쁘다고 이야기하기 때문이다. 그러나 이 영혼은 해로운 의도가 없었고, 현재의 주인 남자는 자신이 원할 때마다 혼자 있게 해 달라고 영혼에게 요청했다. 나는 그 영혼도 이 남자 주변에 있는 걸 좋아하지 않았을까 생각한다. 왜냐하면 그는 너무 괜찮은 사람이기 때문이다. 자신의 집에 여분의 방과 뜻밖의 벽장이 딸려 있어서 그는 좋아했을까? 그럴지도 모른다. 어쨌든 좋은 영혼이 함께 있는 건 해로울 게 없었다.

때로 내가 어떤 집으로 들어갈 때 영혼은 그 집이 지어지기 전에 그 땅에 무엇—농장이나 무서운 공동묘지 등과 같은 종류—이 있었는지 그리고 여전히 그곳에 남아 있는 에너지가 긍정적인지 부정적인지 말해 준다. 개인 리딩을 하는 동안 영혼은 뒷마당에 베어 버린 나무 몇 그루 때문에 현재의 집주인이 무척 속상해한다고 말했다. 집주인 여성은 자신이 그 땅을 교란시켰을까 봐 두려워하고 있었다. 왜냐하면 나무들 아래에 묘비들이 있었고,

그녀가 나무들을 제거하기 위해 고용한 회사가 모든 것을 없애 버렸기 때문이다! 그녀는 그곳에 묻혀 있던 영혼들이 화가 나서 그녀의 평화로운 집을 위협할까 봐 두려웠다. 그러나 그 영혼들 중 몇몇은 실제로 앞으로 나와서 말했다. 무덤들이 제거된 것은 그녀의 잘못이 아니며 그녀가 그 땅 위에 집을 지은 것이 아니기 때문에 걱정할 필요가 없다고. 사실 그들은 그녀의 진실성에서 좋은 점을 발견했고, 나는 그들이 이제부터 그녀의 집을 안전하게 지켜 주지 않을까 하는 생각이 든다.

강렬한 긍정적 감정과 부정적 감정을 경험한 집들은 그 에너지를 계속 보유하고 있을 수 있지만 그것이 영원히 지속되어선 안 된다. 나는 한 부부를 그들의 집에서 리딩한 적이 있다. 그 집은 최근에 새롭게 개조되었으며 나에게 긍정적으로 느껴졌다. 그러나 안으로 들어갔을 때 나는 마음의 눈을 통해 피투성이가 된 벽들이 섬광처럼 지나가는 걸 보았고, 심지어 내 입에서 피 맛이 느껴졌다. 또 모퉁이에 서 있는 한 사제를 보았다. 처음엔 이 모든 것이 나를 깜짝 놀라게 했지만 나는 내 일을 하기 위해 그곳에 있었고, 내가 보고 느낀 것들을 언급함으로써 부부를 겁먹게 하고 싶지 않았다. 그래서 리딩을 진행했다. 영혼이 중요한 문제를 그냥 넘어가지 않는다는 걸 나는 알아야 했었다! 그 채널링 동안 영혼은 그 집 남편이 구두쇠라고 말하면서, 나에게 그 집 주위에 빙 둘러 있는 노란색 테이프를 보여 주며 그 공간에서 사람들이 잔인하게 죽임을 당했다고 말했다. 나는 이것을 그 부부에게 말했고, 아내는 그들이 그 집을 살 때 정말로 싸게 구입했다고 인정했다. 한 가족이 그 집에서 살해되어 누구도 그 집을 원하지 않았기 때문이다. 부부는 집의 내부를 다 들어내고 사제를 불러 그 집을 축복하게 했다. 그리고 영혼은 그 집이 나쁜 에너지에서 벗어났다고 확인해 주었다. 그들이 대부분의 벽면을 벗겨 냈어도 그 공간은 여전히 나에게 각인시켜 줄 것을 품고 있었다. 하지만 나는 집 안에서 어떤 위협적인 것도 느낄 수 없었다. 사제가 그 집에서 감지되는 부정적인 에너지를 제거한 것이다.

당신이 당신의 집으로 가져온 에너지와 영혼이 무엇보다도 문제가 될 수 있음을 또한 알아야 한다. 만일 당신의 집이 행복하거나 혹은 무겁게 느껴진다면, 이전 집주인을 비난하거나 죽은 여자의 영혼이 다락방에 귀신으로 나타나기 전에 자신의 삶을 잘 살펴보라. 그런 뒤 세이지풀을 태워 집 안 내부를 정화하기 바란다. 세이지풀 정화의 가장 좋은 점은 영혼에는 거의 작용하지 않는다는 것이다. 그것은 모든 종류의 부정적인 에너지를 분해한다. 내가 기분이 상해 있을 때, 혹은 짜증스러운 방문객이 집을 다녀간 뒤에, 나는 다음과 같은 긍정적인 기원을 하며 세이지풀 정화를 하는 걸 좋아한다.

"이 집에는 오직 평화와 사랑과 기쁨과 만족을 위한 공간만 있습니다. 부정적인 생각이나 느낌, 감정을 위한 공간은 없습니다. 부디 빛으로 가세요."

부정적인 영혼에 맞서기

자주 나는, 사람들이 무심코 집에 '무서운 귀신이 출몰한다'라고 할 때, 실제로는 좋은 영혼들이 그 공간에 살고 있다는 걸 알

왔다. 우리가 단체 리딩을 촬영한 캘리포니아 베이커즈필드의 역사적인 장소인 파드레 호텔과 비슷하다. 여기서 한 어린 소녀의 영혼은 자신과 또 다른 영혼이 그 호텔을 지키고 있으며, 그곳의 홀들에서 노래하고 춤추는 걸 좋아한다고 나에게 말했다. 이 영혼들은 부정적이진 않지만 소란을 떨기 때문에 만일 당신이 이유를 알 수 없는 소음의 신봉자가 아니라면 그것이 무섭게 느껴질 수 있다. 부정적인 영혼이 나쁜 방식으로, 사는 데 지장을 주거나 괴롭히는 것은 흔치 않다. 그럴 경우에는 그것을 효과적으로 다룰 수 있는 영매나 사제를 부르는 게 중요하다.

나는 부정적인 골칫거리를 만나 본 적이 없었기 때문에 예를 들기 위해 팻의 이야기보따리를 들춰 보았다. 몇 년 전 팻은 어떤 몹시 인색하고 공격적인 영혼이 저쪽 세계로 건너가는 걸 도왔다. 그는 자신이 몇 년 동안 머물러 온 집에 사는 열 살짜리 여자아이에게 화가 나 있었다. 팻이 그를 빛으로 안내하기 시작했을 때 그는 그런 에너지로 그녀에게 저항했고, 그녀의 몸은 서서히 밀리기 시작해 뒤로 젖혀졌다. 그녀는 밀리지 않기 위해 다리를 벌렸다. 그것은 고통스럽지 않았다. 단지 불편했을 뿐이다. 마침내 그녀가 이겼다. 팻이 그를 겁쟁이라고 부르자 그는 싸움을 중단했다. 그녀는 그 영혼을 보고 들을 수 있는 영매를 데려왔으며, 그 영혼은 자신을 만든 존재를 만나는 것이 두렵다고 말했다. 자기 자식들에게 한 나쁜 짓 때문에, 그리고 지금 이 여자아이를 무섭게 하고 있다는 사실 때문에. 그가 나약하다는 걸 알고서 팻은 그의 어머니 영혼을 저쪽 세계에서 불렀고, 그녀가 아들을 위해 와서 아들이 저쪽 세계로 가도록 도와주었다.

궁극적으로 이런 부정적인 영혼을 물러서게 만들 수 있었던 중요한 요인은 팻과 영매가 무서워하지 않았다는 것이다. 전에도 말한 것처럼, 당신이 죽은 사람을 상대하고 있든 살아 있는 사람을 대하든 상관없이 두려움은 당신의 가장 나쁜 적이다. 내가 말한 적 있는, 익사 사고로 사망한 소년 브라이언의 아버지 빌 머피는 이것에 대해 최근 나에게 재미있는 말을 했다. 그는 집과 삶 속에 악령이 거주하고 있다고 주장하는 텔레비전 방송들에서 공통된 주제를 알아차렸다. 즉, 악마와 악령에 대한 이런 부정적인 유형의 방송들을 보면서 내가 느낀 가장 재미있는 것 중 하나는 이 문제를 겪고 있는 사람들 모두 너무 많은 종교적 물품들이 집 안에 가득하다는 것이다. 그림들, 조각상들, 천사들, 십자가상 등 온갖 것. 나는 믿음의 징표에 대해 말하고 있는 것이 아니다. 나는 사람들이 두려워하기 때문에 갖고 있는 공예품들에 대해 말하는 것이다. 두려움은 부정적인 느낌이고, 부정적인 결과를 초래할 것이다. 그래서 나는 사람들이 맞닥뜨린 많은 문제들이 그 문제에 대한 그들의 반응으로부터 일어날 수 있다고 생각한다. 만일 악마에 대한 당신의 두려움이 전능한 존재인 신에 대한 믿음보다 더 커진다면 부정적인 영혼이 그것을 먹고 살 수 있지 않을까 하고 나는 생각한다.

만일 당신이 영혼과 관련돼 있다고 의심하며 스스로 불편함이나 두려움을 느낀다면 신의 흰 빛으로 스스로를 감싸 보호하면서 이 말을 되풀이해 보라.

"여기는 너의 공간이 아니다. 신의 이름으로 떠나라."

나는 또한 당신의 종교와 상관없이 보편적인 보호의 기도인 주기도문을 제안한다. 그 느낌이 사라질 때까지 둘 중 하나를 계속 말하라. 이것을 할 때 두려워하지 않는 것은 필수적이다. 그렇기 에 현관 앞에서 떠나지 않고 귀찮게 구는 방문판매원을 대하는 그런 투지를 몹시 짜증스러운 영혼체를 다루는 데 사용하라. 또 한 이것을 기억하라. 만일 당신이 불길해 보이는 어떤 걸 느낀다 면, 당신이 받는 메시지나 생각들로 미루어 당신은 그것이 나쁜 곳에서 오고 있음을 판단할 수 있을 것이다. 그 교묘한 에너지는 당신에게 무엇을 해야 할지 말하는 반면에, 천국에서 온 영혼은 당신을 안내해 준다. 안내는 다정하고 부드러우며, 당신을 격려해 특정한 방향으로 이끌어 간다. 또한 빛으로 들어간 영혼들은 신 호와 우연의 일치, 다른 온화한 인삿말들을 통해 자신들이 주변 에 있다는 걸 당신이 알도록 배려한다. 그들은 당신을 겁주려고 밖에 나오지 않으며, 만일 당신이 그들에게 가 버리라고 하면 그 들은 대부분 틀림없이 그렇게 할 것이다.

영혼은 우주의 모든 곳에 악이 있는 반면 저 밖에는 훨씬 더 많은 선이 있다고 주장한다. 어떤 부정적인 것이 없다면 자유의 지가 그것에 저항하는 일도, 우리의 영혼이 진화할 기회도 없을 것이다. 선 대 악의 장대한 전쟁—우주에서, 당신 영혼 안에서, 그 리고 당신 아이가 다니는 초등학교 학부모회 엄마들 사이에서 일 어나는—에서 사랑은 늘 모든 걸 이긴다.

슬프고 오래된 저택을 여행하고 싶은가?

사람들은 종종, 버려진 정신병원이나 오래된 매춘굴, 혹은 다

쓰러져 가는 여관들에서 부정적인 경험을 한 적이 있는지 나에게 묻는다. 내가 어떤 종류의 휴가를 보낼 것 같은가? 나는 대체로, 찰스 맨슨(1960년대에 사교 집단을 이끌며 35명의 사람을 잔혹하게 살해해 악명을 떨친 희대의 살인자)의 집이나 실비아 플라스(미국 여류 시인. 두 번의 자살 기도와 정신병원 치료를 받음)의 좁은 공간처럼 우울하게 만들거나 잔혹한 활동이 일어난 장소는 여행과 방문을 의도적으로 피한다. 내가 무엇을 하고 느낄지 생각해 본다면, 왜 내가 내 자유 시간을 그런 곳에서 보내고 싶겠는가? 그것은 산들바람 부는 오후의 휴식에 전혀 도움이 되지 않을 것이다.

나는 좀 더 긍정적인 역사적 장소에 가는 걸 즐겨 왔다. 어렸을 때 나는 롱아일랜드의 북부 해변에 있는 시어도어 루즈벨트(미국의 제26대 대통령)의 저택에 끌렸다. 그곳은 새거모어힐(루즈벨트가 사망할 때까지 거주한 자택. '새거모어'는 북아메리카 인디언 부족 추장의 이름)이라 불리는데, 넓은 베란다와 아름다운 해협의 모습을 볼 수 있다. 매우 평화로운 곳으로, 안에 들어갈 때마다 나는 늘 강한 흥미를 느꼈다. 특히 침실들 중 한 곳에 있는 가구가 아주 친숙하게 느껴졌던 기억이 있다. 한 탁자를 보면서는 '좀 이상한데.' 하고 생각했던 기억이 난다. 그곳에는 램프 하나가 놓여 있곤 했었다. 그 당시 나는 내 재능에 그렇게 집중하지 않았기 때문에, 도일리(케이크나 샌드위치를 놓기 전에 접시 바닥에 까는 작은 깔개)로 식탁을 차리고 있는 가정부를 본 기억이 있는데 이제서야 그녀가 영혼이었다는 걸 깨닫는다. 또한 나 자신이 어느 한 책상에 앉아 깃펜으로 글을 쓰고 있는 모습을 볼 수 있었다. 나는 이것이 내 영혼이 이 집에 살았거나 1800년대 말에 이와 비슷한 집에 살았음을 의미하는지는 알 수 없다. 어느 쪽이든 생각해 보는 건 재미있는 일이다.

나는 오래된 장소들에서 단체 리딩을 많이 하기 때문에 순회공연 중에도 우연히 역사적 장소에 간다. 각각의 장소에 있는 에너지는 하나의 도박과 같다. 한번은 올버니(뉴욕 주의 주도)의 오래된 극장에 갔는데, 그곳에서 발코니에 서 있는 한 여자 영혼을 보았다. 그녀는 나에게 말했다.

"나는 여기서 죽었어요."

말해 줘서 고맙지만, 나는 더 이상 어떤 것도 알고 싶지 않았다. 또 언젠가는 단체 리딩을 하기 전에 누가 내 어깨를 두드리는 느낌이 나서 돌아보니 아무도 그곳에 없고 단지 한 남자 영혼이 다정하게 웃는 소리가 들렸다. 그 영혼은 말했다.

"나는 이 사람도 늘 건드려요. 당신 왼쪽을 보세요."

내 옆에는 건장한 경비원이 있었는데, 그는 자기 일에만 신경 쓰고 있었다. 내가 방금 일어난 일을 이야기하자 경비원은 말했다.

"맞아요, 나도 누군가가 건드렸어요! 하지만 아무한테도 그걸 말한 적이 없어요!"

마지막으로 필라델피아에서 단체 리딩이 있었다. 그곳에서 나의 아이폰은 혼자서 사진을 찍기 시작했다. 한 사진은 으스스했고 내 얼굴 형태가 왜곡되었거나 다른 사람 얼굴이 내 얼굴 위에 있는 것처럼 보였다. 이것은 긍정적 에너지인가 부정적 에너지인가? 나는 모른다. 그것이 무엇이든 나와 장난치며 좋은 시간을 가졌다. 나는 두렵지 않았다. 나와 나의 단체 리딩에 온 소님들이 모두 보호받고 있다는 걸 알고 있기 때문이다.

바위와 천국 사이에 갇히다

나는 이미 천국에 있는 영혼들과만 채널링을 한다고 스스로 느낀다. 그래서 내가 아는 한 나는 전문적인 영매처럼 '갇힌 영혼'과 작업해 본 적이 없었다. 그러나 때때로 많은 문제가 있는 영혼이 그들의 몸이 죽은 뒤 물질세계를 떠나고 싶어 하지 않을 수 있으며 이 세상에 머물겠다고 고집을 부린다는 이야기를 들었다. 어떤 갇힌 에너지들은 부정적인 반면 대부분은 자기 자리를 찾지 못해 혼란에 빠졌거나 길을 잃은 선한 영혼들이다. 그것은 영혼에게 외상 후 스트레스 장애와 같으며, 그 영혼들은 그다음에 뭘 해야 할지 잘 모른다.

갇힌 에너지를 가진 영혼은 그 의식에 자국을 남긴 풀리지 않은 문제 때문에 저쪽 세계로 가는 걸 거부한다. 예를 들어, 그 영혼은 자신의 몸이 죽었다는 걸 깨닫지 못할 수도 있다. 또 비극적으로 죽어서 자신의 입장에서 이야기를 하고 싶은 사람의 영혼일 수도 있다. 그래서 그 영혼은 할 수 있을 때까지 그대로 머문다. 어떤 갇힌 영혼은 그들이 물질세계에서 저지른 행위가 정말 용서받을 수 없는 것이어서 신을 직면하고 싶어 하지 않는다. 이 마지막 시나리오는 자살 희생자들에게 흔히 일어날 수 있다. 그들의 죽음이 용납할 수 없는 것이기 때문이 아니라 살면서 가졌던 특정한 종교적 믿음 때문이다. 또 어떤 영혼들은 어머니를 기다리는 아이나 짝을 기다리는 배우자처럼 사랑하는 이를 기다리기 때문에 중간 세계에 머문다.

이것은 당신이 빛으로 갈 것인지 가지 않을 것인지 선택하는 것처럼 들린다. 그러나 당신이 죽었을 때 혼란스러워하거나 가지 않기로 결정하지만 않는다면 빛으로 가게 된다는 뜻에 오히려 더 가깝다. 갇힌 영혼이 저쪽 세계로 가려면, 더 높은 존재들이나 이런 임무를 맡은 영매를 포함한 이 세상 사람들의 도움이 필요하다. 팻이 해 준 이야기가 기억난다. 그녀와 영매 능력을 가진 사람들이 모여 살해당한 한 남자와 작업했는데, 그의 영혼은 그가 자살한 것처럼 보이도록 누군가가 자신의 죽음을 은폐했다고 말했다. 그는 자살하지 않았다는 걸 가족이 알기를 원했기 때문에 영혼이 떠나지 못하고 있었다. 그는 자신의 입장에서 이야기를 하고 싶어 했다. 그의 영혼과 몇 차례 이야기를 나누고 그의 메시지를 가족들에게 전달한 후에야 그는 해야 할 일이 있기 때문에 빛으로 이동해야 한다고 말했다. 팻 일행은 그가 그 일을 하는 걸 도와주었다. 어떤 자살 희생자가 꼼짝없이 갇히게 될지라도 그것은 천국에 들어가는 걸 허락받지 못하기 때문이 아니다.

내가 채널링한 자살한 영혼들 대부분은 평화롭지만 어떤 영혼은 불필요한 걱정 때문에 저쪽 세계에 가기를 거부한다. 자살은 신이 당신을 위해 정해 놓은 여행의 일부가 아니다. 누구도 이 세상에서 배움을 얻는 시간을 너무 빨리 끝내도록 정해져 있지 않다. 하지만 나는 우리의 안내자들이 자살을 사례별로 평가한다고 믿는다. 예를 들어, 당신이 신체적으로 몹시 고통스럽거나 정신병에 걸려 있거나 무엇인가에 중독되어서 목숨을 끊는 것은 '어려운 상황에서 벗어나기 위해 쉬운 해결책을 선택한 것'으로만 여겨지지는 않는다. 그러나 자살을 비난하는 종교적 믿음 속에서 자란 영혼들은 그것을 두려워할 수 있다. 자살해서 신이 화가 났다고 믿기 때문에 빛으로부터 달아난 한 소년을 팻이 저쪽 세계로 가도록 도운 이야기를 나는 들었다. 그 영혼은 영매 능력을 가진 고등학교 친구를 졸졸 따라다녔고, 그가 저승으로 가기를 거부하자 팻이 사람들과 함께 기도 모임을 만들어 그 소년에게 갈 수 있다고, 그리고 비난받지 않을 거라고 말해 주었다. 소년은 갔고, 비난받지 않았다.

삶을 검토하면서 안내자들이 이 영혼들과 함께 토론한다는 건 내가 하는 말이 아니다. 그들은 자신이 그토록 빨리 세상을 떠난 이유를 설명할 필요가 있을 것이라고 영혼은 내게 말한다. 그런 다음, 나머지 우리들처럼 그들은 자신이 얻지 못한 배움들과 자살 대신 그들이 할 수 있었던 선택에 대해 책임을 질 것이다. 그러고 나서 미래의 다른 삶에서 그 가르침들을 다시 만날 것이다. 그들은 또한 그들이 뒤에 남겨 둔 사람들의 고통을 경험할 것이다. 우리 모두가 그러하듯이.

나는 물질세계에서의 삶을 대학 밖의 세계에서 배움을 얻는 방식인 인턴사원 근무나 해외 연수와 비교한다. 만일 당신이 이런 형식의 프로그램을 일찍 중단했다면, 당신은 당신의 지도교수에게 직접 설명해야 하며 당신이 놓친 것에 책임을 져야 한다. 당신이 스스로 목숨을 끊는다면 그것은 천국에서도 동일하다. 그러나 자살에 대한 처벌이나 통치자가 체벌을 가하는 일은 없다. 그것이 당신이 궁금해하고 있는 것이라면 말이다. 그것보다 더 어려운 것은, 일찍 퇴장한 영혼들은 후회와 회한을 느끼고, 자살이 자기 영혼의 성장과 카르마에 어떤 의미인지 받아들이는 법을 배워야만 한다는 것이다. 영혼은 우리처럼 '슬퍼하지' 않지만 좌절은 언제나 자국을 남긴다. 당신의 사랑하는 고인을 위해 기도하는 것과 함께, 나는 또한 당신이 알지 못할지라도 자살 희생자들을 위해 기도할 것을 권한다. 그들이 신의 자비를 얻을 수 있도록 우리의 기도가 필요한 게 아니다. 우리는 우리의 긍정적인 에너지를 그들을 위해 기도하는 데 사용해야 한다. 왜냐하면 우리의 지지는 그들 영혼이 성장하고 진화하는 데 필요한 힘을 주기 때문이다.

9
사랑과 영혼

우리 중 많은 이들은 선택 지점이 주어진다고 나는 배웠다.
그때 당신은 배움을 얻거나 자기 자신에 대한 어떤 부분을
보다 나은 쪽으로 변화시킬 기회를 갖게 된다.

영혼이 웃음과 인격을 갖고 소통하는 것이 아무리 놀라운 일일지라도, 나의 의뢰인들은 사랑하는 이와 연결되었을 때 언제나 운다. 어떻게 울지 않을 수 있겠는가? 채널링 세션을 하는 동안 당신은 저쪽 세계로 건너간 사람들과 친밀하게 연결된 걸 느낀다. 그리고 그들의 메시지는 모든 인간 영혼들에게 말하는 세 가지 주제가 돌아가며 나오는 경향이 있다. 그것은 리딩을 할 때마다 나오는 주제인 건강, 슬픔, 치유에 관한 주제이다. 왜냐하면 각각의 주제들을 당신이 어떻게 다루는가에 따라 이 세상과 사후 세계에서 보낼 시간에 영향을 미치게 된다고 영혼은 이야기하기 때문이다.

건강, 슬픔, 치유는 당신이 알고 있는 것보다 더 많이 연결되어 있다. 생각해 보라. 무언가가 당신이 사랑하는 이의 몸의 기능을 멈추게 한다. 그것은 사고일 수도 있고, 질병일 수도 있으며, 정신적 충격일 수도 있다(건강). 그 사람이 죽은 뒤 당신은 그 상실을 슬퍼하고(슬픔), 당신이 그 상실감을 어떻게 극복하는가가 당신의 정신적, 육체적, 영적 행복에 영향을 미친다(치유). 당신은 사랑하는 이의 죽음으로 인해 늘 슬퍼하겠지만 당신의 몸과 영혼이 그들의 죽음으로부터 회복되는 건 중요하다. 치유되지 못하다면 당신의 마음속에 품고 있는 스트레스와 감정적 분노와 정신적 외상이 질병의 원인이 될 수 있다고 나는 느낀다. 슬픔을 내보내지 않으면 당신 영혼의 성장에도 영향을 미칠 수 있다. 그 짐은 이번 생에서 당신이 성장하는 걸 막고 다음 생까지 이어질 수 있기 때문이다.

그래서 나는 건강과 슬픔과 치유의 다양한 측면을 토론해 보고 싶다. 이 주제들은 우리의 모든 삶과 영혼의 중심에 있기 때문이다. 당신이 지금 당장 사랑하는 이를 깊이 애도하고 있는 중은 아니라 하더라도 이유가 있어서 당신은 내 책을 샀고, 나는 당신이 이 책을 산 것이 우연이라곤 생각하지 않는다. 아마도 당신은 오늘 이 책을 읽으려고 했지만 다른 날 다시 책을 집어들거나 친구를 위해 점찍어 놓을 수도 있다. 아무렇든지, 틀림없이 영혼이 지시했을 것이라고 나는 생각한다.

건강

만약 사랑하는 이가 아프거나 세상을 떠난 뒤, 내가 "왜 이 일이 일어났나요?" 하고 물을 때마다 10센트씩 받았다면, 할머니는 나에게 그 동전들을 다신 보낼 필요가 없을 것이다. 당신이 어떤 힘들고 인생이 바뀌는 상황에 처했을 때, 특히 죽음과 관련된 상황에 처했을 때, 받아들이기 가장 어려운 것 중 하나는 당신이 가진 모든 의문에 대해 누구도 이유를 설명해 주지 않는다는 것이다. 천국과 직통 전화로 연결된 나도 모든 대답을 알지는 못한다. 그러나 당신이 치유될 때 당신이 자기 자신에게 줄 수 있는 최고의 선물 중 하나는 당신이 저쪽 세계에 가서 이리저리 알아보기 전까지는 알 수 없게 되어 있는 몇 가지 것들이 있다는 걸 받아들이는 일이다. 그때까지는 내 말을 따라 하라. "그곳에 가면 알게 될 것이다."라고. 그러나 나는 영혼이 건강과 질병에 대해 말한 것은 공유하고 싶다. 그래서 당신에게 의미 있는 방식으로 그것을 소화할 수 있기를 바란다. 영혼이 이야기하는 것은 당신이 지금 경험하고 있는 건강 문제와도 관련된 것일 수 있다.

그래서 영혼이 내게 말한 것을 바탕으로 말해 보면, 우리는 많은 질병과 건강 문제에 직면하는데 그것을 통해 우리 자신과 우리 주변 사람들이 배움을 얻는다. 나는 종종 마이클 제이 폭스(영화 〈백 투 더 퓨처〉 등에 출연한 영화배우. 에미상 코미디 부문 남우 주연상 3회 수상. 1991년 파킨슨병 진단을 받았는데 1999년 이 사실을 대중에게 알리고 배우 생활을 은퇴한 후 파킨슨병의 치료법을 연구하기 위한 봉사 활동과 모금 활동을 했다. 이어 마이클 제이 폭스 재단을 설립했다)를 생각한다. 그가 자신의 병을 세상에 알리기 전에 나는 파킨슨병에 대해 들어본 적이 없었다. 또 패트릭 스웨이지(영화 〈사랑과 영혼〉 〈시티 오브 조이〉 등에 출연한 영화배우. 2008년 췌장암 진단을 받고 2009년 57세로 사망했다)가 췌장암과 싸우기 전까지는 췌장암에 대해 알지 못했다. 이 배우들이 개인적으로 그 특이 질병의 치료 연구에 투자하지 않았다면 그토록 많은 지지를 얻어 내지 못했을 것이다.

질병은 또 당신에게 절제, 인내, 감사를 가르친다. 즉, 당신의 영혼이 성장하는 데 도움이 되는 교훈들을. 내 남편 래리는 양성 뇌종양에서 회복된 뒤, 시련이 현재의 순간을 더 많이 살게 하고, 가족을 정말 소중히 여기고, 충동적으로 오토바이를 타는 것이든 새로운 사업 구상에 도전하는 것이든 자신이 하고 싶은 일을 미루지 않는 법을 배우게 해 주었다고 느꼈다.

나 역시, 정서적 혼란과 정신적 외상과 상실의 고통 등 슬픔으로 인해 우리가 경험하는 것들이 건강을 해치는 원인이 된다고 느낀다. 그래서 종종 건강 문제를 바로잡기 위해 그것을 인정하고, 당신을 쓰러지게 한 것이 무엇이든 그것부터 먼저 치유하는 것이 필요하다. 나는 의사가 아니지만, 불안과 분노와 슬픔 등의 부정적 감정들로 인해 유발되거나 악화된 탈장, 중독, 섬유조직염 같은 건강 문제를 가진 사람들을 많이 만났다. 그들은 약이든 수술이든, 혹은 치유사나 침술을 통해서든 문제를 해결하기 위해 노력함으로써 그들의 몸이 치유를 받아들이게 도울 수 있었다. 그들의 면역 체계는 추가적으로 스트레스를 유발하는 증상 없이 실제로 그들의 질환과 싸우는 데 집중할 수 있었다.

영적인 관점에서 보면, 우리 중 많은 이들은 선택 지점이 주어진다고 나는 배웠다. 그때 당신은 배움을 얻거나 자기 자신에 대한 어떤 부분을 보다 나은 쪽으로 변화시킬 기회를 갖게 된다. 그것은 몸을 치유하는 결과를 낳는다.

많은 경우에 당신이 고통을 인정하고 내보낼 수 있다면, 혹은 상처를 안겨 준 상황을 용서한다면 병은 호전될 수 있다. 아니면 당신은 상처받은 마음을 내려놓지 못하거나 적절한 치료를 받지 않으려 할 수도 있으며, 그것은 당신을 악화시키거나 죽음에 이르게 할 수도 있다. 예를 들어, 개인 리딩을 하는 동안 한 여자의 오빠가 심각한 당뇨병을 갖고 있고 발가락을 절단해야 할지도 모른다고 영혼이 내게 말했다. 영혼은 고칠 수 있다고 말했지만 치료를 시작하기 위해서는 걸음을 내디뎌야 했다. 이 메시지가 그의 '선택 지점'이었는가에 대해선 다른 관점이 있을 수도 있다. 조언을 해 주지만 그런 다음에는 현명하게 자유의지로 결정하도록 맡기는 영혼의 방식을 나는 좋아한다. 당신의 삶이 아무리 훌륭해도 당신은 후회되는 것이 늘 있을 것이다. 그래서 영혼은 당신이 가능한 한 많은 정보를 갖고 선택할 수 있기를 원한다. 당신의 건강에 관해서는 특히 그렇다. 왜냐하면 당신이 다음 생까지 그 감정적 질병이나 육체적 질병을 가져갈 수 있기 때문이다. 그리고 설령 우리가 죽기로 예정된 때가 대개 미리 결정되어 있을지라도 운명은 불량 식품을 먹거나 하루 종일 우울하게 텔레비전만 보거나 낙하산 없이 스카이다이빙을 하는 것처럼 경솔한 모험의 핑계가 될 순 없다.

우리가 여기 이 세상에 있는 모든 이유는 우리의 경험으로부터 배우기 위해서이다. 그렇기에 당신은 자기 자신을 돌보지 않고 배움을 얻지 않으며 결국 질병에 걸리고 고통스럽고 불행한 상황에 처하는 걸 선택할 수도 있지만, 이것은 당신의 목적에 역효과를 낳을 것이다. 왜냐하면 당신은 스스로를 고통에 내어 줄 것이기 때문이다. 아니면, 당신은 영혼의 성장이 허락된 정해진 시기에 맞춰 영적인 진화뿐 아니라 행복하고 건강하고 생산적인 삶에 이를 수 있다. 어떤 선택이 더 나은지는 어린아이도 안다.

그 목적을 이루기 위해서 '너무 빨리 목숨을 가져갔다.'고 신을 비난하는 건 말이 안 된다. 신은 그렇지 않았으면 건강하고 행복하게 살았을 존재를 테니스 라켓처럼 생긴 벌레 잡는 기구를 휘두르듯 아무렇게나 죽이거나 하지 않는다. 이것을 기억하라. 당신의 죽음은 당신의 영혼과 당신의 안내자들, 그리고 신 사이에서 합의된 선택이다. 죽은 사람이 선했는지 독실한 신앙인이었는지 모범적인 사람이었는지는 중요하지 않다. 대개의 경우 죽음은 그 사람이 아니라 그 특별한 영혼이 떠나기로 선택할 때 일어난다고 영혼은 말한다. 저쪽 세계로 건너갈 시간이 되었을 때 더 남아 있으려고 영혼이 몸부림을 치긴 해도.

이것은 또한 어려서 병에 걸리거나 일찍 죽은 아이들에게 흔히 있는 일이라고 나는 들었다. 아이들의 영혼은 자신의 성장이나 그들과 관련된 사랑하는 이들을 위해 질병을 받아들이기로 동의했다. 나는 한 아버지를 리딩한 적이 있다. 그는 아들이 뛰어난 야구 선수가 되길 원했지만 아들은 백혈병에 걸려서 이 남자가 아들에게 기대했던 걸 아무것도 할 수 없게 되었다. 아이는 암으로 죽었고, 리딩을 하는 동안 아들의 영혼이 앞으로 나와서 말했다. 아빠는 아들의 영혼이 받아들인 한계로부터 기대와 무조건적인 사랑에 대해 배우기로 되어 있었다고.

나의 사촌 키스와 그의 아내 미건 역시 그들의 아이에게 닥친 시련으로부터 배우고 있다. 그들에겐 두 딸이 있지만 아들을 8주 만에 유산했다. 미건이 다시 딸 알렉사를 임신했을 때 그들은 크게 기뻐했지만, 생후 8주에 알렉사는 왼쪽 눈이 실명되었고 오른쪽 눈은 실명 위기에 있다는 진단을 받았다. 알렉사는 행복한 아기였지만 알렉사의 상태는 부모의 결혼 생활에 많은 스트레스를 주었다. 처음에 알렉사는 수술을 받은 뒤 일주일에 세 번씩 의사의 진료를 받았다. 지금은 일주일에 네 번 물리치료와 시력 기능 치료를 받고 있다. 이 상황에서 나는 그 어린 소녀와 관련된 배움이 그녀의 부모를 위한 것임을 느꼈다. 현재의 힘겨운 상황에도 불구하고 알렉사는 그들이 처음에 사랑에 빠진 이유를 기억하게 했다. 그들은 또 아름다운 세 자녀와 그들이 받고 있는 믿을 수 없을 정도의 사회 지원망에 감사하게 되었다.

그건 그렇고, 그들의 큰딸 소피아가 한 어린 소년의 영혼과 무지개를 보기 시작했다. 거실에서도 보고 잠잘 때도 보았다. 이 소년은 그들이 유산한 아이이고, 무지개는 이 터널의 끝에 빛이 있음을 의미한다고 아이의 영혼은 말했다.

실제로 죽음이 신의 '탓'이 아닐지라도 신에게 화를 내는 것은 슬픔의 자연스러운 한 부분이고 신은 그것을 안다. 그것 때문에 신이 불쾌해하진 않는다. 인간이 슬플 때 하는 행동 중 하나는 책임을 질 누군가를 혹은 그 무엇을 찾는 것임을 신은 알기 때문이다. 화를 내는 것이 당신의 기분을 더 나아지게 한다면 아무래도 좋다. 당신이 중단한 곳에서 다시 시작할 준비가 되었을 때 신은 그곳에 있을 것이라는 걸 잊지 말라. 세상에서 말하듯이 신은 어깨가 넓다. 그것은 내가 남편이나 아이들에게 아무리 짜증을 내고 불만을 표출해도 절대로 남편과 이혼하거나 가족을 버리고 떠나지 않는다는 걸 생각나게 한다. 우리는 언제나 우리를 연결시켜 줄 강한 유대감을 공유하고 있다. 이것과 비슷하게, 당신이 신에게 화를 낼 때 당신은 신에게 실컷 발을 구르며 소리칠 수 있지만 굳이 당신의 신앙을 버릴 필요는 없다.

슬픔은 조금씩 나아진다

모든 이들이 통과해야만 하는 슬픔의 기간이 있으며, 그것은 당신이 겪어 본 가장 힘든 것일 수도 있다. 당신은 아버지 그 이상을 잃을 수 있다. 왜냐하면 아버지는 가장 친한 친구이기 때문이다. 죽은 이웃은 당신이 결코 가져 본 적 없는 자매일 수도 있다. 당신은 또한 당신 혼자 음식을 요리하고 차에 기름을 넣고 온도 조절 장치를 맞추고 아이들을 돌보는 일을 하도록 남겨 두고 그 사람이 떠난 것에 고통받을 수도 있다. 당신은 충격을 받아 망연자실해지고, 모든 사람에게 화를 내고, '이렇게만 했었어도'와 '이러면 어땠을까' 같은 질문을 수없이 던질지도 모른다. 어찌할 바를 몰라 슬럼프에 빠지고, 심지어 계속 살아가는 것이 의미 있는 일인지 의문을 품을 수도 있다. 힘든 일은 그것만이 아니어서, 당신은 주위의 부적절한 애도들을 다뤄야 한다. 당신이 사람들에게 바라는 것은 도움을 제공하고, 캐서롤(오븐에 넣어서 천천히 익히는, 한국의 찌개나 찜 비슷한 요리)을 놓고 가고, 당신의 사랑하는 사람이 그들의 삶에 어떤 감동을 주었는지 이야기해 주는 것이다. 그리고 그렇게 해도 그것들은 좀처럼 도움이 되지 않는다. 왜냐하면 당신은 그저 남편이나 어머니가 돌아오기만을 바랄 뿐, 이 일이 일어난 사실을 바꿀 수 있는 말이나 행동은 아무것도 없기 때문이다.

영매로서 나는, 세 가지의 강력한 핵심을 받아들였을 때 자신의 삶을 회복한 의뢰인들을 보았다. 첫째, 당신의 사랑하는 고인들은 여전히 이 세상에서 당신과 상호작용하고 있지만 다른 형태로 하고 있을 뿐이다. 영혼은 나의 의뢰인들에게 말했다.

"난 슬프지 않아요. 난 아무것도 잃지 않았기 때문이에요. 난 여전히 다른 방식으로 당신과 함께 있어요."

그것은 큰 위로가 된다.

둘째, 그 영혼은 영적 성장을 위해 이 생을 일찍 떠나기로 결심했다는 것이다. 그리고 셋째는, 사랑하는 이가 다가가고 있을 때 당신은 그것을 알아보는 법을 배울 수 있으며, 그래서 당신도 기억을 더듬어 돌이켜 볼 수 있다는 것이다.

당신의 사랑하는 사람 때문에 슬퍼하는 부분은 당신 안에 늘 있을 것이지만 치유가 가능할 뿐 아니라 치유가 필요하다고 영혼은 내게 분명하게 말했다. 더 어렵게 들릴지 모르지만, 이 과정에서 도움이 되는 작은 단계들을 내딛는 것이 매일 매순간 자유의지의 선택이라는 것이다. 당신은 남은 생 동안 사랑하는 이로 인해 슬프겠지만 동시에 치유될 수 있다. 나의 어머니는 사별 훈련을 많이 했으며, 교회 봉사 단체에 소속되어 상을 당한 가족들의 장례 예배 돕는 일을 해 왔다. 많은 사람들이 그런 것에 대해 알지 못한다고 어머니는 말한다. 기분이 더 좋아지면 당신은 그것이 죽은 사람을 배신하는 행위라고 생각할지도 모른다. 그러나 당신은 늘 사랑하는 이를 그리워할 것이고 영혼은 그걸 알고 있다. 영혼은 당신이 그 사람 없는 삶을 껴안기를 바란다고 나에게 말했다.

몇 년 동안 혼자 있는 것이 고통을 치유해 주지는 않는다고 나의 어머니는 말한다. 해야 할 일은 당신이 상실의 고통을 극복하고 다른 관점에서 그것을 바라보도록 도울 수 있는 사람들이나 도구들을 찾는 일이다. 결국 다시 친구들과 외출하는 것이 괜찮게 느껴질 것이고, 다른 이들이 당신을 위해 있어 줄 것이다. 사별 훈련을 하는 동안 엄마는 강사가 매우 설득력 있는 연습을 시키는 걸 지켜보았다. 강사가 한 여자에게 양동이 하나를 들고 있으라고 요청했고, 그동안 그는 또 다른 양동이를 가져왔다. 그는 그 여자에게 분노, 외로움, 슬픔 등 그녀가 갖고 있는 모든 감정들을 양동이에 넣으라고 말했다. 한편 강사의 양동이는 연민, 이해, 동정심 등 그녀의 기분이 더 나아지게 도울 수 있는 자원들로 채워져 있었다. 그러나 그녀의 양동이가 너무 가득 차서 긍정적인 도구들이 들어갈 자리가 없다고 강사는 말했다. 자신의 양동이에 있던 감정의 일부가 치유되어야만 그 긍정적인 요소들이 들어올 공간을 발견할 것이었다. 나는 이 비유가 무척 마음에 들었다. 이 것은 당신이 힘든 시간을 보내고 있을 때 사별한 사람들을 위한 후원 단체가 왜 그토록 도움이 되는지 다시 한 번 알려 준다. 그들은 당신이 슬픔을 통과하는 데 필요한 정보와 조언과 자원을 제공해 준다. 그리고 어떻게 하면 당신의 양동이가 채워지거나 비워질 수 있는지 아는 사람들과 당신의 고통을 나눌 수 있다.

나는 당신이 어떻게 느끼든 혼자가 아니라는 걸 알기 바란다. 개인적인 의견을 말하면, 나는 내가 사랑하는 고인들을 매일 애도한다. 할머니가 돌아가셨을 때 나는 줄곧 울었다. 혼자 차 안에 있거나, 앨범이나 벽난로 앞장식에서 할머니 사진을 보았을 때도. 그러나 할머니 없이 보내는 첫 크리스마스 때 나는 할머니의 죽음을 받아들이고 할머니를 추모하기 위해 조치를 취했다. 식탁을 차릴 때 천사 액자에 담긴 할머니 사진을 할머니가 늘 앉던 자리에 두었다. 그 사진은 할머니가 돌아가시기 2주 전에 찍었고 할머니는 아름답고 행복해 보였다. 저녁 식사를 하는 동안 우리는 그 사진이 마치 할머니인 것처럼 그 사진에게 이야기를 했다. 어느 순간에 엄마가 이렇게 말했다.

"어머니, 미트볼을 어떻게 뒤집죠?"

그것은 식탁에 있는 모두에게 할머니의 이름을 말하고 할머니를 함께 그리워하며 할머니가 언제나 우리 가족의 일원임을 인정하게 해 주었다. 또한 우리가 할머니의 부재를 정상적인 일로 받아들이게 도와주었으며, 할머니가 결코 잊혀지지 않을 것임을 알게 해 주었다.

모두 괜찮아질 것이다

나의 의뢰인들이 슬픔에 잠겨 있을 때 종종 그들의 가장 큰 걱정은 자기 자신에 대한 것이 아니라 죽은 사람이 무엇을 느끼고 있을지에 대한 것이다. 내 아내는 나와 똑같은 슬픔을 느끼고 있을까? 내 아이는 천국에서 무서워하거나 외롭지 않을까? 의뢰인들은 사랑하는 이들이 천국에서 안전하고 행복하도록 열심히 기도하는 데 시간을 바친다고 나에게 말한다. 왜냐하면 그들은 그 영혼이 틀림없이 자신들처럼 비참할 것이라고 확신하기 때문이다. 그러나 다시 말하지만, 영혼은 우리가 겪는 것과 똑같은 심적 고통을 겪지 않는다. 왜냐하면 그들은 여전히 우리와 함께 있고, 우리를 다시 볼 것이라는 걸 알기 때문이다. 또 그들의 영혼이 친숙한 얼굴들에게 환영받았고 그 재회는 무척 기쁜 일이었다고 나는 의뢰인들을 안심시킨다.

그 사람이 지상에서의 마지막 순간에 육체적 고통을 겪었다는 걱정 때문에 종종 이런 두려운 감정이 동반된다. 왜냐하면 우리에게 죽음은 정말 끔찍하게 보이거나 들릴 수 있기 때문이다. 그러나 영혼은 약속한다. 그 마지막 숨을 거두는 순간에 당신이 목격하고 듣게 되는 건 단지 몸이 멈추는 것이다. 삶이 끝나기 시작하는 그 첫 순간, 그것이 심장마비로 인한 것이든 살인 사건으로 발사된 탄환에 의한 것이든 첫 번째 격렬한 통증이 찾아오는 순간 영혼은 몸을 떠나며 더 이상 고통이 일어나지 않는다. 영혼은 품위 있고 위엄 있게 이 세상을 떠난다. 옛날 드라마들에서는 배우가 자신에게 달려오는 차의 밝고 흰 헤드라이트를 보는 순간 '쾅!' 하는 소리가 난다. 그 쇼는 그것으로 끝이다. 이것은, 무슨 일이 일어났는지 알지 못하고 그들이 즉사했으며 저쪽 세계에 갔을 때 고통과 괴로움이 없음을 말해 주는 상징이다. 이것은 자동차 사고와 함께 많이 나타난다.

언젠가 나는, 고속도로를 걷다가 차에 치이고 그다음에 다른 차들과 견인 트레일러에 연속으로 치인 한 여자아이의 영혼을 채널링한 적이 있다. 그녀의 가족은 그녀가 연속으로 차에 치였을 때 아스팔트 위에 누워 고통스러워했을 것이라고 상상했다. 그러나 그녀의 영혼은 말했다.

"내 시신을 확인할 때 당신들이 어떤 모습을 보았는지 나는 알지만, 내 영혼은 이미 그 몸을 떠났어요."

나는 차에 치여 끌려간 또 다른 남자를 기억한다. 그의 영혼은 그 역시 즉시 죽었으며 고통을 느끼지 않았다고 말했다.

영혼은 또한 알츠하이머병이나 치매를 앓거나 혼수상태나 식물인간 상태에 있는 육체에 영향받지 않는다. 알츠하이머병이나 치매를 앓고 있다면 당신이 목격하고 있는 모습은 고통을 겪고 있는 영혼이 아니라 육체의 한계에 대항해 싸우고 있는 영혼이다. 한편, 혼수상태와 식물인간 상태는 영혼이 이 세상을 떠날 운명의 시기가 아닐 때 일어날 수 있다. 그래서 이 영혼들은 회복되지 않으면 단순히 여생을 그런 식으로 산다. 그러나 이 경우에도 그 영혼은 괜찮다. 사실 나는 이런 상태에 있는 영혼들을 채널링한 적이 있다. 왜냐하면 그것은 몸이 잠들어 있는 것과 같고 영혼은 모든 에너지를 갖고 있기 때문이다. 그런 일이 일어난 가장 가슴 아픈 경우는 부모가 함께 요양시설에 살고 있던 한 여성을 리딩했을 때이다. 그들은 여러 해 동안 건강이 몹시 좋지 않았고, 아버지는 심한 치매를 앓는 어머니를 돌보고 있었다. 이런 경우에 종종 그렇듯이, 먼저 죽은 사람은 어머니를 돌보던 아버지였고 병든 어머니는 여전히 살아 있었지만 의사소통을 잘할 수 없었다. 리딩을 하는 동안 나는 아버지의 영혼을 채널링했고, 아버지가 딸에게 말했다.

"난 몇 주 동안 네 어머니를 부르며 네 어머니의 침대 발치에 앉아 있었다. 그러나 오려고 하지 않는구나. 너무 고집불통이야!"

그리고 그때 나는 어머니의 영혼이 끼어들어 말하는 소리를 들었다.

"난 고집부리는 게 아냐! 단지 갈 준비가 안 되었을 뿐이야!"

그 엄마는 죽지 않았지만, 그 두 명은 잠시 동안 그렇게 말을 주고받았다. 그러나 그들이 대화를 계속하면서 그 어머니가 저쪽 세계로 간다는 생각에 대해 점점 평온해지는 걸 느낄 수 있었다.

아버지의 영혼이 마침내 딸에게 장담했다.

"걱정하지 말거라. 엄마가 죽을 때 내 영혼이 그곳에서 네 엄마를 맞이할 거야."

그로부터 4시간 뒤 그 엄마가 죽었다는 걸 말하면 믿겠는가? 믿기지 않는 일이었다.

그리고 신체적 문제에 관해 이야기하는 동안 나는 한 가지를 더 다루고 싶다. 몸이 비극적인 참사로 발견되지 못하거나 어떤 이유로 매장되지 못한다면 영혼에게 무슨 일이 일어나는지 의뢰인들은 나에게 묻는다. 그런데 이런 경우에도 그들의 영혼은 마찬가지로 평온하다. 왜냐하면 우리 몸은 단지 껍데기이기 때문이다. 사실 묘지는 당신이 사랑하는 이들이 아닌 우리 자신을 위한 것이다. 그곳은 당신이 그들을 기억하러 가는 곳이지만 당신은 산꼭대기나 거실에서도 그것을 할 수 있다. 그들은 당신 주위에 있기 때문이다.

영혼이 자신의 장례식에 나타나도 마찬가지이다. 영혼은 종종 그렇게 한다. 그러나 그들은 당신이 그곳에 있기 때문에 온다. 그리고 당신이 리딩을 한다면 그들은 심지어 관이 어떻게 생겼으며 누가 장례식에 참석했었는지, 당신이 시신의 머리를 다듬었는지, 그리고 매장될 때 자신들이 무엇을 입었는지—하키 유니폼에서 가죽 재킷, 쥬시 꾸뛰르(패션 브랜드) 운동복에 이르기까지—설명함으로써 자신들이 왔었다는 걸 입증한다. 언젠가 한 영혼은 심지어 팀버랜드 부츠를 신고 묻혔다고 나에게 말했다. 지금 누가 그런 부츠를 신겠는가?

치유의 손 내밀기

당신이 한 사람의 죽음을 애도할 때 자신의 삶이 얼마나 한 순간이며 소중한지 깨닫는 건 매우 공통된 일이다. 그때부터 당신은 건강에 더 신경 쓰고, 영양식품을 찾고, 비타민제를 복용하고, 헬스를 다니고, 대체의학을 시도하는 등등의 일을 시작할 수도 있다. 당신이 하는 것처럼 당신의 사랑하는 이들이 직접 당신을 치유해 주거나 당신의 건강이 좋아지게 해 줄 순 없다는 걸 알아야 한다. 그들이 물질세계에서 그런 능력을 갖고 있다면 몰라도. 오직 신의 에너지만이 기도나 영적 치유사를 통해 치료해 줄 수 있으며, 이것은 믿음과 정신 집중을 요한다. 나는 또한, 당신이 생각하는 방식을 바꾸고 당신의 파동을 높이며 자신보다 더 높은 힘에 대한 믿음을 가짐으로써 그 과정을 촉진시킬 수 있다고 믿는다.

당신이 사랑하는 이들이 할 수 있는 것은, 만일 당신이 구체적으로 그들에게 요청한다면, 당신을 보살피고 당신을 건강하게 해 주는 적절한 사람들이나 환경으로 이끄는 일이다. 그들은 당신의 길 위에 적합한 의사나 친구, 당신의 기분이 더 나아져야 한다는 걸 정확히 알고 있는 누군가를 들여보낼 수 있다. 고통스러운 골반 질환으로 인해 고통받는 동안 할머니에게 기도한 한 여성을 나는 안다. 그녀는 기도를 한 다음 날 아침 오래된 친구로부터 이메일을 받았다. 그 이메일에는 한 의사가 언급되어 있었고, 그 의사가 마침내 그녀의 고통을 완화시켜 주었다. 나 역시 돌아가신 나의 할머니가 우리 가족의 건강을 위해 여러 번 개입했다고 믿지만, 내가 가장 좋아하는 이야기 중 하나는 체조하다가 다친 빅토리아를 치료하는 데 할머니가 도움을 준 일이다.

빅토리아는 고등학교 2학년 11월에 왼쪽 무릎의 전방십자인대와 내측인대, 반월판이 파열되었다. 의사들은 이 부상을 '불행삼주징'이라 부른다. 중첩된 손상으로부터 회복되는 데 시간이 너무 오래 걸리기 때문이다. 빅토리아는 평소에 출전하던 모든 대회에서 빠져야 할 뿐만 아니라 대학에 스카우트될 수도 없었고 그해 가을 학기에는 학교 공부에 전념해야 했다. 이것은 그 상황에 훨씬 더 스트레스를 가중시켰다. 스포츠 물리치료사인 나의 남동생은 빅토리아에게 대부분의 의사들이 충고하는 것처럼 가급적 빨리 수술을 하기보다는 전문가를 찾아가 볼 것을 제안했다. 남동생은 전방십자인대는 수술로 재건해야 하지만 내측인대는 스스로 치유할 능력이 있다고 빅토리아에게 말했다. 그 사이에 반월판은 정말 엉망이었고, 수술하기 전에는 어떻게 해야 할지 몰랐다.

우리는 계절의 끝을 기념하는 아일랜드인들의 공휴일인 작은 크리스마스(1월 6일. 동방박사들이 아기 예수를 만나러 베들레헴을 찾은 것을 기리는 축일)에 빅토리아의 수술 일정을 잡게 되었다. 그날은 하느님의 아들 예수의 육체적 현현을 축하하는 기독교 축일인 예수 공현 대축일로도 알려져 있다. 나는 물론 이 모든 걸 중대한 신호로 받아들였다. 그것은 내 남동생 마이클에게 1주일에 5일, 하루에 두 시간 동안 빅토리아를 재활 치료할 시간을 주었다. 그리고 팻에게는 기 치료를 할 시간을 주었다. 또 그것은 할머니가 신에게 일을 하라고 팔꿈치로 찌르고 여기에 있는 모든 사람들을 위해 과정을 안내할 시간을 주었다.

수술하는 날 아침에 우리 가족은 확신이 있었지만 불안하기도 했다. 그리고 꼭 1시간 뒤에 수술실에서 나온 의사는 자신이 해야만 한 것은 단지 전방십자인대를 재건하는 일이었기 때문에 수술이 일찍 끝났다고 말했다. 내측인대는 치유되고 있었고 반월판은 저절로 다시 붙어 정상으로 돌아와 있었다. 오래지 않아 우리는 첫 검진을 위해 다시 갔고, 의사는 우리에게 전방십자인대의 한쪽은 나사로 그리고 다른 쪽은 단추로 보강한 곳을 보여 주었다! 나는 의사가 그렇게 한 것을 알지만 그것은 우리를 안심시켜주는 신호였다. 할머니는 재봉사였고 단추들을 모았는데 지금 내 딸의 무릎에 단추가 달려 있었으니 말이다. 나는 이것이 할머니가 빅토리아의 치료에 관여하고 있다고 가족들에게 알리는 할머니의 방식이라는 걸 알았다. 검은 복면의 쾌걸 조로가 궁지에서 벗어날 때 그의 트레이드 마크인 Z자를 남기는 것처럼.

나는 또한 이것을 언급해야 할 것이다. 내가 이 이야기를 나의 공동 집필자인 크리스티나에게 이야기하면서 단추에 관한 부분으로 들어갔을 때 방 안에 있는 전등불이 흐릿해졌다. 우리는 잠깐 웃었고, 내가 "할머니, 전등이 켜져 있는 게 더 좋아요!"라고 말하자 불이 다시 밝아졌다. 그때 시계를 보니 저녁 6시 9분이었고 6월 9일은 할머니가 돌아가신 날이다.

당신이 사랑하는 이들이 천국에서 하는 또 다른 일은 당신에게 건강이나 안전에 대해 경고하는 것이다. 물론 나는 그 경고가 오직 나쁜 상황을 예방할 수 있거나 나중에 우리에게 위안을 줄 수 있을 때만 리딩에서 그것을 허용한다. 나의 의뢰인들의 건강에 관해 영혼은 나를 통해 '바디 스캔'이라고 불리는 걸 하게 함으로써 치유에 도움을 준다. 이것은 내가 그 사람의 몸 외부를 보고 의학적인 치료가 필요할지도 모르는 내부의 장기들을 가늠하는 방법이다. 만일 내가 특정한 곳에서 붉은 반점을 본다면, 그것들은 제대로 다뤄지지 못하고 있거나 다르게 접근될 필요가 있는 중병과 암에 대한 상징이다. 그것들은 또한 그 사람이 부정적인 감정이나 상황을 붙들고 있음을 의미할 수도 있다. 그래서 나는 영혼에게 이것을 바로잡을 수 있는 아이디어를 요청한다. 내가 분홍색 반점을 보면, 그것은 생명을 위협하지 않는 질환이 있음을 의미하며, 영혼은 이미 그것을 해결하는 데 도움이 되는 모든 일을 하고 있다. 그것들은 또한 스스로 좋아질 수 있는 식품 알레르기와 같은 유순한 상황을 나타낸다.

애매한 상황은 사람이 몹시 아픈데도 내가 어떤 것도 발견할 수 없을 때이다. 왜냐하면 영혼이 이미 그들을 치유하기 위해 할 수 있는 모든 걸 하고 있거나, 아니면 의뢰인이 더 이상 아무것도 하지 않기로 결정했기 때문이다.

한번은 4기 암환자 여성을 리딩한 적이 있다. 그러나 반점을 전혀 보지 못했다. 아니나 다를까, 그 여성은 의사가 할 수 있는 모든 걸 다 했고 여생을 더 이상 의학적 치료 없이 살기로 결정했다고 말했다. 또 겉으로 진단했을 때 건강한 모습이 거의 없는 췌장암에 걸린 한 남자를 리딩했었다. 그러나 다시 바디 스캔을 했을 때는 문제가 전혀 없었다. 이번에는 그가 곧 충분히 차도를 보일 것이라고 영혼이 내게 말해 주었다. 그는 몇 달 뒤 나에게 전화를 걸어와 의사로부터 공식 완치 진단을 받았다고 확인해 주었다.

늘 내가 기대하는 방식으로는 아니지만 영혼도 의뢰인들에게 안전상의 문제에 대해 경고해 주기를 좋아한다. 한 어머니를 위해 개인적인 리딩을 하는 동안 영혼은 그녀의 아들이 모는 차의 종류에 대해 매우 구체적으로 말했다. 영혼은 나에게 아들의 이름을 말하면서 그가 절대로 안전벨트를 매지 않는다고 말했다.

"내가 날마다 아들에게 안전벨트를 매라고 말해요!"

그녀는 씩씩거리며 말했다. 그녀는 아들에게 리딩한 내용에 대해 말했다. 우리는 그것이 미래에 일어날 사고에 대해 경고하고 있다고 생각했기 때문이다. 리딩 후 얼마 지나지 않아 그 청년은 교통사로로 사망했다. 그의 안전벨트가 풀어져 있었는데, 잠깐 동안 바닥에 떨어진 물건을 줍기 위해 벨트를 풀었기 때문이다. 그때 영혼이 우리에게 안전벨트에 대해 이야기한 이유는 아들이 죽은 뒤 그 사고가 일어나지 않게 도움을 줄 수 있었을지도 모른다는 의문을 갖고 엄마가 스스로를 괴롭히지 않도록 하기 위해서였다.

또 다른 경우에 한 여성의 딸이 임신했다고 영혼이 나에게 말했다. 소녀의 엄마는 자신의 딸이 열여섯 살에 불과하고 성관계를 갖지 않았기 때문에 그렇지 않다고 주장했다. 나는 아마도 내가 틀렸을 것이라고 생각했지만, 넉 달 뒤 그녀는 내게 전화를 해 그녀의 딸이 아기를 갖게 되었지만 내가 이미 그 이야기를 해 주었기 때문에 이 소식에 잘 대처했다고 말해 주었다. 그녀가 딸을 도울 수 있도록 영혼이 그 소식을 빨리 드러내 주었다고 나는 느낀다. 그렇지 않았다면 그녀는 너무 놀라서 그렇게 하지 못했을 것이다.

치유

영혼이 우리를 치유로 인도할 때 나는 늘 감명받는다. 만일 당신이 어려운 건강 문제에 대해 언제나 의사의 말만 따른다면 처음에 의사들이 늘 당신에게 옳은 답을 주진 않기 때문이다. 한 의뢰인이 리딩 후에 정신적으로 치유받았다고 나에게 말할 때 나는 그것이 주관적이기 때문에 훨씬 더 경외감을 느낀다. 육체의 상처가 사라지는 걸 보는 것처럼 감정의 상처가 사라지는 걸 볼 순 없다. 그러나 종종 리딩을 통해 영혼이 가져다주는 진심 어린 치유는 수년 동안의 심리요법보다 더 강력하다. 나는 심리치료사들을 정말로 존경하는 한 여성으로서 이 말을 하는 것이다.

4장에서 미용사이자 레이키 스승인 내 친구 기타 이야기를 했었다. 그녀는 동시에 두 일을 하지 않는다. 그러나 그녀가 왁스로 당신의 윗입술 털을 제거하는 동안 당신의 우울증이 없어졌다면 그것은 얼마나 놀라운 일인가. 일생 동안 기타는 영혼이 자신에게 신호와 메시지를 보내고 있다고 느꼈다. 비록 그녀는 그것들을 어떻게 해석해야 할지, 그것들이 그녀의 목적과 어떤 관련이 되는지, 또 그녀가 이번 생에서 배워야 하는 교훈이 무엇인지 실제로 전혀 알지 못했지만. 그녀가 트리니다드 섬(서인도제도 최남단의 섬)에 살 때 기도하러 사원에 갔는데, 콘크리트에 박힌 쇠로 된 트리슐라(시바 신의 상징인 삼지창)가 바람결에 흔들리는 나뭇잎처럼 떨기 시작했다고 그녀는 말했다. 그러나 기타가 그것을 살짝 만지자 그 움직임이 멈추었다. 견고한 구조물이 이유 없이 떨리는 것만으로도 그것이 신이나 영혼의 짓이라고 충분히 의심할 만했지만 기타는 그 이후로 그것에서 훨씬 더 깊은 의미를 발견했다. 전통적으로 트리슐라는 부정적인 성향을 파괴하는 데 사용되는 무기인데, 이 트리슐라가 시바신의 상징으로 숭배받는 양식화된 남근상인 링감의 오른쪽에 있었다. 그녀는 말했다.

"오른손은 대개 누군가를 축복하는 데 사용돼요. 그 당시엔 그걸 완전히 깨닫지 못했지만 나는 우주로부터 축복받았고, 모든 부정적인 에너지가 파괴되었으며, 그래서 내 삶에 좋은 것들이 흘러들어오는 것이 허용되기 시작했다고 믿어요."

트리슐라는 2주 동안 일요일마다 두 번 더 흔들렸고, 3주 후에 그녀는 뉴욕으로 이사 왔다. 뉴욕에서 매우 긍정적인 방식으로 서서히 상황이 변화했다.

그 이후 기타는 잠을 자는 동안 그녀의 아버지, 어머니, 죽은 형제 등 많은 영혼들의 방문을 받았다. 꿈 하나는 그녀를 불편하게 만드는 것들을 받아들이는 것에 관한 것이었고, 그 후 4주 뒤 그녀의 남편이 세상을 떠났다. 그녀는 또 자신이 천국의 문 앞에 있는데 그 전날 세상을 떠난 그녀의 이모가 그녀에게 지상으로 돌아가면 모든 이들에게 자신이 평온하게 잘 지내고 있다고 말해 달라고 말하는 꿈을 꾸었다. 기타에게는 가족사진에 있던 둥근 구체와 그녀가 일하는 스파의 천장에서 잠깐 비치던 작은 반짝임처럼 빛의 형태로 영혼이 보였다. 그녀는 천장의 반짝임이 자신의 보석 장신구에서 반사된 것이라고 생각했지만, 모든 불빛을 차단했을 때도 그 빛은 여전히 그곳에 있었다.

나를 만났을 때 기타는 깊은 슬픔에 잠겨 있었고 남편의 죽음에서 헤어나지 못하고 있었다. 그러나 1년 동안 영혼과 직관에 대해 그녀에게 이야기한 뒤 나는 그녀에게 연마할 가치가 있는 재능이 있음을 알았다. 또한 그것이 그녀의 기분을 바꿔 줄 수도 있었다. 그래서 나는 그녀에게 팻을 만나 볼 것을 제안하고, 팻이 그녀를 우리가 아는 레이키 스승에게 소개해 주었다. 기타는 그 스승 아래서 공부했으며, 그 이후로 다른 사람들과 자기 자신을 치료해 나갔다. 그녀는 더욱 긍정적인 사람이 되었으며, 자신의 가치는 자신이 누구인가와 일치한다고 느낀다. 그녀는 우리가 결코 죽지 않는 우리의 가족과 무한한 사랑으로 연결되어 있으며, 그래서 우리는 영원히 서로 이어져 있다고 믿는다. 훨씬 더 믿을 수 없는 일은 기타의 영적 성장은 그녀의 딸 크리스털에게도 레이키 수업을 듣게 만들었으며, 두 사람은 험난한 과거를 갖고 있지만 다시 가까워졌다는 것이다. 기타의 아들 타일러는 아빠의 존재를 느끼고 기타에게 우리를 사후 세계와 연결하는 감정들에 대해 이야기하길 좋아한다.

리딩 후 심오한 치유를 받은 한 부부의 또 다른 놀라운 사례가 있다. 내가 롱아일랜드의 프라이드 치킨 가게인 조른스(롱아일랜드에 있는 70년 역사를 가진 레스토랑)에서 단체 리딩을 할 때의 일이다. 나는 이것을 텔레비전 방송에 출연해서 했지만 치료 효과는 카메라가 꺼지고 방송이 끝난 뒤 일어났다. 재미있는 일은 내가 처음에 걸어 들어왔을 때 나를 알아보고 즉흥적인 리딩을 너무 간절히 원해서 어딜 가나 나를 따라다닌 한 여성이 있었다는 것이다. 그러나 영혼은 나에게 한 부부를 가리켰다. 그들은 막 아들의 농구 경기를 보고 왔고, 저녁 식사 전에 치킨 너겟과 프렌치 프라이를 간단히 먹고 싶어 그곳에 온 것이었다.

남자의 아버지는 석 달 전에 돌아가셨고, 그 일로 남편은 매우 어두운 곳에 남겨졌다. 그는 사교적이지 않았고, 술을 많이 마셨으며, 휴가를 가거나 단순히 가족 곁에서 즐기는 것도 거부했다. 그 남자는 은퇴할 때까지 13년 동안 아버지와 함께 일했으며, 그러다가 최근에 아버지가 소유했던 것과 유사한 사업을 시작했다. 주말마다 두 남자는 함께 바다낚시를 하러 갔고, 또 한 달 앞으로 다가온 아버지의 팔순 생일과 남편의 쉰 번째 생일을 축하하기 위해 가족과 함께 카리브해로 유람선 여행을 가는 것에 대해 이야기했었다. 그러나 아버지는 그 일이 일어나기 전에 세상을 떠났고, 가족은 아버지 없이 그 남자의 생일을 기념했다. 그날 그들은 아버지가 죽은 이후로 경험한 모든 놀라운 신호들을 서로 이야기했다. 전등이 꺼졌다 켜지고, 아버지의 서명이 있는 1978년도 영수증이 바닥에서 발견되고, 1센트 동전들이 특이한 곳에서 발견되었다. 슬픔에 잠긴 아들은 그 모든 것이 별 의미 없는 것들이라고 무시했다. 심지어 주차장에 있는 그들의 차 바로 밑에서 동전 15달러를 발견한 것에 대해서도 남자는 자신의 아내에게 그것은 아무 신호도 아니라고 부정했다. 그는 말했다.

"당신은 그렇게 말할 때 보면 꼭 바보같아."

남자의 아버지는 자신이 주변에 있다는 걸 계속 말하려고 했지만 아들은 그것을 보지 않았다. 내가 그들을 조른스 레스토랑에서 만날 때까지. 아버지의 팔순 생일잔치 다음 날 나는 이 부부와 우연히 마주친 것이다. 나는 그 남편에게, 그가 좋은 아들이었고 무척 자랑스러웠다고 그의 아버지 영혼이 말한다고 이야기했다. 아버지는 그를 아주 많이 사랑했으며, 지금은 더 좋은 곳에 있다고 말했다. 이것은 남자의 아내에게는 감명을 주었지만 남편은 주저하며 조금 두려워하는 듯 보였다. 결정적이었던 것은 그때 아내의 할머니의 영혼이 앞으로 나와서 어렸을 때 그녀가 올림픽 경기에 대비해 훈련했던 것을 우리에게 말함으로써 자신의 존재를 입증한 것이었다. 그녀는 웃으면서 나를 보고 말했다.

"난 지금 정상보다 27킬로그램 과체중이에요! 내가 올림픽 선수처럼 보이나요?"

그녀가 운동선수였다고 말할 수 있을 것 같진 않지만 그녀는 정말로 올림픽 다이빙 선수가 되기 위해 훈련했었다. 이 일이 일어났을 때 샤넬 넘버5의 향내와 담배 냄새가 풍겼다. 할머니가 살아 있을 때의 특유의 냄새였다.

카메라가 꺼졌을 때 나는 아내를 옆으로 불러내어 말했다.

"당신의 시아버지는 당신이 자신의 아들을 구했다는 걸 당신이 알기를 원해요."

그 말을 듣고 그녀는 깜짝 놀랐다. 세상을 떠나던 그 주에 시아버지가 그녀에게 정확히 "너를 사랑한다. 네가 정말로 내 아들을 구했다."라고 말했기 때문이다. 시아버지는 몇 년 전 남편이 일을 그만둔 뒤 그녀가 남편을 도와 다시 사업을 시작하게 만든 걸 이야기하고 있었다.

리딩을 하기 전에 남편의 우울증은 아내와 가족들에게 아주 힘든 일이었다. 그러나 1주일 후 그는 두려움에서 벗어나 기운을 회복했다. 아이들은 다시 돌아온 아버지를 얻었고, 그는 더 이상 술을 마시고 도피해 있지 않았다. 그는 기막히게 멋진 카보(멕시코 휴양지) 여행을 예약했으며 자신의 아내에게 말했다.

"아버지는 더 좋은 곳에 계시기에 난 슬프지 않아."

그리고 그 말은 진심이었다. 그는 이제 영혼이 계속 살아간다는 걸 믿으며, 그의 가족은 아버지가 그들과 함께 있고 저쪽 세계에서 그들을 보호해 주고 있다는 걸 안다. 남자의 아내는 나중에 말했다.

"남편은 삶을 보는 전체 시각이 하룻밤 사이에 변했어요. 그리고 그것에는 단지 그 치킨 너겟과 프렌치 프라이를 위한 5달러 16센트의 비용밖에 들지 않았어요!"

이와 같은 놀라운 이야기들은 무척 보람 있게 느껴지지만, 동시에 내가 하는 일을 어렵게 만들 수도 있다. 그것들은 나에게 너무 많이 영향을 미친다. 리딩을 할 때 나는 대개 내 감정을 한쪽으로 치워 놓는다. 왜냐하면 나는, 나와 소통하고 있는 영혼의 느낌과 감정을 떠맡기 때문이다. 더욱이 누가 시종 울고 있는 지나치게 감상적인 영매를 보고 싶어 하겠는가? 그러나 때로는 나도 어쩔 수가 없다. 당신의 사랑하는 이들이 그 경험이 당신에게 얼마나 많은 의미가 있는지, 그리고 그것이 당신이 앞으로 나아가는 데 얼마나 큰 도움이 되는지 말할 때는 나도 눈물을 참기 어렵다.

내가 감정을 억제하려고 무척 애를 쓴 한 리딩은 멜라니라는 이름의 여성을 위한 것이었다. 그녀의 남편 레온을 채널링했을 때 나는 그들의 연결에 감동해서 눈물을 쏟고 말았다. 그 남자는 멕시코만 근처에 만들어진 인공 호수에 묻혀 있던 닻에 발이 절단된 뒤 사망했다. 감염에 대비해 항생제를 발랐음에도 불구하고 그런 비극이 일어났다. 나를 만나러 오기 전에 멜라니는 정기적으로 남편의 영혼이 가까이에 있다는 신호를 받았다. 예를 들어, 그녀는 남편이 노스웨스턴 미식축구 팀에서 뛸 때 유니폼 번호였던 숫자 67을 계속해서 보았다. 그리고 어느 날 밤 침대에서 그녀 옆에 누워 있는 남편의 유령을 보았지만 누구에게도 그것에 대해 말하지 않았다. 채널링을 하는 동안 영혼은 그녀가 경험한 모든 신호가 진짜이며, 그것들은 레온이 손을 뻗은 것이라고 확인해 줌으로써 그녀에게 치유의 선물을 주었다. 그런 뒤 나를 레온의 영혼과 자리를 바꾸게 했다. 나는 전에 영혼 여행을 해 본 적이 없었다. 그래서 나는 이것만 말할 수 있다. 그것은 매우 격렬했다.

레온을 채널링할 때 내 영혼은 우리가 리딩을 하는 그 위를 떠다녔고, 멜라니와 상호작용하고 있는 내 몸을 내려다보았다. 동시에 레온의 영혼은 내 몸 안에 있었다. 그래서 내가 그녀에게 이야기하고 있을 때 나는 거의 그녀의 남편처럼 이야기하고 있었다. 나는 누가 누구인지 계속 혼란스러웠지만 대부분 레온의 영혼이 위치를 확실히 했다. 그는 자신이 죽을 때 그의 몸이 낸 특정한 소리들은 실제로 그의 영혼이 지상에 돌아오려고 노력한 것이었다고 말했다. 그것은 그의 아내가 궁금해하던 점이었다. 나는 또한 그가 잠에서 깼을 때 그녀가 그의 머리 색깔에 대해 둘만의 농담을 속삭였었다는 걸 입증했다. 그의 영혼은 그의 어머니가 스윙 세트(그네와 미끄럼틀 등으로 이루어진 아이들 놀이 기구) 옆에 심은 기념식수에 대해 이야기했으며, 자신이 가장 좋아하는 색이 자주색이라고 자랑했다. "진짜 남자는 자주색을 입는다."라고 그는 나에게 말했다. 그의 영혼은 또 그의 옷들로 만든 테디 베어를 넌지시 언급했다. 그것은 두 배로 그의 존재를 입증하는 것이 되었다.

아빠를 추모하는 마음으로 미식축구하는 곰을 만들기 위해 아내는 큰아들을 빌드어베어(완제품 인형이 아닌 소비자들이 직접 인형을 완성하는 반제품 인형을 파는 가게)에 데려갔었다. 뿐만 아니라 그녀의 엄마의 친구는 레온의 옷조각으로 멜라니의 아이들을 위해 세 개의 곰 인형을 만들었다. 레온으로서 내가 멜라니에게 한 마지막 말은 이것이었다.

"당신이 다시 사랑할 것이라는 걸 알게 해 주고 싶어. 당신을 사랑하고 우리 아이들을 위해 있어 줄 누군가를 내가 주의해서 고를 거야."

멜라니는 나중에 나에게, 싱글맘으로 남은 생을 보내는 것이 얼마나 끔찍한지를 레온에게 큰 소리로 말했었다고 나중에 나에게 털어놓았다. 그런 후 그녀는 그런 생각을 한 것에 대해 죄책감을 느꼈었다. 그러나 그 리딩 이후로 그녀는 레온이 그녀의 걱정에 대해 고심하고 있다는 걸 알았다. 왜냐하면 그는 이것이 그녀에게 말할 중요한 기회라는 걸 알고 있었기 때문이다.

아마도 가장 믿을 수 없는 일은 레온의 장례식날 아침에 일어난 일일 것이다. 멜라니는 메스꺼움을 느끼며 잠에서 깼고, 자신이 임신한 건 아닌지 의심했다. 그녀는 네 가지 테스트를 했으며, 그것들 모두 그녀가 임신했음을 확인해 주었다. 나를 만났을 때 멜라니는 임신 5개월이었지만, 자신이 임신한 걸 발견했을 때는 임신 4주차였다. 나는 그녀가 아들을 낳을 거라는 걸 알았다. 레온의 영혼은 그녀가 아이의 몸에서 자신의 특징을 보게 될 것이며 아기의 영혼이 여기로 오기 전에 그가 미리 데리고 있었다는 걸 보여 주는 반점을 아이의 몸에서 발견하게 될 것이라고 말했다. 그런 뒤 레온은 말했다. 만일 그녀가 그를 더 이상 느끼거나 보지 못한다면, 그것은 그의 영혼이 그녀의 아이로 다시 태어났음을 의미한다고.

나는 멜라니에게 말했다.

"어느 쪽이든 아기를 안는 순간 당신은 이 아기에게 뭔가 다른 점이 있다고 느낄 거예요."

그녀는 아기의 가운데 이름을 레온으로 짓기로 했다고 나에게 말했다. 그녀는 말했다.

"신이 나를 위로하기 위해 이 아이를 주었다는 걸 난 의심하지 않아요. 그것이 내가 매일 내 발을 땅에 붙이고 있는 또 다른 한 가지 이유예요."

레온을 채널링한 다음 날, 나는 멜라니로부터 이메일을 받았다. 그것을 읽고 나는 슬픔을 완화시키고 치유를 시작하게 해 주는 나의 재능에 다시 한 번 감사하게 되었다. 그것은 또 내가 왜 날마다 영혼에게 깜짝 놀라게 되는지 상기시켜 준다. 여기, 그녀의 편지에 적힌 몇 줄의 글이 있다.

"당신이 나를 위해 어제를 하나의 현실로 만들어 준 것에 대해선 감사하다는 말만으로 충분하지 않습니다. 레온이 죽은 그 순간부터 나의 온 세상은 움직이길 멈췄어요. 나는 모든 희망과 믿음과 평안을 잃었어요. 어떻게든, 어떤 식으로라도 그와 다시 연결될 기회를 달라고 기도하지 않고 흘려보낸 날이 하루도 없었어요. 나의 경험과 리딩을 통해 난 이제 레온이 나와 함께 있다는 걸 조금의 의심도 없이 알아요. 이전의 그 어느 때보다도 더 많이 함께 있다는 걸……. 레온은 나의 삶이었어요. 난 다시는 행복할 수 없을 것이고 내가 사는 동안 어떤 평온도 없을 것처럼 느꼈었어요. 오늘 난 다르게 느껴요. 테레사 당신과 당신의 팀이 나에게 이 기회를 선물했기 때문이에요. 레온이 죽은 그날 밤 이후로 난 잠을 자지 못했지만 어젯밤에는 아기처럼 잠들었어요. 오늘 난 잠에서 깨어났고 내 가슴은 전처럼 무겁지 않아요. 오늘 난 레온이 나와 우리 아들들과 함께 바로 이곳에 있다는 걸 알게 되었어요. 오늘 잠에서 깬 나는 결국 내가 괜찮을 거라는 걸 믿게 되었어요. 당신은 이것이 나와 내 가족과 우리 아이들에게 얼마나 큰 의미인지 모를 거예요. 난 당신 덕분에 내가 마땅히 되어야 할 사람이자 어머니가 될 거예요. 이제 내가 그것을 향해 마음을 열었으니까요. 당신은 내 삶을 바꿔 주었어요. 진심으로 당신에게 감사해요."

정말이지 나는 멜라니나 그녀 남편의 자비로운 영혼을 결코 잊지 못할 것이다. 오, 안 돼. 또다시 눈물이 나오려고 하네. 누가 티슈 좀 주세요.

10
살고 사랑하고 웃으라

가장 중요한 부분은 당신이 자신의 인생을 만든다는 것이다.
당신의 결정들은 이쪽 세계에서 당신에게 허락된 시간의 많은 부분을
기쁨이나 절망, 확신이나 의심, 신뢰나 회의 중 어느 것으로 채울지 결정한다.

나는 마음속에 있는 걸 말하는 것에 대해 전혀 부끄러워하지 않는다. 나는 대화하는 걸 좋아하고, 만약 당신이 나에게 음식이나 가족, 카다시안 자매(온갖 구설수에 오르내리는 방송인이며 배우인 킴 카다시안과 클로에 가다시안)에 대해 무엇이라도 묻는다면 내가 당신과 나눌 의견이 있다는 걸 당신은 알 것이다. 내가 수다 떠는 걸 좋아하기 때문에 신이 내게 이런 재능을 준 것이나 아닌지 때로 나는 궁금하다. 아마도 신은 내가 영혼의 메시지를 전달할 때 숨이 차지는 않으리라는 걸 알았을 것이다! 그리고 내가 할 말이 많은 것 같아도 당신이 사랑하는 고인들은 나를 능가한다. 나를 통해 채널링할 때 영혼은 인상 깊을 정도로 수다스럽다.

당신도 알았듯이 영혼은 위로와 평안을 주고 방향을 일러주는 말을 해 주는 걸 무척 좋아하며, 그들이 당신과 함께 있음을 입증하는 걸 중요하게 여긴다. 그리고 그들이 그렇게 하는 이유는 당신이 그들을 얼마나 그리워하며 그들이 주변에 있기를 얼마나 바라는지 당신의 생각과 기도 속에서 끊임없이 그들에게 말하기 때문이라고 나는 생각한다. 리딩을 통해, 아니면 삶 속에서 당신에게 신호를 보내 당신을 안심시키는 것이 당신의 필요와 요구에 응답하는 그들의 방식이라고 나는 느낀다. 그러나 그들이 보내는 치유와 입증의 주된 메시지들 안에는 훨씬 더 미묘하고 이차적인 의미들이 담겨 있어서 그 순간에 내가 그것들을 인식하지 못할 수도 있음을 알았다.

몇 가지 각도에서 영혼의 생각들이 중요한 의미를 갖는다고 나는 이해한다. 당신이 책을 읽거나 대화를 나누거나 이야기를 듣거나 영화를 보고 그것들로부터 오직 한 가지 메시지만 얻는다면 어떻겠는가? 물질세계에서 우리의 경험은 그러기엔 너무 미묘하다. 또한 모든 이들이 슬플 때 나를 보러 오는 건 아니다. 그래서 영혼과의 소통은 오직 슬픔을 극복하는 일에 관한 것만 있을 순 없다. 어떤 이들은 사랑하는 이들을 따라잡거나 그들이 올바른 방향으로 나아가고 있음을 확인받고 싶어서 리딩을 하러 온다. 그러나 영혼이 우리에게 주로 알려 주려는 것이 무엇이건 대개 그들이 말하는 것에는 우리가 깨닫는 것보다 더 많은 층들이 있다.

그래서 끝을 맺으며 나는 지금까지 영혼을 채널링하면서 배운 10가지의 놀라운 교훈들을 당신에게 남기고 싶다. 어떤 교훈들은 내가 전달한 메시지들에 들어 있는 요점들이지만, 많은 교훈들은 내 가슴에 진실되게 와 닿는 가슴 저미는 숨은 뜻이 있었다. 당신이 삶의 어디쯤에 있든 그것들이 많은 차원에서 당신과 공명하기를 나는 바란다.

하나. 당신에게 중요한 사소한 일들은 당신의 사랑하는 이

297

　내가 도저히 알 수 없었던 구체적인 정보들로 영혼이 그들의 존재를 입증할 때, 그것은 단지 그들의 존재가 '진짜'라는 것을 당신에게 말하는 건 아니다. 그것은 당신의 사랑하는 이들이 천국에서 아무리 바빠도, 결코 물질세계에서 당신과 아주 특별하게 삶을 일구었던 순간들과 기억들을 잊을 만큼 그렇게 사로잡혀 있지는 않다는 걸 당신에게 보여 준다. 예를 들어, 플로리다 주 올랜도에서 텔레비전 방송에 출연했을 때 남편이 호수에서 익사한 한 여성을 리딩했다. 그는 운동을 잘했고 수영하는 법을 알고 있었다. 따라서 그의 죽음을 이해하기 어려웠지만 그때가 자신이 떠날 시간이라는 걸 그의 영혼이 미리 결정한 것이었다. 내가 채널링을 했을 때 그 남자의 영혼이 들어와서, 아내가 초록색 전투복으로 퀼트를 만들고 있다는 것과, 차를 타고 가면서 그들의 딸이 엄마에게 특수아동 교사가 되는 것에 대해 이야기했다는 걸 말함으로써 그가 여전히 주변에 있다는 걸 확인해 주었다.

　이렇게 확인된 내용들은 놀라웠지만 다음에 일어난 일에 비하면 아무것도 아니었다. 그의 영혼은 그다음에 나에게 호수와 작은 보트를 보여 주었다. 그것이 그가 어떻게 호수에 빠져 죽었는가를 언급하는 것이라고 나는 생각했다. 그러나 그의 아내의 친구가 내 말을 정정해 주었다. 그녀는 설명했다.

　"작은 보트는 내 남편이 나를 부르는 애칭이었어요. 내 남편 또한 죽었어요. 우리의 남편들은 가장 친한 친구들이었어요."

　물에 빠져 죽은 그 남자가 그때 그의 가장 친한 친구의 영혼을 앞으로 데리고 나왔다. 그들은 저쪽 세계에서 함께 있었다. 작은 보트의 남편이 그녀의 애칭을 기억하고 있으며 그것을 친구의 영혼에게 상기시켜 그녀와 연결될 수 있도록 한 사실에 나는 미소가 지어졌다. 당신이 사랑하는 이들이 세상을 떠난 뒤에도 그들에게 계속해서 중요한 것은 바로 이런 특별하고 내적인 것들이다. 사적인 농담에서부터 개인적인 대화, 당신이 혼자 있을 때 기억하는 일들에 이르기까지. 왜냐하면 그것들은 여전히 당신에게도 중요하기 때문이다.

세세한 것들에 영혼이 계속 관심을 갖는다는 사실을 입증하는 또 다른 이야기는 내 딸 빅토리아가 소속된 체조 팀을 위한 기금 모금 행사를 하는 동안 일어났다. 나는 한 영혼이 내 어깨를 두드리며 말하는 걸 느꼈다.

"부탁인데 내 아내에게 얼마나 아름다운지 얘기해 주겠어요? 파란색 셔츠를 입은 여자예요."

주변을 둘러보니 파란색 셔츠를 입은 한 여성이 내 뒤에 서 있었다. 그래서 나는 그녀에게 물었다.

"남편이 세상을 떠나셨나요?"

그녀는 그렇다고 했다.

내가 말했다.

"그는 당신이 얼마나 아름다운지 당신이 알기를 원해요."

물론 그 방에 있던 사람들 모두가 "와, 너무 달콤한 말이군." 하고 말했다.

그러나 행사가 끝난 후 그 여성은 남편의 메시지에 두 번째 의미가 담겨 있다고 했다. 그녀는 말했다.

"난 그가 죽기 전까지 25년 넘게 결혼 생활을 했어요. 난 이제 막 다시 데이트를 하기 시작했고, 여기 오는 길에 딸아이에게 말했거든요. '내가 데이트하는 것에 아빠가 속상해하지 않았으면 좋겠구나. 왜냐하면 내가 새로운 동반자에 대해 사랑하는 점은 매일 그가 나에게 너무 아름답다고 말해 주기 때문이거든. 25년 동안 너의 아버지는 한 번도 그렇게 하지 않았어.'라고 말예요."

그러나 그 기금 모금 행사에서 그의 영혼은 마침내 그렇게 했다. 그리고 아내에게 아름답다고 이야기함으로써 그 남자의 영혼은 그녀의 걱정을 진정시키는 데 필요한 말을 해 주고 그녀가 잠재적으로 자신의 새로운 관계를 보는 방식을 변화시켜 주었다. 그녀는 단지 그녀의 남편을 새로운 남자로 대체한 것이 아니라 사랑받았고 다시 사랑받을 여성으로서의 삶을 살고 있었다. 그리고 내가 보기에, 영혼의 메시지는 그들 부부의 결혼 생활 내내 겉으로 드러나지 않았던 매우 사적이고 특별하며 지속되는 감정을 말했다. 나는 늘 말하지만, 영혼의 메시지를 들은 사람이 그것에 감사하다고 느끼는 한, 내가 그 메시지에 공감해야만 하는 것은 아니며 다른 사람들이 그것을 이해하는지도 신경 쓰지 않는다.

둘. 당신의 사랑하는 사람들이 연결을 시도하고 있음을 의심하지 말라

모든 이들은 사랑하는 고인과 서로 다른 방식으로 연결되어 있으며, 따라서 당신이 깜박거리는 빛이나 침실에 나타나는 유령

과 같은 어떤 신호들을 다른 사람들보다 더 쉽게 알아보기 위해 영매가 될 필요는 없다. 그러나 당신도 알다시피, 꿈속에서 영혼을 보는 것은 그다음 날이면 그다지 확신할 수 없는 연결 수단일 수가 있다. 만약 그 영혼이 클레오파트라처럼 옷을 입었다면 그것은 당신의 죽은 언니의 영혼인가? 당신 아들처럼 보이는 누군가가 꿈속에서 레드 삭스(미국 메이저리그의 아메리칸리그 동부 지구 소속 팀)에 대해 이야기하며 당신에게 진심어린 메시지를 주지 않았다 해도 당신 아들의 영혼이 당신을 방문한 것인가? 이 모든 논쟁은 다음과 같은 오래된 속담을 생각나게 한다. '만약 영혼이 꿈속에 나타난다면, 그리고 주위에 그것을 입증해 줄 영매가 없다면, 그것은 정말로 일어난 일일까?' 그러나 나는 최상의 리딩을 했고, 그것을 통해 영혼들은 꿈속에서 무작위적으로 영혼이 나타나는 것은 하나의 연결 방식일 수 있으며 그 영혼은 그 순간에 당신과 함께 있는 것이라고 나에게 말했다.

나는 약물복용으로 심장 질환이 악화되어 죽은 젊은 청년을 채널링했다. 작은 방에는 가까운 가족과 친구들이 가득 모여 있었다. 나는 그의 메시지에서 어떤 방문객들은 그와 아주 쉽게 연결되고 있고 또 다른 방문객들은 그렇지 않다는 사실을 알아냈다. 그때 그가 그곳에 있는 한 젊은 여성에 대해 이야기했다. 그녀는 그가 자신 앞에 무릎을 꿇고 청혼을 하는 꿈을 꾸었었다. 둘은 친한 친구 사이였을 뿐 연애하던 관계는 아니었다. 그래서 모든 점에서 이것은 그녀에게 정말 말도 안되는 꿈처럼 보였다. 그러나 그의 영혼은 진지하게 앞으로 나와서, 비록 사후 세계에서 청혼을 한 건 분명히 아니었지만 그날 밤 그녀의 우스꽝스러운 꿈속에서 그녀와 연결되었었다고 말했다. 그런 뒤 그의 영혼은 그것을 입증하기 위해 실제로 그녀에게 했던 식으로 내 앞에 무릎을 꿇었다. 얼마나 낭만적인가!

셋. 죽은 사람은 회답이 필요 없다

영혼은 당신 못지않게 큰 이벤트를 고대한다. 동창회, 휴가, 결혼식, 졸업식……. 당신의 사랑하는 이는 영혼으로 그 모든 행사에 당신과 함께한다. 자살한 한 남자의 영혼을 채널링했을 때 비록 저쪽 세계에서 몇 가지 교훈을 배워야 했지만 그는 여전히 여동생의 결혼식에 마이크를 들고 야단법석을 떨 짬을 냈다고 말했다. 나는 또 한 가족 전체를 리딩했는데, 그 가족의 사랑하는 고인은 앞으로 나와서 영혼이 유치원 졸업식에 참석할 계획을 세웠다고 말했으며 그 어린 소녀가 양 갈래로 땋은 머리를 하고 있을 거라고 보여 줌으로써 그것을 입증했다. 그리고 영혼이 당신 아이의 출산에 참여할지 누가 알겠는가? 그들은 당신의 애완동물들을 데려올 수도 있다! 롱아일랜드의 빙고 게임장에서 나는 거의 20년 전에 어머니가 세상을 떠난 한 여성을 리딩했다. 어머니가 살아 있을 때 딸은 아이를 가질 수 없다는 진단을 받았다. 그래서 그녀는 새미라는 이름의 블랙 래브라도 개를 구했다. 어머니가 죽은 뒤 그녀는 의사가 틀렸다는 걸 증명했다. 그녀는 아이를 가졌고, 그녀의 엄마가 그것에 대해 아는지 늘 궁금했다. 그녀의 개 또한 최근에 죽었다. 리딩을 하는 동안 어머니의 영혼이 앞으로 나와 예쁜 손녀딸에 대해 자신이 잘 알고 있으며 래브라도 새미는 자신과 함께 천국에 있다고 말했다.

넷. 그들은 당신이 혼자 중얼거리는 소리를 들을 수 있다

영혼들은 생각을 통해 의사소통을 하기 때문에 당신이 사랑하는 고인과 이야기를 나누고 싶을 때 그들의 주의를 끌기 위해 공연을 할 필요는 없다. 심지어 소리 내어 말할 필요도 없다. 조용히 당신의 생각과 당신이 보내는 느낌으로 영혼이나 신과 의사소통을 할 수 있으며, 그들은 당신이 하는 말을 들을 것이다.

롱아일랜드 힉스빌의 청소년 클럽(방과 후에 학생들이 모여서 숙제를 하기도 하고 부모가 데리러 올 때까지 아이들이 여러 가지 활동을 하는 곳)을 위한 기금 모금 행사에서 나는 두 여자아이와 한 남자아이로 이루어진 3명의 남매를 위해 리딩을 했다. 나이가 10대 초반부터 20대 초반이었지만 두 부모를 잃은 상태였다. 내가 부모의 영혼을 채널링했을 때 그들은 몇 가지 귀여운 확인을 해 주었다. 아이들의 아빠가 나에게 계속 '존-존'이라고 말하고 있었다. 그것은 아빠의 이름이자 아들의 이름이었다. 큰아들은 또한 존이라는 이름이 새겨진 아빠의 팔찌를 차고 있었고 가족은 존 스트리트에 살고 있었다. 거의 십 년 전에 먼저 세상을 떠난 엄마는 막내딸에게 새틴 장식이 있는 노란 담요를 손가락으로 문지르곤 하던 일을 상기시킴으로써 자신의 존재를 입증했다. 그러나 나에게 울림을 준 것은 엄마의 영혼이 소녀에게 이렇게 말했을 때였다.

"난 네가 얼마나 내 목소리를 기억하려고 노력하는지, 그리고 내가 널 껴안았던 느낌을 기억하려고 노력하는지 안다. 네가 그것에 대해 생각할 때마다 내가 너와 함께 있다는 걸 알아야 해."

엄마는 단지 그녀가 필요로 할 때 엄마의 영혼이 그녀 주위에 있다는 걸 이야기한 것이 아니라 딸의 생각 에너지를 느낄 수 있다는 걸 이야기한 것이다.

비슷한 경우로 나는 남편을 잃은 한 여성을 안다. 그때 남편은 37살이었고, 남편이 세상을 뜬 지 2년이 되었을 때 휴일이 되면 그녀는 심한 공황 상태에 빠졌다. 그녀는 한동안 신호를 달라고 기도하지 않았지만 남편의 영혼은 그녀를 기운 차리게 해 줄 것이 필요하다는 걸 알았다. 어느 날 직장에 가는 길에 그녀는 차가 막혀 움직일 수 없었고, 그때 앞에 있는 차에 2개의 범퍼 스티커가 붙어 있는 걸 알아차렸다. 하나는 남편이 가장 좋아하는 팀인 뉴욕 제츠(미국 프로 미식축구 팀) 스티커였고 다른 하나에는 '살라, 웃으라, 사랑하라Live, Laugh, Love'라고 쓰여 있었다. 그것은 남편이 그녀에게 준 결혼반지 안쪽에 새긴 말이었다. 그 두 가지를 보고 그녀는 몇 달 만에 처음으로 웃었다. 그녀는 나에게 말했다. "그는 내가 어떤 기분에 빠져 있는지 틀림없이 알고 있었을 거예요. 왜냐하면 그 신호들로 내 머리를 후려쳤으니까요. 그가 나를 사랑하고 나와 함께 있으며 나를 돕기 위해 할 수 있는 모든 일을 하고 있다고 말하고 있는 게 분명했어요. 난 심지어 요청할 필요도 없었어요."

다섯. 영혼은 당신이 모든 걸 알기를 원하지 않는다

당신이 혼란스럽거나 도전적인 상황에 처해 있을 때 신이나 민음의 영혼들, 또는 사랑하는 이들에게 응답을 구하며 의지하는 것이 좋다. 그러나 응답을 얻지 못한다면 정말 혼란스러울 수 있다. 그런 일이 나에게 일어난다면, 솔직히 인정하건대, 누구도 듣고 있지 않다면 저쪽 세계와 연결되는 것이 무슨 의미가 있겠는가? 하지만 기도가 늘 응답받지 않는다고 해서 그들의 기도가 전달되지 않았다는 뜻은 아니라고 영혼은 말한다. 냉엄한 진실은 그 상황의 결과가 바뀔 수 없거나, 혹은 그 좌절이 당신이나 당신 삶 속에 있는 누군가에게 배움을 주기로 되어 있는 것일 수 있다는 것이다. 그러나 그 당시에는 이것을 알지 못한다. 그래서 당신은 외롭거나 버림받은 것 같거나 정말 미칠 것 같다는 기분으로 반응한다.

또 단순히 영혼이 논하지 않는 주제들이 있다. 어떤 영매들은 리딩 세션을 하는 동안 줄곧, 또는 세션 끝에도 질문을 환영하지만, 어느 때라도 의뢰인들이 나에게 묻고 싶은 것이 있다고 하면 나는 그 사람이 하는 말을 끝내기도 전에 먼저 영혼에게 '네.'라고 할지 '아니오.'라고 할지 묻는다. 그리고 오직 '네.'일 때만 나는 질문을 받는다. 만일 영혼이 '아니오.'라고 한다면 그것은 그들이 그 질문에 대답하는 것에 관심이 없다는 신호이거나, 또는 우리가 그 대답을 들을 준비가 안 되었거나, 당신의 사랑하는 이가 소통을 할 준비가 안 되었다는 신호이다. 예를 들어, 영혼은 살아 있는 사람의 임박한 죽음에 대해서는 결코 이야기하려 하지 않는다. 또한 사건이 일어날 연도와 시간에 대해 구체적으로 말해 주는 걸 좋아하지 않는다. 그때까지 당신이 자신의 삶을 어떻게 사느냐에 따라 바뀔 가능성이 있기 때문이다. 영혼이 자진해서

한 달이라고 말할 수도 있지만, 그것이 이번 해일 수도 있고 지금으로부터 5년 후를 의미할 수도 있다. 그것은 애매하게 유지되는 시간표이다.

두 명의 유명한 영매들을 만난 한 여성을 나는 안다. 두 영매는 그녀에게 6월에 새집을 사라고 했고, 둘 다 그 일이 그 해에 일어날 것이라고 느꼈다. 그 여성과 그녀의 가족들은 무척 신이 나서 그때까지 손꼽아 기다렸다. 그러나 6월이 왔고 새 장소로 이사가는 일 없이 흘러갔다. 이 영매들이 틀렸는지 아니면 영혼이 다른 해의 6월을 말한 건지 나는 모른다. 어쩌면 그들은 그 일이 '곧' 일어날 것이라는 느낌을 받았을 수도 있다. 그러나 그것은 주관적인 느낌이다. 만일 영혼이 '최근에' 사건이 일어났다고 느끼게 만든다면 그것은 2년 이내를 의미한다. 2년이라는 차이는 영혼에게는 아무것도 아니다. 영원이라는 광대한 범위 안에서 2년은 긴 시간이 아니기 때문이다. 그러나 이사를 희망하거나 상실의 슬픔에 젖은 가족에게 2년은 영원처럼 느껴질 수 있다. 그래서 나는 시간이 저쪽 세계에선 의미가 없다는 사실과 화해했다. 우리는 일정을 짜고 삶에 질서를 주기 위해 시계와 달력을 사용하지만, 영혼은 마감 시간이나 오후 5시까지 해야 할 83가지 볼일이 없다.

여섯. 영혼의 메시지는 오직 당신을 위한 것이다

비록 영혼이 단체 채널링에 편승해 메시지를 전달하고 시청자들은 텔레비전 방송에서 본 리딩이 그들에게 반향을 일으켰다고 나에게 이메일을 보내지만, 영혼의 소통이 대개 매우 구체적이라는 것은 놀라운 일이다. 이것의 가장 좋은 예는 내가 두 자매를 위해 연속적으로 리딩하며 같은 영혼을 채널링했을 때이다. 내가 그들의 리딩을 예약했을 때 두 사람이 관련이 있는지 깨닫지 못했었다. 왜냐하면 나는 성을 묻지 않기 때문이다. 그러나 내가 첫 번째 여성의 아버지를 채널링했을 때 그의 영혼이 나에게 메시지를 주며 말했다.

"그것은 다음 리딩을 위한 것이에요."

다른 자매는 차 안에서 기다리고 있었고, 나는 그것에 대해 전혀 몰랐다. 그래서 두 번째 여성이 자기 차례가 되어 들어왔을 때 나는 그녀에게 앞에 있는 사람을 어떻게 아는지 물었다. 나는 말했다.

"나는 아버지와 같은 모습이 서성이고 있는 걸 느껴요. 왜 그가 여전히 여기 있는지 모르겠어요. 대개 영혼은 의뢰인이 떠날 때 떠나거든요."

바로 그때 나는 두 여성이 관련이 있다는 걸 알았다. 그리고 이 자매가 공통으로 가진 유일한 것은 그들이 잃은 사람이었다. 그들의 아버지가 두 사람에게 준 메시지는 달랐다. 왜냐하면 두 여성은 서로 다른 걸 알고 싶어 했기 때문이다. 그리고 아버지의 영혼은 구체적으로 그것들에 대해 말해 주었다.

일곱. 당신이 사랑하는 이들의 기억을 소중히 여기라

사랑하는 이가 죽을 때 사람들이 다소 탐욕스러워지는 경향이

307

있다는 건 비밀이 아니다. 나는 베네치아풍의 거울을 가질 거야! 나는 코디얼 잔(과일주를 담는 잔)을 원해! 칵테일 링(칵테일 파티에서 착용하는 커다랗고 화려한 반지)은 내 차지야! 물려받은 소중한 물건의 중요성은 앤티크 로드쇼(우리나라의 TV 프로그램 〈진품명품〉 격인 영국 BBC 프로그램)에 출품할 품목 한 점을 얻는 것이 아니라, 당신의 가족이나 친구를 생각나게 해 주는 물건을 갖는 것이다.

할머니가 세상을 떠났을 때 크고 두툼한 다이아몬드가 아닌 크고 뚱뚱한 파리로 나에게 온 것은 놀라운 일이었다. 왜냐하면 할머니는 아주 멋진 보석을 많이 갖고 있었기 때문이다. 우리가 할머니의 물건들을 분배할 때 한 사람은 굉장히 아름다운 반지를 얻었고, 또 한 사람은 화려한 팔찌를 가졌다. 그리고 나는 소박한 황금 십자가를 받았다. 비록 그 당시 열여섯 살이었지만 나는 거짓말을 하지 않겠다. 솔직히 말해 나는 몹시 서운했다. 속좁게 들린다는 걸 알지만 그것이 사실이다. 그러다가 약 14년 뒤 크리스마스 아침에 할머니가 나에게 와서 말했다.

"넌 내가 가장 소중히 여기는 장신구를 갖고 있어."

나는 그 십자가의 내력이나 왜 그것이 그렇게 할머니에게 깊은 의미가 있는 건지 모르지만 그 후로 그것을 더 소중히 여기기 시작했다. 그 십자가는 할머니의 가장 값비싼 소지품은 아니었지만 가장 소중한 물건 중 하나였다. 또한 할머니의 방문은 내가 신호와 상징들의 도서관을 만들고 있을 때 이루어졌다. 그래서 영혼이 나에게 할머니의 십자가를 보여 줄 때마다 그것은 한 영혼이 가장 소중히 여기는 물건을 누군가가 갖고 있다는 걸 말하고 싶어 한다는 의미가 되었다. 그것이 퀼트 이불이든, 일기든, 목도리든 무엇이든 간에. 그리고 당연히 영혼이 자신의 가장 소중히 여기는 물건들에 두는 의미는 대개 그것들의 금전적 가치보다 훨씬 크다.

여덟. 살아남은 자책감에 에너지를 쏟지 말라

주로 살아남은 자로서의 죄책감으로 인해 사랑하는 이가 부재하는 삶을 당신이 껴안지 못하기 때문에 이 주제는 영혼에게 중요하다. 그것은 영혼이 원하는 것의 정반대이다. 이것이 등장한 가장 놀라운 경우는 내가 방송에서 한 여성을 리딩했을 때였다. 그녀는 4기 유방암 환자였고, 그녀의 시누이는 고작 1기였을 때 같은 암으로 죽었다. 두 여성은 함께 용감하게 자신들의 병과 싸웠는데, 아직 여기에 남아 있는 한 명은 시누이보다 더 오래 사는 것에 대해, 그리고 또 그녀의 친구들과 가족들이 그녀의 기분을 좋아지게 하기 위해 쏟은 모든 노력들에 대해, 아직 살아 있는 사람으로서 심한 죄책감을 느꼈다. 돌이켜 생각해 보면, 그 시누이에게 그런 보살핌이 더 필요하지 않았나 하는 생각도 들었다.

또 다른 경우에 나는 한 처녀의 영혼을 채널링했다. 그녀는 친구에게 파티가 끝나면 차를 태우러 와 달라고 부탁했지만 그때는 너무 늦은 밤이었고 친구는 피곤했다. 그래서 친구는 그녀에게 택시를 잡거나 다른 차를 찾아보라고 했다. 그녀는 그렇게 했고, 도중에 차 사고가 나서 죽고 말았다. 침대에서 일어나 그녀를 그 사건으로부터 빼내 오지 못한 것에 대해 그녀의 친구가 가졌을 죄책감을 상상할 수 있다. 그러나 친구가 그녀를 데리러 갔더라도 그들은 여전히 사고를 당했을 것이고, 그렇게 되면 그 처녀는 또 친구의 죽음에 원인을 제공했다는 이유로 죄책감을 느꼈을 것이라고 그녀의 영혼이 우리에게 말했다. 어떻게든 친구는 그녀의 목숨을 구하지 못했을 것이다. 두 경우 모두, 영혼은 살아 있는 사람들이 죽은 이들에 대해 느끼는 생존자로서의 자책감을 내려놓고 앞으로 나아가려고 노력하길 바랐다. 생존자로서의 자책감으로 괴로워할 때 경험하는 되풀이되는 생각들, 영상들, 꿈들은 무척 고통스럽고 뇌리에서 떠나지 않는다. 그리고 당신의 사랑하는 고인은 당신이 이런 감정들을 경험하기를 원하지 않는다. 그들은 당신이 그 짐을 내려놓기를 원하며, 당신은 여기 이 물질세계에서 할 일이 많으며 감사할 일이 많다는 걸 알기를 바란다.

아홉. 당신의 삶을 당연시하지 말라

나는 상실의 슬픔 속에 있는 사람들에게 이제 앞으로 나아가야 한다고는 결코 말하지 않는다. 다만 영혼은 사랑하는 이가 떠난 삶을 당신이 껴안기를 정말로 원한다. 처음에는 순간순간을, 그다음에는 하루하루, 그다음에는 한 달 내내…… 당신이 할 수 있는 최선을 다해 아주 작은 시도라도 하길 원한다.

플로리다 주 탬파에서 텔레비전 방송으로 나의 단체 리딩이 중계될 때 한 청년의 영혼이 나와서 2주 전에 자신이 죽었다고 말했다. 그 죽음은 자살로 결론이 내려졌지만 사실은 살인이었다.

그는 아주 가까이에서 쏜 엽총에 가슴을 맞았다. 특수 장치를 한 가짜 팔을 갖지 않고서는 그 엽총으로 자살을 한다는 것이 거의 불가능하다는 걸 그는 나에게 상기시켰다. 청년은 자신의 어머니가 많은 약들이 보관된 어두운 장소에 있는 모습을 보여 주면서 어머니가 그의 자동차 등록증을 갖고 있으며(그러자 그녀가 그것을 지갑에서 꺼냈다), 어머니가 어떻게 그를 묻었는지(그녀는 그 전날 그것을 결정했다) 말함으로써 자신의 존재를 입증했다. 그리고 이 영혼이 걱정하면서 '보세요, 엄마. 나예요. 난 괜찮아요.'라고 아주 열심히 말하고 있었지만, 청년의 어머니는 보이는 것마다 모두 절망이었다고 나에게 말했다.

그러나 그 청년의 영혼이 그다음에 한 말은 의미 있는 방식으로 그녀에게 공명을 일으켰다. 그녀가 잠들어서 다신 깨어나지 않기를 기도한다는 걸 알지만 아직은 죽을 때가 아니며 잠시 동안 그가 없는 이 세상에 머물러야 한다고 그는 말했다.

"난 엄마가 가진 전부였어요."

그는 어머니의 주체할 수 없는 슬픔을 설명하며 나에게 말했다. 그는 계속해서 말했다. 아들과 함께 있기 위해 목숨을 끊을 필요가 없다고. 어머니가 슬플 때도, 그를 그리워할 때도, 늘 그가 함께 있으니까. 동시에 깜짝 놀란 일은 그 여성이 마지막 순간에 여분의 입장권을 갖고 있던 친구에 의해 나의 방송 프로그램에 초대받았다는 것이었다. 그렇지 않으면 사려깊고 동정 어린 아들로부터 온 엄청난 메시지를 놓쳤을 수가 있었다. 아들의 영혼이 한 말들이 어머니의 눈을 뜨게 하고 그녀의 목숨을 구할 수 있었다고 나는 느낀다.

　나는 저쪽 세계에 대한 강한 믿음을 갖고 있고 그곳에 대해 많이 안다. 그러나 영혼은 나 대신 내 삶을 살아 주지 않으며, 그들은 당신에게도 그런 일을 하지 않을 것이다. 그들은 천국으로부터 개입하고 도우며 당신을 안내할 것이지만, 당신 삶의 가장 중요한 부분은 당신이 자신의 인생을 만든다는 것이다. 자유의지 덕분에 당신의 결정들은 이쪽 세계에서 당신에게 허락된 시간의 많은 부분을 기쁨이나 절망, 확신이나 의심, 신뢰나 회의 중 어느 것으로 채울지 결정한다. 내가 날마다 그렇게 하려고 노력하는 것처럼, 가장 긍정적인 길을 추구하기 위해 당신은 명상과 기도, 시각화, 두려움 내려놓기, 감사하기, 파동 높이기, 그리고 궁극적으로 신과 영혼의 존재에 대한 믿음 갖기, 그리고 당신의 사랑하는 이들이 당신 주변에 있다는 믿음을 선택해야 한다. 그들이 존재한다는 것은 곧 그들이 당신의 생각을 듣고 있고 기도가 응답받고 있으며 기적이 펼쳐질 수 있다는 걸 의미한다. 나는 에이브러햄 링컨에 대해 많은 존경심을 갖고 있으며 그가 한 말, "결국 중요한 것은 살아온 날들이 아니라, 그 살아온 날들 속의 삶이다."를 좋아한다. 내 재능이 당신의 삶을 믿음과 행복과 웃음과 충만한 사랑으로 채우는 데 계속해서 도움이 되기를 희망할 뿐이다.

영혼의 인생 수업

삶의 어느 순간, '아, 내가 이 삶의 큰 그림을 그렸었고 그렇게 살아왔으며 앞으로 어떤 종말이 다가올지 이미 알고 있음'을 느낀 적이 있는가? 나는 그렇다. 불혹을 바라보는 나이에 이르도록 겉보기에는 평범하나 우여곡절이 많은 숨은 그림처럼 많은 고비들을 넘어 왔다. 늘 '왜' 라는 질문이 따라붙었고 풀리지 않는 문제들이 있었다. 인연이란 이름으로 혹은 운명이란 이름으로 나의 바람과는 상관없이 흘러가는 흐름들이 있었다. 그리고 매번 놀라는 일이지만, 삶의 어느 순간은 좌절과 절망으로 점철되었을지라도 전체적인 그림은 아주 오래전 이런 삶의 흐름이 시작되기도 전에 이 모든 그림을 그려 두고 있었음을 이미 내가 알고 있다는 것이었다. 굳이 영혼 이야기를 꺼내지 않더라도, 지금 이 순간 '이것이 내가 원하는 것이 아니었어.' 라고 아무리 외쳐대도 나는 하나의 이야기를 그렸었고, 그것은 전체적으로 틀리지 않았다. 그렇다면 내게 남은 생은 무엇인가? 지금 내가 할 수 있는 선택은 무엇인가?

테레사 카푸토는 이야기한다. 당신의 삶은 당신이 선택한 것이라고. 육체적 존재인 당신이 아닌, 영혼인 당신이 선택한 바로 그 삶을 당신은 살고 있다고.

이 책은 '삶과 죽음, 그리고 그 사이에서 무엇이 중요한가'에 대한 큰 의문을 가진 사람들을 위한 책이다. 우리는 모두 다른 사람들을 위해, 더 나은 사람과 영혼이 되는 법을 배우기 위해 여기에 있다.

어렸을 때부터 영혼을 보고 느꼈던 테레사 카푸토는 자신의 재능을 깨닫고 받아들인 뒤, 영혼과의 대화를 통해 우리에게 메시지를 전달한다. 때론 슬프도록 아름다운, 때론 매우 유쾌한 즐거움을 주는 이 메시지들은 특히 사랑하는 이들을 잃고 상실의 슬픔으로 고통스러워하는 사람들에게 매일의 삶을 껴안을 수 있는 중요한 교훈과 감동을 전하는 영혼의 인생 수업이다.

이미 세상을 떠난 사랑하는 이들을 다시 만나는 것은 마음속에 깊이 묻은 행복을, 슬픈 눈물로 뒤덮여 있을지라도 그 속 알맹이는 투명한 행복을 다시 꺼내보는 일이다. 사랑하는 이들과 다시 연결될 때 그가 없는 세상을 살아가는 것이 더 이상 그 없는 삶이 아니라는 것을 깨닫는다. 사랑하는 이와 연결되었음을 강하게 느낄수록 무거운 눈물뿐이던 세상은 점점 빛으로 기화하며 가벼워지는 것을 느끼게 되리라. 그것이 치유이다.

테레사 카푸토는 슬픔에 잠겨 있는 당신에게, 혹은 언젠가 상실의 슬픔을 경험하게 될 당신에게 치유의 손을 내밀고 있다. 당신이 믿든 그렇지 않든, 당신의 사랑하는 이들은 모두 영혼으로 존재하고 있으며, 육체적 존재로서 짊어진 고통을 더 이상 짊어지지 않아도 되는 자유로운 새처럼 존재하고 있음을, 그리고 모든 이들은 사랑하는 이들과 서로 다른 방식으로 연결되어 있으며, 따라서 영혼이 보내는 신호들을 알아보기 위해 영매가 될 필요는 없음을 테레사는 말한다.

사랑하는 이를 만나고 싶다면, 먼저 눈을 감으라. 고요히 그를 그리라. 가장 아름다운 순간들을, 함께 했던 기억들을. '우리'라고 부를 수 있는 시간들을 떠올리라. 그러면 그 순간 그도 당신을 떠올리고 있을 것이다. 아무리 험난한 기억들로 가득할지라도 기억 저편 어딘가에는 별빛으로 남을 추억 한 조각쯤은 간직하고 있을 것이다. 그것이 당신이 그 사람과 연결되어 있는 이유이고 그 사람이 당신과 연결될 이유일 테니……. 그 기억이 살아 있는 한 우리는 모두 연결되어 있다. 이 세상에서든, 이 세상 밖에서든. 육체를 지녔든 그렇지 않든. 혼으로.

테레사는 말한다.

'나는 상실의 슬픔 속에 있는 사람들에게 이제 앞으로 나아가야 한다고는 결코 말하지 않을 것이다. 영혼은 사랑하는 이가 떠난 삶을 당신이 껴안기를 정말로 원한다. 처음에는 순간순간을, 그다음에는 하루하루, 그다음에는 한 달 내내……. 당신이 할 수 있는 최선을 다해.'

테레사 카푸토의 글은, 우리가 독립된 섬이 아니며 우리 모두 연결되어 있음을, 그러므로 그 연결된 힘으로부터 기운을 차리고, 이 거친 세상에서 단단히 일어설 것을 격려하고 있다. 그 연결은 신일 수도 당신의 안내자일 수도 당신이 사랑하는 사람일 수도 있다. 당신이 믿고 싶어 하는 그 무엇이든, 당신에게 힘을 주는 방식으로 삶을 믿을 것, 그리고 살아갈 것. 또 그렇게 삶에게 요구할 것.

며칠 전 사다 둔 제라늄에서 새 꽃대가 올라왔다. 아직 꽃망울도 제대로 맺지 않은 어린 꽃대이지만 그것은 내게 희망이다. 삶속에는 늘 새로운 꽃대가 올라오고 있다는 것.

이 책을 옮길 수 있도록 내게 충분히 많은 시간과 인내를 보여준 출판사에게 고마움을 전한다.

테레사의 말을 빌어, 많은 교훈들은 내 가슴에 진실되게 와 닿는 가슴 저미는 숨은 뜻이 있었다. 당신이 삶의 어디쯤에 있든 그것들이 많은 차원에서 당신과 공명하기를, 당신 삶의 많은 것을 사랑과 웃음으로 채울 수 있기를 바란다.

테레사 카푸토

뉴욕 주 롱아일랜드에서 태어나 어려서부터 영혼들을 보고 영혼들과 대화하는 특별한 능력을 가졌으나 이로 인한 공포와 불안에 시달리다가 33세에 비로소 자신의 능력을 받아들이고 세상과 소통하기 시작했다. 미국 TLC 텔레비전에서 생중계된 영혼과의 공개 채널링 프로그램으로 전미 대륙을 충격과 감동에 빠뜨림으로써 21세기의 중요한 영매이자 채널러로 자리 잡았다. RT TV의 래리 킹 라이브 토크쇼, NBC의 제이 레노의 투나잇쇼에 출연해 자신의 삶을 이야기하고, NBC의 새터데이 나이트 라이브(SNL)에서 패러디될 정도로 화제의 인물이 되었다. 현재 미국 전역을 순회하며 사랑하는 이들을 사별한 사람들의 치유를 돕는 공개 채널링을 계속하고 있다. 2015년에 출간된 두 번째 책 『You Can't Make This Stuff Up』도 뉴욕 타임스 베스트셀러가 되었다.

옮긴이 이봄은 서울교육대학교를 졸업하고 15년간 초등학교 교사로 재직중이다. 수차례 인도와 네팔을 여행하면서 삶과 존재에 대해 탐구하기 시작했다. 옮긴 책으로 『팔파사 카페』가 있다.

안녕이라고 말하지 마

지은이_ 테레사 카푸토
옮긴이_ 이봄

photographs © Jerry Uelsmann

2015년 10월 8일 1판 1쇄 인쇄
2015년 10월 20일 1판 1쇄 발행

펴낸이_황재성 · 허혜순
책임편집_오하라
디자인_무소의뿔

펴낸곳_도서출판 연금술사
(04030) 서울시 마포구 동교로 136
신고번호 제2012-000255호
신고일자 2012년 3월 20일
전화 02-323-1762 팩스 02-323-1715
이메일 alchemistpub@naver.com
www.facebook.com/alchemistbooks
ISBN 979-11-86686-04-1 03840